BASTEI
LÜBBE
TASCHENBUCH

JASON DARK

Die Welt des

JOHN SINCLAIR

NADINE BERGER

VIER SPANNENDE KULTGESCHICHTEN

BASTEI
LÜBBE
TASCHENBUCH

BASTEI LÜBBE TASCHENBUCH
Band 73 991

1. Auflage: Juli 2011

© Copyright der einzelnen Romane: 1981/1983
Gesamtausgabe: © Copyright 2011 by
Bastei Lübbe GmbH & Co. KG, Köln
All rights reserved
Lektorat: Rainer Delfs
Titelbild: shutterstock/Linda Bucklin;
shutterstock/LANBO
Umschlaggestaltung: Tanja Østlyngen
Satz: two-up, Düsseldorf
Druck und Verarbeitung:
CPI – Ebner & Spiegel, Ulm
Printed in Germany
ISBN 978-3-404-73991-2

Sie finden uns im Internet unter
www.luebbe.de
oder
www.bastei.de

Inhalt

DIE TEUFELSUHR

DIE TURMUHR

Als das erste Kind verschwand, ahnte noch niemand etwas Böses. Die Leute im Dorf waren zwar irritiert, die Eltern der Kleinen am Boden zerstört, aber man beruhigte sich nach einigen Wochen wieder.

Dann verschwanden die beiden nächsten Kinder. Ein Geschwisterpaar. Und plötzlich war die Hölle los.

Jeder verdächtigte jeden. Man schaute sich schief an, die Polizei ermittelte in den Wohnungen, durchsuchte die Häuser, aber sie fand nichts. Nicht die geringste Spur war von den drei verschwundenen Kindern zu entdecken.

Aus dem fernen London reisten sogar Beamte von Scotland Yard an. Spezialisten, wie der Bürgermeister den aufgeschreckten Bewohnern versicherte.

Aber auch die Yard-Beamten waren erfolglos. Sie fanden trotz intensiver Suche nicht heraus, wo die drei Kinder geblieben waren. In dem Dorf Miltonburry schien plötzlich ein Fluch auf den ziegelroten Wänden und Hausdächern zu lasten.

Kein Kind lief mehr allein über die Straßen und Gassen. Die Eltern brachten ihre Sprösslinge in die Zwergschule und holten sie auch wieder ab.

Die Angst lauerte überall.

Menschen aus den Nachbarorten mieden Miltonburry. Abends, beim Schein der Petroleumlampen, berichteten sie ihren Freunden und Nachbarn, was in Miltonburry so alles vor sich gegangen war. Dass man dort nicht mehr hinfahren konnte.

Aus den Erzählungen wurden Gerüchte, aus den Gerüchten Übertreibungen, und irgendjemand kam plötzlich damit heraus, dass die Kinder ja nicht so ohne Grund verschwunden wären. Hier müsse ein anderer seine Hand im Spiel haben.

»Ein anderer?«, wurde er gefragt.

»Ja, der Teufel!«

Jetzt war es heraus. In Windeseile verbreitete sich das Gerücht. Man hatte ja in den alten Geschichten gelesen, dass der

9

Teufel die Kinder mitnehmen würde. Und so war es sicherlich auch in Miltonburry gewesen.

Jetzt wurde nicht nur der Ort gemieden, sondern auch dessen Bewohner. Niemand kaufte den Bauern oder Handwerkern aus Miltonburry mehr etwas ab, man wollte mit den Verfluchten nichts zu tun haben.

In Miltonburry breitete sich die Angst aus. Ein kleines Wirtschaftsgefüge brach zusammen. Die Bauern blieben auf ihren Waren sitzen, sie konnten die Waren wegwerfen, weil ihnen keiner mehr etwas abnahm. Bis zur nächsten Stadt hatte sich das Gerücht bald herumgesprochen, und die Einwohner aus Miltonburry trafen hier ebenfalls auf taube Ohren.

Vom Bürgermeister wurde eine Krisensitzung einberufen. Vier vertrauenswürdige Personen wurden dazu auserwählt.

Der Pfarrer, der Lehrer, der Apotheker und der Dorfpolizist. Alle, die sich im Wohnzimmer des Bürgermeisters bei geschlossenen Vorhängen versammelt hatten, waren sich einig, dass etwas geschehen musste. Über dem Ort lag ein Schatten, ein Fluch, und der musste von ihm genommen werden.

Aber wie?

Die Männer diskutierten hin und her. Sie kamen zu keinem Ergebnis. Sie kauten das noch mal durch, was auch die Beamten von Scotland Yard vorgemacht hatten.

Es nutzte nichts. Niemand wusste, wie es weitergehen sollte.

»Sie sagen, dass die Kinder dem Teufel geweiht wären«, meinte der Pfarrer und nickte gedankenschwer. »Ich glaube nicht daran, denn wir haben nichts gefunden.«

Der Polizist schaute auf. »Und wer sollte so etwas Schreckliches tun?«

Der Pfarrer hob die Schultern. »Was weiß ich? Aber ich habe mir meine Gedanken gemacht.«

»Raus damit«, forderte der Bürgermeister und nahm einen Schluck von dem dunklen Bier.

»Aber es muss unter uns bleiben.«

»Natürlich, Herr Pfarrer. Wir sind doch keine Klatschweiber.«

»Ich bin von folgender Grundüberlegung ausgegangen«, begann der Geistliche. »Wer den Teufel liebt oder anbetet, der kommt nicht in die Kirche. Der würde Angst haben, sie überhaupt zu betreten. Habe ich recht?«

»Ja«, stimmte der Bürgermeister zu, und die anderen drei Männer nickten.

»Ich habe also immer nachgezählt und aufgeschrieben, wer in die Kirche gekommen ist«, redete der Pfarrer weiter. »Ihr seid fast immer da gewesen, andere im Dorf auch, aber einen, den habe ich nie in meinem Gotteshaus gesehen.«

Nach diesen Worten entstand eine Pause, die der Pfarrer erst wirken ließ. Er sah die gespannten Blicke der vier Männer auf sich gerichtet und merkte auch, wie nervös die Leute geworden waren.

Der Apotheker rutschte unruhig auf seinem Stuhl hin und her. Der Polizist kaute an seinen Schnurrbartenden, der Lehrer blinzelte mit den Augen, und der Bürgermeister trank hastig sein Glas leer. Als er es aufsetzte, war seine Geduld am Ende. »Sagen Sie endlich, wen Sie meinen, Herr Pfarrer.«

»Rick Holloway!«

Jetzt war es heraus. Der Pfarrer hoffte nur, dass die Männer genügend Courage haben würden, den Namen für sich zu behalten.

»Der alte Holloway?«, flüsterte der Bürgermeister.

»Ja, der.«

»Aber der verkauft doch nur Plunder. Alte Möbel und irgendwelchen Dreck …«

»Ich habe ihn nie in der Kirche gesehen«, hielt der Pfarrer ihnen entgegen. »Das kann viele Gründe haben, die völlig harmlos sind, oder aber einen bestimmten.«

Die Männer sahen sich an. Nicht nur einem lief ein kalter Schauer über den Rücken, und das Licht der Petroleumlampe ließ ihre Gesichter zum Teil im Halbdunkeln, sodass sie einen fratzenhaften Ausdruck annahmen.

Im Ofen knackte das Holz, als es von den Flammen zerrissen wurde. Irgendwo in den Dachsparren verfing sich der Nachtwind und blies dort seine klagende Melodie.

»Rick Holloway«, murmelte der Bürgermeister. »Wer hätte das gedacht.«

»Noch ist nichts bewiesen!«, rief der Pfarrer schnell, dem diese Antwort nicht passte, weil sie die Gedanken der Männer in eine Richtung trieb, die der Pfarrer nicht wollte. »Ich habe es nur als eine Möglichkeit angedeutet.«

»Was wissen wir eigentlich von ihm?«, fragte der Apotheker, der bisher am schweigsamsten gewesen war.

»Ja, was wissen wir von ihm?«, wiederholte der Bürgermeister. »So viel wie nichts.«

Die Männer schauten sich an. Ratlose Gesichter. Schulterzucken. Bis der Bürgermeister das Wort ergriff. Irgendwie fühlte er sich dazu verpflichtet.

»Er ist nicht in Miltonburry geboren«, sagte er. »Vor zehn Jahren ist er hergezogen. Er kam mit einem alten Wagen und hat sein Geschäft eröffnet.« Der Bürgermeister wies auf den Lehrer. »Sie müssten es doch am besten wissen. Sie wohnen schließlich nur drei Häuser weiter.«

»Ich habe mich nie um ihn gekümmert. Er lebt allein, hat keine Frau, keine Kinder …«

Bei dem letzten Wort stockte er und senkte den Kopf.

»Wie dem auch sei«, sagte der Pfarrer. »Ich bin dafür, dass wir ihn genau beobachten. Vielleicht fällt uns etwas an ihm auf. Kann ja sein, dass er sich verdächtig macht.«

Die anderen Männer waren ebenfalls der Meinung.

Mit diesem Ergebnis lösten sie ihre Zusammenkunft auf und gingen nach Hause.

Ihren Frauen erzählten sie wirklich nichts, und der Pfarrer betete in der Kirche für die verschwundenen Kinder.

Rick Holloway ahnte von alledem nichts. Aber die Männer waren immer in seiner Nähe. Auch nachts.

So verging der Winter.

Und eines Tages, kurz vor dem Osterfest, entdeckte der

Lehrer im Stall des Mannes einen alten Karton. Holloway hatte ihn erst einen Tag zuvor dorthin gestellt.

Der Lehrer öffnete den Karton und wurde steif vor Entsetzen. Zusammengeknüllt lag dort Kinderkleidung. Es waren genau die Sachen, die die drei verschwundenen Kinder getragen hatten …

Irgendetwas braute sich gegen ihn zusammen. Das fühlte Rick Holloway, da war er sich sogar sicher. Er überlegte fieberhaft, was er unternehmen sollte. Flucht?

Das kam infrage, aber wenn er floh, dann machte er sich erst recht verdächtig. Also im Dorf bleiben und alle Spuren verwischen. Was natürlich schwer sein würde. Aber er wollte es vor Ostern noch geschafft haben. Nur musste er zusehen, dass er irgendwie aus dem Haus kam, ohne dass man ihn bemerkte.

Sein Laden lag zwar für den Verkauf günstig, direkt an der Hauptstraße, aber hier konnte man ihn auch immer gleich sehen, was natürlich schlecht war.

An diesem Tag waren nur zwei Kunden in seinen Laden gekommen. Ältere Frauen, die irgendeinen Kram kauften. Nähgarn und Knöpfe. Davon konnte man nicht reich werden. Aber er wollte Geld.

Geld und Gold!

Und dafür tat er alles. Den Anfang hatte er gemacht. Als sich der Teufel ihm offenbarte, hatte er nicht eine Sekunde gezögert, sich auf den Pakt einzulassen.

Seelen sollte er ihm besorgen.

Seelen von jungen Menschen. Erst dann konnte sich der Satan wieder frei entfalten, denn er war eingesperrt in ein teuflisches Uhrwerk aus Silber und konnte nicht heraus.

Der Teufel in einer Uhr!

Das wollte Holloway nicht glauben. Bestimmt war es nicht der Teufel, sondern nur ein anderer Dämon. Aber das wollte er noch herausfinden.

»Einen recht schönen Abend wünsche ich, Mister Holloway!« Als der Kaufmann die Stimme hörte, zuckte er zusammen und wandte sich hastig um.

Der Pfarrer überquerte die Straße und lüftete höflich seinen dunklen Hut.

Holloway grinste. Er nickte nur und sah dem Pfarrer nach. Auch einer von diesen Heuchlern, dachte er. Aber ein gefährlicher, das spürte Holloway.

Hastig schloss er die Tür und verzog sich wieder in seinen Laden, wo alles übereinander stand oder lag. Die dunklen Holzregale an den Wänden quollen fast über. Holloway hatte alles hineingestopft, was er den Bauern billig oder umsonst abnehmen konnte. Körbe, Flaschen, Tiegel, Gefäße, Kannen, Pfannen, Töpfe, alte Waagen, Schöpfkellen – alles war vorhanden.

Gebraucht natürlich und deshalb billiger. Die Leute im Ort hatten oft von diesen preiswerten Angeboten Gebrauch gemacht. Auch die Garten- und Ackergeräte wurden gekauft, die noch innerhalb des Verkaufsraumes standen.

Holloway wohnte eine Etage höher. In drei kleinen, winkligen Räumen. Auch dort stand alter Plunder herum. Die wertvollen Stücke allerdings befanden sich in einem Nebenraum des Ladens. Dort hortete Holloway die Gegenstände, die er von seinen Raubzügen mitgebracht hatte. Alte Schränke und Kommoden, die er in Schlössern und Burgen gestohlen hatte.

Er ahnte mit dem sicheren Gespür eines Geschäftsmannes, dass diese Dinge noch einmal wertvoll werden würden, und warf sie deshalb nicht weg. Bei einer Nacht- und Nebelaktion hatte er auch die Uhr erbeutet. Sie hatte, versteckt in einer Mauernische, im Keller eines alten Gutshauses gestanden, das wohl keinem mehr gehörte. Die Uhr war eine leichte Beute für Holloway gewesen. Sie gefiel ihm ausgezeichnet, bis er eines Tages herausgefunden hatte, welches Geheimnis die Uhr barg.

Ja, sie war wirklich eine Teufelsuhr!

Rick hatte ihr grauenhaftes Prinzip erkannt und sich danach gerichtet. Auch jetzt, als er offiziell den Laden geschlossen hatte, betrat er die Kammer, zündete zwei Kerzen an und stellte sie vor die Uhr, um sie in Ruhe zu betrachten.

Eigentlich sah sie völlig harmlos aus mit ihrem glänzenden Zifferblatt, dem warmen Braunton des Holzes, den beiden schweren Perpendikeln und dem Pendel dazwischen.

Beides konnte man nur sehen, wenn man die schmale Tür im unteren Teil der Uhr aufschloss.

Holloway wusste, dass sich der Dämon irgendwann wieder melden würde. Und dann musste Rick reagieren.

Ein neues Opfer …

Er atmete durch die Nase und spürte den Staub, der sich auf seinen Schleimhäuten festgesetzt hatte. In dieser Nacht wollte er die letzten Spuren beseitigen, die an das schreckliche Verbrechen erinnerten. Zwischen Mitternacht und Morgen war die beste Zeit, um solche Dinge zu erledigen.

Bis dahin jedoch wollte er schlafen. Das hatte er immer gekonnt, denn Gewissensbisse belasteten den 43jährigen Mann nicht, der eine entfernte Ähnlichkeit mit einem Bären aufwies. In Rick Holloways Gesicht wucherte ein dunkler Bart. Der Mann war breit in den Schultern, hatte trotz seiner braunen Haare helle Augen und ging stets ein wenig gebückt. Das musste er in diesem Haus auch, denn die Decken waren nicht sehr hoch. Alte Holzdielen bedeckten den Fußboden. Wenn Holloway darüber hinwegschritt, bewegten sie sich und knarrten.

Sein Bett stand in der kleinsten Kammer. Ein altes Feldbett mit einer Matratze darauf. Für kalte Tage besaß er noch eine Schaffelldecke, die schon widerlich stank.

Das Fenster in der Kammer war nicht größer als zwei Menschenköpfe. Bevor sich Holloway hinlegte, öffnete er es noch und schaute nach draußen.

Hinter dem Haus begann der verwilderte Garten. Er war von einem Zaun umgeben, der an einigen Stellen große Löcher und Risse zeigte. Holloway dachte gar nicht daran, ihn zu flicken, ebenso wenig wie er daran dachte, das Unkraut aus dem Garten zu schaffen.

Für ihn reichte das, und was die Leute sagten, das war ihm sowieso egal.

Angezogen legte er sich ins Bett. Nur die alten Schuhe streifte er von den Füßen. Eine Uhr, die ihn weckte, brauchte er nicht. Holloway wurde auch so wach, er hatte einen inneren Wecker, der ihn aus dem Schlaf scheuchte.

Bald fielen ihm die Augen zu. Schwere, tiefe Atemzüge verrieten, wie fest der Mann schlief. Er bekam nicht mit, was draußen vor sich ging.

Die fünf Männer hatten reagiert.

Pfarrer, Bürgermeister, Apotheker, Polizist und Lehrer hatten sich getroffen, um den Mann zu bestrafen, den sie als den Mörder ansahen.

Der Pfarrer trug ein etwas größeres Holzkreuz. Die anderen Männer hatten sich bewaffnet. Sogar der Apotheker trug ein Gewehr. Er hatte noch nie geschossen und war bleich.

Niemand im Dorf wusste, was die Männer vorhatten. Sie schwiegen eisern, als sie sich auf Schleichwegen dem Haus näherten und es umstellten. Zuvor hatten sie sich schon abgesprochen.

Der Bürgermeister, der Pfarrer und der Polizist wollten in das Haus eindringen, während die anderen draußen Wache hielten. Der Lehrer an der Vorder-, der Apotheker an der Rückseite des Hauses. Beide waren bereit, sofort zu schießen, wenn der Mörder zu flüchten versuchte.

Der Polizist öffnete die Tür. Das Schloss bereitete ihm keine Schwierigkeiten. Als Erster betrat er auch das Geschäft. Das Gewehr hielt er schussbereit. Ihm folgte der Pfarrer, und den Schluss bildete der Bürgermeister, der sich auf seine Schrotflinte verließ.

Es war eine dunkle, mondlose Nacht. Deshalb drang auch kaum Licht in das Geschäft, und es war kein Wunder, dass die Männer, die sich hier nicht auskannten, im Dunkeln gegen irgendwelche Dinge liefen, die herumstanden.

Bevor der Polizist Licht machen konnte, hatte der Pfarrer schon eine Schüssel umgestoßen. Sie fiel von ihrem Standplatz und zerbrach klirrend.

Die Männer zuckten zusammen. War das Geräusch gehört worden? Lauschend blieben sie stehen.

Nein, nichts rührte sich.

Sie atmeten auf.

»Wir müssen nach oben«, wisperte der Pfarrer. »Dort schläft er.«

»Aber nicht ohne Licht«, sagte der Bürgermeister.

»Einen Moment noch«, flüsterte der Dritte im Bunde. Er zündete den Docht der tragbaren Petroleumlampe an, die er dann an seiner Gürtelschnalle befestigte.

Ein warmer Schein hüllte die Männer ein und leuchtete gerade so weit, dass sie in zwei Schritt Entfernung alles erkennen konnten.

Wichtig für sie war allein die schmale und steile Treppe, die im Hintergrund des Verkaufsraumes in die obere Etage führte. Darüber gab es nur noch das Dach.

Die Männer waren ziemlich optimistisch. Sie hatten das Geräusch der zerbrechenden Schüssel schon wieder vergessen und rechneten nicht mehr damit, dass es gehört worden war.

Da irrten sie sich.

Rick Holloway hatte zwar einen tiefen, aber auch leichten Schlaf. Und er hatte das Splittern sehr wohl im Unterbewusstsein vernommen. Sofort signalisierte sein Gehirn Gefahr.

Hastig setzte er sich auf seiner primitiven Lagerstatt auf und sah sich um.

Im Zimmer befand sich außer ihm niemand. Schwach erkannte er die Umrisse des Schranks und des Fensters, doch als er zum Fenster schlich und durch die Scheiben blickte, sah er draußen hinter dem Haus eine fremde Gestalt.

Fremd war ihm der Mann eigentlich nicht. Er kannte ihn aus dem Dorf. Die Frage war nur, was ein Apotheker um diese Zeit in seinem Garten zu suchen hatte. Der Mann patrouillierte vor dem alten Schuppen auf und ab. Manchmal warf er einen Blick zum Fenster hoch, dann zog sich Holloway immer schnell zurück.

Er wusste Bescheid.

Die anderen hatten Verdacht geschöpft und wollten sich Gewissheit verschaffen.

Für Holloway ging es ums nackte Leben. Und das wollte er so teuer wie möglich verkaufen. Als er zum Schrank ging, wo er seine Waffe aufbewahrte, ein belgisches Sturmgewehr mit aufgesetztem Bajonett, dachte er für einen Moment an den Teufel.

Ob er ihm beistehen würde?

Kaum, aus dieser Sache musste er sich selbst befreien. Durch das Fenster klettern konnte er nicht, der Kerl da unten im Garten hätte sofort Alarm geschlagen.

Blieb die Treppe.

Natürlich rechnete er damit, dass auch welche im Haus waren, aber die wollte er von der Treppe putzen, falls sie es wagen sollten, zu ihm hochzukommen.

Die Waffe war geladen und befand sich ausgezeichnet in Schuss. Rick Holloway konnte sich auf sie verlassen.

Die Schuhe zog er nicht an. Er wollte sich möglichst lautlos bewegen.

Vor der Tür blieb er stehen. Hart und kalt war sein Lächeln, das die Mundwinkel kerbte. Die Hände umklammerten den Schaft des Gewehres so fest, dass die Knöchel weiß hervortraten. Die Spitze des Bajonetts schimmerte.

Die linke Hand legte der Mann auf die eiserne Klinke. Jetzt war er froh, dass die Tür nicht knarrte, wenn er sie aufzog. Bevor er öffnete, horchte er noch einmal.

Da waren tatsächlich Geräusche auf der Treppe zu hören. Das Holz konnte man nicht überlisten. Es knarrte und kündigte jeden Besucher sofort an.

Die würden sich wundern.

Mit einem Ruck riss Rick Holloway die Tür auf, machte einen großen Schritt und stand auf der Schwelle.

Er sah sie sofort. Der Schein einer kleinen Lampe umflorte die drei Gestalten, die wie angewurzelt stehen blieben, als sie Rick Holloway erkannten.

Schräg nach unten richtete er die Mündung des Gewehres und die Spitze des Bajonetts. Seine Stimme hatte einen höhnischen Klang, als er fragte: »Was verschafft mir denn die Ehre Ihres Besuches, Gentlemen?«

Keiner der Männer wusste so schnell eine Antwort. Holloways Auftauchen hatte sie völlig überrascht. Sie hatten gedacht, er würde im Bett liegen und schlafen, eine fürwahr irrige Annahme. Rick Holloway hatte den Spieß einfach umgedreht, jetzt mussten sie ihm Rede und Antwort stehen und nicht er ihnen.

Der Bärtige lachte rau. »Sieh an«, sagte er. »Sogar der Pfarrer befindet sich auf verbotenen Wegen …«

Der Geistliche wusste, was er zu tun hatte. Zudem war er direkt angesprochen worden. »Es sind keine verbotenen Wege«, erwiderte er scharf und drängte sich an dem Polizisten vorbei, damit er Holloway anschauen konnte. »Es ist der Weg der Vergeltung und der Aufklärung. Wir wissen, dass du ein Sünder bist …«

Holloways Lachen unterbrach die Rede des Pfarrers. »Ein Sünder«, prustete er. »Glaubt ihr denn, ihr seid heilig?«

»Nein. Niemand von uns ist heilig und kann sich mit dem Ebenbild des Herrn vergleichen. Wir alle sind Sünder, aber wir haben nicht solche Schuld auf uns geladen wie du, Rick Holloway.«

»Und was soll ich getan haben?«

»Wo sind die Kinder?«

Rick grinste spöttisch. »Welche Kinder?«

Die Gestalt des Pfarrers streckte sich. Sein Blick wurde flammend. »Du wagst es, mir ins Angesicht zu lügen? Hast du nicht selbst unschuldige Geschöpfe entführt und getötet? Welcher Satan hat dich dazu verleitet? Rede!«

»Satan ist gut.« Holloway lachte weiter. »Aber ich sehe keine Kinder. Tut mir leid. Ihr müsst sie schon woanders suchen. Und jetzt will ich schlafen!«

»Nein, Rick Holloway!«

Nicht nur der mutmaßliche Mörder, sondern auch die beiden Begleiter des Pfarrers zuckten zusammen. Selten oder noch nie hatte er so laut gesprochen.

Und Holloway merkte, dass es dem Geistlichen ernst war. Tiefe Falten hatten sich in sein Gesicht gegraben. Er umklammerte das Kreuz, das vor seiner Brust hing, mit beiden Händen.

»Wenn du den Weg nicht freigibst, versuchen wir es mit Gewalt!«, sagte der Geistliche. »Obwohl ich dagegen bin und es mir mein Glaube verbietet, aber widrige Umstände zwingen mich, Gewalt anzuwenden, wenn du nicht willst.«

Um Holloways Mundwinkel zuckte es. »Ich jage dir eine Kugel durch den Schädel, Pfaffe, da merkst du nichts mehr.« Er spie aus. »Und ihr beiden da, lasst eure Gewehre fallen!«

Der Polizist und der Bürgermeister sahen sich an. Sie waren keine Helden, sondern normale Menschen, und sie hatten Angst. Doch der Mut des Geistlichen imponierte ihnen so, dass sie sich der Aufforderung widersetzten.

»Nein«, sagte der Bürgermeister laut.

In dem Augenblick ging der Pfarrer vor. Die Antwort hatte wie ein Startsignal auf ihn gewirkt.

Rick Holloway sah ein, dass seine Argumente nicht überzeugten. Er ging einen Schritt zurück und schoss.

Der Schuss dröhnte durch das Treppenhaus. Eine Mündungsflamme leuchtete bläulich vor dem Gewehr auf. Alle Anwesenden hörten den dumpfen Einschlag der Kugel und sahen, wie der Pfarrer nach hinten kippte, dabei gegen den Dorfpolizisten fiel und diesen fast umriss.

Der Bürgermeister handelte instinktiv.

Ohne zu überlegen, drückte er ab. Es war ein Reflex, der ihn so handeln ließ. Die Flinte streute stark und war in ihrer Wirkung frappierend.

Als der Bürgermeister abdrückte, donnerte die Flinte so laut auf, dass man das Gefühl haben konnte, das Haus würde zusammenbrechen.

Holloway wurde in die Kammer geschleudert und krachte schwer auf sein Bett, wo er Sekunden später sein Leben aushauchte.

Der Bürgermeister aber, bleich im Gesicht und mit zitternden Knien, kümmerte sich um den Pfarrer.

Noch lebte der Geistliche, aber er musste dringend in ärztliche Behandlung. Die Gewehrkugel steckte zwar im Körper, aber sie war nicht so tief eingedrungen, weil sie genau die Mitte des Eichenkreuzes getroffen hatte und ihr somit ein wenig von ihrer Wucht genommen wurde. Ein roter, nasser Fleck breitete sich auf dem dunklen Rock des Pfarrers aus, dessen Gesicht weiß und schmerzverzerrt war.

Von unten hörten sie Schritte und polternde Geräusche. »Was ist geschehen?« Es war der Lehrer, der dies rief.

»Hol den Arzt!«, schrie der Polizist, während sich der Bürgermeister auf die Stufe gesetzt hatte. Ihm war hundeelend zumute.

Der Lehrer rannte los.

Die nächsten Minuten wollten einfach nicht vorbeigehen. Unheimlich lang kamen sie dem Polizisten vor, der ebenfalls auf der Treppe hockte und den Kopf des Pfarrers in seinen Schoß gebettet hatte. Hoffentlich überlebte der Geistliche!

Der Apotheker erschien. Mit tonloser Stimme erklärte ihm der Bürgermeister, was sich abgespielt hatte.

Endlich traf der Arzt ein. Und mit ihm zahlreiche Einwohner, die von den Schüssen aufgeschreckt worden waren. Der Polizist schickte sie mit barscher Stimme weg.

Der Doktor kümmerte sich um den Schwerverletzten. Ein paar Mal schüttelte er den Kopf.

»Was ist los?«

»Wenn wir ihn retten wollen, muss er in ein Krankenhaus gebracht werden. Ich hoffe nur, dass er den Transport in die Stadt übersteht. Lassen Sie meine Kutsche anspannen.«

Sofort rannte der Lehrer los.

Keiner der Männer beantwortete die Fragen, die gestellt wurden. Alle zitterten um den Pfarrer.

»Und was ist mit ihm?«, fragte der Arzt. Er hob die Hand und deutete auf den Toten in der Kammer.

»Ihm kann keiner mehr helfen!«, wurde ihm geantwortet.

Der Polizist verschloss die Tür.

Fünf Minuten später stand die Kutsche fahrbereit vor dem Haus, wo auch schon der Einsarger wartete. Einige Helfer transportierten den schwer verletzten Pfarrer unter Aufsicht des Arztes behutsam nach unten. Der Geistliche war bei Bewusstsein. Er blickte in die besorgten Gesichter der Männer und versuchte sogar zu lächeln, doch es wurde nur eine Grimasse.

Vorsichtig legten sie ihn in die Kutsche. Sie hatte eine Spezialfederung, die die schlimmsten Stöße der Fahrbahn einigermaßen dämpfte. Der Doktor selbst nahm auf dem Bock Platz. Neben ihm saß sein Gehilfe, ein breitschultriger junger Mann, der richtig anpacken konnte.

Der Bürgermeister drückte dem Arzt die Hand. »Bringen Sie unseren Pfarrer durch.«

»Ich tue mein Bestes.«

Die Kutsche fuhr an. Staub wallte unter ihren Rädern hoch. Der Bürgermeister sah dem Gefährt so lange nach, bis es seinen Blicken entschwunden war.

Dann ging er zurück ins Haus, wo die anderen auf ihn warteten. Der Polizist hatte es tatsächlich geschafft und die Neugierigen hinausgeschickt. Nur der Sargmacher und der Totengräber waren noch da. Ein langer, dürrer Mann, der immer einen fleckigen Zylinder trug und mit seinen dünnen Hängebacken leidend aussah.

»Können wir?«, fragte der Bürgermeister.

Die Männer nickten.

»Um was geht es denn?« Der Totengräber hatte die Frage gestellt. Ratlos sah er sich um.

»Wir suchen die Leichen der drei verschwundenen Kinder.«

Natürlich wusste der Mann Bescheid. Er wurde noch blasser. »Wo denn? Hier im Haus?«

»Ja.«

»O Gott, dann ist ja …«

Der Polizist schnitt ihm mit einer knappen Handbewegung das Wort ab. »Ja, du Leichenhengst. Er ist es, oder er war es. Rick Holloway hat sie getötet.«

Der Totengräber verdrehte die Augen. Fehlte nur noch, dass er ohnmächtig geworden wäre. Auf jeden Fall beteiligte er sich an der Suche. Die Männer fingen mit dem Dachboden an. Nicht im Keller, wie es vielleicht normal gewesen wäre. Eine nicht zu erklärende Furcht hielt sie davon ab. Sie stöberten alles durch, fanden nichts und durchsuchten das Zimmer mit dem Toten. Auch hier entdeckten sie keine Spur von den verschwundenen Kindern, in den unteren Räumen ebenfalls nicht, und so blieb nur noch der Keller.

Jeder trug eine Lampe. Der Polizist ging vor. Auch ihm war unheimlich zumute. Die Lampe in seiner Hand zitterte. Der Schein tanzte hektisch über die Wände.

Sie stiegen hintereinander die ausgetretene Steintreppe hinab. Niemand konnte aufrecht gehen. Geduckt gingen sie weiter und durchstöberten die Kellerräume.

Es waren nur Bretterverschläge. Feucht, klamm, mit schimmelbezogenen Wänden. In den Räumen lag allerlei Gerümpel. Alte Säcke, weggeworfene Kleidungsstücke, Bretter, Bohlen, ein paar Werkzeuge, alte Lappen …

Die Kinder fanden sie nicht.

Der Bürgermeister drehte sich um. »Ob wir ihn umsonst verdächtigt haben?«, fragte er.

Hastig schüttelte der Lehrer den Kopf. »Nein, dann hätte er nicht so schlimm reagiert.«

»Stimmt auch wieder.«

»Noch mal von vorn«, schlug der Apotheker vor. »Die Kinder müssen doch irgendwo sein.«

»Er könnte sie auch draußen verscharrt haben.« Diese Vermutung sprach der Totengräber aus.

Die Männer sahen sich an. Eine Schweigepause entstand. Ein frostiges Gefühl hatte sich aller Menschen bemächtigt. »Ja, das ist möglich«, murmelte der Polizist. »Trotzdem bin ich dafür, dass wir hier noch weitersuchen.«

Die anderen stimmten zu. So nahmen sich die Männer noch einmal die Verschläge vor.

Bis der Lehrer eine Entdeckung machte. Im größten Raum stand ein Schrank mit zwei Türen. Der Lehrer hatte sie noch einmal aufgezogen und war in das Möbelstück hineingeklettert. Er nahm an, dass es dicht an der Mauer stand, klopfte gegen die Rückwand und wunderte sich sehr, dass es hohl klang.

Sofort machte er die anderen darauf aufmerksam.

»Wir müssen den Schrank zur Seite rücken«, schlug der Bürgermeister vor.

Das taten die Männer auch. In gemeinsamer Arbeit schafften sie es und waren überrascht, dass sich hinter dem Schrank eine türbreite Öffnung befand.

Dahinter war es dunkel.

Niemand sagte etwas, doch jeder der Anwesenden ahnte, dass sie dicht vor der Lösung des grauenvollen Rätsels standen.

Der Bürgermeister machte den Anfang, weil sich selbst der Polizist nicht traute. Er ging auf die Knie nieder und kroch vor. Die Lampe hielt er in der rechten Hand. Sie zitterte, und der Schein warf gespenstische Schatten.

Der Bürgermeister leuchtete in das Verlies. Alle hörten den erstickten Schrei.

»Was ist?«

Der Bürgermeister gab keine Antwort. Er zog sich wieder zurück. Allerdings kratzte etwas über den Boden.

Die Männer sahen sich an. Furchtsam waren ihre Blicke. Dann sah jeder, was der Bürgermeister mit der linken Hand aus dem Loch gezogen hatte.

Es war ein Sarg.

Ein weißer Kindersarg!

Sekundenlang sprach keiner der Männer ein Wort. Alle waren viel zu entsetzt, um sich ausdrücken zu können. Sie starrten den Sarg an, als wäre er ein fremdes Lebewesen.

Der Bürgermeister blieb auf dem Boden hocken. Er blickte zu den Männern hoch.

»Da sind noch zwei«, flüsterte er. »Ebenfalls weiße …«

»Die Kinder«, hauchte der Lehrer.

»Holst du sie hervor?«, fragte der Apotheker.

»Ja.«

Die Arbeit verrichteten der Bürgermeister und der Polizist. Schon bald standen die drei Särge nebeneinander. Die Männer starrten auf die Deckel. Keiner traute sich, das in die Hand zu nehmen, was geschehen musste.

Der Polizist räusperte sich. »Wir – wir müssen die Särge öffnen!« Seine Stimme klang dumpf.

Nicken.

Es war ein gespenstisches Bild. Tanzend huschte der Widerschein der Flammen über die Wände und schuf dort ein bizarres Muster. Selbst die Luft schien sich zu verdichten, war schwerer zu atmen, und jeder spürte, dass ein unsichtbarer Gast zwischen ihnen lauerte.

Das Grauen …

»Dann will ich mal«, sagte der Polizist leise, bückte sich und machte sich an den Verschlüssen des ersten Sarges zu schaffen. Er löste sie, hievte den Deckel aber noch nicht an, sondern öffnete erst die Verschlüsse der beiden anderen Särge.

»So«, sagte er, »jetzt können wir sie öffnen.«

Der Bürgermeister, der Lehrer und der Polizist hatten sich gebückt. Jeder fühlte sich jetzt verantwortlich. Sie mussten es tun, es führte kein Weg daran vorbei.

»Jetzt!«, flüsterte der Bürgermeister.

Gemeinsam hoben sie die schmalen Sargdeckel hoch, sodass die kleinen Särge offen vor ihnen standen und sie hineinschauen konnten.

Sie hatten mit vielem gerechnet, mit grauenhaften Bildern, aber nicht mit dem, was sie nun sahen.

Die Kinder trugen schwarze Kutten. Ihre Körper waren nicht verwest. Die Finger hatten lange Nägel, als wären diese im Sarg weiter gewachsen.

Aber das war nicht das Schlimmste, sondern es gab etwas anderes, etwas so Wahnwitziges, dass man es kaum glauben konnte.

Die Kinder hatten keine Gesichter mehr, sondern pure Teufelsfratzen!

»O Gott«, stöhnte der Bürgermeister und schlug hastig ein Kreuzzeichen. »Das – das darf doch nicht wahr sein ...« Er schluckte und drehte den Kopf, um nicht mehr in die Gesichter blicken zu müssen. Sie sahen wirklich scheußlich aus.

Dreimal die dreieckige Fratze des Satans, die beiden Hörner, die aus den schmalen Stirnen wuchsen, das grinsende Maul, leicht geöffnet, damit man die Stiftzähne sehen konnte.

Ja, das war das genaue Abbild des Satans!

Der Teufel war in die Kinder gefahren oder hatte sich ihre Seelen geholt.

Dem Lehrer wurde es schlecht. Er wandte sich ab und würgte. Bleich taumelte er aus dem Verlies und blieb im Gang stehen, wo er sich schwer atmend gegen die Wand lehnte. Er zitterte so, dass seine Zähne wild aufeinanderschlugen. Seine Lippen stammelten Gebete, irgendwelche Worte, die ihm gerade einfielen.

Ein wahrhaft schlimmes Bild.

Der Polizist holte ihn zurück. Krampfhaft vermied der Lehrer es, auf die Särge zu schauen.

»Wir müssen etwas tun«, sagte der Bürgermeister. »Hier lassen können wir sie nicht.«

»Aber was?«, fragte der Lehrer.

»Vielleicht sind sie gar nicht tot«, vermutete der Leichenbestatter.

»Wieso?«

Scharf sahen die anderen ihn an.

»Ich meine – es könnte sein, nicht wahr?«

»Und?«

»Dann – dann müssten wir sie eben töten.«

»Nein!« Hart und scharf klang die Ablehnung des Bürgermeisters. »Das kommt nicht infrage.«

»Was denn?«

»Wir werden sie begraben, Freunde. So wie sie sind. In ihren Särgen. Wir verscharren sie dicht an der Küste in unheiliger Erde, wo vor über zweitausend Jahren der alte Druide gelebt haben soll. Noch heute wird dieser Platz gemieden. Da sollen sie ihre letzte Ruhestätte bekommen.«

Die anderen stimmten zu.

»Aber wie machen wir es?«, fragte der Lehrer.

»Auf jeden Fall sagen wir den anderen nichts davon. Niemand darf etwas von diesen grauenhaften Vorgängen wissen. Wir werden sie begraben und nicht mehr darüber reden.«

Die Männer nickten.

»Aber zuerst muss ich das Haus versiegeln, dass niemand mehr hinein kann«, sagte der Polizist.

Der Meinung waren die anderen auch.

Der Totengräber verschloss die Särge wieder. Die Männer verabredeten sich für den anderen Abend. Dann wollten sie zu den Klippen ziehen und die drei Särge dort verscharren. Ebenfalls ihren Mörder.

Fragen gingen sie aus dem Weg. Sie gaben nur zu, dass Holloway der Mörder der Kinder gewesen war. Mehr nicht.

Dann, kurz nach Mitternacht des nächsten Tages, der Himmel war bewölkt, und kein Stern lugte hervor, gingen die Männer ihrer traurigen Pflicht nach. Sie hatten drei Stunden zuvor erfahren, dass der Pfarrer seinen Verletzungen erlegen war. Auch eine sehr deprimierende Nachricht.

Der Totengräber hatte seinen Wagen zur Verfügung gestellt. Er hatte eine offene Ladefläche, auf der nicht nur die drei weißen Särge standen und sorgfältig abgedeckt waren, sondern auch eine vierte Totenkiste, in der Rick Holloway lag.

Mit knarrenden Rädern fuhr der Leichenwagen durch den Ort und näherte sich der Küste, wobei er den schmalen, gewundenen Weg nahm, der zu den Klippen führte, wo auch das einsame Haus stand, das irgendeinem reichen Mann aus London gehörte.

Der kam zweimal im Jahr her und feierte ein rauschendes Fest. Er kümmerte sich nicht um den verfluchten Ort, hielt das alles für Spinnerei und Aberglaube.

Doch die Einheimischen wussten es besser.

Schweigend hoben sie die Gräber aus, während der Wind durch ihre Haare fuhr und das Lied von Tod und Vergänglichkeit sang. Kein Kreuz schmückte die Gräber der drei Kinder, und auch bei Holloway war kein christliches Symbol zu sehen.

In unheiliger Erde waren die Leichen verscharrt worden. Sie sollten dort bis in alle Ewigkeit liegen bleiben …

Dann kam der Erste Weltkrieg. Die Männer wurden eingezogen. Im Jahre 1916 tauchte plötzlich der Mann aus London auf, dem das Haus bei den Klippen gehörte. Er erfuhr, dass im Dorf ein Haus leer stand. Der Mann kümmerte sich nicht um das Verbot, sondern drang in das Haus ein. Er war sehr angetan von den alten Möbeln, und besonders die Standuhr stach ihm ins Auge.

Niemand hatte ihm gesagt, was es mit dieser Uhr für eine Bedeutung hatte und welche Verbindung es zwischen Holloway, den drei toten Kindern und der Uhr gab.

Woher sollten die Leute dies auch wissen?

Der Käufer aber nahm alles mit. Die Möbel und auch die Uhr verschwanden in der Versenkung.

Die Zeit deckte den Mantel des Vergessens über die schrecklichen Vorgänge, und aus dem Krieg kam nur der Bürgermeister zurück. Die anderen waren im Feld geblieben.

Der Bürgermeister ging noch einmal vor seinem Tode in das Haus. Er fand es halb ausgeräumt vor, und erst auf dem

Sterbebett vertraute er seiner Frau und seinen beiden Kindern das schreckliche Geheimnis an. Er bat den Herrgott um Verzeihung, dann starb er.

Doch die Verbindung zwischen der Teufelsuhr und den Toten riss nie. Im Jahre 1981 erst sollte sie auf grauenhafte Art und Weise wieder aktiviert werden ...

Durch die Ruine pfiff der Wind und fuhr mir unangenehm in den Nacken. Schutt türmte sich vor meinen Füßen zu einem kleinen Berg auf. Vorspringende Mauern und leere Fensterhöhlen gaben Deckung und Sicht gleichzeitig.

Von dem Vampir aber hatte ich noch keine Spur gesehen. Auch Suko nicht, der sich an der Suche beteiligte.

Ein Telefonanruf beim Yard war zu mir durchgestellt worden. Eine hysterische Stimme erzählte, dass ein Vampir durch die Ruine an der Vincent Street geistern würde. Hier hatte früher mal ein öffentliches Verwaltungsgebäude gestanden, nun hatte man es abgerissen, aber nicht dem Erdboden gleichgemacht, sodass noch zahlreiche Mauern standen.

Nun ja, wir fuhren hin, denn Vampire erinnerten mich immer an den Kosmetik-Konzern Fariac oder an Vampiro-del-mar, den Kaiser der Blutsauger, der lange auf dem Meeresboden gelegen hatte und sogar widerstandsfähig gegen Wasser war.

So sah die Lage aus, als Suko und ich losfuhren. Die Arbeit hatten wir uns geteilt. Während ich von Westen her in die Ruine eindrang, hatte Suko den östlichen Weg genommen.

Jetzt suchten wir unseren »Freund«. Ich sah zwar viel Schutt und hochgewachsenes Unkraut, aber von dem Vampir entdeckte ich nichts. Wenn tatsächlich einer hier herumgeistern sollte, dann hatte er sich bestimmt im Keller versteckt. Die Räume waren sicherlich noch nicht zusammengebrochen.

Ich suchte den Einstieg und musste dabei über den Schutthügel steigen. Als ich die höchste Stelle erreicht hatte und mir einen Rundblick erlaubte, da entdeckte ich ihn.

Er kroch zwischen zwei Mauerresten hindurch und versuchte, immer in Deckung einer Wand zu bleiben. Sein Ziel war eines der großen Fenster im unteren Teil.

Mich bemerkte er nicht, weil er mir den Rücken zuwandte. Sein Gesicht konnte ich nicht sehen, nur den langen, schwarzen Mantel mit dem roten Futter, der sich aufbauschte, als ein Windstoß ihn traf.

Wirklich ein Vampir.

Ich hetzte los.

Er hörte meine Schritte, kreiselte herum und starrte in die Mündung der Beretta, die ich natürlich gezogen hatte. Ich weiß nicht, was mich davon abhielt zu schießen, obwohl sämtliche Anzeichen auf einen Blutsauger hinwiesen. Die schwarzen Haare, die Dracula auch gehabt hatte, das hagere Gesicht, die langen Zähne, die blutunterlaufenen Augen, alles war so perfekt, dass es mir schon zu perfekt vorkam.

Und deshalb zögerte ich.

»He, was ist los?«, fragte der Mann mit zitternder Stimme, als ich ihm die Waffenmündung in den Nacken drückte.

Ich gab keinen Antwort, denn mir war etwas aufgefallen. Mit der linken Hand griff ich in sein Haar und hielt im nächsten Augenblick die Perücke zwischen den Fingern. Plötzlich wurde der Mann rot, senkte den Kopf und griff zwischen seine Lippen.

Er holte das künstliche Vampirgebiss hervor und warf es wütend weg. »Mann«, sagte er im breitesten Eastend-Slang, »kann man sich hier denn keinen Spaß erlauben?«

Ich ließ die Beretta verschwinden. »Schon gut, Mister Vampir«, sagte ich.

»Was soll das überhaupt?«, fuhr er mich an, weil er wieder Mut gefasst hatte. »Was erlauben Sie sich eigentlich, mich hier mit einer Waffe zu bedrohen?«

Ich zeigte ihm meinen Ausweis.

»Polizei?«, fragte er.

»Ja. Und wir sind gerufen worden, weil Sie eine Frau in Ihrer lächerlichen Verkleidung erschreckt haben.«

Er wand sich vor Lachen. »Die alte Hexe hat tatsächlich geglaubt, einen Vampir vor sich zu sehen? Klasse, wirklich.« Er klatschte in beide Hände. »Als ob es die gäbe.«

Ich hätte ihm ja eine andere Antwort geben können, ließ es jedoch bleiben. Niemand von uns hatte etwas davon, wenn ich ihm erzählte, dass es doch Vampire gab.

Eine halbe Stunde später war die Sache erledigt. Ich konnte dem Mann auch keine Vorwürfe machen. Sich als Vampir zu verkleiden verstieß nicht gegen das Gesetz.

Suko und ich fuhren wieder zurück. Inzwischen war beim Yard auch offiziell Feierabend, ich hatte keine Lust, noch ins Büro zu fahren, und rollte nach Hause. Telefonisch meldete ich mich bei meinem Vorgesetzten, Superintendent Sir Powell, ab.

Bevor ich hochfuhr, räumte ich den Briefkasten leer. Suko wollte an diesem Abend noch zum Karatetraining und Shao mitnehmen. Ich hatte vor, die Beine auszustrecken.

Vor meiner Wohnungstür trennten wir uns.

Ich schlüpfte in bequeme Kleidung und sah erst einmal die Post durch. Reklame, Reklame und noch einmal Reklame. Doch der letzte Brief war normal.

Er duftete sogar ein wenig nach Parfüm.

Ich runzelte überrascht die Augenbrauen. Nanu, wer schrieb mir denn solche Briefe?

Ich drehte ihn um und las den Absender.

Nadine Berger!

Ein Name, der mir einiges sagte und der Erinnerungen weckte. Ich dachte an Doktor Tod, wie ich ihm den silbernen Nagel in die Stirn geschlagen hatte. An den Kampf mit ihm auf dem Turm, und ich dachte an den unheimlichen Mönch, der uns einige Schwierigkeiten bereitete, als ein Team mit Nadine Berger in der weiblichen Hauptrolle einen Film drehen wollte.

Damit war über Nadine Berger alles gesagt. Sie hatte einen exotischen Beruf und war Filmschauspielerin. Zweimal hatte ich mit ihr zu tun gehabt. Nadine war eine tolle Frau. Bei ihr hätte ich wirklich nicht »Nein« sagen können, doch beim letzten Fall mischte noch Jane Collins mit, und die wachte mit Argusaugen über uns, damit wir ja keine Dummheiten machten.

Nun denn, ich war gespannt, was die gute Nadine von mir wollte. Vorsichtig öffnete ich den Brief, und mir rutschte eine handschriftlich und auf Büttenpapier geschriebene Einladung in die Hände.

Lieber John!

Ich hoffe, dass du mir nicht böse bist, weil ich so lange nichts mehr von mir habe hören lassen. Aber du weißt ja selbst, wie hektisch das Filmgeschäft ist. Da kommt das Privatleben halt zu kurz.

Ich werde am nächsten Wochenende dreißig Jahre alt und habe vor, diesen Geburtstag mit Freunden groß zu feiern. Gleichzeitig will ich mich an diesem Tag verloben.

Mein Auserwählter, er ist Antiquitätenhändler, besitzt ein altes Haus an der Küste von Wales. Hier wollen wir meinen Geburtstag und unsere Verlobung feiern. Du, John, bist herzlich eingeladen, und ich hoffe sehr, dass du kommst. Alles Weitere mündlich.

Deine Nadine

Es folgte noch eine Telefonnummer, unter der Nadine Berger zu erreichen war.

Ich überlegte. Die Einladung war ziemlich plötzlich gekommen, denn heute hatten wir schon Mittwoch.

Allerdings hatte ich nichts am Wochenende vor, und ich hatte Nadine zudem lange nicht mehr gesehen. Ich freute mich wirklich, sie wiederzusehen.

Verloben wollte sie sich. Ich lächelte müde und auch etwas verloren. Wieder überkamen mich die Erinnerungen an unsere beiden gemeinsam erlebten Fälle. Ich sah sie noch genau vor mir. Mal blond, dann wieder schwarz. Nadine wechselte die Haarfarbe, das war ein kleiner Tick von ihr. Seit der

Begegnung mit dem unheimlichen Mönch hatte sie sich geschworen, nie wieder Gruselfilme zu drehen. Das schien sie auch durchgehalten zu haben, denn ich hatte nichts anderes mehr gehört. Auf jeden Fall war ich gespannt, sie wiederzusehen.

Der Telefonnummer nach zu urteilen musste sie sich bereits in Wales aufhalten.

Das Gespräch würde teuer werden, aber Nadine war mir dies wert. Ich rief an.

Ein Hotelportier meldete sich. Ich sagte meinen Namen und bat, Miss Berger sprechen zu dürfen.

Man verband mich weiter.

Dann hörte ich ihre Stimme. »John!«, rief sie. »Bist du es wirklich? Oder hat der Knabe von der Rezeption den Namen falsch verstanden?« Ihre Stimme klang freudig erregt.

»Ich bin es in der Tat, du großer Star«, sagte ich und hörte ein silberhelles Lachen.

»Dann hast du meine Einladung erhalten?«

»Soeben.«

»Und?«

Ich ließ sie bewusst ein wenig zappeln und gab erst mal keine Antwort.

»John, bitte sag schon«, drängte sie. »Ich sterbe hier fast vor Spannung.«

»Am Wochenende habe ich nichts vor. Und ich hoffe auch nicht, dass etwas dazwischenkommt.«

Sie unterbrach mich. »Dann kommst du, John?«

»Wie es aussieht – ja.«

Ein Jubelschrei war die Antwort.

»Und du verlobst dich?«

»Ja, John.«

»Wer ist denn der Glückliche?«

»Es ist ein bekannter Antiquitätenhändler aus London und heißt Don Mitchell.«

»Kenne ich nicht.«

»Du interessierst dich ja auch nicht für alte Möbel.«

»Nun ja, Hauptsache, ihr versteht euch gut«, sagte ich und spürte ein leichtes Kratzen im Hals.

»Ja, das tun wir.«

»Hörst du dann mit der Filmerei auf?«, wollte ich wissen.

»Nein. Don hat nichts dagegen.«

»So ganz begeistert klingt deine Stimme nicht«, sagte ich. »Hast du irgendetwas?«

»Wieso?«

»Ich frage nur.«

Eine Pause entstand. »Vielleicht, John. Ich bin mir nicht so sicher. Es könnte sein.«

»Sag es, Nadine.«

»Unsinn, John. Aber wir reden darüber, das kann ich dir versprechen. Sieh zu, dass du früh bei mir bist, dann haben wir noch für uns ein wenig Zeit.«

»Okay, ich fahre in der Nacht los. Du musst mir nur noch die genaue Adresse sagen.«

Den Ort kannte ich nicht. Eines der zahlreichen Dörfer, die es überall in Wales gab. Einsam, an der Küste liegend und noch ursprünglich.

»Das Haus ist auf jeden Fall nicht zu übersehen. Es liegt ziemlich nahe an den Klippen. Richtig romantisch.«

»Ich bin gespannt«, sagte ich.

Das war ich wirklich. Und ich dachte auch noch lange über das Gespräch nach.

Sehr glücklich hatte Nadines Stimme nicht geklungen. Irgendetwas lag in der Luft, und ich beschloss, zu der Verlobungsfeier nicht unbewaffnet zu fahren …

Nadine Berger fürchtete sich!

Nicht vor irgendwelchen Feinden oder Einbrechern, ihre Furcht hatte einen anderen Grund.

Es war das Haus!

Trutzig, gewaltig, wuchtig – und düster stand es hoch auf den Klippen. Vom Wind umtost, mit dicken Mauern und den dunklen Steinen machte es einen unheimlichen Eindruck. Vor allen Dingen bei Vollmond und Sturm. Wenn die riesigen Wolkenberge am Himmel trieben, wurden das Haus und die unmittelbare Umgebung zu einer gespenstischen Kulisse, dann knarrten die Fensterläden, dann ächzte das Dach, und jedes Mauerstück schien sein eigenes Leben zu haben.

Don Mitchell hatte das Haus geerbt, und er wollte davon nicht lassen. Das hatte er Nadine Berger deutlich genug zu verstehen gegeben. Er wollte sogar die Verlobung hier feiern. Nadine konnte sich nicht vorstellen, dass dieses Haus sich jemals mit Leben füllte. Alles war so kalt und düster. Es war ein Haus, um darin begraben zu werden!

Zudem schien sich ein düsteres Geheimnis um das Haus und die Umgebung zu ranken. Nadine Berger wusste nichts Genaues, aber die Menschen im nahen Dorf hatten kaum mit ihr gesprochen und sie nur seltsam angesehen.

Sie hatte nachgehakt, aber keine Antworten erhalten. Man schwieg sich halt aus.

Nadine war eine moderne junge Frau. Sie akzeptierte es, wenn andere ihre Hobbys hatten. Das Sammeln alter Gegenstände, zum Beispiel. Aber zwischen diesen alten Möbeln konnte sie nicht leben. Da fühlte sie sich eingeengt. Und ihr zukünftiger Verlobter hatte das Haus mit allen Dingen vollgestopft. Antiquitäten, für die er nicht einmal hatte zu bezahlen brauchen, weil die Sachen ihm vererbt worden waren, von einem seiner Vorfahren mütterlicherseits, der ebenfalls Antiquitätenhändler gewesen war.

Der war öfter in diese Gegend gefahren und hatte hier ›abgeräumt‹, wie man so schön sagt.

Momentan befand sich Nadine Berger allein in dem düsteren Haus. Ihr Fast-Verlobter war weggefahren, weil er noch etwas besorgen wollte. Nadine wollte nicht mitfahren. Sie hatte keine Lust, hinaus in den Frühjahrsregen zu laufen, der aus der dichten grauen Wolkendecke fiel und gegen die Scheiben hämmerte.

Hier an der Küste war es immer windig. Vom Meer her

wühlte sich der Wind heran, schleuderte das Wasser vor sich her und warf es gegen die Felsen.

Wales – ein wildes, romantisches Land.

Daran musste Nadine Berger denken, als sie sich abwandte. Sie konnte das an den Scheiben herablaufende Wasser nicht mehr sehen und hoffte, dass Don bald zurückkehren würde. Es war nicht jedermanns Sache, allein in solch einem Haus zu bleiben.

In den Keller hatte sich Nadine noch gar nicht hineingetraut. Davor fürchtete sie sich. Personal war auch nicht da. Es würde erst später eintreffen.

Die dunkelhaarige Schauspielerin zündete sich eine Zigarette an und blies den Rauch in den Raum hinein. Er war so groß, genau richtig für die alten Möbel. Inzwischen gab es in diesem Gemäuer auch elektrisches Licht, und die Küche war mit allem Komfort eingerichtet. Nadine würde es an nichts fehlen. Ihr zukünftiger Verlobter war sehr reich. Trotzdem fragte sie sich, ob es nicht eine Wahnsinnsidee war, sich mit ihm zu verloben.

Don war ein lieber, netter Mensch, wirklich, aber er hatte eben seine Macken.

Nadine überlegte hin und her. Sie schritt die Seiten des kostbaren Teppichs ab, rauchte, dachte nach und fragte sich, ob sie alles richtig gemacht hatte.

Und bei wem konnte sie sich Rat holen? Freunde hatte sie nicht. Zwar ungeheuer viele Bekannte, wie das ja in der Filmbranche so üblich ist, aber die Kollegen waren keine Freunde, die dachten nur an ihren eigenen Vorteil. Nadine wusste keinen, mit dem sie über ihre Probleme reden konnte.

Da war ihr John Sinclair eingefallen, und dass er kommen würde, empfand sie als einen großen Lichtblick. Ihm konnte sie sich anvertrauen, und er würde auch Verständnis dafür haben, dass sie sich in dem Haus nicht wohl fühlte.

Dieses Gemäuer lebte. Da war nicht nur der Sturm, der um die Mauern toste, sondern es gab noch etwas anderes, das sie beunruhigte. Etwas nicht Fassbares, nicht Greifbares, Unheimliches.

Dieses Haus oder die Umgebung mussten ein schreckliches Geheimnis bewahren …

Sie wusste nicht, was es war, aber sie fühlte es. Wie das Netz einer Spinne breitete es sich aus, es überfiel sie regelrecht und umwob sie. Nadine hatte das Gefühl, in den großen Hallen und Zimmern keine Luft mehr zu bekommen. Diese breite Treppe, die mit Stuck verzierten Decken, das knarrende Holz, die dicken Bohlen, die Fenster – und …

Nadine unterbrach ihre Wanderung und blieb abrupt stehen. Sie befand sich in Nähe der Tür, die offen stand, und sie hörte genau das Geräusch.

Kinderlachen …

Es kam von unten. Entweder aus der Halle oder aus einem der Räume, die sich darum gruppierten.

Aber es waren keine Kinder im Haus, deshalb konnte es nicht sein, dass Kinder sprachen. Oder sollten etwa aus dem nahen Dorf welche eingetroffen sein?

Nadine Berger wollte rufen, doch irgendein Zwang hielt sie davor zurück. Stattdessen näherte sie sich der offen stehenden Zimmertür, um den Raum zu verlassen. Sie wollte hinaus in den breiten Korridor, der die Halle im Quadrat umlief.

Nadine Berger spitzte die Ohren.

Wieder die Kinderstimmen.

Es mussten sicherlich zwei oder drei sein, die miteinander sprachen. Allerdings konnte Nadine nicht unterscheiden, ob es Jungen- oder Mädchenstimmen waren.

Sie klangen zu gleich.

Vor der breiten Brüstung blieb sie stehen, legte ihre Hände auf den lackierten Handlauf und schaute in die Tiefe.

Von den Kindern sah sie nichts.

Aber sie hatte doch ihre Stimmen gehört!

Nadines Herz klopfte schneller. Sie raffte ihren Mut zusammen und rief: »Hallo, da unten, ist da jemand?«

Keine Antwort.

Die Filmschauspielerin rief noch einmal, und in der Halle blieb es immer noch still.

Nadines Blick flackerte. Was sollte sie tun? Dass sich dort jemand befand, das hatte sie sehr deutlich gehört, aber warum meldete sich dann keiner?

Wenn doch nur ihr Freund da gewesen wäre! Don Mitchell hätte bestimmt eine Antwort gewusst. Aber der war unterwegs und würde erst später eintreffen.

Das Haus verlassen konnte sie zwar, aber sie wollte nicht durch die Dunkelheit und sich irgendwo in Miltonburry verkriechen. Was hätte sie den Dorfbewohnern auch erzählen sollen? Man hätte sie ausgelacht, den Bericht für eine Farce gehalten, für die Wichtigtuerei einer überkandidelten Schauspielerin.

So ähnlich dachte sie. Aber hier oben wollte sie auch nicht bleiben, überwand sich selbst und schritt auf die breite Treppe zu, die im Bogen nach unten führte.

Das Licht brannte zwar, aber diese Dinge gefielen ihr nicht. Nadines Meinung nach war es nicht hell genug. Die großen Leuchter an der Decke brannten einfach zu matt.

Nadine biss sich auf die Lippen. Nur keine Panik, schärfte sie sich ein, du hast schon einiges erlebt und wirst dich doch durch Kinderstimmen nicht bange machen lassen.

Schritt für Schritt ging sie die Stufen hinunter. Der dunkelrote Teppich schluckte jedes Geräusch, sodass ihre Ankunft gar nicht bemerkt werden würde.

Nadine Berger zwang sich zur Ruhe. Die Atmosphäre des Hauses sollte nicht auf sie abfärben.

Als sie die Hälfte der Treppe hinter sich gelassen hatte, zuckte sie wieder zusammen.

Abermals hörte sie die Stimmen.

Jemand lachte.

Aber es war ein raues Lachen, das so gar nicht zu einem Kind passen wollte.

Irgendwie klang es wild, abgehackt und gefährlich.

Nadines Furcht wuchs …

Aber sie ging weiter. Stufe für Stufe ließ sie hinter sich und atmete auf, als sie in der Halle stand. Ihre Blicke saugten sich an der schweren Eingangstür fest.

Sie war geschlossen.

Hatten die Kinder diesen Weg genommen, oder waren sie auf einem anderen in das Haus gelangt? Vielleicht durchs Fenster eingestiegen. Sie rechnete mit allem.

Mehrere Türen zweigten ab. In der Mitte der Halle lag ein großer Teppich. Ein Flügel stand hier, an den Wänden hingen große Ölschinken, ein wuchtiger Lüster, der mit Glasplättchen übersät war, zog unwillkürlich die Aufmerksamkeit der Eintretenden auf sich.

Unter dem Lüster blieb die Frau stehen.

Irgendwie passte sie nicht so recht in dieses Gemäuer. Nadine trug ein elegantes, weinrotes Kostüm, dessen Rock ziemlich eng geschnitten und geschlitzt war. Das Kostüm unterstrich deutlich ihre biegsame Figur. Da der Rock nicht zu lang war, kamen auch die fantastisch gewachsenen Beine zur Geltung. Das dunkle Haar fiel als Ringellockenfrisur bis fast auf die Schultern und umrahmte das aparte Gesicht der bekannten Filmschauspielerin.

Wieder hörte Nadine die Stimmen.

Sie zuckte herum.

Genau gegenüber waren sie aufgeklungen, wo die Tür des Zimmers spaltbreit offen stand.

Da mussten sie sein.

Nadine fröstelte, als ihr dies bewusst wurde, und sie schreckte auf, als sie plötzlich das Geräusch hörte.

Direkt über ihr.

Der Kronleuchter begann zu schwanken. Nadine warf einen Blick nach oben, sah, dass sich die kleinen Glaspailletten bewegten und gegeneinander klirrten.

Sie verursachten diese seltsame Musik, die Nadine eine Gänsehaut über den Rücken jagte. Jeden Moment konnte der Leuchter fallen, und Nadine sah zu, dass sie wegkam.

Hastig lief sie auf die Tür zu, hinter der die Stimmen aufgeklungen waren.

Vor dem Raum blieb sie stehen.

Im selben Augenblick hörte das Klirren auf.

Nadine fiel ein Stein vom Herzen, sie zuckte jedoch zusammen, als sie abermals die Stimme vernahm.

Und nun konnte sie etwas verstehen.

»Wir kommen wieder – der Teufel lässt uns – wir müssen in das Haus – es gehört uns …«

Nadine Berger begann zu zittern. Wer redete so, und warum redeten die Kinder so?

Eine seltsame Sprache hatten sie. Eine Sprache, die Nadine überhaupt nicht begriff.

Die Filmschauspielerin unterdrückte für einen Moment die Angst, fasste sich ein Herz und stieß die Tür auf.

Sie hatte erwartet, auf mehrere Kinder zu treffen, doch der Raum war leer.

Das heißt, es hielten sich keine Personen darin auf. Aber woher kamen die Stimmen?

Nadine Berger blickte sich um. Sie sah an der einen Wand den großen Schrank, dessen wertvolle Intarsienarbeit auch ihr gefiel, sie sah die beiden Stühle mit den gebogenen Lehnen, und sie sah noch mehr.

Die Standuhr!

Ein prächtiges Stück, das seinen Platz an einer Wandseite hatte und auf das ihr zukünftiger Verlobter besonders stolz war.

Die Uhr übte auf sie eine gewisse Faszination aus, das musste sogar Nadine Berger zugeben.

Ohne es eigentlich zu wollen, schritt sie auf die Standuhr zu.

Diese Uhr war ziemlich breit. Breiter als die normalen Uhren, und in der unteren Hälfte lief sie auseinander, sodass der Sockel wuchtiger war als das Oberteil. Man konnte ihn auch aufschließen. Nadine sah die Tür und den im Schloss steckenden Schlüssel. Ihre Hand war schon unterwegs, doch dann zuckte sie wieder zurück. Nein, sie traute sich nicht, die Tür zu öffnen.

Ihr Blick wanderte höher und blieb auf dem ziemlich großen Zifferblatt haften.

Die römischen Ziffern waren auf die runde, leicht bläulich schimmernde Unterlage genietet, und sie sah auch die beiden Zeiger, von denen sich der größere langsam bewegte.

Die Standuhr ging genau, obwohl sie schon so alt war. Ein Meister seines Fachs musste sie angefertigt haben.

Der Anblick dieser Uhr weckte seltsame Gefühle in ihr. Dieses wirklich fantastische Schmuckstück stieß sie ab und zog sie gleichzeitig an.

Sie wusste nicht weshalb, aber sie hatte das Gefühl, dass von der Uhr eine Bedrohung ausging.

Die Filmschauspielerin fröstelte. Sie stand davor, wagte sich nicht zu rühren und hatte die Kinder völlig vergessen, so sehr war sie in den Anblick vertieft.

Nadine nagte auf der Lippe. Ein Schauer rieselte über ihren Rücken. Sie konnte nicht sagen, woher dieses Gefühl der Bedrohung kam, es war einfach da.

Vielleicht ging ihr auch der Schlag der Uhr auf die Nerven.

Gleichmäßig bewegte sich das Pendel.

Tack – tack – tack …

Und der Minutenzeiger wanderte weiter. Drei Minuten vor zweiundzwanzig Uhr. Nadine dachte an ihren Freund, der noch nicht da war und um den sie sich Sorgen machte.

Warum kam er nicht …?

Ihre Gedanken wurden abgelenkt. Denn abermals zog sie das Zifferblatt in seinen Bann.

Das bläuliche Schimmern war doch nicht normal, denn sie hatte das Gefühl, als würde sich innerhalb des Zifferblattes etwas bewegen.

Nadine schluckte.

Da war doch etwas …

Im selben Augenblick schlug die Uhr an.

Zehnmal!

Nadine Berger erschrak. Zehn dumpfe Glockenschläge hallten durch das Zimmer, und jeden einzelnen Schlag schien sie körperlich zu spüren, er drang ihr durch und durch.

Der letzte Schlag …

Da geschah es.

Urplötzlich veränderte sich das Zifferblatt. Aus dem Innern schälte sich eine grässliche Fratze hervor.

Die Fratze des Teufels!

Es war wärmer geworden. Der letzte Schnee taute auf den Bergen, dafür aber fiel der Regen vom Himmel, als würde er dort aus Kannen gegossen.

Don Mitchell fluchte. Er hatte vorgehabt, schon längst zuhause zu sein, aber der Weinhändler hatte ihn aufgehalten und ihn noch in seinen Keller geführt, wo es einige erlesene Kostbarkeiten zu probieren gab.

Don hatte sie probiert. Eigentlich schon zu viel, er hätte nicht mehr fahren dürfen, aber wie sollte er sonst an sein Ziel gelangen? Außerdem gab es hier keine Polizei, die kontrollierte. Man befand sich ja nicht in der Großstadt.

Mitchell lenkte seinen knallroten Jaguar dennoch sicher über die Straßen. Er schien der einzige Autofahrer hier in der Gegend zu sein, denn niemand kam ihm entgegen.

Die starken Halogenleuchten warfen ihr breites, helles Band auf die Fahrbahn. Unzählige Regentropfen glitzerten wie Diamanten auf, wenn sie von den Lichtspeeren getroffen wurden.

Don Mitchell war froh, wenn er endlich im Bett lag. Die letzten Tage waren aufregend gewesen, und der folgende würde noch aufregender werden.

Er dachte an seine Fast-Verlobte. Vor einem halben Jahr hatten sie sich kennengelernt, bei einer Filmpremiere, auf die ihn ein Bekannter geschleppt hatte.

Sofort war er von Nadine Berger fasziniert gewesen. Diese Frau stellte für ihn alles in den Schatten. Er hatte schon viele

Mädchen gehabt, vom Callgirl bis zur Millionärstochter, aber so etwas wie Nadine war noch nicht dabei gewesen.

Himmel, war das eine Frau!

Und er war Nadine auch sympathisch gewesen. Kein Wunder, denn der 35jährige Antiquitätenhändler war ein gut aussehender Mann. Die Frauen liefen dem Schwarzhaarigen regelrecht nach, er hatte keine Mühe, und wenn er sein Playboylächeln aufsetzte, dann war schon meistens alles klar.

Und jetzt die Verlobung.

Ein tiefer Einschnitt in seinem Leben. Er musste seine Devise ändern, früher hatte er schnell mit den Mädchen geschlafen, und jetzt war Nadine da.

Don war ehrlich gegen sich selbst. Er wusste nicht, ob er ihr treu bleiben würde, im Moment jedenfalls kam für ihn keine andere infrage.

Die Straße führte bergauf. Und noch immer schüttete es wie aus Eimern. Braune Fluten spülten dem Wagen entgegen. Der Regen hatte die lehmigen Hänge ausgewaschen, das Wasser auf die Straße getragen, wo es hinabgewirbelt wurde und dem einsamen Fahrer entgegenschäumte.

Die Wischer fuhren in der stärksten Stufe über die Scheibe. Trotzdem konnten sie die Wassermassen kaum schaffen. Bald hatte der Fahrer die höchste Stelle der Straße erreicht. An der linken Seite ging es in die Tiefe. Dort war die Straße leider nicht besonders gut abgesichert, nur ein paar Grenzpfähle, das war alles.

Das Meer wirkte wie eine wogende dunkelgraue Fläche. Nur hin und wieder schäumte der Kamm einer Welle auf, ansonsten rollten die grauen Wellen der Küste zu.

Die Cardigan Bay war für ihre Stürme und Wildheit bekannt. Zahlreiche Schiffe waren bereits an den Klippen zerschellt.

Eine weitere Kurve. Mitchell nahm sie vorsichtig, da der Straßenbelag mit einer Schlammschicht überzogen war. Er war sonst ein flotterer Fahrer, doch hier musste er sich den Verhältnissen anpassen, sonst landete er zwischen den Klippen.

Vor ihm lag das Dorf.

Er atmete auf, als er die Häuser von Miltonburry sah. Hier und da brannte ein einsames Licht. Die Bauten verschwanden im grauen, dichten Regenschleier.

Mitchell hatte das Dorf schnell erreicht, durchfuhr es, und die vier Räder schleuderten hohe Wasserfontänen nach allen Seiten weg, wenn sie durch die großen Pfützen rollten.

Mitchell war froh, endlich nach Hause zu kommen. Er schlidderte förmlich mit seinem Jaguar in die Kurven hinein, das Aquaplaning machte seinem Wagen zu schaffen, die Reifen rutschten wie auf Schmierseife über den Belag.

Don Mitchell beugte sich am Lenkrad etwas vor und schaute schräg durch die breite Frontscheibe. Er suchte sein Haus und wollte sehen, ob hinter den Fenstern noch Licht brannte.

Der Regen machte ihm einen Strich durch die Rechnung. Don Mitchell sah nur die graue Wand.

Im Kofferraum rumpelten die flachen Weinkisten gegeneinander, wenn er die Kurven nahm. An das Geräusch hatte er sich inzwischen gewöhnt, und die Flaschen waren gut verpackt.

Noch zwei Kurven, dann hatte er es hinter sich. Die erste schaffte er gut, ging dann in die zweite hinein, folgte mit seinen Blicken den Lichtspeeren der Scheinwerfer und riss plötzlich die Augen weit auf, während er gleichzeitig auf die Bremse trat.

Vor ihm auf der Straße standen drei Kinder!

Das Licht der Scheinwerfer hatte sie getroffen, und Don Mitchell sah sie trotz des Regens ziemlich deutlich. Wie Denkmäler standen sie nebeneinander und wandten ihm den Rücken zu.

Nur drei Schritte von den Kindern entfernt brachte er seinen Jaguar zum Stehen.

Mitchell schluckte. Er wischte sich über die Stirn und fühlte den kalten Schweiß. Das war wirklich ein Hammer. Drei Kinder mitten im strömenden Regen und nahe bei seinem

Haus. Wo kamen sie her? Und was suchten sie in der Nacht auf dem einsamen Weg, dazu bei strömendem Regen?

Don schüttelte den Kopf. Die Kinder gingen auch nicht weg, obwohl sie den Wagen gehört haben mussten.

Sie blieben stehen und rührten sich nicht.

Er drückte auf die Hupe. Das Horn tutete sein Signal hinaus in die Nacht, aber die Kinder reagierten nicht.

»Verdammt!«, schimpfte Mitchell. Er hatte eingesehen, dass er so nicht weiterkam. Jetzt musste er doch tatsächlich aussteigen und wurde noch klatschnass.

Noch einmal betätigte er die Hupe. Als sich wiederum nichts tat, war er es leid.

Don Mitchell stieß die Fahrertür auf und schwang seinen Körper aus dem Wagen. Sofort klatschte das Wasser auf seine Beine, doch zum Glück hatte er den Mantel während der Fahrt angelassen. Er stemmte sich völlig aus dem Fahrzeug, ging an der langen Kühlerschnauze entlang, spürte, wie der Regen in sein Gesicht fuhr, und hatte gerade die Hälfte der Strecke zwischen sich und den Kindern hinter sich gelassen, als sich die drei umdrehten.

Der Schock traf den Mann völlig unvorbereitet.

Er hatte erwartet, normale Kindergesichter zu sehen, aber über den langen, schwarzen Umhängen zeichneten sich drei Gesichter ab, die es gar nicht geben durfte.

Es waren Teufelsfratzen!

Nadine Berger konnte einen Schrei nicht vermeiden. Automatisch drang er über die Lippen, als sie die Fratze auf dem Zifferblatt anstarrte. Natürlich hatte sie schon Abbildungen vom Teufel gesehen. Dieses Gesicht sah nicht ganz so aus. Es hatte etwas menschlichere Züge an sich, auch wenn Hörner aus dem Schädel wuchsen. Der Mund stand offen, die Augen blickten kalt, die Pupillen zeigten eine gelbe Farbe, und aus dem Gesicht hallte der fassungslosen Filmschauspielerin ein höhnisches Gelächter entgegen.

Nadine schwankte. Dieses Bild war so schrecklich, dass sie es kaum fassen konnte. Sie hatte Angst vor dieser Fratze, deren Lachen plötzlich stoppte.

Dafür begann sie zu reden. »Du bist dem Tod geweiht, Nadine Berger. Morgen, um Mitternacht, werde ich deine Todesstunde einläuten. Und nicht nur du wirst sterben, alle werden umkommen, denn dieses Haus gehört mir. Mir allein!«

Mit diesen Worten verschwand die Fratze, und die entsetzte Nadine starrte auf die völlig normale Uhr. Sie stand da und tickte, als wäre nichts geschehen.

Die Schauspielerin wankte zurück. Erst als sie die Wand im Rücken spürte, blieb sie stehen. Sie konnte sich kaum auf den Beinen halten, so sehr zitterte sie.

Dann warf sie sich plötzlich herum und rannte in die Halle hinein, wo ein zweisitziges Sofa aus der Biedermeier-Zeit stand. Nadine warf sich hinein und begann zu schluchzen.

Sie ahnte nicht, dass das eben Erlebte nur der Auftakt zu weiteren grauenvollen Ereignissen sein sollte …

Don Mitchell wagte sich keinen Schritt weiter vor. Zu sehr hatte ihn der Anblick geschockt. Er schüttelte den Kopf, spürte plötzlich den Regen nicht mehr, der auf ihn herunterprasselte, er sah nur noch die schrecklichen Gesichter der drei Kinder.

Sie waren grauenhaft.

Teufelsfratzen!

Und sie fingen an zu sprechen. »Wir warnen dich, Sterblicher«, sagten sie alle drei auf einmal. »Dieses Haus gehört nicht dir, sondern uns. Flieh, solange du es noch kannst, sonst wirst du ebenso sterben wie die junge Frau. Deine Uhr läuft ab, Don Mitchell. Der Fluch der Vergangenheit hat dich erreicht. Verschwinde, bevor es zu spät für dich ist. Das Haus muss leer bleiben, es gehört uns!«

Die drei hatten so laut gesprochen, dass sie mit ihren Stimmen das Prasseln des Regens übertönten. Und Don Mitchell hörte genau zu. Er verstand zwar jedes Wort, aber er begriff es nicht. Was sollten diese Andeutungen?

Er wollte nachfragen. Das war jedoch nicht mehr möglich. Plötzlich lösten sich die Konturen der drei Kinder vor seinen Augen auf, dann waren sie verschwunden.

Als hätte sie der Erdboden verschluckt.

Don Mitchell wischte sich über die Stirn. Er schleuderte nur Wasser ab, mehr nicht. Und jetzt merkte er, dass er trotz seines Mantels bis auf die Haut nass war. Er stand im strömenden Regen neben seinem Wagen und starrte in die graue Wand.

Nichts von den Kindern zu sehen, nichts mehr von einer Warnung zu hören.

War das alles nur eine Täuschung gewesen?

Mitchell wusste selbst nicht, wie er in seinen Wagen gekommen war. Auf jeden Fall fand er sich rauchend hinter dem Lenkrad wieder und starrte auf die Frontscheibe.

Tausend Gedanken gleichzeitig wirbelten durch seinen Kopf, doch es war ihm nicht möglich, sie zu ordnen.

Tief atmete er ein.

Die Scheiben waren beschlagen, er starrte ins Leere, und irgendwann startete er.

Automatisch steuerte er den Weg zu seinem Haus hoch. Links, wo es zu den Klippen ging, sah er die knorrigen Bäume, die ihre Äste und Zweige wie verrenkte Arme ausgestreckt hatten und sie auch noch über den Abgrund ausbreiteten.

Uralt waren die beiden Eichen. Der Wind und die wilde Natur hatten es nicht geschafft, sie zu brechen. Sie stemmten sich immer wieder gegen die Unbilden des Wetters an.

Don Mitchell fuhr bis dicht vor den Eingang. Dort stoppte er und stieg aus.

Er hatte im Haus Licht brennen sehen. Durch den herabfallenden Regen wirkte der Schein sehr verwaschen.

Den Jaguar ließ er vor der Tür stehen, duckte sich und lief

rasch der Haustür entgegen. Seine Schuhe patschten durch Pfützen, und das Wasser spritzte nach allen Seiten weg. Die Stufen zur Haustür hoch waren glitschig. Fast wäre er noch ausgerutscht, doch Don erreichte den Eingang, ohne Schaden zu nehmen.

Hastig schloss er auf.

Tropfnass stand er in der Diele und schüttelte sich wie ein Hund. Sofort hörte er das Schluchzen. Etwas verkrampfte sich in seinem Magen. Er hatte vorgehabt, seiner Fast-Verlobten nichts von seinem Erlebnis zu berichten, doch sie schien auch schon einiges hinter sich zu haben, denn so verzweifelt hatte er Nadine noch nie erlebt. Sie lag auf dem Sofa und weinte.

Neben ihr blieb er stehen. Sie hatte den Mann gar nicht wahrgenommen. Erst als er sie berührte, schreckte sie auf.

Mitchell bekam einen Schreck. Unwillkürlich prallte er zurück. Was war nur geschehen? Die verweinten Augen, die Angst auf ihrem Gesicht, das Zittern der Lippen, es war schrecklich.

Er setzte sich neben sie und legte einen Arm um sie. »Was ist denn passiert?«, fragte er.

Nadine zog die Nase hoch. Die Tränen hatten dunkle Spuren auf ihren Wangen hinterlassen. Sie wies mit dem Kopf zur Tür, hinter der die Uhr auch stand.

»Don«, flüsterte sie, wobei ihre Stimme kaum zu verstehen war, »Don, da in dem Zimmer – die Uhr – sie …« Ihre Stimme versagte.

»Was ist denn mit der Uhr?«

»Sie zeigt ein Teufelsgesicht!«

Obwohl Don Mitchell einen gelinden Schreck bekam, hatte er sich doch sehr in der Gewalt und gab mit keinem Zucken zu verstehen, wie sehr ihn die Nachricht getroffen hatte. Stattdessen lachte er auf und erwiderte: »Wie kann eine Uhr ein Gesicht zeigen?«

»Du glaubst mir nicht?«

»Es fällt mir zumindest schwer.«

»Aber es war so. Wirklich. Ich habe es mit den eigenen Augen gesehen, und ich habe auch Kinderstimmen gehört. Wirklich, die Stimmen von Kindern, in dem Raum, wo die Uhr steht. Don, dieses Haus ist verflucht. Ich will nicht mehr in diesem Haus bleiben. Da bekomme ich Angst. Hier lauert etwas, ich spüre es …«

Don Mitchell strich über die Haare seiner Freundin. »Aber das ist doch Unsinn, Nadine, das Haus ist völlig normal.«

Nadine Berger richtete sich hastig auf. »Nein!« Die Antwort war ein Kreischen. »Nichts ist normal. Gar nichts. Ich habe es doch selbst erlebt. Wirklich. Das ist schlimm, alles ist schlimm, sehr schlimm sogar. Ich will hier raus.«

»Jetzt?«, fragte Don Mitchell kühl.

»Ja, nein – ich …« Sie schlug die Hände gegeneinander und schüttelte den Kopf. »Ich weiß überhaupt nichts mehr. Bitte, Don, versteh mich, aber das ist alles so schrecklich für mich. Ich habe dir von vornherein gesagt, dass ich dieses Haus nicht mag. Es ist mir zu düster, die Atmosphäre stört mich, verstehst du?«

»Natürlich, du brauchst hier ja auch nicht zu leben. Aber ich habe nun mal unsere Verlobungsfeier hier angesetzt. Wir können jetzt nicht alles rückgängig machen.«

»Ja, du hast recht.«

»Und wie hast du dich entschieden?«, fragte Don Mitchell.

»Tu, was du willst.«

Mitchell lächelte, als er aufstand. Erst jetzt sah Nadine, wie nass er war. »Aber was ist denn mit dir passiert, Don? Hast du im Regen gestanden?«

»Ja, leider, ich musste einen Reifen wechseln. Tut mir leid, deshalb bin ich auch so spät gekommen.« Er hatte sich blitzschnell die Ausrede zurechtgelegt, weil er seine Freundin nicht noch weiter beunruhigen wollte.

Nadine lächelte krampfhaft. »Nun ja, du musst es wissen. Aber diese Uhr?« Sie hob die Schultern. »Ich scheine das Grauen irgendwie anzuziehen.«

»Wieso?«

Nadine zerknüllte ein Taschentuch. »Ich habe dir doch mal von diesem Fest erzählt, wo ein Doktor Tod das Grauen verbreitet hat. Und auch von dem Mönch. Das waren Dinge, die mit dem normalen Verstand nicht zu erklären sind.«

»Dafür hast du ja deinen John Sinclair als Beschützer eingeladen«, meinte der Mann etwas spöttisch.

»Was soll das heißen?«

»Nichts, nur so.«

»Er ist nicht mein John Sinclair. Aber wenn er nicht gewesen wäre, hättest du mich nicht kennengelernt. Er hat mir das Leben gerettet. So etwas vergisst man nicht.«

»Wie schön für ihn.«

Nadine Berger holte tief Luft. Sie wollte zu einer scharfen Erwiderung ansetzen, überlegte es sich jedoch anders und sagte nichts. Sie schluckte die Bemerkung hinunter und blickte zu Boden, während Don Mitchell in das Zimmer ging, wo die Uhr stand.

Sie sah völlig normal aus.

Er schaute sich sorgfältig um, konnte aber nichts entdecken, was ihn irgendwie gestört hätte.

Das sagte er auch Nadine.

Sie nickte. »Ist ja schon gut, Don. Entschuldige, aber ich hatte einen schlechten Tag.«

»Am besten ist es, wenn du darüber schläfst. Morgen sieht alles ganz anders aus. Das Wetter soll auch besser werden, wie ich gehört habe.« Er ging auf Nadine zu und legte einen Arm um ihre Schultern, wobei er lächelte. »Du wirst sehen, morgen scheint die Sonne, und alles ist vergessen.«

Nadine nickte automatisch, während sich ihre Gedanken in eine ganz andere Richtung bewegten.

Später lag sie im Bett, hatte die Decke bis zum Kinn hochgezogen und lauschte auf die prasselnden Wasserstrahlen in der Dusche nebenan. Don nahm noch kurz ein Bad. Er war bis auf die Haut durchgefroren.

Nadine Berger aber war nur froh, dass sie John Sinclair angerufen und dieser zugesagt hatte. Zudem dachte sie über Don Mitchell nach. Seine Reaktion vorhin hatte ihr zu denken gegeben. Ob er wirklich der richtige Partner für sie war?

Als er ins Bett kam und seine Hand ihren Körper berührte, da rückte sie von ihm weg.

»Bitte, Don, heute nicht.«

»Ist schon okay.« Der Antiquitätenhändler drehte sich auf die andere Seite und schlief sofort ein.

Nadine Berger aber lag noch lange wach und lauschte auf jedes Geräusch. Manchmal glaubte sie sogar, unten im Haus helle Kinderstimmen zu hören …

Ich fuhr aus dem Regen in schöneres Wetter hinein. Als ich die Provinz Wales erreichte, verschwanden die dicken Wolken vom Himmel, und ein helles Blau schimmerte durch.

Meine Laune steigerte sich um einige Prozente.

Ich war allein gefahren und hatte mir dafür einen Tag Urlaub genommen. Jane Collins wusste Bescheid, wen ich besuchen wollte, und hatte die Nase gerümpft.

»Da wird der Verlobte aber sauer sein«, hatte sie mir am Telefon gesagt.

»Wieso? Es war doch nichts zwischen uns.«

»Hätte aber leicht etwas werden können.«

»Nein, du hast zu gut aufgepasst.«

Mit einem wütenden Laut hatte Jane Collins den Hörer aufgelegt. Ich war gefahren.

Auf der normalen Karte hatte ich den Ort Miltonburry nicht gefunden. Ich musste erst auf einer Spezialkarte nachschauen und hatte dort festgestellt, dass das Dorf in der Nähe von Aberaeron lag, dem nächst größeren Ort.

Den hatte ich auch auf einer normalen Karte gefunden. Nachts hatte ich losfahren wollen, war aber nicht richtig aus dem Bett gekommen, sodass ich erst in den Morgenstunden aus London abdampfte. Fast eine Stunde dauerte es, bis der Riesenmoloch hinter mir lag, doch nun fuhr ich bereits durch das grüne Wales mit seinen zahlreichen Wäldern, Bergen, Hügeln, Burgen und wildromantischen Schlössern.

Die Waliser waren ein Völkchen für sich. Ich hatte sie bereits des Öfteren kennengelernt, weil mich gefährliche Abenteuer in diese Gegend führten.

Der Bentley lief gut. Ich wollte mir so schnell keinen neuen Wagen kaufen, auch wenn Bill Conolly immer hetzte, dass ich mich doch kleiner setzen sollte. Ich hatte mich an den Silbergrauen gewöhnt. Mir kam er so vor, als wäre er ein Stück von mir.

Unterwegs hielt ich an einem Gasthof an und aß zwei kleine Hammelkoteletts zu Mittag. Sie schmeckten gut und waren ausgezeichnet gewürzt. Gesättigt fuhr ich weiter.

Eine Stunde später erreichte ich die größere Stadt, fand Hinweisschilder und fuhr schon bald über die schmale Straße, die nach Miltonburry führte.

Ich kam praktisch aus den Bergen, hier waren nur noch die Ausläufer zu sehen. Sanfte Hügel, auf denen noch das braune Wintergras zu sehen war, betteten die Straße ein.

Viel Verkehr herrschte nicht. Ich wurde nur ein paar Mal überholt, von schnellen Flitzern, deren Fahrer es besonders gut meinten. Die konnten rasen, wie sie wollten, ich ließ es langsam angehen.

Dann überholte mich ein weißer Triumph mit offenem Verdeck. Das wurde sogar ziemlich knapp, ich musste bis an den äußeren Straßenrand ausweichen.

Rotblonde Haare flatterten im Wind, an der Stirn durch ein Band gehalten.

Das war eine Fahrerin.

Ich hatte sie nicht richtig erkennen können, alles war zu schnell gegangen.

Doch ich sah sie wieder.

Sehr schnell schon und hinter der nächsten Kurve. Da hatte sie ihren Flitzer nämlich in den Graben gesetzt, wobei sich der Kühler noch im Stacheldrahtzaun verfangen hatte. Die Fahrerin kletterte soeben fluchend aus dem Graben und reinigte sich die Kleidung, während einige auf der Wiese stehende Schafe teilnahmslos zuschauten.

Ich hielt und stieg aus.

Die Rotblonde kam auf mich zu. Sie trug einen schicken, hellblauen Hosenanzug aus Cord. Bei der weißen Bluse hatte sie die drei obersten Knöpfe offen gelassen, und in der linken Hand schlenkerte sie lässig eine Sonnenbrille.

»Pech«, sagte sie.

»Nein«, erwiderte ich. »Unvermögen.«

»Wie meinen Sie das?«

»Sie hätten auf diesen engen Straßen nicht so rasen sollen.«

»Sparen Sie sich Ihre Belehrungen. Wenn Sie Kavalier sind, sehen Sie zu, dass Sie meinen Wagen wieder flottkriegen.«

»Ich will es versuchen, Miss.«

»Mitchell, Marion Mitchell.«

»Oh«, sagte ich nur.

»Sie kennen mich?«

»Nein. Aber von Ihrem Bruder habe ich gehört. Er soll sich ja heute verloben.«

»Klar, da will ich hin.«

»Da hätten wir beide denselben Weg.«

»So?«

»Ich bin ebenfalls eingeladen worden und komme extra aus London.«

»Woher kennen Sie denn meinen Bruder?«, fragte sie mich. »Außerdem weiß ich noch nicht Ihren Namen.«

Ich stellte mich rasch vor.

»John Sinclair? Nie gehört, ehrlich. Dabei kenne ich die Bekannten meines Bruders ziemlich genau.«

»Ich gehöre zur anderen Seite.«

»Zu Nadine? Dann sind Sie vom Film.« So etwas wie Interesse blitzte in ihren Augen auf.

»Das nicht.«

Das Interesse erlosch. Ich hatte die Frau – sie war schätzungsweise Mitte zwanzig – sofort richtig eingestuft. Das rotblonde Girl gehörte zu den Menschen, denen alles in den

Schoß gefallen war. Sie war ziemlich arrogant, und die Männer mussten schon etwas Besonderes sein, wenn sie bei ihr landen wollten.

»Trotzdem könnten Sie mal nach meinem Wagen schauen«, sagte sie.

»Ja, natürlich.«

Ich sprang in den Graben, bückte mich und sah die Bescherung. Da war nichts mehr zu machen. Als ich mich aufrichtete, stand Marion Mitchell am Rand und hatte beide Hände in die Hüften gestützt.

»Und?«

»Sie werden nicht mehr fahren können.«

Sie verzog das Gesicht. »Warum nicht?«

»Weil die Vorderachse Ihres Wagens gebrochen ist. Den können Sie auf den Schrott werfen.«

»Mist, verdammter.« Das klang nicht gerade ladylike. Sie warf mir ihren Wagenschlüssel zu. »Holen Sie wenigstens noch mein Gepäck aus dem Kofferraum.«

Ich tat es.

Sie dachte gar nicht daran, mir beim Tragen zu helfen. So kletterte ich mit zwei schweren Koffern in den Händen aus dem Graben und verstaute sie im Bentley.

Ich schlug die Haube zu. »Wir können, Miss Mitchell.«

Sie nickte. »Gehören Sie zu den konservativen Typen?«, fragte sie beim Einsteigen.

»Wieso?«

»Solch einen Wagen fährt doch kein Mann in Ihrem Alter. Der setzt auf Sportlichkeit.«

»Es gibt Ausnahmen.«

»Das sehe ich.« Sie sah sich um. Ich hatte Zeit, sie zu betrachten. Marion Mitchell hatte ein schmales Profil mit zahlreichen Sommersprossen auf den Wangen, die aber nicht störten. Der Mund hatte einen leicht arroganten Zug, die Hände waren schmal, schlank und sehr gepflegt. Der Lack stimmte mit dem Lippenstift überein.

»Und Telefon besitzen Sie auch?«

»Ja, ich muss erreichbar sein.«

»Was machen Sie denn beruflich?«

Ich ließ mir Zeit mit der Antwort und startete erst. Während der Bentley anrollte, sagte ich: »Ach, nichts Besonderes. Ich bin ein Vertreter. Sie würden vielleicht Klinkenputzer sagen.«

»Wissen Sie was, Mister Sinclair?«

»Nein.«

»Das glaube ich Ihnen nicht.«

»Das überlasse ich Ihnen.« Ich lenkte den Bentley in die nächste Kurve.

»Aber ich finde noch heraus, wer sich hinter dieser Maske verbirgt«, kündigte sie mir an. »So leicht gebe ich nicht auf. Ich schätze sogar, dass Sie es faustdick hinter den Ohren haben.«

Ich schenkte ihr ein entwaffnendes Lächeln. »Tun Sie sich keinen Zwang an, Miss Mitchell.«

Dann sah ich zum ersten Mal das Haus. Obwohl ich es nicht kannte, gab es keine andere Möglichkeit. Es musste es einfach sein.

Es stand auf der Spitze einer Felswand. Trutzig reckten sich die Mauern in den klaren Himmel. Es war gradlinig und ohne Schnörkel gebaut werden. Keine verspielten Balkone und Erker. Dieses Haus passte sich der klimatisch harten Umgebung an.

Zwei alte Eichenbäume standen zwischen Haus und Schlucht und breiteten die Äste wie ein Dach aus. Dass wir nicht die ersten Gäste waren, erkannte ich an den abgestellten Wagen vor dem Haus.

»Gefällt es Ihnen?«, fragte mich Marion Mitchell.

»Ja.«

»Mir nicht.«

»Und warum nicht?«

»Ich mag diese alten Kästen nicht. Sie sind muffig und dunkel. Ich brauche Sonne, Sand, Meer …«

»Was machen Sie eigentlich beruflich?« Jetzt war ich neugierig.

»Nichts«, antwortete sie mit entwaffnender Offenheit. »Ich lebe so in den Tag hinein.«

»Und das kann man?«

»Sicher. Es ist doch genügend Geld vorhanden. Erbteil und so. Ich lebe von den Zinsen. Im Winter Gstaad oder St. Moritz, im Sommer Ibiza oder die Bahamas. Je nachdem, was gerade in ist.«

Ich lenkte den Wagen in eine Lücke zwischen zwei dunkelblauen Mercedes-Coupés. »Und so etwas füllt Sie aus?«

»Ja. Man gewöhnt sich daran.«

Der Meinung war ich nicht. Bis jetzt hatten wir nichts mitbekommen, doch als ich die Wagentür aufstieß, hörten wir schon das Lachen und das Klirren der Gläser.

Sofort hellte sich das Gesicht meiner Beifahrerin auf. »Da scheint ja schon was los zu sein.«

»Hört sich so an.«

Während ich die Tür abschloss, stürmte Marion Mitchell bereits die Stufen hoch.

Ich ging langsamer.

Da wurde die Tür aufgezogen. Ein schwarzhaariger Typ im weißen Dinnerjackett hielt eine Sektflasche in der Hand, aus deren Öffnung der helle Schaum perlte.

»Hi, Brüderchen!«, rief Marion und drückte dem Mann zwei Küsse rechts und links auf die Wangen. »Ihr seid ja schon schwer in Stimmung, wie ich höre.«

»Ja, du bist die Letzte.«

»Shit, ich habe den Wagen in den Graben gesetzt.«

Der Mann lachte. »Das geschieht dir recht. Du fährst ja auch immer wie eine Wilde.«

Marion hob die Schultern. »Ich habe eben Temperament.« Dann deutete sie auf mich. »Das ist übrigens John Sinclair. Er hat mich aufgelesen.«

Die Augenbrauen des Mannes ruckten in die Höhe. Für einen winzigen Moment wurde sein Blick starr, dann hatte er sich wieder in der Gewalt. »Sie sind also John Sinclair.«

»Ja.«

Er reichte mir die Hand. Sie war klebrig vom Sekt.

»Ist er wirklich Vertreter?«, fragte Marion.

Ich versuchte es noch mit einem beschwörenden Blick, hatte jedoch keinen Erfolg.

»Quatsch, Marion. John Sinclair ist Polizist. Scotland-Yard-Beamter.«

Das Girl grub die Schneidezähne in die Unterlippe. Flüchtige Röte huschte über die Wangen. »Habe ich mir doch gleich gedacht. Wie ein Klinkenputzer sieht er nicht aus.«

»Ich hoffe, Sie verzeihen mir«, sagte ich, »aber ich möchte nicht, dass jeder hier meinen Beruf erfährt. Ich bin privat hier auf dieser Verlobungsfeier.«

»Wirklich?«, fragte der Antiquitätenhändler.

»Ja, Mister Mitchell.«

»Okay, kommt rein. Es ist genug da.«

Ich betrat die Halle des Hauses. Sie war festlich geschmückt worden. Überall hingen Girlanden, und auch Blumen fehlten nicht. Soeben setzte sich jemand an den Flügel und spielte den ABBA-Song »Super Trooper«.

Ungefähr zwanzig Personen waren anwesend. Leute vom Film und Bekannte des Antiquitätenhändlers. Ich wurde keinem vorgestellt, und das war auch gut so.

Marion hatte bereits einen Bekannten gefunden und war in dessen Arme geflüchtet. Ein weißblonder Playboy-Typ mit breiten Schultern und einer Popper-Frisur.

Ich suchte Nadine Berger.

So sehr ich auch meine Augen verdrehte, ich sah sie nicht. Dafür fuhr jemand einen Wagen heran, auf dem gefüllte Sektgläser standen. Ich nahm ein Glas und wollte es an die Lippen setzen, als ich schräg hinter mir eine Stimme hörte.

»Willst du auf mich anstoßen, John?«

Ich drehte mich um.

Vor mir stand Nadine Berger!

Ich hatte sie lange nicht mehr gesehen, nicht einmal auf der Leinwand, weil mir die Zeit nicht geblieben war, doch sie hatte sich wirklich nicht verändert.

Und das sagte ich ihr auch.

»Hör auf, du Schmeichler.«

Ich stellte mein Glas weg. Es war das Zeichen für Nadine. Sie umarmte mich und küsste mich auf beide Wangen. Ich spürte ihren geschmeidigen Körper und sah gleichzeitig ihren Verlobten im Hintergrund des Raumes stehen, von wo er uns argwöhnisch beobachtete.

Nadine hielt mich länger fest als gewöhnlich. Dafür flüsterte sie mir etwas ins Ohr.

»Ich muss dich sprechen, John. Unbedingt.«

Ich schob sie weg, lächelte strahlend und zischte dabei durch die Zähne: »Probleme?«

»Ja.«

»Private?«

»Mehr, die in deinen Bereich fallen.«

Mein Gefühl! Es hatte mich nicht getrogen. Nadines Stimme hatte am Telefon bedrückt geklungen. Es schien also doch etwas dahinterzustecken.

»Trotzdem, du siehst bezaubernd aus, Nadine«, sagte ich, und ich meinte es ehrlich.

Sie trug ein lachsfarbenes, schulterfreies Kleid, das nur von zwei dünnen Trägern gehalten wurde. Die schwarzen Haare hatte sie zum Teil hochgesteckt, an den Seiten fielen sie wieder in Korkenzieherlocken herunter. Den Hals schmückte eine schlichte Perlenkette. Ansonsten trug sie im Gegensatz zu einigen anderen Damen kaum Schmuck.

Von Marion Mitchell sah ich nichts mehr. Ich nahm an, dass sie sich umzog.

Nadine hakte sich bei mir unter. »Jetzt musst du mir aber erst erzählen, wie es dir ergangen ist. Was gibt es Neues?«

»Sehr viel.«

»Und?«

»Doktor Tod ist wieder da.«

»O Gott.« Erschrecken zeichnete ihr Gesicht. »Das gibt es doch nicht.«

»Leider.«

»Und? Hattet ihr schon Auseinandersetzungen?«

»Mehr als einmal. Er ist dabei, sich eine schlagkräftige Truppe aufzubauen, die sich die Mordliga nennt. Es sieht ziemlich übel aus, Nadine. Aber davon wollen wir heute nicht reden.«

Nadine blickte zu Boden. »Nein, sicher nicht. Es ist ja auch ein toller Tag.« Sie schluckte.

Ich legte zwei Finger unter ihr Kinn und hob den Kopf leicht an. »Mädchen, was ist los mit dir?«

Sie sah mich aus feuchten Augen an. »John, ich glaube, ich habe vieles falsch gemacht.«

»Ach, das darfst du nicht so eng sehen, Nadine. Es war vielleicht etwas viel für dich.«

»Kann sein.«

»Wo treffen wir uns?«

»In einer Viertelstunde oben in einem Zimmer. Die fünfte Tür auf der rechten Seite. Dorthin ziehe ich mich zurück, wenn ich allein sein will.«

»Okay, ich bin pünktlich.« Wir trennten uns wieder. Ich nahm ein Glas Sekt und sah mich um. Die meisten kannte ich nicht, aber mir fiel ein älterer Mann auf, dem es ähnlich erging wie mir. Er hatte sich in eine Ecke gestellt. Er trug einen dunklen Anzug, dessen Schnitt schon aus der Mode gekommen war. Er betrachtete die Gesellschaft teils mit kritischen, teils mit müden Augen.

Ich blieb neben ihm stehen. »Sie scheinen hier auch kaum einen zu kennen?«, sprach ich ihn an.

»Ja, das stimmt.« Der Mann rückte an seiner Brille. »Dabei stamme ich von hier. Ich komme aus Miltonburry und bin der Bürgermeister. Mister Mitchell hat mich eingeladen.«

»Ich bin aus London. Ein Bekannter der Braut.«

Der Mann lächelte. »Sie ist ein patentes Mädchen, wirklich. Nicht eingebildet.«

»Und der Bräutigam?«

»Nun ja, ich will nichts Schlechtes sagen, aber er ist ziemlich arrogant, das finden wir im Dorf. Entschuldigen Sie, dass ich mich noch nicht vorgestellt habe. Mein Name ist Patrick Kiboran.«

Ich sagte ihm auch meinen Namen, verschwieg aber den Beruf. Dann erschien Marion Mitchell oben an der Treppe. Selbst aus dieser Entfernung konnte man sehen, dass sie einen Traum aus türkisfarbenem Tüll als Kleid trug.

»Kinder!«, rief sie, und ihre Stimme übertönte selbst den Partylärm. »Kann mir denn niemand helfen? Ich bekomme mein Kleid am Rücken nicht zu. Ein Kuss für den, der es schafft.«

Das war etwas für den blondhaarigen Playboy. Rücksichtslos räumte er im Wege stehende Gäste zur Seite und sprintete die Stufen hoch.

»Hi, Freddy, du bist wie immer der Schnellste.«

»Klar. Bei einer Frau wie dir.«

Marion lachte hell. »Komm, wir gehen ins Zimmer.«

Freddy legte seinen Arm um sie, und die beiden verschwanden unter dem Beifall der Gäste.

Ich hörte, wie jemand sagte: »Mann, die geht aber schon früh am Tage ran.«

»Vielleicht muss sie was nachholen?« Die fragende Antwort stammte aus einem Frauenmund.

Bürgermeister Kiboran verzog das Gesicht und wischte sich über den Mund.

Ich merkte seine Gefühlsregung und fragte: »Das hier ist nicht so Ihr Fall – oder?«

»Ganz und gar nicht.«

»Sind Sie allein gekommen?«

Er nickte. »Ja, meine Frau lebt nicht mehr. Ich bin seit zwei Jahren Witwer.«

»Das tut mir leid.«

»Schon gut.« Der Bürgermeister nahm einen Schluck. »Sie hatte Krebs. Vielleicht hätte man sie in der Großstadt retten können, aber hier auf dem Land?« Er schüttelte den Kopf. »Da ist nichts zu machen. Ich wollte erst meinen Posten aufgeben, aber man hat mich so lange bekniet, bis ich weitermachte. Ist gewissermaßen eine alte Familientradition. Ich hoffe, dass mein Sohn auch mal so einschlägt.«

»Dann hatte Ihr Vater das Amt auch?«, fragte ich.

»Und mein Großvater.«

»Alle Achtung, das findet man selten.«

»Wissen Sie, Mister Sinclair, in Miltonburry ist vieles anders. Hier kümmern sich die Leute nicht um Parteien. Die wählen irgendeinen, der dumm genug ist, das Amt zu übernehmen. Das war eben die Tragik unserer Familie.«

Ich musste lachten. Der Bürgermeister sprach mit einer Leidensbittermiene. Irgendwie gefiel er mir.

»Sie mögen Mister Mitchell nicht so recht?«, fragte ich ihn.

»Was heißt mögen? Mit Mitchell ist es komisch. Er hat sich ins Nest gesetzt. Sein Großvater hat schon bei uns im Dorf Antiquitäten gesammelt.«

»Wie?«

»Ja, der alte Mitchell ist über das Land gefahren und hat sich Möbel zusammengeholt. Ob er sie gestohlen oder bezahlt hat, weiß ich nicht. Auch die Sachen von dem Mörder Rick Holloway hat er an sich genommen. Teile davon stehen jetzt bei seinem Enkel im Haus.«

»Sie meinen hier?«

»Klar.« Der Bürgermeister deutete auf eine der verschlossenen Türen gegenüber. »Dahinter finden Sie eine alte Uhr. Die hat schon bei dem Kindermörder gestanden.«

»Erzählen Sie.«

»Wieso?« Der Bürgermeister sah mich skeptisch an. »Sie sind hier auf einer Verlobungsfeier, wollen sich amüsieren, und ich soll Ihnen blutige Geschichten erzählen?«

»Ja, bitte.«

»Wenn Sie meinen. Ich kenne die Geschichte von meinem Großvater. Er war nämlich dabei, als es geschah, gehörte gewissermaßen zu den Initiatoren.«

Mr Kiboran erzählte mir, was sich damals zugetragen hatte und dass die drei Kinder sowie ihr Mörder hier in der Nähe des Hauses unter unheiliger Druidenerde lagen.

»Was Sie bis jetzt gehört haben, Mister Sinclair, sind Tatsachen. Das andere ist Spekulation.«

»Zum Beispiel?«

»Dass die Kinder hier in diesem Haus spuken sollen. Sensible Menschen spüren das.«

»Und Mister Mitchell?«

Kiboran winkte ab. »Hat mit all dem nichts am Hut, denke ich. Nee, das ist ein Geschäftsmann, aber Sie müssen Ihre Bekannte fragen. Miss Berger wird da bestimmt anders denken.«

Ich nickte gedankenverloren. »Das glaube ich auch«, murmelte ich und dachte scharf nach.

Nadine Berger wollte unbedingt mit mir reden, wie sie mir versicherte. Über das Thema hatte sie keine Andeutungen gemacht, aber es sollte in mein Metier fallen. Der Bürgermeister erzählte mir davon, dass es in dem Haus spuken würde. Standen die beiden Aussagen in einem unmittelbaren Zusammenhang?

Unwillkürlich blickte ich zur Decke. Sie zeigte eine mattweiße Farbe. Ich sah auch die zahlreichen Stuckverzierungen, die überall verteilt waren.

Ich war so in Gedanken versunken, dass sie der gellende Schrei plötzlich hart durchbrach.

Jeder zuckte zusammen.

Auch ich.

Auf einmal wurde es still. Die Menschen standen starr auf ihren Plätzen und lauschten, ob sich der Schrei wiederholen würde. Er war nicht hier unten aufgeklungen, sondern hatte seine Quelle oben auf der ersten Etage.

Bevor sich irgendwer rühren konnte, startete ich. Diesmal war ich es, der im Wege stehende Menschen zur Seite drückte und mir so freie Bahn schaffte.

Ich erreichte die breite Treppe und jagte die ersten Stufen hoch. Dann stoppte ich, wie vor eine Wand gelaufen.

Am Ende der Treppe erschien eine Gestalt. Es war der weißblonde Playboy, mit dem Marion Mitchell verschwunden war. Er torkelte. Quer in seinem Hals steckte ein Messer. Eigentlich hätte der Mann längst tot sein müssen.

Ich war so einiges gewohnt, aber dieser Anblick ging mir verdammt unter die Haut.

Heftig biss ich die Zähne zusammen und starrte auf den Mann, der wie von einem unsichtbaren Band gehalten auf der obersten Stufe stehen geblieben war und jetzt schwankte.

Den Schrei vorhin hatte eine Frau ausgestoßen, das war deutlich zu hören gewesen.

Aber jetzt schrien andere.

Ich hörte die entsetzten Rufe hinter mir. Die Menschen unten in der Halle hatte das Entsetzen gepackt. Ich vernahm einen dumpfen Aufschlag. Wahrscheinlich war jemand der Gäste in Ohnmacht gefallen.

Ich jagte die restlichen Stufen hoch. Drei lange Sprünge brachten mich an mein Ziel, und ich stützte den Mann ab, der mir soeben entgegenfallen wollte.

Im selben Augenblick brachen dessen Augen. Der weißblonde Playboy war tot.

Ich zog ihn in das nächste Zimmer. Es war ein als Salon eingerichteter Raum. Dort legte ich ihn neben dem Sofa zu Boden und breitete eine Decke über ihn aus.

Für Sekunden schloss ich die Augen und dachte darüber nach, dass ich wieder mitten in einem Fall steckte. Nadine Berger hatte mir wirklich nicht umsonst Bescheid gegeben.

Nur – wer war der Mörder? Oder hatte ich es hier vielleicht mit einer Mörderin zu tun?

Ich verließ den Raum und lief über den Flur. Unten in der Halle sprachen alle durcheinander, jemand rief nach der Polizei, ich kümmerte mich nicht darum.

Für mich war Marion Mitchell wichtiger.

Ich fand sie in einem der Zimmer. Völlig apathisch hockte

sie auf dem Bett und merkte nicht, wie ich die Tür aufstieß und neben ihr stehen blieb.

Erst als ich sie berührte, zuckte sie zusammen. Ihr Kopf flog hoch, sie sah mich, ihr Gesicht verzerrte sich und wurde zu einer Grimasse des Grauens.

»Nein!«, schrie sie. »Nicht, ich will nicht!«

Ich fasste sie hart an. »Reißen Sie sich zusammen, Miss Mitchell!«

Da wurde sie zur Furie. Bevor ich es verhindern konnte, sprang sie auf und wollte mir mit allen zehn Fingern durchs Gesicht fahren. Ihre Augen leuchteten wild, sie tobte und schrie. Ich hatte Mühe, ihre zupackenden Hände abzuwehren, und musste zum Allheilmittel in solchen Situationen greifen.

Ich verpasste ihr einen Schlag ins Gesicht.

Es klatschte laut, und sofort wurde die Frau ruhiger. Sie sackte wieder zusammen und schluchzte. »Ich war es doch nicht!«, jammerte sie, wobei Tränen über ihre Wangen liefen. »Ich habe ihn nicht getötet. Ich war es nicht …«

Ich ließ sie in Ruhe, sah einen Aschenbecher und zündete mir eine Zigarette an. Die Frau musste sich erst beruhigen, sonst erhielt ich keine klare Aussage. Sie stand unter einem regelrechten Schock.

Ich hatte mich auf die Lehne des Sofas gesetzt und stand jetzt auf, als ich vom Gang her Schritte hörte.

Bevor ich an der Tür war, stand Don Mitchell schon auf der Schwelle. Er schaute mich an, und er sah verdammt blass aus. Mir ging es sicherlich nicht anders.

»Wo ist er?«, fragte er mit kaum zu verstehender Stimme.

»Ich habe ihn in ein anderes Zimmer gelegt.«

Er nickte. Dann blickte er auf seine Schwester. »Hat sie ihn ermordet?«

»Keine Ahnung.«

»Sonst war doch niemand oben.«

»Das stimmt.«

»Dann – dann kommt nur sie als Täterin infrage.« Er lachte

schrill. »Ich rede wie ein Polizist, nicht wahr? Ist das auch Ihre Meinung, Sinclair?«

»Nicht unbedingt.«

»Sie haben eine andere Erklärung?«

»Nein, doch ich würde vorschlagen, dass wir zuerst einmal Ihre Schwester reden lassen, wenn sie wieder zu sich gekommen ist.«

»Ja, natürlich.«

Ich drückte die Zigarette aus. Am liebsten wäre es mir gewesen, wenn ich mich mit Marion hätte allein unterhalten können, aber ich konnte Don in seinem eigenen Haus ja schlecht wegschicken.

Marion hob den Kopf. Sie sah ihren Bruder, der auf sie zueilte und sie umarmte.

»Don!«, flüsterte sie. »Bitte, Don, ich war es nicht. Du musst mir glauben.«

»Ich glaube dir ja.«

»O mein Gott, ich weiß nicht, was ich machen soll. Es – es war so schrecklich.«

»Sind Sie in der Lage, uns den Vorgang zu erklären?«, erkundigte ich mich vorsichtig.

»Kaum. Sie sehen doch, wie es ihr geht.« Die Antwort gab Don Mitchell.

»Ich hatte Ihre Schwester gefragt.«

»Was wollen Sie wissen?«, fragte sie, ohne mich dabei anzusehen.

»Wenn Sie sagen, dass Sie es nicht waren, dann muss es einen anderen Täter geben, Miss Mitchell. Und vielleicht haben Sie ihn sogar gesehen. Sie wären also eine wichtige Zeugin.«

»Natürlich, das habe ich.«

Jetzt wurde es interessant.

Stockend begann sie zu erzählen. »Ich – ich kam mit meinem Kleid nicht zurecht, und Freddy wollte mir helfen. Er kam auch hoch, und ich, nun ja, ich freute mich auf ihn. Wir waren mal zusammen gewesen. Er nahm mich in die Arme, küsste mich und stand dabei mit dem Rücken zur Tür. Ich konnte auf die Tür schauen. Und da – da – tauchte diese Gestalt auf.«

»Welche Gestalt?«

»Sie war klein. Wie ein Kind. Aber sie – sie hatte ein Messer. Ich sah sie, auch ihr Gesicht, das wie die Fratze des Teufels aussah, und schrie. Freddy ließ mich los. Er drehte sich um. Da schleuderte die kleine Gestalt das Messer ...« Marions Stimme versagte und endete in einem Schluchzen.

Don Mitchell starrte mich an. »Das reicht ja wohl, Mister Sinclair. Oder meinen Sie nicht?«

Ich nickte. »Fast, Mister Mitchell.«

Das Mädchen erzählte weiter. »Ich sah ihn fallen, hörte, wie die Gestalt lachte und dann verschwand. Anschließend schrie ich nur noch, weil alles so schrecklich war.«

»Sie haben diesen Raum nicht verlassen?«, fragte ich.

»Nein.«

»Dann wissen Sie auch nicht, wo die Gestalt hingelaufen ist?«

Sie nickte.

Ich blickte Don Mitchell an. »Haben Sie vielleicht eine Erklärung für die seltsamen Vorgänge?«

»Keine.«

»Und Sie bringen diese Geschichten, die man sich über das Haus erzählt, nicht in einen ursächlichen Zusammenhang mit dem Mord?«

»Ich weiß nicht so recht.«

»Aber über die Geschichten sind Sie informiert?«

»Gewiss.«

»Ihnen ist nichts aufgefallen? Ich meine, Sie besitzen das Haus ja nicht erst seit gestern.«

»Ja und nein«, gab er zu. »Im Haus ist mir nichts aufgefallen, aber auf der Fahrt hierher ist etwas passiert, für das ich keine Erklärung finde. Es war schon hinter dem Dorf, als ich drei Gestalten mit den Teufelsgesichtern auf der Straße sah. Sie sahen so aus, wie meine Schwester sie beschrieben hat.«

»Und sie haben wirklich nichts gesagt?«, hakte ich nach.

»Doch. Sie warnten mich. Sie sagten, dass meine Verlobte und ich das Haus verlassen sollten, aber ich habe mich nicht darum gekümmert. Das Haus würde außerdem ihnen gehören. Was sollte ich denn machen? Verschwinden? Ich konnte die Party doch nicht absagen.« Seine Stimme klang auf einmal schrill.

»Sicher«, gab ich zu. »Aber jetzt müssen wir reagieren.«

»Wollen Sie die Polizei holen?«

Ich lächelte schief. »Die ist ja schon hier. Ich möchte auch nicht die Dorfpolizisten in den Fall hineinziehen, doch ich werde dafür sorgen, dass die Gäste abreisen.«

Don Mitchell nickte. »Das ist auch in meinem Sinne.«

»Kommen Sie, wir gehen nach unten.«

»Und was geschieht mit ihr?« Er deutete auf seine Schwester.

Marion stand auf. »Ich gehe mit«, sagte sie. »In diesem Zimmer bleibe ich auf keinen Fall.«

Dafür hatte ich vollstes Verständnis. Gemeinsam verließen wir den Raum. Marion wurde von ihrem Bruder gestützt, als wir über den Gang und auf die Treppe zuschritten.

Die Gäste sahen uns. Sie standen in der Halle wie die Ölgötzen. Wenn gesprochen wurde, dann nur flüsternd. Allen stand die Angst in den Gesichtern geschrieben. Aus flackernden Augen blickten sie uns entgegen, als wir die Stufen hinab schritten.

Auch Nadine Berger sah ich. Sie stand ziemlich nah der Treppe, und sie sah aus, als wollte sie etwas fragen, sich aber nicht traute. Ich ließ die Geschwister vorgehen und blieb dicht bei der Treppe stehen. Man starrte mich an. Es schien sich herumgesprochen zu haben, dass ich von der Polizei war, das fühlte ich irgendwie.

»Ladies and Gentlemen«, begann ich mit einer kurzen Erklärung. »Unvorhergesehene Ereignisse zwingen mich dazu, die Feier aufzulösen. Ich hoffe, ich handle in Ihrem Sinne.«

Gemurmel wurde laut. Alle sprachen durcheinander. Ich

sah skeptische Blicke und stellte mich offiziell vor. An der Reaktion merkte ich, dass die Anwesenden Bescheid gewusst hatten.

»Es ist wirklich besser, wenn Sie fahren«, gab ich noch einmal bekannt. »Alles Weitere überlassen Sie bitte mir.«

Die Gäste waren erleichtert. Sie gingen auch ohne zu murren, nahmen ihre Mäntel und verschwanden.

Draußen war es windig geworden. Die Böen fuhren durch die offene Tür in den Raum und bliesen einige brennende Kerzen aus.

Erste Motoren brummten auf. Die Wagen fuhren ab. Keiner verabschiedete sich, nur hin und wieder wurde Nadine ein bedauernder Blick zugeworfen.

Ich schloss die Tür und drehte mich um.

Nicht alle waren gegangen. Außer mir befanden sich noch Nadine Berger, die Geschwister Mitchell und der Bürgermeister Kiboran im Haus. Den sprach ich an. »Möchten Sie nicht auch gehen, Herr Bürgermeister?«

»Nein, ich bleibe.«

»Haben Sie einen Grund?«

»Vielleicht kann ich dabei mithelfen, das Rätsel zu lösen. Schließlich kenne ich die Vorgeschichte.«

Was der Bürgermeister da sagte, klang plausibel. Ich war einverstanden, dass er blieb.

Und die Geschwister sowie Nadine Berger?

Die Filmschauspielerin ahnte meine Gedanken. Sie schüttelte den Kopf. »Nein, John, ich gehe nicht.«

Ich atmete tief ein. »Nadine, es ist besser, wenn du dich zurückziehst. Glaub mir.«

Sie schüttelte den Kopf. »Wo sollte ich mich denn verkriechen?«

»Aber hier befindest du dich in Gefahr.«

»In diesem Haus fühle ich mich sicherer als irgendwo allein, das kannst du mir glauben.«

Ich kannte Nadine Berger. Sie reagierte so ähnlich wie Jane Collins. Wenn sie sich einmal etwas in den Kopf gesetzt hatte, dann war sie nicht durch Geld und gute Worte davon abzubringen.

Deshalb stimmte ich zu. »Okay, Nadine, du kannst hier bleiben. Aber mach mir bitte keine Vorwürfe.«

»Nein, nein.«

»Das Gleiche gilt natürlich auch für mich«, sagte Don Mitchell. »Ich lasse meine Verlobte nicht im Stich.«

Auch da hatte ich kein Gegenargument. Ich wusste auch, was weiterkam. Marion gab es mir deutlich genug zu verstehen. »Auch mich wird man hier nicht aus dem Haus bekommen«, erklärte sie mit fester Stimme. »Ich bleibe.«

Da ich mit der Antwort gerechnet hatte, gab ich keinen Kommentar.

»Die Frage ist, wie wir uns verhalten«, meinte Bürgermeister Kiboran.

Ich schaute mich um. In der Halle sah es zwar nicht aus wie auf einem Schlachtfeld, aber es fehlte nicht mehr viel. Einige Gäste hatten in ihrer Angst die vollen Tabletts umgestoßen. Die Gläser waren zerbrochen, die Getränke ausgelaufen.

»Am besten ist, wenn wir zusammenbleiben«, schlug ich vor. »Und zwar hier in der Halle, da sind wir auch schnell an der Tür.«

»Dann sollen wir warten, bis etwas geschieht?«, hakte der Bürgermeister nach.

»Erst einmal ja. Ich weiß nicht, wo ich die Gegner suchen soll«, gab ich zu.

»Vielleicht weiß ich es, John.«

Nadine Berger hatte die Worte gesprochen. Überrascht blickte ich sie an.

Sie lächelte verlegen. »Ich wollte dir doch etwas erzählen, bin aber nicht dazu gekommen, weil dieser schreckliche Mord passiert ist. Gestern war ich allein im Haus. Don wollte noch Wein holen, und da hatte ich ein unheimliches Erlebnis …«

Nadine berichtete, was vorgefallen war. Ich hörte sehr aufmerksam zu, und mich interessierte besonders die Uhr, von der sie gesprochen hatte. Sie schien ihren Erzählungen nach zu urteilen ein wichtiges Indiz zur Lösung des Falles zu sein.

»Wo steht die Uhr?«

Nadine drehte sich halb und deutete auf eine verschlossene Tür. »Dahinter.«

Bevor ich ging, sagte der Bürgermeister: »Diese Uhr hat übrigens in der Wohnung des Kindermörders gestanden.«

Das zweitletzte Wort brachte mich auf eine Idee. »Sagen Sie, Mister Kiboran, Ihr Großvater war doch zugegen, als der Kindermörder gefasst wurde.«

»Er hat ihn sogar erschossen.«

»Okay, auch das. Wie haben die Kinder eigentlich ausgesehen, als sie gefunden wurden? Wissen Sie das vielleicht?«

»Mein Vater hat es mir erzählt. Sie waren völlig normal, bis auf den Kopf. Gesichter hatten sie nicht mehr, sondern nur noch Teufelsfratzen.«

Als er das sagte, schrie Marion Mitchell auf und starrte ihn aus schockgeweiteten Augen an.

»Was hat sie?«, fragte Kiboran.

»Solch ein Kind hat den Blonden getötet«, antwortete ich.

»O Gott.« Der Bürgermeister wurde bleich. »Dann – dann gibt es sie tatsächlich. Dann stimmen die alten Geschichten, die besagen, dass es hier spuken soll.«

»Es sieht so aus.«

»Und wie wollen Sie Tote umbringen?«, fragte Don Mitchell.

»Erst einmal muss ich sie haben«, erwiderte ich. »Ich weiß schließlich nicht, wo sie sich aufhalten.«

»Hier im Haus«, behauptete Nadine.

»Das sagst du so. Hast du Beweise?«

»Die Uhr …«

Ich nickte und ließ mich jetzt nicht mehr aufhalten, sondern ging auf die Tür zu, hinter der sich die geheimnisvolle Uhr befand. Die wollte ich mir ansehen.

In dem Raum roch es muffig. Ich machte Licht und sah die

Uhr sofort. Sie stach direkt ins Auge, man konnte wirklich nicht an ihr vorbeischauen.

Einen Schritt davor blieb ich stehen. Die Uhr sah völlig normal aus. Ein altes englisches Standmodell, vielleicht zweihundert Jahre alt, ich bin da kein Fachmann. Mir fiel weiterhin auf, dass dieses Stück noch sehr gut erhalten war. Es war nicht restauriert worden, ich sah es in seinem Urzustand vor mir.

Das Ticken war nicht übermäßig laut, und mit einem Blick auf das Zifferblatt stellte ich fest, dass die Uhr die richtige Zeit anzeigte. Auf die Minute genau.

Niemand war mir in das Zimmer gefolgt. Eine gewisse Scheu hielt die Menschen davor ab. Sie waren in der offenen Tür stehen geblieben.

Alle zuckten wir zusammen, als die Uhr schlug. Achtmal!

Vier Stunden vor Mitternacht. Irgendwie kam mir dieser Begriff in den Sinn.

Ich wollte etwas ausprobieren und holte mein Kreuz hervor. Die anderen beobachteten staunend, wie ich das Kruzifix dem Zifferblatt näherte und plötzlich etwas Seltsames geschah.

Wie verrückt begannen sich die Zeiger zu drehen. Das alte Holz ächzte und stöhnte, als wäre Leben in ihm. Die Uhr schlug ununterbrochen, die Gewichte schleuderten hin und her, die Perpendikel schlugen ebenfalls aus, und ich trat sicherheitshalber einen Schritt zurück, um nicht getroffen zu werden.

Sobald eine gewisse Entfernung zwischen der Uhr und dem Kreuz bestand, liefen die Zeiger wieder normal. Sie pendelten sich sogar auf die herrschende Zeit ein.

Ein Phänomen, wirklich.

Ich drehte mich um.

Aus blassen Gesichtern starrten mich die Zurückgebliebenen an. In den Augen las ich die unausgesprochene Frage.

»Tut mir leid, aber ich weiß selbst nicht, aus welchem Grund die Uhr so reagierte.«

»Die ist dem Bösen geweiht«, sagte Nadine.

»Das befürchte ich auch.«

»Man sollte sie über die Klippen werfen«, schlug der Bürgermeister vor.

Diese Idee war gar nicht so schlecht. Ich nahm mir vor, mich näher damit zu befassen. Doch zunächst wollte ich noch einige Waffen aus dem Koffer holen.

Ich verließ das Zimmer und schloss die Tür, wobei ich erklärte, was ich vorhatte.

»Aber kommen Sie schnell wieder«, sagte Mitchell.

»Natürlich.«

Ich ging nach draußen. Es war inzwischen dunkel geworden. Ich konnte über den etwa fünfzig Yards entfernten Klippenrand schauen und sah weit dahinter das Meer.

Schaumkronen glitzerten auf den Wellen, und das Tosen der Brandung gegen den Fels wurde zu einer wilden Melodie. Der Wind fuhr durch meine Haare und bewegte auch die starken Äste der Bäume. Er bog die Zweige der Eichen, spielte mit ihnen und sang sein ewiges Lied.

Irgendwie fühlte ich das Unheil, das um dieses einsam stehende Haus herumschlich. Das Grauen schien seine Arme nach dem Gebäude ausgestreckt zu haben.

Ich ging zu meinem Bentley. Bevor ich die Haube anhob, sah ich mich um.

Es geschah bewusst, denn ich wurde das Gefühl nicht los, dass man mich heimlich beobachtete.

Ich konnte nichts Verdächtiges entdecken, aber das Gefühl der drohenden Gefahr blieb.

Besonders interessierte mich der Baum, der am nächsten zur Klippe stand. Er hatte einen gewaltigen Stamm. Noch trug der Baum keine Blätter, ich konnte durch das Astwerk schauen und sah Ausschnitte des grauen, düsteren Himmels.

Dann sah ich die Bewegung.

Es war ein huschender Schatten, direkt am Stamm und so gut wie kaum zu erkennen.

Aber er war da, daran gab es keinen Zweifel.

Ich drückte die Kofferraumhaube wieder zu und startete. Der Bewegung wollte ich auf den Grund gehen.

Nach etwa zehn Schritten blieb ich abrupt stehen. Jetzt war es kein Schatten mehr, sondern eine kleine Gestalt. Nicht größer als die eines Kindes, und sie stand neben dem Stamm. Und zwar so dicht, dass sie fast damit verschmolz.

Doch etwas war anders. Wenn auch von dem Körper nicht viel zu erkennen war, so sah ich doch das glitzernde Etwas, das dicht über dem Hals schwebte.

Es war der Kopf.

Nein, kein Kopf, sondern eine Teufelsfratze!

Ich rannte. Und das wurde auch von dem kleinen, aber gefährlichen Wesen erkannt, denn es machte auf dem Absatz kehrt und wischte davon. Sofort befand sich der dicke Eichenstamm zwischen ihm und mir. Ich konnte es nicht mehr sehen.

Heftig atmend blieb ich stehen. Über mir befanden sich die knorrigen Äste und Zweige.

Und dort lauerte auch die Gefahr. Das Wesen hatte nur als Lockvogel gedient.

Ich merkte zu spät, in welch eine raffinierte Falle ich voll hineingestolpert war, und wurde völlig überrascht, als der wuchtige Körper von oben her auf mich knallte und mich mit seinem Gewicht zu Boden riss.

Es blieb mir keine Zeit mehr, die Arme noch auszustrecken. Mit dem Kopf zuerst berührte ich die Erde, sah einen Blitz und hatte erst einmal Sendepause ...

Die Geschwister Mitchell, Nadine Berger und auch der Bürgermeister sahen, wie sich die Tür hinter mir schloss. Sie blieben allein zurück. Allein mit ihren Gedanken und Gefühlen.

Jeder spürte jetzt die Angst.

Aber Nadine merkte noch etwas anderes. Sie hatte genau mitbekommen, wie wenig sich ihr Verlobter um sie gekümmert hatte. Er sorgte sich mehr um seine Schwester. Nadine fühlte sich vernachlässigt. Und ihr waren auch nicht die Blicke entgangen, die ihr Marion Mitchell zugeworfen hatte.

Hämisch, triumphierend, abschätzig ...

Nadine dachte darüber nach. Vielleicht hatte sie wirklich nicht die richtige Entscheidung getroffen. Dieser Don Mitchell war zwar ein gut aussehender Mann, doch wer ihn näher kannte, der musste feststellen, dass männliches Aussehen noch lange keinen Mann ausmachte. Bei Don war zu viel Fassade. Und das kannte sie zur Genüge von manchem Schauspielerkollegen.

Zudem liefen ihre Interessen gegensätzlich, eine echte Partnerschaft würde es zwischen ihnen beiden wohl nie geben. Das stand für Nadine fest.

Auch jetzt hatte er seinen Arm fürsorglich um die Schultern der Schwester gelegt. Sicher, Marion hatte einiges hinter sich, aber sie musste es inzwischen verkraftet haben.

Ein dicker Kloß wollte vom Magen her hochsteigen, doch Nadine schluckte tapfer.

Mitchell zündete sich eine Zigarette an. »Also, ich glaube nicht, dass er es schafft«, sagte er.

»Und warum nicht?«, fragte Nadine patzig.

Don ließ den Rauch durch die Nase ausströmen. »Hat er vielleicht den Mord verhindert? Nein. Oder hat er die Gegner gestellt? Du siehst, meine liebe Nadine, so toll ist dein Supermann Sinclair auch nicht.«

Fest blickte Nadine Berger ihren Verlobten an. »Erstens bin ich nicht mehr deine liebe Nadine, und zweitens ist John Sinclair kein Supermann. Drittens sind wir noch nicht verlobt. Die Verlobung hätte ja erst noch stattfinden sollen.«

Mitchells Augenbrauen zogen sich zusammen. »Was soll das denn heißen?«

»Dass ich es mir noch überlegen werde.«

Sekunden war der Mann sprachlos. Dann lachte er laut auf. »Ist das eine deiner Filmstarlaunen?«

»Nein, Don, das ist mein Ernst.«

Marion lachte ebenfalls. »Ich habe dir gleich gesagt, dass

sie nicht viel taugt, aber du wolltest ja nicht auf mich hören. Gewarnt habe ich dich des Öfteren.«

»Sei ruhig jetzt!«

»Kinder, nun streitet euch doch nicht«, mischte sich Kiboran, der Bürgermeister, ein, »als wenn wir nicht Sorgen genug hätten. Sie werden es sich bestimmt noch überlegen, Miss Berger.«

»Nein.«

»Kommt Zeit, kommt Rat«, sagte Mitchell. »Ich frage mich nur, wo Sinclair bleibt. Er ist ja lange genug weg. Schließlich wollte er nur seine Sachen aus dem Kofferraum holen.«

»Vielleicht hat er Angst bekommen«, vermutete Marion.

»Du kannst ja mal nachsehen«, forderte Nadine die Frau auf.

»Ich? Wie käme ich dazu? Er ist schließlich dein Bekannter, du hältst doch so viel von ihm.«

»Ja, das halte ich auch«, erwiderte Nadine. Ohne sich um die anderen zu kümmern, lief sie zur Tür und zog sie auf.

Die Schauspielerin blickte nach draußen. Sie sah die leeren Stufen und die restlichen Wagen, die noch vor dem Haus parkten. Nur von John Sinclair sah sie nichts.

Nadine schluckte. Plötzlich schlug ihr Herz schneller. Geflohen war John nicht, ein Mann wie er lief nicht weg. Da er jedoch nicht zu sehen war, kam Nadine der Gedanke, dass ihm etwas passiert sein könnte.

Eine Gänsehaut kroch über ihren Rücken. Am liebsten wäre sie nach draußen gelaufen, aber dort fühlte sie sich schutzlos.

Sie zog sich wieder zurück.

»Nun, hast du ihn gesehen?« Marion Mitchells Stimme klang lauernd und spöttisch zugleich.

»Nein, ich habe ihn nicht gesehen.«

»Dann hat er wohl das Weite gesucht.«

»Sein Wagen steht noch auf dem Parkplatz. Und zu Fuß wird er ja nicht gelaufen sein.«

»Wer weiß …«

»Jetzt hört auf mit dem Streit«, mischte sich Don Mitchell ein. »Ich habe auf jeden Fall Hunger.«

»Geh essen, es ist genügend da«, meinte seine Schwester.

Da hatte sie nicht gelogen. In einem Nebenraum war ein Büfett aufgebaut worden. Ein ländlich deftiges.

Der Mann zog die Tür auf und machte Licht.

Er wollte den Raum betreten und hatte bereits einen Fuß vorgesetzt, als er zurückprallte und einen unterdrückten Schrei ausstieß.

»Was ist?«, rief der Bürgermeister.

Er war als Erster bei Mitchell, die anderen standen Sekunden später neben ihm.

Jetzt sahen sie es alle.

Das Büfett war quer zur Tür aufgebaut worden und noch abgedeckt. Vor den Tischen jedoch stand etwas, das überhaupt nicht in diesen Rahmen passte.

Drei weiße Kindersärge!

»O nein«, stöhnte Marion Mitchell. »Das ist Wahnsinn, das darf nicht sein. Halte mich, bitte, Don!«

Sie kippte nach hinten, und ihr Bruder musste sie tatsächlich auffangen.

Neben Nadine stand der Bürgermeister. Er hatte die Hände geballt und flüsterte: »Drei weiße Särge. Wie damals. Alles ist wie damals.«

»Was ist wie damals?«

»Ich weiß es von meinem Großvater. Die ermordeten Kinder sind in drei weißen Särgen bestattet worden, und jetzt stehen hier auch welche. Vielleicht sind es sogar dieselben.«

»Die müssten doch längst vermodert sein.«

»Normalerweise ja. Aber wissen Sie, welche Kräfte hier mitspielen, Miss Berger?«

»Nein.«

»Sehen Sie.«

Die Mitchells sprachen nicht. Nur Don räusperte sich. Bemerkungen waren ihm ebenso vergangen wie seiner Schwester. Alle wussten, dass die Gefahr noch längst nicht vorbei war, dass sie vielleicht jetzt erst richtig anfangen würde.

»Ich rühre die Totenkisten nicht an!«, kreischte Marion.

»Das hat auch niemand von dir verlangt«, gab Don zurück.

Marion war nicht zu bremsen. »Und überhaupt«, sagte sie. »Was soll ich hier noch? Sogar dieser Sinclair ist verschwunden. Ich haue auch ab. Mich hält hier nichts mehr. Ich bin doch nicht verrückt, noch länger in diesem Haus zu bleiben. Ein Toter reicht mir. Ich möchte nicht als Nächste da liegen.«

Da hatte sie im Prinzip recht. Auch die anderen dachten ähnlich, sie sprachen es nur nicht aus.

Marion Mitchell drehte sich auf der Stelle, schaute wieder in die Diele und schrie zum zweiten Mal.

Lautlos hatte sich hinter dem Rücken der anderen etwas verändert. Sie sahen es, als sie in die Halle blickten.

An den strategisch wichtigen Stellen standen die drei Kinder mit ihren Teufelsfratzen.

Und alle drei hielten Messer in ihren Händen ...

Lange war ich nicht bewusstlos. Ich öffnete die Augen und merkte, dass ich geschleppt wurde. Jemand hatte mich unter den Achselhöhlen gepackt und schleifte mich über den Boden einem unbekannten Ziel entgegen. Meine Hacken wühlten sich in die Erde und hinterließen tiefe Rinnen, die den genauen Weg markierten.

Ich merkte jede Unebenheit und spürte auch, wie unregelmäßig die Person ging, die mich schleppte.

Wohin?

Da gab es an sich nur eine Möglichkeit. Auf die Klippe zu. Hinunterstürzen und fertig.

Ich schluckte, als mir dieser Gedanke kam, aber noch war es nicht so weit. Zudem wollte ich gern sehen, wer mich da abschleppte.

Ich schielte hoch. Viel sehen konnte ich nicht. Ein verschwommen erscheinendes Gesicht, aus dem knurrende Laute drangen, die aber mit einem Sprechen oder Atmen nicht zu vergleichen waren.

Okay, machten wir dem Spiel ein Ende. Ich hatte nämlich keine Lust, mit mir weiterhin Mehlsack spielen zu lassen.

Urplötzlich stemmte ich meine Füße hart in den Boden, fand an einem aus der Erde wachsenden Stein noch Widerstand und warf mich nach vorn. Das geschah so plötzlich, dass die Pranken aus meinen Achselhöhlen rutschten.

Ich stand.

Und kassierte einen Treffer.

Ich sah noch die Hand vor meinem Gesicht und hatte danach das Gefühl, sämtliche Zähne würden mir im Mund durcheinanderpurzeln. Mit den Armen ruderte ich, war jedoch nicht in der Lage, meinen Sturz zu bremsen. Wieder ging ich zu Boden.

Diesmal jedoch fiel ich auf den Rücken. Und wurde nicht bewusstlos, was ein großer Vorteil war.

Ich lag auf dem Rücken, kämpfte gegen das taube Gefühl im Kopf an und hatte noch den Mut, meine Beretta zu ziehen und den Kerl, der mich hergeschleppt hatte, in die Mündung schauen zu lassen.

Zuerst dachte ich, er würde die Waffe kurzerhand ignorieren, weil er weiterging, dann aber blieb er stehen und starrte mich an.

Unsere Blicke trafen sich.

Und ich muss ehrlich gestehen, dass mir der Anblick dieses Kerls doch verdammt zusetzte.

Es war schlichtweg grauenhaft.

In die Brust musste ihn irgendwie etwas getroffen haben. Denn sie war aufgerissen, aber kein Blut drang daraus hervor. Der Kopf wurde von grauen, stumpf wirkenden Haaren umwallt, und der Blick der verdrehten Augen war seltsam glanzlos.

Da wusste ich, wer vor mir stand.

Ein Untoter, ein Zombie.

Der Kindermörder!

Ja, das musste er sein. Rick Holloway hatte er geheißen. Der Bürgermeister hatte es mir ja deutlich genug zu verstehen gegeben. Sein Großvater hatte ihn erschossen, nun stand er vor mir.

Von den Toten zurückgekehrt.

Ich hatte oft genug mit Zombies zu tun gehabt. Zwar fürchtete ich mich immer noch vor ihnen, doch ich geriet nicht in Panik oder verfiel in wilden Schrecken – ich blieb gelassen.

Und auch das dumpfe Gefühl aus meinem Kopf verschwand wieder. Langsam konnte ich einen klaren Gedanken fassen. »Wenn du dich einen Schritt auf mich zu bewegst, schieße ich!«

Der Zombie grunzte nur.

Er stierte mich an, und besonders hatte es ihm das Kreuz angetan, das ich zum Glück nicht verloren hatte. Und erst jetzt merkte ich, wie nahe wir den Klippen waren. Das Rauschen der Brandung war lauter geworden. Links von mir fiel nach ein paar Yards das Gelände steil zum Meer hin ab.

Da war ich gerade noch zur rechten Zeit erwacht. Der Zombie hatte mich über die Klippen stürzen wollen.

Ich zog mich etwas zurück, fand an einem aus der Erde wachsenden Stein Halt und fragte: »Du bist Rick Holloway, der Kindermörder, nicht wahr?«

Er erwiderte nichts.

»Gib Antwort!«

»Was willst du hier? Du gehörst nicht in das Haus!«, spie er mir entgegen. »Ich werde dich töten!«

»Da kannst du lange warten«, erwiderte ich kalt. »Wenn du mir eine Antwort gegeben hast, sage ich dir, weshalb ich hergekommen bin. Einverstanden?«

Sein Blick blieb leer. Auch in seinem Hirn konnte nichts arbeiten. Er war ein Zombie, eine Maschine, die nicht dachte, höchstens Befehle ausführte.

Er trug zerfetzte Kleidung, die um seinen hochgewachsenen Körper flatterte. Der Mund war grausam verzogen, die

Ohren wurden durch das Haar verdeckt, auf dem Nasenrücken war die Haut aufgeplatzt, und über die Brust habe ich ja schon berichtet.

Wir waren in sein Gebiet eingedrungen. Es lag auf der Hand, dass er das nicht zulassen wollte. Man hatte ihn in unheiliger Erde begraben, ein Druide hatte hier vor vielen, vielen Jahren seinen Zauber wirksam werden lassen, und der war jetzt intensiviert worden.

»Ja, ich bin Rick Holloway«, sagte er plötzlich. »Ich bin der, den sie vor vielen Jahren getötet und verscharrt haben wie einen Hund. Aber sie haben nicht mit dem Zauber des alten Druiden gerechnet. Seine Magie war noch vorhanden. Sie lauerte in den Tiefen der Erde und wurde an mir wirksam. Ich konnte die feuchte Erde verlassen und sorgte auch dafür, dass die drei Kinder wieder auferstanden.«

»Warum hast du sie getötet?«

»Weil der Teufel es so wollte. Er hat mich angesprochen, und ich bin zu seinem Diener geworden.«

»Ist er dir erschienen?«, fragte ich.

»Ja.«

»Wie?«

»Hast du die alte Uhr gesehen? Darin steckt der Satan. Sie ist ihm geweiht worden, und sie läutet die Todesstunde seiner Feinde ein. Wenn jemand stirbt, schlägt sie. Sie wird auch schlagen, wenn ich dich töte, Mann.«

»Was ist mit den Kindern?«

»Sie finden keine Ruhe. Ich habe sie damals entführt und dem Satan geopfert. Sie sind ein Teil von ihm geworden und stehen mir zur Seite, wenn Gefahr droht.«

»Sind sie im Haus?«

»Ja, da kannst du sie finden. Bei den anderen. Alle vier, die zurückgeblieben sind, werden sterben. Die Hölle wird ihre Freude haben, der Satan kann lachen. Niemand hält den Tod auf, auch du nicht. Einer musste schon sein Leben lassen. Durch Zufall hat er ein Kind gesehen. Es hat sofort sein Messer geworfen …«

Ich hörte die Worte und dachte fieberhaft nach. Dieser Zombie hatte mich in eine Falle gelockt. Ich war förmlich hineingestolpert und hatte meine Freunde allein gelassen. Sie waren den kleinen, teuflischen Geschöpfen hilflos ausgeliefert, würden sich gegen die mit Magie aufgeladenen Monster nicht wehren können.

Aber ich konnte es, obwohl ich erst den Untoten aus dem Weg schaffen musste.

Noch hockte ich auf dem Boden und ließ den Zombie in die Waffenmündung schauen. Er rührte sich nicht, stierte mich nur an und tat auch nichts, als ich langsam aufstand.

Es war nicht leicht, sich zu erheben und dabei die Waffe so zu halten wie zuvor. Deshalb forderte ich Holloway auf: »Dreh dich um!«

Er zögerte einen Moment, stieß ein unwilliges Knurren aus, gehorchte aber.

Und er überraschte mich.

Er hieb, noch während er sich drehte, mit einem Fuß in den Boden und schleuderte mir Dreck und Sand ins Gesicht. Instinktiv drückte ich ab, aber ich wusste gleich, dass ich nicht getroffen hatte.

Dafür traf Holloway.

Ein wuchtiger Tritt traf mein rechtes Handgelenk und fegte mir die Waffe aus den Fingern. Sie landete irgendwo hinter mir, und ich drehte mich um die eigene Achse, sodass mich der nächste Tritt, der meinem Kopf gegolten hatte, verfehlte.

Ich prallte gegen zwei große Steine, etwas klirrte, und als ich mich in die Höhe wuchtete, spürte ich im Nacken einen kurzen Ruck.

Im nächsten Augenblick fiel das Kreuz von meiner Brust, weil die Kette gerissen war.

Den Grund konnte ich sehen.

Das Kreuz war mit seiner Schmalseite unglücklich zwischen die beiden Steine gerutscht. Der Zufall hatte es die einzige Lücke finden lassen. Beim Hochkommen war dann die Kette zerrissen. Das konnte ein tödliches Pech für mich werden, denn waffenlos stand ich nun dem gefährlichen Zombie gegenüber.

Ich schnellte aus meiner Hockstellung hoch und konnte mich gerade noch zur Seite drehen, um einem Hammerschlag zu entgehen. Die Faust krachte dafür auf den Felsen.

Beiden machte es nichts aus. Dem Stein nicht und auch nicht der Hand, denn sie war ohne Leben, ohne Gefühl.

Dann griff ich an.

Ich zog den Kopf zwischen die Schultern, duckte mich und rannte vor. Der Zombie war etwas unbeweglich, kam nicht schnell genug weg, und ich rammte meinen Schädel in seinen Leib.

Gemeinsam taumelten wir zurück. Während sich der Untote auf den Beinen hielt, stolperte ich über seine Füße, fiel hin, rollte mich sofort herum und federte wieder hoch.

Der Zombie griff nicht an. Dafür bückte er sich und wuchtete einen gewaltigen Stein hoch.

Der war so schwer, dass selbst dieses untote Monster Mühe hatte, ihn in die Höhe zu stemmen. Was er mit diesem Stein wollte, lag auf der Hand. Mich zerschmettern.

So weit ließ ich es nicht kommen. Mein Tritt in die Seite warf den Seelenlosen zu Boden. Er rollte dem Abgrund immer näher.

Nichts anderes hatte ich gewollt.

Mit den bloßen Fäusten konnte ich ihn nicht besiegen. Er war ja schon tot. Es würde mir nicht gelingen, ihn noch einmal umzubringen. Nicht auf normale Art und Weise. Aber wenn er über den Abgrund stürzte und zwischen die Klippen fiel, hatte ich Zeit, an meine Waffen zu kommen. Bis Holloway wieder auftauchte, war auch ich fit.

So meine Rechnung.

Ich kämpfte.

Ein weiterer Hieb trieb den Untoten noch mehr zurück. Rückwärts torkelte er auf den Klippenrand zu. Der Wind packte uns beide und schüttelte uns regelrecht durch.

Schon jetzt schmerzten mir meine Hände. Ich würde mir

an dieser seelenlosen Maschine die Knochen aufschlagen, deshalb griff ich zu einem Hilfsmittel.

Auf der Erde und in unmittelbarer Nähe liegend entdeckte ich einen starken Ast.

Blitzschnell hob ich ihn auf, und als der Zombie mich angriff, lief er in meinen Stoß hinein.

Holloway wurde gebremst und sogar noch zurückgetrieben. Er knurrte wütend.

Es war ein wilder und verzweifelter Kampf, in dem es um alles oder nichts ging. Ich wusste vier Menschen in Gefahr, die auf meine Hilfe hofften, doch ich konnte ihnen nicht beistehen, weil ich erst noch dieses verdammte Monster hier erledigen musste.

Er trat wieder in den Boden und schleuderte mir Dreck entgegen. Diesmal gab ich acht und zog den Kopf ein.

Die Ladung schoss an mir vorbei.

Dafür traf ihn mein nächster Schlag gegen den Hals. Und wieder sprang ich auf ihn zu.

Ich sah bereits das Ende der Strecke. Zwei, höchstens drei Schritte hinter ihm ging es in die gefährliche Tiefe, noch ein Hieb, dann konnte ich es packen.

Ich geriet dabei in eine solche Euphorie, dass ich die Vorsicht vergaß.

Frontal ging ich meinen Gegner an.

Das rächte sich.

Plötzlich schnellten die Arme des Zombies vor, und ehe ich mich versah, umklammerten die Hände den Ast. Ich war noch im vollen Lauf und prallte gegen ihn. Gleichzeitig wich er zur Seite aus und stellte mir ein Bein.

Ich stolperte.

Plötzlich war der Abgrund vor meinen Augen. Noch konnte ich mich fangen, merkte, wie mir der Ast aus den Händen gerissen wurde, und dann bekam ich den Hieb in den Rücken.

Es war ein Hammer.

Ich wurde nach vorn geschleudert, eine urwelthafte Kraft

riss mich von den Beinen, ich sah die Kante, erhielt noch einen Stoß und wurde über die Felsleiste hinwegkatapultiert.

In das Rauschen der Brandung mischte sich das Lachen meines untoten Gegners …

Niemand wagte sich zu rühren.

Die Angst fraß sich wie Säure in die Herzen der vier Menschen. Jeder reagierte anders.

Während der Bürgermeister und Nadine Berger vor Schrecken nichts sagen konnten, zitterte Marion Mitchell am ganzen Leib. Sie hatte die Arme halb erhoben und die Hände zu Fäusten geballt. Ihre Augen waren weit aufgerissen, die Zähne klapperten aufeinander, und mit fiebrigem Blick starrte sie auf die teuflische Erscheinung an der Tür.

Ein Kind nur, doch mit einem Messer in der Hand und einer Teufelsfratze.

Don Mitchell sagte nichts. Er konnte nicht sprechen. Zu sehr hatte ihn das Auftauchen der drei teuflischen Kinder geschockt. Er war weiß geworden, und der kalte Schweiß lag auf seiner Stirn.

Die Kinder starrten die Menschen nur an, und die Klingen der Messer warfen blitzende Reflexe.

»Was sollen wir tun?«, hauchte Marion.

»Nichts.« Diese tonlose Antwort kam von ihrem Bruder. Er hatte einen Blick zur Treppe geworfen. Dieser Fluchtweg war ebenfalls versperrt, weil dort auch ein Kind stand.

Es würde keinen vorbeilassen.

Und das dritte hatte sich vor dem Fenster aufgebaut.

Sie trugen schwarze Gewänder, die allerdings schmutzig und zerknittert wirkten. Ihre Fingernägel waren überdurchschnittlich lang.

Sie mussten im Grab weiter gewachsen sein.

Bürgermeister Kiboran fühlte die Finger der Schauspielerin an seiner Hand. Sie waren kalt. Sämtliches Blut schien aus ihnen gewichen zu sein.

»Was sollen wir tun?«, wisperte sie.

»Ich weiß es nicht.«

»Aber wir können uns doch nicht so ohne Weiteres töten lassen«, schluchzte Nadine.

»Nein.«

»Und dir, Don? Fällt dir nichts ein?«

Als sich der Antiquitätenhändler angesprochen fühlte, drehte er den Kopf. »Nein, verdammt, mir fällt nichts ein. Hättest deinen Sinclair fragen können, aber der hat sich ja aus dem Staub gemacht.«

»Du bist gemein.«

Mitchell lachte nur.

»Vielleicht weiß ich etwas«, sagte der Bürgermeister, denn wie auch die anderen hatte er gesehen, dass sich die drei kleinen Monster langsam in Bewegung setzten.

»Und was?«

»Wartet es ab.«

Kiboran raffte all seinen Mut zusammen und trat einen Schritt vor. Er hob die Hand und rief mit lauter Stimme: »Halt!«

Was niemand erwartet hatte, geschah.

Die drei Teufelskinder stoppten!

Kiboran atmete aus, die erste Hürde hatte er genommen. Er sprach die teuflischen kleinen Gestalten weiterhin direkt an. »Ich weiß, wer ihr seid«, sagte er, »aber auch ihr müsst meinen Namen kennen, wenn ihr genau überlegt. Ich heiße Kiboran. Erinnert ihr euch?«

Die kleinen Monster zeigten keine Reaktion.

Der Bürgermeister beugte sich vor. Beschwörend glitt sein Blick in die Runde. »Kiboran.« Jeden Buchstaben betonte er. »Erinnert ihr euch nicht? Denkt zurück an euren Tod. Holloway hat euch ermordet. Euch drei. Zwei Mädchen und einen Jungen. Aber es gab Männer im Dorf, die sich zusammenschlossen, um euren Tod zu rächen. Der Pfarrer, der Bürgermeister, der Polizist, der Apotheker und der Lehrer. Sie schlossen ein Bündnis, um den geheimnisvollen Mörder zu finden. Und sie haben ihn auch gefunden. Holloway konnte nicht mehr flüchten. Wir stellten ihn, und wir kämpften gegen ihn.« Der Bürgermeister war so in Fahrt, dass er seinen Großvater mit sich selbst verwechselte, dann aber schwenkte er wieder um. »Mein Großvater hat Holloway erschossen, nachdem er den Pfarrer getötet hatte. Wisst ihr das?«

Keine Antwort.

Kiboran sprach weiter. »Sie haben euch hier oben begraben, neben dem Kindermörder. Ihr seid ja nicht mehr normal gewesen, unsere Vorfahren mussten es tun, wirklich ...«

»Wir waren dem Teufel geweiht.« Zum ersten Mal sprach eines der kleinen Monster. Die Stimme drang dumpf unter dieser Teufelsfratze hervor, von der man nicht wusste, ob sie eine Maske war oder nicht. »Es hatte keinen Zweck mehr gehabt. Die Arbeit deiner Vorfahren war völlig umsonst gewesen«, erklärte man dem Bürgermeister.

»Das könnt ihr nicht so sehen.« Kiboran versuchte alles, um die drei Geschöpfe aufzuhalten. »Sie dachten damals noch, dass sie euch finden könnten, und sie hofften, dass ihr weiterhin am Leben wäret.«

»Wir leben ja auch.«

»Was ist das für ein Leben? Schlimm, sehr schlimm!«, rief der Bürgermeister den drei Monstern entgegen. »Ihr seid nicht eingegangen in das Paradies, ihr kennt nur den Teufel, an den euch Rick Holloway verkauft hat. Nie werdet ihr euren Frieden finden, ihr werdet immer als ruhelose Geister herumirren, aber der Seelenfrieden bleibt euch verwehrt. Und warum wollt ihr töten? Was haben die Leute hier euch getan? Nichts, gar nichts.«

»Es ist unser Gebiet!«

»Wieso?«

»Deine Vorfahren haben uns in der unheiligen Erde verscharrt, das musst du doch wissen. Ja, diese Erde war unheilig, denn die Magie eines alten Druiden wirkte noch nach. Wir verfaulten nicht, wir starben nicht, wir blieben in unseren feuchten Gräbern und warteten ab, bis die Zeit günstig war.«

»Wer führte euch?«, fragte Kiboran. »Der Teufel?«

»Nein. Rick Holloway. Er ist unser Führer!«

»Und warum habt ihr ihn nicht mitgebracht?«

Da lachten die drei kleinen Monster gleichzeitig, aber es war kein freundliches, helles Lachen, sondern ein böses, grausames. »Holloway läuft draußen herum und sichert dort das Haus ab. Er kann genau sehen, wer es verlassen will …«

Diese durch die Blume gesprochene Bemerkung verstand Kiboran sehr wohl. Er spürte, wie es kalt seinen Rücken hinablief, und er dachte dabei nicht so sehr an sich, sondern an den Oberinspektor aus London, der das Haus verlassen hatte.

»Wir wissen, dass einer fehlt«, erhielt er sogleich die Bestätigung. »Einer von euch hat das Haus verlassen, wir haben ihn gesehen. Und er hat uns auch gesehen. Wir lockten ihn in die Falle, damit sich Rick Holloway mit ihm beschäftigen kann. Denn Rick will auch nicht, dass hier jemand herumläuft. Alles gehört ihm, auch die Uhr.«

»Die Uhr?«

»Ja, die besonders.«

Kiboran begriff, dass es zwischen der Uhr, den Teufelskindern und diesem Rick Holloway eine ursächliche Verbindung gab. Doch das war im Moment nicht so wichtig. Viel wichtiger und akuter erschien ihm der Fall des Oberinspektors zu sein.

»Wo befindet sich der Mann jetzt, der vorhin das Haus verlassen hat?«

Diese Frage putschte die Spannung in den Menschen noch höher als zuvor.

Jeder starrte die drei kleinen Monster an, doch die ließen sich mit der Antwort Zeit. Eine seltsame Beklemmung legte sich über den Raum. Nadine Berger spürte, wie ihr Herz oben im Hals klopfte. Unter Umständen erfuhr sie jetzt von John Sinclairs Tod. Das brachte sie nahe an den Wahnsinn.

Aber auch die Geschwister Mitchell standen lauernd da. Für sie ging es ebenfalls um alles oder nichts.

»Holloway hat ihn!«

Die Antwort war wie ein Peitschenhieb, denn die Menschen duckten sich förmlich zusammen.

Der aus dem Grab gestiegene Kindermörder hatte sich des Oberinspektors bemächtigt!

Kiboran stöhnte auf, während Don Mitchell sagte: »Ich habe es doch gleich gewusst.«

Nur Nadine reagierte ohne äußere Anzeichen, doch in ihrem Innern sah es anders aus. Dort jagten sich die Gedanken. Da zitterte sie. Aber sie dachte auch an die Vergangenheit. An Doktor Tod, den John Sinclair besiegt hatte, und an den unheimlichen Mönch, der auch nichts gegen den Geisterjäger hatte ausrichten können.

Vielleicht hatte John doch eine Chance …

Sie betete darum und faltete sogar die Hände. Die Stimme eines Teufelskinds unterbrach ihren Gedankenlauf.

»Holloway hat es übernommen, euren Freund zu töten. Wir haben andere Aufgaben. Wir werden euch töten!«

Das hatte zwar jeder angenommen oder geahnt, aber das so deutlich zu hören war für die Anwesenden ein regelrechter Schock.

Und sie waren waffenlos, konnten sich nicht wehren.

Das wurde auch dem Bürgermeister klar. Langsam trat er zurück. Er wollte nicht zu nahe sein, doch die Kinder zogen den Kreis sofort enger, versperrten weiterhin die Fluchtwege.

»Verdammt!«, keuchte Don Mitchell. »Die bringen es fertig und machen uns alle!« Wild schaute er sich um, während seine Schwester plötzlich die Nerven verlor.

»Ich will aber nicht sterben!«, kreischte sie. »Ich will nicht!« Sie riss die Arme hoch, ballte die Hände und stampfte wild mit dem rechten Fuß auf, sodass der Holzboden vibrierte.

»Was machen wir?«, fragte Nadine Berger den Bürgermeister mit zitternder Stimme.

»Ich weiß es nicht.«

»Wir müssen vorbei!«

»Genau, das meine ich auch«, sagte Don Mitchell. Er hatte die geflüsterten Worte vernommen und reagierte.

Urplötzlich stieß er sich ab. Selten in seinem Leben war er so schnell gerannt. Er flog förmlich auf die Treppe zu und wollte nach oben hin entfliehen.

»Don!«, kreischte Marion. »Nimm mich mit!«

Der Mann kümmerte sich nicht darum.

Die Stufen!

Er warf seinen Körper vor, nahm die ersten drei – und …

Das Teufelskind, das in Treppennähe gelauert hatte, reagierte jetzt erst.

Es drehte sich halb, hob den Arm, etwas flirrte durch die Luft und traf mit tödlicher Präzision den Rücken des fliehenden Mannes.

Zuerst schien es, als würde Don Mitchell seinen Lauf nicht unterbrechen, als wäre gar nichts gewesen, dann aber sackte er plötzlich zusammen. In einer reflexartigen Bewegung streckte er noch seinen linken Arm aus, und die Hand klatschte auf den Lauf des Geländers. Er wollte sich daran festklammern, fand jedoch nicht die Kraft und verlor den Halt.

Don Mitchell kippte nach hinten und rollte sich mehrmals überschlagend und vom Gelächter der drei Teufelskinder begleitet die Treppe hinab. Etwa ein Yard vor der ersten Stufe blieb er liegen und rührte sich nicht mehr.

Das Messer hatte ihn tödlich getroffen!

Im ersten Moment war keiner der Anwesenden fähig, auch nur ein Wort zu sagen. Die letzten Sekunden waren so entsetzlich gewesen, dass sie sie überhaupt nicht begriffen. Der jähe Schock hatte sie bewegungsunfähig gemacht.

Doch auch die Schrecksekunde ging vorbei.

Marion Mitchell reagierte als Erste.

Grell durchschnitt ihr panikerfüllter Schrei die lastende Stille. »Don!«, brüllte sie. »Don!« Dann hielt sie nichts mehr auf ihrem Platz. Sie rannte auf den am Boden liegenden Toten zu und warf sich über ihn. Dabei rollte sie ihn auf die

Seite, schaute in die gebrochenen Augen und konnte es nicht fassen, dass Don tot war.

Sie schrie weiter, umklammerte sein Gesicht, bedeckte es mit Küssen, als wollte sie den Toten ins Leben zurückholen, und konnte nicht begreifen, dass dies nicht möglich war.

Die Teufelskinder machten weiter.

Eines von ihnen hob seinen Arm, um sein Messer auf die neben dem Toten kniende Marion zu schleudern.

In diesem Augenblick schlug im anderen Zimmer die Uhr an.

Ihre dumpfen Schläge trieben den Menschen Angstschauer über den Rücken.

Totengeläut …

Das Kind zögerte.

Und da reagierte Kiboran. »Stoß die Tür auf!«, zischte er Nadine Berger zu.

Gleichzeitig rannte er auf Marion Mitchell zu, erreichte sie und riss sie von dem Toten weg.

Da flog das Messer.

Doch Kiboran hatte sich instinktiv geduckt. Er und das Mädchen befanden sich nicht mehr in der Flugbahn der Waffe, sodass die Klinge sie verfehlte und in die drittunterste Stufe hieb, wo sie stecken blieb.

Kiboran aber zerrte die schreiende Marion auf die Tür zum Nebenzimmer zu.

Sie stand weit offen.

Doch da war noch das dritte Kind. Es wollte ebenfalls sein Messer schleudern.

Nadine Berger überwand sich selbst. Sie hatte bisher nur zugeschaut, jetzt aber sprang sie vor, erreichte den in der Halle stehenden Flügel und schnappte eine Sektflasche, die irgendjemand von den Partygästen dort abgestellt hatte.

Wuchtig schleuderte sie die Flasche.

Und traf.

Das gläserne Wurfgeschoss hieb gegen den Hinterkopf des teuflischen Kindes. Der Treffer schleuderte das kleine Monster nach vorn, sodass der Bürgermeister und Marion Mitchell Zeit gewannen. Sie konnten in das Zimmer flüchten.

Nadine Berger folgte ihnen sofort.

Hart rammte sie die Tür zu, sah den von innen steckenden Schlüssel und schloss ab.

»Geschafft!«, keuchte sie. In ihren Augen flackerte es.

Kiboran nickte und lehnte sich gegen die Wand. Sie befanden sich dort, wo die drei weißen Särge standen und das Büfett aufgebaut war. Und der Raum hatte ein Fenster.

Eine Fluchtchance!

Nadine lief hin. Sie drehte am Griff und schrie schluchzend und enttäuscht auf.

»Was ist los?«

Nadine irrte herum. »Der verdammte Bügel klemmt!«

»Nein!« Bürgermeister Kiboran schloss für Sekunden die Augen. Das war eine Enttäuschung.

Marion Mitchell lachte kreischend auf. Es schien, als habe sie den Verstand verloren.

»Ich helfe Ihnen«, sagte der Bürgermeister und lief zum Fenster. Nadine trat zur Seite.

Auch Kiboran schaffte es nicht, den Bügel herumzureißen.

»Dann müssen wir eben die Scheibe einschlagen«, sagte die Schauspielerin.

»Womit?« Kiboran schaute sich um.

Marion Mitchell hockte in einer Ecke. Sie war in sich zusammengesunken und stierte zu Boden. Nur unter ihrer Wangenhaut zuckte es hin und wieder.

Nadine Berger hatte ihren ersten Schrecken überwunden. Sie packte eine mit Salat gefüllte Schüssel und schleuderte sie dem Fenster entgegen.

Klirrend zerbrach die Scheibe.

Kalte Luft fiel in das Zimmer. Wie Messer hingen noch die Scherbenspitzen im Kitt. Mit dem Ellbogen schlug Nadine sie aus dem Rahmen, während sich der Bürgermeister um Marion Mitchell kümmerte und sie auf die Beine zog.

Das Girl ließ alles willenlos mit sich geschehen.

Nadine war am Fenster stehen geblieben. Sie wollte sich gerade hinauslehnen, als sie plötzlich die kleine Gestalt mit der Teufelsfratze sah.

Sie stand direkt vor dem Fenster.

Nadine Berger war unfähig, etwas zu sagen. Ihre Gesichtszüge erstarrten, während das kleine Monster langsam seine rechte Hand mit dem Messer hob und ein wissendes Grinsen die breiten Lippen kerbte …

Ich fiel!

Vor mir befand sich die gnadenlose Tiefe. Zudem hatte ich die Augen weit aufgerissen, sah den Schaum der Brandung und hörte das Tosen der Wellen.

All diese Eindrücke nahm ich in Bruchteilen von Sekunden wahr, bevor ich den großen Schlag verspürte, der meinen Körper erschütterte.

Ich war nicht unten zwischen die Klippen gefallen, sondern hatte unverschämtes Glück gehabt. Ein Vorsprung, der wie eine Nase aus der Felswand wuchs, hatte mich gerettet.

Vorläufig jedenfalls … Ich lag schräg auf dem Felsen, der an einigen Stellen mit Moos bewachsen war und an anderen wiederum von Wind und Regen ausgewaschenes blankes Gestein zeigte. Meine Beine baumelten über dem Abgrund, doch zum Glück lag ich mit dem größten Teil des Oberkörpers auf der Felsplatte und konnte mich weiterziehen.

Es lag auf der Hand, dass sich der Zombie überzeugen würde, was mit mir geschehen war, und sicherlich würde er auch versuchen, mich zwischen die Klippen zu stürzen.

Ich kroch vor, denn ich hatte gesehen, dass die Felsnase praktisch in die Wand hineinwuchs und dort eine winzige Höhle bildete, wo ich mich zwar nicht verkriechen konnte, aber durchaus geschützt lag.

Die Hälfte meines Körpers wurde auf jeden Fall abgedeckt, als ich mich schließlich hinhockte und meinen Rücken gegen die raue Wand hinter mir presste.

Nur allmählich beruhigte sich mein aufgeregter Herzschlag. Ich atmete wieder tiefer durch und wischte mir mit dem Jackettärmel den Schweiß von der Stirn.

Tief unter mir lag das Meer. Eine dunkle, wogende Oberfläche, die erst an den hervorspringenden Felsen gebrochen und aufgeschäumt wurde, sodass das Wasser in langen Fontänen hochspritzte und an der Wand wieder hinablief.

Ein feiner Regen aus Staub und kleineren Steinen wischte vor mir in die Tiefe. Für mich ein Zeichen, dass sich der Zombie dicht am Rand aufhielt.

Was würde er tun?

Ich rührte mich nicht, wagte nicht zu atmen und hörte ein wildes Knurren.

Dann die raue Stimme und die abgehackt klingenden Worte, die mich hart trafen.

»Ich weiß, dass du nicht gefallen bist. Aber ich werde dich holen, Mensch!«

Das war ein Versprechen.

Nun ja, sollte er kommen. Meinen Optimismus hatte ich nicht verloren. Vielleicht deshalb nicht, weil ich soeben nur mit knapper Not einem fürchterlichen Tod entgangen war.

Ich lauerte.

Und der Untote kam. Wieder rutschte Gestein an mir vorbei, diesmal etwas mehr. Holloway würde Schwierigkeiten haben, wenn er die Wand herunterkletterte.

Ich hörte das Scharren und Rutschen, vernahm einen Fluch, aber der Kindermörder dachte nicht an Aufgabe. Er kletterte weiter.

Ich rückte etwas vor.

Und nun bewahrheitete sich die These, dass Zombies nicht denken können. Ein normaler Mensch in seiner Lage wäre nie so nach unten geklettert wie der Untote. Er hangelte sich einfach weiter, und ich sah plötzlich seine Füße.

Wenn das keine Chance war.

Um eine Winzigkeit rutschte ich weiter vor und streckte langsam die Arme aus.

Es musste einfach klappen.

Dann griff ich zu.

Meine Hände glichen plötzlich Schraubstöcken, als sie die Gelenke des Zombies umklammerten.

Ein wilder Ruck, dem ein Fluch des untoten Mörders folgte, und ich ließ los.

Holloway hatte es nicht geschafft, sich an der glatten Felswand festzukrallen. Trotz seiner gewaltigen Kräfte war ihm dies nicht gelungen. Er hatte den physikalischen Gesetzen nachgeben müssen und wirbelte an mir vorbei in die Tiefe.

Ich warf mich hastig zurück, denn fast hätte mich der Körper noch gestreift und mitgerissen, so aber rauschte er in die Tiefe. Als ich ihm nachsah, erkannte ich trotz der herrschenden Dunkelheit den Körper mit den ausgebreiteten Armen und Beinen. Er flog wie ein Fallschirmspringer ohne Schirm.

Der Aufschlag ging im Tosen der Brandung unter. Ein normaler Mensch wäre tot gewesen, nicht dieser Zombie. Er würde überleben – und wiederkommen. Damit musste ich rechnen.

Aber erst einmal musste ich zusehen, wieder von dieser Felsnase, die mir das Leben gerettet hatte, wegzukommen. Was vorhin gut gewesen war, erwies sich nun als Hindernis.

Es würde wirklich nicht einfach sein, an der glatten Wand hochzuklettern. Ich streckte meine Arme in die Höhe, tastete über den Fels und suchte nach irgendwelchen Einkerbungen im Gestein, wo ich einigermaßen Halt finden konnte.

Links von mir – ich musste mich schon weit strecken – existierte ein schmaler Spalt. Nicht breiter als eine Kinderhand. Dort fasste ich zu, fand da den Haltepunkt und suchte mit meiner rechten Hand nach weiteren Stützen.

Die gab es auch.

Ich will nicht lange meine Kletterei beschreiben, auf jeden Fall kam ich oben an.

Wie, das wusste ich selbst nicht. Ich lag hinterher zerschunden und völlig erschöpft auf dem Bauch und rang verzweifelt nach Atem. Meine Lungen schienen zugestopft zu sein, und es dauerte wirklich Minuten, bis ich mich wieder auf die Beine quälen konnte.

Trotzdem torkelte ich noch wie ein Betrunkener, aber mein Gehirn arbeitete klar und präzise.

Noch hatte ich keinen Gegner erledigt.

Weder die drei Teufelskinder noch den Zombie, der sicherlich zurückkommen würde.

Ich dachte auch an die Menschen, die sich in großer Gefahr befanden. Hatten sie es überstanden, oder waren ihnen die teuflischen Geschöpfe zuvorgekommen?

Ich wollte schon losrennen, als mir einfiel, dass ich unbewaffnet war. Die beiden dicht nebeneinanderstehenden Steine waren schnell zu finden. Und ich hatte auch sehr bald mein Kreuz wieder.

Fehlte die Beretta. Wo konnte die Pistole nur gelandet sein? Ich vergegenwärtigte mir noch einmal die gefährliche Situation und rechnete nach. Anschließend ging ich in die Richtung, in der ich die Waffe vermutete.

Fast wäre ich darüber gestolpert.

Als ich die Beretta in meiner Hand spürte, fühlte ich mich wohler. Und nun hielt mich nichts mehr …

Nadine Berger zuckte zurück. Obwohl sie nichts sagte, wusste der Bürgermeister sofort, wer dort vor dem Fenster stand. Er schaute die Schauspielerin an.

Nadine nickte.

»Dann ist es aus«, flüsterte Kiboran.

»Wenn nur John Sinclair hier wäre«, hauchte Nadine.

»Er könnte uns auch nicht mehr helfen.«

Sie fuhr herum. »Doch, Mister Kiboran. Er könnte es. Ich kenne ihn und vertraue …«

»Aber Sie haben doch gehört, was diese kleinen Monster uns gesagt haben. Sinclair wird auf Holloway getroffen sein. Und was will er gegen solch eine Gestalt ausrichten?«

»Viel.«

»Davon sehe ich nichts.«

Nadine atmete tief ein. Sie konnte den Bürgermeister verstehen, aber sie erinnerte sich auch an eine Situation, als Doktor Tod sie in seinen Klauen gehabt und sie so gut wie keinen Ausweg mehr gesehen hatte, wie dann John Sinclair aufgetaucht war und ihm ihre Befreiung aus den Händen dieses Satans gelang.

Damals war es jedoch nur ein Gegner gewesen. Hier hatten sie es mit drei teuflischen Wesen zu tun.

Das war schlimmer …

Sie dachte an ihren Fast-Verlobten. Ein Messer hatte ihn getötet. Natürlich empfand Nadine Trauer, aber nicht so stark, wie es eigentlich der Fall hätte sein müssen. Ihre Bindung zueinander war doch nicht so eng gewesen.

Dumpfe Schläge gegen die Tür unterbrachen die Gedanken der Schauspielerin.

Nadine zuckte zusammen.

»Jetzt versuchen sie es schon von zwei Seiten«, sagte der Bürgermeister. In seiner Stimme schwang Panik mit.

»Sollen wir nicht doch aus dem Fenster klettern?«

Heftig schüttelte Kiboran den Kopf. »Nein, ich will nicht in ein Messer laufen.«

»Aber wir können auch nicht durch die Tür.«

»Das stimmt …«

Wieder erzitterte sie unter einem Ansturm. Die beiden Menschen sannen fieberhaft über einen Ausweg nach. Man müsste einen Gegenstand haben, mit dem man sich verteidigen kann, dachte Nadine. Ihre Blicke irrten durch den Raum, flogen auch über das Kalte Büfett, das nur zum Teil abgedeckt war, und plötzlich wurden ihre Augen groß.

»Was ist?«, fragte der Bürgermeister.

Anstelle einer Antwort deutete Nadine auf einen Gegenstand, der dicht neben dem Stangenbrot lag.

Ein Messer!

»Ich nehme es«, sagte sie mit kaum zu verstehender Stimme. »Und dann klettere ich durch das Fenster …«

»Nein, die sind stärker!«

»Dann schlagen Sie doch etwas anderes vor, verdammt!«

»Ich weiß nichts.«

»Deshalb nehme ich das Messer!« Nadine Berger ließ sich nicht beirren. Sie griff zu.

Ihre Finger umklammerten den braunen Holzgriff. Tief saugte sie die Luft ein. Sie hatte sich entschlossen, zuzuschlagen, und sie würde sich durch nichts davon abhalten lassen. »Wenn ich dieses Wesen erledigt habe, können Sie mit dem Mädchen folgen«, sagte sie krächzend.

Kiboran nickte. Aufgeregt beobachtete er, wie Nadine auf das Fenster zuschritt. Sie ging steif wie eine Marionette, aber auch sehr entschlossen.

Hart umklammerten die fünf Finger der rechten Hand den Griff. Die Klinge wies zu Boden. Nadine wollte das Messer von oben nach unten ziehen. Vor dem Fenster blieb sie stehen.

Sie schaute durch die zerbrochene Scheibe. Viel sah sie nicht, da sich um das Haus herum die Dunkelheit zusammenballte. Der Nachtwind blies ihr ins Gesicht und wehte auch winzige Scherbenreste aus dem Rahmen. Von dem teuflischen Kind konnte sie nichts sehen, es hatte sich zurückgezogen. Nadine rechnete fest damit, dass es irgendwo auf sie lauerte.

Es fiel ihr schwer, jetzt noch standhaft zu bleiben. Der Mut hatte sie etwas verlassen, aber wuchtige Schläge gegen die Tür bestärkten sie wieder in ihrem Vorhaben.

Sie durfte jetzt nicht mehr zögern. Auch wenn die Tür noch so stabil war, irgendwann würde sie brechen. Und diese kleinen Monster hatten mehr Kraft als normale Kinder, davon war die Filmschauspielerin fest überzeugt.

Sie beugte sich vor.

Ihr Blickwinkel wurde jetzt besser. Nadine verdrehte die Augen, sodass sie etwas zur Seite schielen konnte.

Erst nach links, dann nach rechts.

Nichts zu sehen.

»Was ist?«, zischte Kiboran hinter ihr.

»Es scheint nicht mehr da zu sein.«

»Wirklich?« Hoffnung klang in der Frage mit.

»Mal sehen.« Nadine Berger riskierte etwas. Sie kletterte auf die hohe Fensterbank und duckte sich, damit sie von den restlichen Scherbensplittern nicht getroffen wurde.

Dann holte sie noch einmal tief Luft, stieß sich ab und sprang nach draußen.

Sie kam gut auf, knickte nicht mit dem Fuß um und lief zwei Schritte vor, um sich rasch umzudrehen.

Das Geschöpf kam aus dem Schatten der Hauswand. Nadine sah die huschende Bewegung und nahm auch das Blitzen der gefährlichen Messerklinge wahr.

Wahllos stieß sie ein paar Mal zu.

Sie spürte Widerstand, sah das verzerrte Gesicht dicht vor sich, die Faust mit dem Messer, zuckte zurück, spürte den brennenden Schmerz an der Schulter, gleich darauf auch an der Hüfte und wusste, dass sie getroffen war.

Diese Erkenntnis lähmte ihre Reaktionen. Nadine lief zurück, stolperte und fiel.

Grässlich lachte das Geschöpf auf.

Nadine lag am Boden, sah das kleine Monster über sich, das ihr plötzlich sehr groß vorkam.

Auf der teuflischen Fratze spiegelte sich Triumph wider, die Augen schimmerten rötlich und rollten in den Höhlen.

Nadines Blick irrte ab, streifte das Fenster, sie sah dort den Bürgermeister, dessen Gestalt sich vor der Helligkeit abhob. Sie wollte schreien, doch kein Laut drang aus ihrem Mund.

Das teuflische Geschöpf vor ihr lebte, obwohl sie es ein paar Mal getroffen hatte.

So war es nicht zu töten.

Da warf sich das kleine Monster nach vorn und stieß wuchtig zu …

Im selben Moment krachte ein Schuss.

Das helle, peitschende Geräusch rollte über das Plateau. Die Bewegung des teuflischen Kindes wurde gestoppt, der Einschlag des Geschosses trieb es zur Seite, und das kleine Monster prallte neben Nadine Berger zu Boden.

Schreiend blieb es liegen.

Eine Gestalt hetzte heran.

Das war ich!

Ich hatte den Schrei des Bürgermeisters gehört und war schon auf dem Weg zum Eingang gewesen, als es mich herumgerissen hatte. Ich hatte die Szene nur schattenhaft erkannt, aber sofort meine richtigen Schlüsse daraus gezogen.

Der Schuss hatte Nadine Berger das Leben gerettet.

Ich lief zu ihr.

Sie lag am Boden, hatte sich zusammengerollt und schluchzte. Ihre Schultern bebten, wie im Kampf hielt sie das Messer mit der langen Klinge fest, das ich ihr vorsichtig aus der Hand wand.

Ich schleuderte es weg.

Erst dann sah ich nach dem Teufelskind.

Meine Silberkugel hatte es in den Kopf getroffen. Nichts war davon übrig geblieben, nur noch den Rumpf sah ich, der jetzt aber in das Stadium der Verwesung überging und langsam verfaulte.

»Nadine!«, flüsterte ich. »Alles okay?«

Sie öffnete die Augen und richtete sich auf. »John!«, hauchte sie und blickte mich an, als könnte sie es gar nicht begreifen, dass ich es war, und dann rief sie wieder, aber diesmal stärker: »John!«

Es war ein Schrei, ein Ruf der Verzweiflung und der Erleichterung. Sie warf ihre Arme hoch, umklammerte meinen Nacken und presste sich eng an mich.

»Mister Sinclair!«

Der nächste Ruf riss mich aus meiner momentanen Lethargie. Ich stieß Nadine von mir, drehte mich und sah den Mann am Fenster. Bürgermeister Kiboran winkte, dann verschwand er mit einem grotesk wirkenden Sprung, und ich sah einen anderen Schatten, einen wesentlich kleineren.

Das Teufelskind …

Ich rannte los.

Die Zeit, erst den normalen Weg zu nehmen und durch den Eingang das Haus zu betreten, nahm ich mir nicht. Ich hätte wertvolle Sekunden verloren.

Mein Ziel war das Fenster!

Ich prallte fast gegen die Mauern, so viel Mühe bereitete es mir, den eigenen Schwung zu bremsen. Die Beretta steckte ich in den Hosenbund, meine Arme flogen hoch, und es gelang mir, den Rand der Fensterbank zu umklammern.

Hastig zog ich mich hoch.

Ein Klimmzug reichte. Ich hockte gekrümmt auf der Bank und blickte ins Zimmer. Dort war die Hölle los.

Den teuflischen Wesen musste es gelungen sein, die Tür einzutreten. Sie lag auf dem Boden, beide Monster befanden sich im Raum und attackierten Marion Mitchell und den Bürgermeister. Von Don Mitchell sah ich nichts.

Das Mädchen befand sich in größerer Gefahr, während sich Kiboran zurückgezogen und den langen Tisch zwischen sich und eines der Geschöpfe gebracht hatte.

Mit Schwung sprang ich in den Raum.

Genau in dem Augenblick drehte sich das Geschöpf um, das Marion angreifen wollte.

Ein fauchender Laut wehte mir entgegen. Ich sah das Messer und die nach oben zeigende Klinge.

Voll würde ich hineinspringen …

Da fegte, als ich mich noch in der Luft befand, mein linkes Bein vor. Die Fußspitze rammte gegen den Messerarm des kleinen Monsters und schleuderte das Wesen zurück.

Ich kam gut auf, knickte allerdings zur linken Seite weg, fing mich aber sofort wieder und nahm meine Beretta in die rechte Hand.

Das zweite Wesen griff an. Es hatte von dem Bürgermeister gelassen und stürmte auf mich los.

Ich packte den Tisch unter dem Rand und hievte ihn hoch. Es war eine wilde, kraftvolle Bewegung, und ich erzielte damit auch den nötigen Erfolg. Die Schüsseln und Schalen machten sich selbstständig, sie rutschten dem kleinen Monster entgegen, und der Tisch kippte um.

Das Teufelskind wurde unter dem Tisch begraben!

»Vorsicht!«, schrie der Bürgermeister.

Ich sprang zur Seite und wirbelte gleichzeitig herum.

Das zweite Wesen hatte den Arm bereits erhoben, um das Messer zu schleudern.

Ich war schneller.

Vor dem Lauf der Beretta blitzte es auf. Das Wesen kam nicht mehr dazu, sein Messer zu werfen, denn das geweihte Silbergeschoss warf es zurück, bis es vor der Wand aufgehalten wurde.

Noch ein Gegner.

Jetzt erst bemerkte ich, welch eine Kraft in den kleinen, aber gefährlichen Wesen steckte. Es hievte den schweren Tisch hoch und wollte ihn mir entgegenkippen.

Ich kam nicht schnell genug weg, sodass die Kante über mein Schienbein schrammte.

Es tat verflucht weh, und ich verzog das Gesicht.

Das kleine Monster jedoch griff nicht an, sondern lief auf das Fenster zu.

Dicht davor setzte es zu einem Sprung an. Mit einem Satz wollte es sich durch die Scheibe schnellen.

Dagegen hatte ich etwas.

Mein Schuss krachte.

In der Luft wurde das dritte Teufelskind herumgewirbelt, knallte gegen die innere Fensterbank und rutschte mit der Hälfte des Oberkörpers über die Brüstung.

So blieb es liegen.

Und so verging es auch.

Das Teufelsgesicht zerfiel, und der Körper ging über in das Stadium der Verwesung.

Wie bei den beiden anderen …

Ich steckte die Waffe weg und nickte dem Bürgermeister zu. »Die Gefahr ist vorbei«, sagte ich.

»Ja«, flüsterte er.

Mehr konnte er nicht sagen. Ich aber wies ihn an, sich um Nadine Berger zu kümmern. »Holen Sie sie her.«

Er nickte und verschwand durch die Tür. Er ließ sie offen, und ich konnte in die Halle schauen.

Dort sah ich Don Mitchell.

Er lag dicht vor der Treppe, und für mich stand fest, dass ihm kein Arzt der Welt mehr helfen konnte.

Diese teuflischen Wesen hatten sich ein zweites Opfer geholt.

Ich ging zu Marion Mitchell. Sie hatte sich während der gesamten Zeit nicht gerührt, sondern auf dem Boden gesessen und sich mit dem Rücken an die Wand gelehnt.

Den Kopf hielt sie gesenkt. Mir schwante Böses, als ich sacht ihr Kinn anhob.

Willenlos ließ sie es geschehen.

Ich sah auch den Grund.

Das Mädchen hatte keinen eigenen Willen mehr. Marion Mitchell war wahnsinnig geworden. Die vorausgegangenen Ereignisse – vielleicht auch der gewaltsame Tod ihres Bruders – hatten einen grausamen Tribut gefordert.

Sie blickte durch mich hindurch, erkannte mich nicht, und als ich sie ansprach, drang ein irres Lachen aus ihrem Mund.

Ich hob sie hoch. Zum Glück blieb sie auf ihren eigenen Beinen stehen. Dann sah sie die offene Tür und tanzte in die Halle, wo soeben Nadine Berger und der Bürgermeister erschienen. Die Schauspielerin wurde von Kiboran gestützt.

Ich sah sofort, dass sie etwas abbekommen hatte. Sie blutete aus zwei Wunden. Einmal war sie an der Schulter und dann in Höhe der Hüfte getroffen worden.

Ich dirigierte Marion zu einem Stuhl, auf den sie sich apathisch niederließ.

Dann kümmerte ich mich um Nadine. Die Wunden waren nicht schlimm, sie schmerzten nur, würden jedoch schnell verheilen. Sicherlich gab es in diesem Haus einen Verbandskasten. Der Bürgermeister wollte oben im Bad nachsehen.

»Du hast es also doch noch geschafft«, flüsterte Nadine, wobei sie immer wieder von Weinkrämpfen geschüttelt wurde.

»Ja, natürlich.«

»Aber die anderen haben nicht daran geglaubt. Nur ich.«

Was sollte ich dazu sagen? Ich hatte ja selbst nicht mehr damit gerechnet, nach dem, was alles geschehen war. Aber das konnte ich ihr nicht sagen und meinte deshalb: »Na ja, irgendwie packe ich es immer, kleine Nadine.«

»Ich weiß, John, ich weiß.« Bevor ich mich versah, presste sie ihre Lippen auf meinen Mund und schob ihre kleine Zungenspitze zwischen meine Zähne.

Der Kuss sagte alles …

Ein Räuspern ließ uns auseinanderfahren. Der Bürgermeister stand mit der Hausapotheke bereit. »Nicht, dass ich unbedingt stören will, aber es ist wichtig …«

Ich lachte. »Schon gut.«

Es stellte sich heraus, dass Kiboran einen Kursus als Sanitäter mitgemacht hatte. Er verstand etwas von der Ersten Hilfe und verband Nadines Wunden fachmännisch.

Ich sah mich um.

Es war ein schauriges Bild, das diese Halle bot. Vor allen Dingen mit dem Toten an der Treppe. Und in der oberen Etage lag noch eine zweite Leiche.

Sie abzutransportieren war Sache der Polizei. Nur wollte ich sie noch nicht einschalten, denn der Fall war noch nicht beendet. Das sagte ich auch den beiden.

»Dann – dann müssen wir damit rechnen, dass Rick Holloway hierher zurückkehrt?«, fragte der Bürgermeister.

Ich nickte.

»Und?«

Ich lächelte schwach. »Eine erkannte Gefahr ist nur halb so schlimm«, erklärte ich. »Ich werde hier auf Holloway warten.«

»Wie?«

»Ich setze mich hier in die Halle!«

»Aber schaffen Sie das denn?«

»Und ob er das schafft«, erwiderte Nadine Berger, wobei ihre Augen blitzten. »Da kennen Sie John Sinclair aber schlecht, Mister Kiboran. Hat er uns nicht auch aus der Klemme geholfen?«

»War ja nur eine Frage. Entschuldigung.«

Ich winkte ab.

»Da ist noch etwas«, sagte mir der Bürgermeister. »Diese Standuhr muss mit Holloway in einem unmittelbaren Zusammenhang stehen. Ich weiß nicht, wie ich es ausdrücken soll, aber die Uhr scheint für ihn eine Art Seele zu sein.«

Ich fuhr mit dem Zeigefinger über meinen Nasenrücken. »Das war gar nicht schlecht, Herr Bürgermeister. Und sicherlich haben Sie ziemlich genau den Kern des Problems getroffen. Ja, eine Art Seele. So könnte man es sehen.« Ich öffnete die Zimmertür und schaute auf die Uhr. Sie stand völlig normal an der Wand. »Würden Sie mir helfen, das Ding in die Halle zu schleppen?«

Kiboran nickte.

Die Uhr war schwer. Doch in gemeinsamer Arbeit gelang es uns, sie in die Halle zu verfrachten.

Ich ging noch einmal nach draußen, öffnete die Kofferraumhaube und nahm eine bestimmte Waffe hervor.

Desteros Schwert!

Im harten Kampf hatte ich es dem Dämonenhenker abgenommen. Nun gehörte es mir. Ich hatte es in einer weichen Lederscheide stecken. Die ließ ich liegen und nahm nur das Schwert.

Auf dem Weg ins Haus besah ich mir die Klinge. Sie schimmerte bläulich und war fantastisch geschliffen. Dieses Schwert war wirklich etwas Besonderes. Ich konnte stolz darauf sein, es in den Händen zu halten. Vor knapp einer Woche hatte ich es bekommen und wollte es nun zum ersten Mal einsetzen.

Der Bürgermeister und Nadine Berger sahen mich überrascht an, als ich mit dieser Waffe zurückkehrte.

»Was wollen Sie denn damit?«, fragte Kiboran.

Meine Antwort klang diplomatisch. »Lassen Sie sich überraschen, Herr Bürgermeister ...«

Die Eingangstür befand sich mir direkt gegenüber. Ich saß auf einem Stuhl und wartete.

Hinter mir stand die Uhr. Das Schwert hatte ich über meine Knie gelegt, das Kreuz hing offen vor meiner Brust.

So erwartete ich den Zombie!

Nadine Berger, den Bürgermeister und Marion Mitchell hatte ich nach oben geschickt. Sie sollten erst wieder in die Halle kommen, wenn alles vorbei war.

Die Zeit kann lang werden, wenn man da hockt und wartet. Hinter mir vernahm ich das Ticken der Uhr. Im Anfang hatte es mich ein wenig beunruhigt, jetzt war ich daran gewöhnt.

Ein paar Mal schon hatte ich nachgerechnet, wie lange es wohl dauern würde, bis der Zombie kam. Wenn er an der Felswand hochklettern wollte, konnte ich hier warten, bis ich Schimmel angesetzt hatte. Sicherlich gab es noch einen anderen Weg, der in Wasserhöhe zwischen die Felsen schnitt und dann zu einem begehbaren Pfad wurde.

Neben mir stand eine Flasche mit Mineralwasser. Hin und wieder nahm ich einen Schluck.

Längst hatte die Uhr elfmal geschlagen, und ich fragte mich, ob Holloway überhaupt noch vor Mitternacht eintreffen würde. Das Licht brannte jedenfalls, so wurde ihm der Weg gewiesen.

Fast vierundzwanzig Uhr.

Nur noch drei Minuten fehlten.

Meine innere Spannung wuchs. Ich ahnte, dass der Untote bald eintreffen würde. Das hatte ich gewissermaßen im Gefühl, spürte es in den Fingerspitzen.

Drei Minuten können sich ganz schön in die Länge ziehen, dann aber war es so weit.

Mitternacht!

Für einen Moment hörte das Tick-Tack der Uhr auf. Danach begann sie zu schlagen. Zwölfmal ...

Und mit dem letzten Schlag wurde die Eingangstür mit Vehemenz aufgetreten.

Der Zombie war da!

Ich blieb nicht sitzen, sondern stand auf.

Die Tür fegte bis zur Wand und wurde von dort wieder zurückgeschleudert. Hinter dem Rücken des Zombies knallte sie ins Schloss. Breit, wuchtig und gefährlich stand Rick Holloway da.

Aber wie sah er aus!

Der Sturz musste ihm einige Knochen gebrochen haben. Eine Schulter saß schief, ein Arm stand schräg ab, der Kopf war an der rechten Seite gesplittert.

Aber er spürte keine Schmerzen, er lebte weiter und wollte mich töten. Langsam kam er näher.

Ich trat zur Seite und stieß den Stuhl weg, der mich jetzt in meiner Bewegungsfreiheit störte. Mit beiden Händen hielt ich den Schwertgriff fest.

Ich würde die Waffe zum ersten Mal einsetzen, aber nicht gegen Rick Holloway.

Mein Plan sah anders aus.

Fünf Schritte war er noch von mir entfernt, als ich mit ungeheurer Wucht zuschlug.

Seitlich hämmerte ich die Klinge gegen die alte Standuhr. Es klimperte, splitterte, Holz brach, das Pendel flog von einer Seite zur anderen, und mit den Gewichten war es das gleiche Spiel.

Holloway aber schrie.

Sein Lauf wurde plötzlich gebremst, er knickte seitlich ein und hatte Mühe, sich auf den Beinen zu halten.

Der zweite Schlag.

Diesmal traf ich die Uhr von vorn. Die scharfe Klinge sägte in das Holz, schlitzte es auf, und ich vernahm einen gellenden Schrei.

Holloway zuckte zusammen. Er schüttelte sich wie im Fieber, und als ich mit dem dritten Hieb die Uhr fast in der Mitte auseinanderschlug, fiel er zu Boden und wälzte sich schreiend um die eigene Achse.

Es stimmte.

Zwischen der Uhr und Rick Holloway bestand eine magische Verbindung, die ich jetzt stufenweise zerstörte.

Drei Schläge hatten gereicht, der Untote lag am Boden. Aber ich wollte mehr.

Der vierte Schlag sollte alles klarmachen.

Weit holte ich aus. Und diesmal zielte ich auf das Herz der Uhr, das Zifferblatt.

Desteros Schwert hieb es in zwei Teile. Es gab erst einen singenden Ton, der dann in ein gewaltiges Kreischen überging, das sich wieder änderte und zu einem Fauchen wurde.

Plötzlich quoll Rauch aus der Schnittstelle, der rot gefärbt war und aus dem sich eine Teufelsfratze materialisierte, in die ich den nächsten Schlag setzte.

Das Schwert zerteilte den Rauch, aber er zerfaserte auch so, und ich hörte nicht nur ferne Schreie, die aus irgendeiner anderen Dimension zu kommen schienen, sondern vernahm auch die lauten Todesrufe des Zombies.

Rick Holloway starb.

Als ich mich umdrehte, bot sich mir ein schauriges Bild.

Mit dem letzten gezielten Schlag hatte ich nicht nur das Zifferblatt geteilt, sondern auch die Gestalt des Untoten.

Rick Holloway existierte nicht mehr. Und mit einem letzten Krachen brachen auch die Reste der Teufelsuhr zusammen.

Ich hatte auf der ganzen Linie gesiegt. Und es war ein verdammt gutes Gefühl, Freunde.

Ich hatte mit meinem Chef, Superintendent Powell, gesprochen. Zwar war er von mir aus dem Bett gerissen worden, doch das machte ihm nichts. Sir James versprach mir jegliche Rückendeckung und verwies mich auf einen Commissioner, der für Wales zuständig war.

Ihn trommelte ich aus dem Bett.

Eine halbe Stunde später war dann alles geklärt. Die Toten wurden weggeschafft.

Nadine Berger weinte, als man Don Mitchell in den Zinksarg legte und ihn hinaustrug. Seine Schwester saß schon in einem Kastenwagen. Sie sprach mit sich selbst. Vielleicht hatte sie Glück und würde bei entsprechender Behandlung gesund und aus der Anstalt entlassen.

Wir mussten uns noch längere Zeit in dem Haus aufhalten. Es galt, zahlreiche Fragen zu klären, und sogar der Commissioner persönlich traf ein. Mit ihm redete ich lange unter vier Augen.

Wir trennten uns in beiderseitigem Einvernehmen.

Es wurde schon hell, als wir das Haus auf den Klippen verließen. Nadine ging neben mir.

»Du kannst mit mir fahren«, schlug ich vor.

»Gern.«

Wir verabschiedeten uns von dem Bürgermeister, der diesen Tag wohl nie vergessen würde.

»Willst du direkt nach London?«, fragte Nadine viel später, als wir durch die hügelige Landschaft von Wales rollten.

»Nein, ich kann noch einen Tag ausschlafen. Wieso?«

Sie lächelte etwas verkrampft. »Weil es nicht weit von hier ein nettes kleines Hotel gibt, dessen Besitzer ich gut kenne. Wir haben dort mal einen Fernsehfilm gedreht und die Abende feuchtfröhlich in der Hotelbar verbracht.«

Natürlich erinnerte sich der Besitzer an Nadine Berger. Wir erhielten auch ein Zimmer.

Ich blickte überrascht auf das Französische Bett.

»Und da sollen wir schlafen?«, fragte ich mit etwas kratziger Stimme.

Nadine nickte mir zu. »Warum nicht?«

Ja, Freunde, warum eigentlich nicht? Schließlich bin ich auch nur ein Mann, und wer Nadine Berger kennt, der kann meine Antwort sehr gut verstehen ...

EIN SCHWARZER TAG IN
MEINEM LEBEN

Violetta Valeri, Corinna Camacho und ein gefährliches giftgrünes Monster. Drei Begriffe, drei Namen – ein tödliches Dreieck.

Und sie verbündeten sich. Mittler war Logan Costello, der die Feinde der drei ebenfalls hasste.

Sie traten nicht direkt an John Sinclair heran, sondern nahmen einen Umweg. Eine Person wurde eingekreist. Sie war eine gute Bekannte John Sinclairs.

Ihr Name: Nadine Berger!

Sie wurde Mittelpunkt eines teuflischen Geschehens, aus dem es kein Entrinnen mehr gab.

Es war die Hölle! Ein Inferno aus hohen, gierig leckenden Feuerzungen, berstendem Glas, in der Hitze knallendem Holz, Splittern, Schreien und Kreischen.

Eingeschlossen von dieser fauchenden, glutheißen Wand schauten sich die drei Frauen nach einem Fluchtweg um.

Für sie sah es trostlos aus. Vor ihnen das Feuer, hinter ihnen die Mauer.

»Sinclair!«, knirschte die schwarzhaarige Violetta hasserfüllt. »Das haben wir nur dir zu verdanken. Nur dir!«

Ihr Hass kannte keine Grenzen, genau wie der der anderen beiden Personen.

Die eine hieß Corinna Camacho. Sie war rotblond. Niemand ahnte, dass sie sich in einen Werwolf verwandeln konnte. Die Dritte hörte auf den Namen Karin Bergmann. Blondes Haar umrahmte das schmale Gesicht. Manchmal lag über ihrer Haut ein grüngelb schimmernder Schleim, ein Zeichen dafür, dass sie ein Ghoul war.

Diese drei waren von der wabernden Feuerhöhle eingeschlossen, und es sah schlecht aus für sie. Dabei hatten sie John Sinclair töten wollen, zusammen mit Lady X, Tokata und Vampiro-del-mar. Es war anders gekommen. Durch einen unglückseligen Zustand war Lady X zu einer Blutsaugerin geworden.

113

Von irgendwoher fuhr ein Windstoß in den Keller und damit auch in die Flammen.

Noch höher loderten sie, wurden bewegt, tanzten nach vorn und auf die drei Frauen zu, die weiter zurückgedrängt wurden und ihre Augen mit hochgerissenen Armen gegen das Feuer schützten.

»Ich will hier raus!«, brüllte Corinna Camacho, und es war schon mehr ein Knurren bei ihr.

»Wir schaffen es schon, dreh jetzt nur nicht durch!« Violetta Valeri nickte heftig. Ihre langen Haare flogen dabei.

Karin Bergmann sagte nichts. Dass auch sie innerlich aufgewühlt war, sah man ihr äußerlich an. Auf der Haut glänzte der Schleim jetzt dicker. Er verlief wie ein durchsichtiger Film. Manchmal klebte er in ihren Augen, was Karin allerdings nichts ausmachte.

»Schüsse«, zischte die Valeri, »verdammt, ich höre Schüsse.«

»Sie jagen Sinclair!«, kreischte die Camacho.

»Ach, was weißt du!«

»Doch, ich spüre es. Wirklich!«

Die anderen beiden Frauen gaben keine Antwort. Violetta Valeri suchte verzweifelt nach einem Ausweg aus der Klemme. Die Hitze machte ihnen nichts aus. Ein Mensch wäre schon längst ohnmächtig geworden, weil das Feuer den gesamten Sauerstoff in der unmittelbaren Umgebung verbrauchte. Anders die Untoten. Sie waren zu keiner menschlichen Regung fähig.

»Sollen wir uns durch die Flammen stürzen?« Corinnas Gesicht sah aus wie ein Fragezeichen, als sie Violetta fordernd anschaute.

»Nein!«

»Was dann? Wir werden verrecken!«

»Wenn wir in die Flammen gehen, auch.«

»Ich sehe keine andere Chance.«

Die sah die schwarzhaarige Vampirin auch nicht. Sie war zudem geschwächt, denn sie benötigte unbedingt Blut. Sinclair hatte es ihr geben sollen, doch das hatte nicht geklappt.

Und dann entdeckten sie etwas.

Der weibliche Ghoul, Karin Bergmann, sah es zuerst. »Der Kanal!«, schrie sie.

Zwei Köpfe zuckten herum. Rötlicher Widerschein tanzte dabei über ihre Gesichter und malte ein Wechselspiel aus Licht und Schatten darauf.

Der Eisendeckel befand sich am Gangende, dicht vor der Mauer. Und wenn sich jeder schmal machte, war der Einstieg groß genug für sie.

Die Valeri nickte. »Versuchen wir es.« Mit zwei gleitenden Schritten stand sie neben dem Kanaldeckel, bückte sich und packte mit beiden Händen zu.

Um diesen Kanaldeckel schien sich jahrelang niemand gekümmert zu haben, denn er saß so fest, als hätte man ihn angeleimt. Die Valeri riss vor Wut den Mund auf und präsentierte ihre mörderischen Vampirzähne.

Corinna Camacho half ihr. Obwohl die Untoten wirklich mehr Kräfte besaßen als normale Menschen, waren sie nur zu zweit in der Lage, den Deckel anzuheben.

Dann kippten sie fast zurück, als der Deckel plötzlich lossprang. Sie hatten Glück, dass Karin Bergmann sie aufhielt, sonst wären sie noch rücklings in die Feuerwand gelaufen.

Sie ließen den runden Deckel fallen, der zu Boden klirrte und dicht neben der Luke liegen blieb.

»Rein!«, schrie die Valeri.

Es wurde wirklich Zeit, denn die Feuerwand breitete sich aus. Durch einen Luftzug, dessen Quelle nicht auszumachen war, wurde sie noch einmal angefacht und leckte wie eine gewaltige Woge weiter vor. Da war Violetta Valeri schon in den Ausstieg getaucht. Sie zog ihren Körper zusammen. Zielsicher hatten die Füße die schmale Leiter gefunden, die parallel zur Schachtwand in die Tiefe führte. Es waren nicht nur einfache Trittsprossen, sondern eine normale Leiter. Man musste sie nachträglich angebracht haben.

Corinna Camacho folgte. Sie war nicht so schlank wie die Vampirin. Bei ihr gab es die ersten Probleme. Obwohl sie sich drehte und wand, gelang es ihr nicht sogleich, in der Tiefe zu verschwinden.

Von oben drückten beißende Rauchschwaden in die Schachtöffnung, was den Untoten allerdings nichts ausmachte. Sie brauchten keine normale Atemluft mehr, denn mit Menschen waren sie nicht vergleichbar.

»Komm endlich!«, schrie die Vampirin.

»Es geht nicht!«

Da griff Violetta ein. Sie kletterte ein paar Sprossen höher und umfasste mit beiden Händen die Hüften der Werwölfin. Ihr Griff war hart wie eine Klammer.

Heftig riss und zerrte sie. Violetta wollte die Freundin durch die Öffnung zwängen.

Die drei mussten auf jeden Fall zusammenbleiben, das wusste jede von ihnen. Nur gemeinsam waren sie stark genug, um sich an dem zu rächen, der ihnen die Schmach angetan hatte.

Die Valeri ließ nicht los.

Während über ihr die Hölle fauchte, setzte sie ihre Bemühungen wütend fort. Der Erfolg blieb nicht aus.

Plötzlich hatte sie es geschafft. Corinna Camacho kam frei. Zuerst rutschte sie ein Stück. Ihre zu breiten Hüften schabten über das Mauerwerk, die Taille war schmaler, und da Violetta nicht losgelassen hatte, gab es einen gewaltigen Ruck, als Corinna freikam.

Der Ruck war so heftig, dass die Werwölfin gegen die Valeri prallte, die sofort den Halt verlor und gemeinsam mit Corinna Camacho in die Tiefe fiel, wobei sie auf dem feuchten, mit Pfützen bedeckten Boden hart aufschlugen.

Kein Laut des Schmerzes drang über ihre Lippen. Auch der Schmerz war ein Gefühl, das sie als Dämonen nicht kannten. Sie rollten sich einmal herum und kamen wieder auf die Füße.

Fehlte die dritte im Bunde.

Karin Bergmann sollte es sein.

Für die Ghoulfrau würde es kein Problem sein, in den

Schacht zu klettern. Wenn sie ihren Schleim absonderte oder sich verwandelte, kam sie durch fast jede Öffnung. Der stinkende Schleim wirkte wie Schmieröl.

Aber sie hatte das Feuer unterschätzt. Zudem war zu viel Zeit vergangen, bis Corinna Camacho es endlich schaffte, in diese enge Röhre zu steigen.

Da war noch das Feuer.

Es wurde nicht weniger, denn durch den Luftzug und den damit verbundenen Nachschub an Sauerstoff wurde es nur noch mehr angefacht. Wie eine gewaltige Woge schoss es heran.

Die feurige Lohe, breit wie der Gang, fauchte plötzlich auf Karin Bergmann zu, die an der Fluchtöffnung stand und nach unten schaute. Sie wollte soeben hineinsteigen, als es geschah.

Ein erneuter Windzug trieb das Feuer so weit vor, dass die gewaltigen Flammen den weiblichen Ghoul förmlich überspülten.

Plötzlich war Karin Bergmann eingehüllt.

Im Bruchteil einer Sekunde erstarrte ihr Gesicht vor panischem Schrecken. Sie sah das Feuer und wusste, dass es zu spät war. Obwohl sie dicht vor der Kanalöffnung stand, kam sie nicht mehr weg. Eine helle, lange Zunge glitt an ihrem Körper hoch, erfasste zuerst die Beine und züngelte weiter, wobei sie augenblicklich den Körper der Dämonin in Brand setzte.

Da half ihr auch der Schleim nicht mehr. Die Kraft des Feuers und die Hitze waren einfach zu stark.

Karin Bergmann hatte keine Chance. Die Ghoulfrau riss zwar noch ihre mit Schleim bedeckten Arme hoch, doch es war für sie viel zu spät. Längst war aus ihr eine Fackel geworden.

Und das Feuer fand Nahrung. Die Kleidung brannte lichterloh. Jetzt schrie auch der Ghoul.

Karin Bergmann hatte sich verwandelt. Sie war vollständig zu diesem schrecklichen Dämon geworden. Brennend lief sie im Kreis. Feuer zerstört auch einen Ghoul. Es trocknet ihn aus, dem Schleim wird die Flüssigkeit entzogen, dem Körper das Wasser, und zurück bleibt ein mumienhaftes Gebilde, das einmal ein weiblicher Ghoul gewesen ist.

Ein letzter, gellender Schrei drang noch aus dem aufgerissenen Maul der Karin Bergmann.

Schaurig übertönte er sogar noch das Fauchen der Flammen und wurde auch von den beiden anderen Frauen gehört, die sich wieder aufgerichtet hatten und den Schacht hoch starrten, an dessen Ende eine rotgelbe Flammenhölle waberte und tanzte.

Der Schrei verging.

Dann war nur noch das Brausen des Feuers zu hören, und Violetta Valeri ballte in ohnmächtigem Hass beide Hände. »Das wird er uns auch büßen, dieser verfluchte Sinclair. Es ist bereits die Zweite, die auf sein Gewissen geht. Erst Angie Hall, jetzt Karin Bergmann. Wir werden ihn kriegen, Corinna!«

Die Camacho nickte. Auch sie war im letzten Augenblick der Flammenhölle entronnen. Das rotblonde Haar war leicht angesengt. An vielen Stellen zeigte es Brandflecken. Wie ein heißer Atem war die Feuerzunge über den Kopf des weiblichen Werwolfs hinweggefaucht.

»Komm, es hat keinen Zweck mehr!« Violetta sprach das aus, was auch Corinna dachte.

Die Werwölfin nickte. Sie zitterte dabei. Auf ihrer Haut wuchsen plötzlich längere rotblonde Haare, so sehr stand sie unter Strom. Sie hatten eine starke Niederlage erlitten, aber noch waren sie nicht ausgeschaltet. Sinclair hatte nur die Hälfte von ihnen töten können, die anderen beiden lebten noch.

Sie mussten kriechen. Vor ihnen lag eine enge Betonröhre, die nachträglich angelegt worden war und den Verbindungsgang zu den Abwasserkanälen von Clichy darstellte.

Violetta kroch vor. Es war nicht völlig dunkel, denn am Ende der Röhre schimmerte ein schwaches Licht. Nur ein hauchdünner, kaum wahrnehmbarer gelber Schein, aber immerhin ein Fixpunkt für die beiden Flüchtlinge.

Aufgeben wollte sie nicht. Der Hass auf John Sinclair war zu groß. Irgendwie würde sich schon eine Möglichkeit finden, sich an ihm zu rächen.

Es störte sie nicht, dass der Boden der Röhre mit Schlamm bedeckt war. Auf Sauberkeit brauchten die beiden nicht zu achten, sie wollten sich nur so rasch wie möglich in Sicherheit bringen.

Am Ende der Röhre erreichten sie einen der Gänge, durch den bei starkem Regen das Schmutzwasser floss. Jetzt lag nur eine knöcheltiefe Schlammschicht auf dem Boden.

Dadurch wateten sie.

Das Fauchen des Feuers hörten sie schon längst nicht mehr. Dafür jedoch ein Rauschen, das die Nähe eines Hauptkanals anzeigte. Sie befanden sich also mittendrin.

Violetta Valeri lachte auf. »Wir schaffen es!«, knirschte sie. »Verdammt, wir schaffen es. Und dann sieh dich vor, John Sinclair. Sieh dich vor!«

Beide Wesen waren von einem wilden, unkontrollierten Hass besessen, der wie eine Triebfeder wirkte.

Sie erreichten den breiten Kanal.

Fließendes Wasser birgt für Vampire Gefahren!

So steht es seit alters her geschrieben, aber galt das auch für die heutige Zeit?

Die Valeri wollte es nicht ausprobieren. Zudem führte der Kanal relativ wenig Wasser, und die Gehstreifen an beiden Seiten waren breit genug.

Sie nahmen den linken. Hintereinander schritten sie her. Denn sie wollten unbedingt einen Aufstieg erreichen, um aus diesem verdammten Gang herauszukommen.

Es dauerte nicht mehr lange.

An einer Kanalkreuzung sahen sie eine Nische. Sie drückten sich hinein und schauten nach oben.

Sprossen, dick und mit Rost besetzt, führten vor ihren Augen in die Höhe und verschwammen im Dunkel.

»Das ist es«, sagte die Valeri.

»Sollen wir sofort?«, fragte Corinna Camacho und fasste bereits nach der ersten Sprosse.

»Nein, wir warten.«

»Und das Tageslicht?«

Die Vampirin hob die Schultern. »Es ist nicht mehr so wie früher. Ich bin«, und jetzt grinste sie, »ein moderner Vampir, der auch bei Tageslicht überleben kann. Zwar ein wenig geschwächt, aber immerhin. Wir müssen nur noch abwarten, bis alle verschwunden sind. Das Haus brannte. Sicherlich wird es untersucht. Von Feuerwehr und Polizei. Aber sie werden nichts finden. Wenn sie weg sind, dann ist unsere Zeit gekommen.«

Corinna nickte. Ihre Freundin hatte recht. Sie durften jetzt kein Risiko eingehen. Also warteten sie.

In ihren Köpfen jedoch spukte nur ein Name herum.

John Sinclair!

Die beiden weiblichen Dämonen hatten es tatsächlich geschafft. Sie waren unerkannt verschwunden und hatten sich tagsüber in den Wäldern um Clichy versteckt.

Dort brüteten sie ihren Racheplan aus.

Zuerst mussten sie nach London, denn da lebte ihr verhasster Gegenspieler.

Aber wie hinkommen?

Es würde eine lange Reise werden, und sie besaßen kein Geld. Zudem waren sie nicht mit den magischen Mitteln gesegnet wie höhere Dämonen. Sie konnten durch Zeitsprünge keine großen Entfernungen überbrücken, sie waren keine Meister, sondern nur Lehrlinge, wenn man sie in eine Klassifizierung einstufen sollte.

Und mit Lady X konnten sie sich auch nicht in Verbindung setzen. Die war geflohen. Wohin, das wusste weder Corinna Camacho noch Violetta Valeri.

Zuerst brauchten sie Geld.

Da sie keins besaßen, mussten sie es sich besorgen. Für beide Frauen stellte dies kein Problem dar. An der Straße, die nach Paris führte, bauten sie sich in den späten Vormittagsstunden auf.

Zwei Anhalterinnen, und dann noch so gut aussehend, da würde fast jeder Mann stoppen. Gereinigt hatten sie sich, so gut es ging.

Es war kühler geworden. Ein richtiger Herbsttag. Auch leicht trübe. In der Ferne, wo die Straße in das große Häusermeer der Millionenstadt mündete, verschwamm die Fahrbahn im Dunst.

Fahrzeuge rauschten heran. Einige fuhren vorbei. Manchmal erkannten die Fahrer die beiden Frauen auch nur im letzten Augenblick. Dann zuckelte ein R 4 näher.

Der Wagen hielt. Er war grün wie ein Laubfrosch. Ein bärtiges Gesicht schaute aus dem nach unten gekurbelten Seitenfenster. Der Mann grinste.

»Wollt ihr mit, ihr beiden Puppen?«

Corinna und Violetta tauschten einen Blick. Unmerklich schüttelte die Vampirin den Kopf. Nein, von dem Knaben konnte man nichts holen. Höchstens Blut. Das brauchte Violetta zwar auch, aber sie wollte kein Aufsehen erregen.

Geld war wichtiger!

»Hau ab mit deiner Rostlaube!«, sagte die Camacho scharf.

Der Fahrer zuckte zusammen. Sein Grinsen gefror. »Ihr seid wohl was Besseres, wie?«

»Sicher.«

Wütend gab der Mann Gas. Der R 4 beschleunigte langsam und wurde dann auf die Fahrbahn gelenkt.

»Idiot«, sagte die Valeri nur. Dann jedoch knipste sie wieder ihr Lächeln an. Ein schwerer Mercedes, dunkelblau, rollte langsam näher. Die getönten Scheiben verwehrten einen klaren Blick in das Innere des Fahrzeugs, aber die beiden Dämoninnen konnten trotzdem erkennen, dass nur eine Person in dem Luxuswagen saß.

Eine männliche.

Diesmal glitt die Scheibe elektrisch getrieben nach unten. Auch hier beugte sich ein Mann aus dem Fenster. Er war schon älter. Rötlich schimmerte seine Gesichtshaut, unter der blaue Adern liefen. Das Haar war grau und oberhalb der Stirn leicht gelichtet. In seiner Farbe passte es zum Anzug.

Die Valeri lächelte. »Würden Sie wohl die Freundlichkeit haben und uns bis Paris mitnehmen, Monsieur?«

»Deshalb habe ich angehalten, meine Lieben. Steigt ein und macht mir das Vergnügen.«

»Danke, Monsieur.«

Die Valeri setzte sich neben den Fahrer, Corinna Camacho nahm im Fond Platz.

Der Mann schaute nach rechts und sah das Kleid seiner Beifahrerin, das an einigen Stellen schmutzig und sogar eingerissen war. So konnte er viel von den glatten Schenkeln erkennen. Die Valeri bemerkte den Blick. Sie machte allerdings keine Anstalten, das Kleid zurechtzuzupfen, was der Fahrer mit Genugtuung feststellte.

»Wollen Sie nicht fahren, Monsieur?«, meldete sich Corinna aus dem Fond.

»Natürlich, meine Damen, natürlich.«

Lautlos rollte der schwere Mercedes an. Danach war nicht mehr als ein Surren zu hören, als die breiten Reifen über den Asphalt glitten.

»Wo möchten Sie denn hin in Paris?«, erkundigte sich der Fahrer.

»Das wissen wir noch nicht«, erwiderte die Valeri.

Und Corinna meldete sich vom Rücksitz. »Wir haben Zeit, Monsieur.«

Ein Lächeln umspielte die Lippen des Mannes. Er hatte die Antwort genau verstanden und riskierte auch sofort einen Vorstoß. »Darf ich Sie dann einladen, meine Damen? Ich habe eine nette kleine Wohnung im Zentrum. Dort wird es Ihnen sicherlich gefallen.«

»Warum nicht?« Violetta drehte sich zu ihrer Freundin um. »Oder was meinst du, Corinna?«

»Ich bin dafür.«

»Dann sind wir uns ja einig«, sagte der Fahrer lächelnd. Seine Zunge fuhr über die Lippen.

Die beiden Mitfahrerinnen errieten seine Gedanken. Aber der Kerl würde sich wundern, das stand fest. Je mehr sie sich der großen Stadt näherten, umso stärker wurde der Verkehr.

Bei jedem Ampelstopp wurde der Knabe zärtlich. Er legte seine Hand auf Violettas Knie. Wenn er mit ihr sprach, lächelte er honigsüß. Wenn er sich dabei zur Seite beugte, straffte sich die Haut an seinem Hals, und die Vampirin wurde dabei von einem gewaltigen Verlangen gepackt. Nur mühsam hielt sie sich zurück.

Nahe der Seine und nicht weit von der Insel weg, wo Touristen Notre Dame besichtigen, lenkte der Mann seinen Wagen in eine schmale Seitenstraße. Alte Häuser standen hier, allerdings renoviert, und sicherlich waren die Wohnungen kleine Paläste.

Durch eine Einfahrt rollte der schwere Wagen auf einen Hof. Mauer an Mauer standen dort die Garagen. Per Fernbedienung klappte das Tor der linken äußeren hoch.

Der Mercedes rollte hinein.

»Bitte aussteigen, meine Lieben«, sagte der ältere Knabe und wand sich ächzend aus dem Wagen. So ganz fit schien er nun doch nicht zu sein. Beide Frauen lächelten, als sie es sahen.

Der Hintereingang des Hauses war so prächtig wie manches Entree eines Hotels.

Marmor in der Halle, belegt mit einem roten langen Teppich. Ein Portier, der nicht nur grüßte, sondern auch diskret zur Seite schaute, als sein Mieter mit den beiden jungen Frauen das Haus betrat und den Lift ansteuerte.

Drei Stockwerke fuhren sie hoch. Die Wohnung war wirklich ein kleiner Palast. Sie hatte nicht nur acht Räume, sondern auch zwei elegant eingerichtete Bäder.

Anerkennend nickten die Frauen.

»Dürfen wir ein Bad nehmen?«, fragte Corinna Camacho.

»Aber natürlich. Sucht euch das Bad aus.« Der Mann tätschelte mit seiner rechten Hand den Rücken der rotblonden Frau.

Die beiden Frauen gingen in das Bad mit den dunkelroten Kacheln. Da gab es nicht nur die Wanne und die Dusche, sondern Einbauregale, wo die Handtücher, Seife und Badekappen lagen. Auch Duftwässerchen und Badesalze waren vorhanden.

Corinna und Violetta nickten beeindruckt.

»Fühlt euch wie zuhause«, sagte ihr Gönner. Er deutete auf die ovale Wanne, in der mindestens zwei Personen Platz hatten, wenn nicht sogar drei. »Ich werde euch später ein wenig Gesellschaft leisten, ich hole erst einmal den Champagner.«

»Toll.« Violettas Augen strahlten, während sich Corinna zur Seite gedreht hatte und grinste.

Sie warteten, bis ihr Gönner das Bad verlassen hatte, und ließen dann Wasser ein. Das Rauschen würde die anderen Geräusche übertönen. Hinzu kamen die Schwaden, die wie gewaltige Nebelwolken aus der Wanne stiegen und sofort einen nassen Schleier auf alle Gegenstände legten.

»Wer zieht sich aus?«, fragte Corinna.

»Ich.«

Es ging schnell. Ein paar Griffe, und die Kleidungsstücke rutschten an den Beinen der schwarzhaarigen Vampirin entlang, wobei sie in sich zusammenfielen.

Nackt stand sie neben der Wanne.

Corinna hatte reagiert. Neben der Tür lauerte sie im toten Winkel, und sie hielt eine Glasflasche in der rechten Hand. Die Flasche war mit den hellblauen Perlen eines Badesalzes bis zum Korkenverschluss gefüllt. Genau das richtige Schlaginstrument.

Teuflisch war das Lächeln der Camacho. Der Alte sollte nur kommen. Sie würde ihm schon den richtigen Empfang bereiten. Und wenn er die Tür aufstieß, wurde er erst einmal von Violettas Anblick abgelenkt.

Schritte und das leise Klirren von Gläsern. Beides war zu hören, obwohl das Wasser rauschte.

Die Frauen tauschten einen letzten Blick des Einverständnisses.

Alles klar!

Der Mann drückte die Tür auf. Sie war nicht ganz geschlossen gewesen. Als er sie jetzt öffnete, drangen ihm die Schwaden wie gewaltige Nebelwolken entgegen.

»Meine Güte«, rief er. »Was habt ihr denn hier vor? Das Wasser ist viel zu heiß. Ihr müsst …« Er ging zwei Schritte vor.

Corinna konnte von ihm die ausgestreckten Arme sehen, auf denen das Tablett stand. Eine eisgekühlte Flasche Champagner und drei Gläser. Langstielig, bestimmt teuer, von einem funkelnden Kristall.

Violetta kam näher.

Aus dem Nebel schälte sie sich wie ein Geist. Dabei lächelte sie, und der Mann musste einfach die beiden Zähne sehen. Vielleicht sah er sie auch, nur registrierte er dieses Phänomen nicht, er wurde von dem aufregenden Körper der Frau abgelenkt.

Seine Hände begannen zu zittern. Flaschen und Gläser bewegten sich und klirrten gegeneinander.

Noch ein Schritt.

Da hieb Corinna Camacho zu!

Sie hatte gut gezielt. Die gefüllte Glasflasche traf haargenau den feisten Nacken des Mannes. Für eine Sekunde schien er zu erstarren. Zuerst sank der Kopf nach vorn, dann schnellte er zurück. Die Arme begannen zu zittern. Gläser und Flaschen wankten, begannen zu rutschen und fielen auf die Mosaikfliesen.

Der Mann kippte hinterher. Corinna Camacho traf keinerlei Anstalten, ihn aufzufangen. Er schlug schwer zu Boden und fiel noch mit dem Gesicht in die Scherben.

»Endlich«, sagte die nackte Violetta. »Los, und jetzt suchen wir das Geld!«

Darauf waren beide scharf. Violetta zog sich erst gar nicht an, als sie hinter Corinna in den Wohnraum lief. Ein breites Fenster gab den Blick frei auf die Dächer der umliegenden Häuser. In einiger Entfernung konnte man die Kirche Notre Dame erkennen.

Das Jackett lag über einem weißen Sessel. Die Brieftasche steckte. Corinna klappte sie auf und fand mit sicherem Griff die Scheine. Das waren über 4000 Franc.

Sie lächelte. »Damit kommen wir bis London.«

Violetta nickte. Sie hatte im Moment andere Sorgen. Sie wollte Blut und lief zurück.

Der Mann lag auf dem Boden. Die Champagnerflasche war leergelaufen. Sie rollte noch leicht hin und her. Unter dem Gesicht des Mannes breitete sich eine Blutlache aus, in der die kleinen Splitter wie helle Diamanten glitzerten.

Die Vampirin drehte den Mann auf den Rücken. Die Krawatte hatte er schon im Wohnraum abgelegt. Mit einem Ruck fetzte ihm Violetta das Hemd auf.

Jetzt lag der Hals frei.

Da zuckte sie zurück. Sie hatte im letzten Augenblick die starren Augen bemerkt.

Der Mann lebte nicht mehr. Er hatte den Schlag nicht verkraftet.

Wütend fuhr Violetta hoch und sah Corinna Camacho in der Tür stehen. »Da, sieh, was du angerichtet hast. Er ist tot!«

»Na und?«

»Ich wollte Blut!«

»Hatten wir nicht abgesprochen, dass du darauf verzichtest, meine Liebe?«

»Nein!«

»Es ist besser. Wir wollen nicht mehr Spuren zurücklassen als unbedingt nötig.«

Für einen Moment stand die Vampirin bewegungslos da. Schließlich nickte sie. »Okay, du hast recht.«

»Dann nichts wie weg.«

»Nein, erst wollen wir uns richtig säubern. Und vielleicht

finden wir auch andere Kleidung in diesem kleinen Liebes-
nest. London und Sinclair laufen uns nicht weg.«

Da hatte sie recht. Die beiden Dämoninnen fanden in der
Tat andere Kleidungsstücke. Sogar welche, die einigermaßen
passten und in denen sie nicht auffielen.

Der Portier hielt sich zufällig vor dem Haus auf, als sie
es durch den Hinterausgang verließen. Ein Taxi brachte sie
zum Flughafen. Dort mussten sie zwar zwei Stunden warten,
was ihnen jedoch nichts ausmachte.

Als sie sich in der Luft befanden und die englische Küste im Westen zu ahnen war, fragte Corinna Camacho: »Wie
hast du dir das eigentlich so vorgestellt? Wir kennen in London keinen, der uns verraten könnte, wie wir an Sinclair herankommen.«

Da wandte die schwarzhaarige Vampirin den Kopf und
lächelte milde.

»Doch, wir kennen jemanden in London.«

»Und wen?«

»Denk mal genau nach. Hat Lady X nicht einmal einen Namen erwähnt? Und zwar den Namen eines sehr mächtigen
Mannes?«

»Moment, Moment. Lass mich überlegen. Vielleicht fällt er
mir wieder ein.«

Violetta wollte die Spannung nicht noch mehr in die Länge
ziehen. »Logan Costello«, sagte sie.

»Genau, das ist er. Der muss uns weiterhelfen.«

»Und wie.«

Acht Uhr!

Büroanfang! Wir kamen pünktlich und waren sogar noch
eine halbe Minute früher da. Glenda sah ich nicht im Vorzim-
mer. Über dem Stuhl hing jedoch ihr Mantel. Die Kanne von
der Kaffeemaschine fehlte, und ich folgerte, dass Glenda, die
ach so gute, braune Brühe kochte.

Fast wäre ich gegen den zweiten Schreibtisch gelaufen,

der seit einigen Tagen in meinem, pardon, unserem Büro stand. Suko war mittlerweile in den Kreis der Yard-Beamten aufgenommen worden und trug den Titel Inspektor. Ein wirklich einmaliger Vorgang, aber er hatte einfach stattfinden müssen, denn mein chinesischer Freund und jetziger Kollege war schon an zu vielen Fällen aktiv beteiligt gewesen, als dass man ihn hätte übergehen können. Zudem würde ich längst nicht mehr leben, wenn es Suko nicht gegeben hätte.

So groß das Yard-Gebäude auch war, Räume, beziehungsweise Büros, waren trotzdem rar. So hatte man in meines kurzerhand einen Schreibtisch gestellt, Sukos Arbeitsplatz.

Ich schüttelte mir ein paar Regentropfen vom Mantel und hörte Suko »Na endlich!« sagen.

Den Schlüssel zur Schranktür noch festhaltend drehte ich mich um. »Was ist los?«

»Sieh doch, John. Ich habe meine Sachen bekommen.«

Mit dem Wort Sachen meinte er die Schreibtischunterlage, Kugelschreiber, Bleistifte, Notizblock und so weiter.

»Dann kannst du ja in die Vollen gehen«, schlug ich vor.

»Und was liegt an?«

Ich hängte den Burberry auf und zog mein Jackett ebenfalls aus. Das fand allerdings seinen Platz auf der Rückenlehne meines Bürostuhls. Fast berührten die Ärmel den Boden. Ich ließ mich auf den Stuhl nieder und legte das Kinn in beide Hände.

»Eigentlich alles und eigentlich nichts«, erwiderte ich philosophisch.

»Und was soll das heißen?«

»Die Mordliga ist noch immer nicht gefasst, Asmodina ebenfalls nicht, und der goldene Samurai auch nicht, der sich so gern Tokata holen möchte. Arbeit genug.«

»Du hast noch was vergessen.«

»Und?«

»Drei Mannequins.«

»Ja, stimmt auch wieder. Unsere Freundinnen Violetta, Corinna und Karin.« Ich machte eine wegwerfende Handbewegung. »Vielleicht sind Sie verbrannt.«

»Möglich. Vielleicht auch nicht.«

Glenda kam mit dem Kaffee und störte unser tiefsinniges Gespräch. »Guten Morgen, die Herren«, sagte sie,

»Hallo, Mädel«, rief ich und winkte. »Wie ist denn die Lage?«

»Man liegt sich so durch.«

»Soll das eine Anspielung auf die letzte Nacht sein?«, erkundigte ich mich.

Glenda blieb neben mir stehen und schaute auf mich herab. Dabei hielt sie die gläserne Kanne leicht schräg. Ich hatte schon Angst, dass die braune Brühe auf meinen Kopf fließen konnte, doch sie wurde vorsichtig in die Tasse geschenkt.

»Das hat mit der letzten Nacht nichts zu tun«, erklärte Glenda. »Ich habe nämlich festgestellt, dass meine Matratze durchgelegen ist. Ich muss mir eine neue kaufen.«

»Wenn die Lieferfristen haben, wüsste ich eine Ausweichmöglichkeit für Sie …«

»Danke, ich verzichte.«

Ich nahm Würfelzucker zwischen Daumen und Zeigefinger und ließ ihn in den Kaffee plumpsen. Es spritzte ein wenig. »Nee, was sind Sie wieder grantig.«

»Man kann ja nicht immer gute Laune haben.« Glenda lächelte trotzdem, aber nicht mich an, sondern Suko. Sie hatte für ihn frischen Tee gekocht.

»Wohl bekomm's«, sagte sie und zog ab.

Suko grinste.

Ich hob die Schultern. »Du hast eben mehr Chancen als ich.«

Suko schüttelte den Kopf. »Verstehe ich nicht, ehrlich. Wo du doch Junggeselle bist.«

»PP«, sagte ich.

»Und was heißt das?«

»Persönliches Pech.«

Glenda unterbrach die tiefsinnige Unterhaltung, indem sie

die Post brachte. An Suko hatten sich die Kollegen noch nicht gewöhnt, so war alles, was aus den anderen Abteilungen kam, an mich gerichtet. Das waren die Berichte über begangene Verbrechen im Großraum London, die sich während der vergangenen Nacht zugetragen hatten.

»Toll!«, rief ich und schob Suko den Kram rüber. »Du warst doch so arbeitswütig.«

Suko verzog das Gesicht und erinnerte mich an einen Nussknacker. Einen Brief hatte Glenda noch zurückgehalten. Sie hielt ihn in der Hand und wedelte damit.

»Riecht nach einem teuren Parfüm«, meinte sie.

»Ist er für mich?«

»Ja.«

»Absender?«

»Keiner.«

Ich grinste. »Ho, sicherlich eine meiner zahlreichen Verehrerinnen. Dann geben Sie ihn mal her.« Glenda legte ihn nicht gerade sacht auf den Schreibtisch und verschwand.

Ich grinste weiter, und Suko machte einen langen Hals. »Ist privat, nicht?«

»Sehr.« Dabei nahm ich den Brieföffner und schlitzte das Kuvert auf.

»Wer hat denn geschrieben?«

»Noch weiß ich nichts.« Ich holte den Brief hervor und faltete ihn auseinander.

Eine Frauenhandschrift, das sah ich sofort. Außerdem verschicken wohl die wenigsten Männer duftende Briefe. Ich las und musste plötzlich lächeln.

Nadine Berger hatte mir geschrieben.

Großer Gott, Nadine!

Plötzlich sah ich sie wieder vor mir. Die Schauspielerin mit dem prickelnden Sex. Braunrot das lange Haar, ein fein geschnittenes Gesicht, temperamentvoll und mit Feuer im Blut. Wir kannten uns schon sehr lange. Ich hatte sie mal aus den Klauen von Doktor Tod befreit. Ein paar Mal waren wir uns später begegnet, zuletzt in einem kleinen Kaff, wo sie die

Verlobung mit einem gut aussehenden Antiquitätenhändler feierte. Das Fest platzte. Daran war die Teufelsuhr schuld, der Verlobte hatte sich zudem nicht gerade als charakterfest erwiesen und war auch schließlich umgekommen.

Nadine und ich waren gemeinsam nach London zurückgefahren. Wir übernachteten in einem kleinen, verschwiegenen Hotel.

Wir hatten nicht nur geschlafen, und schlagartig fielen mir wieder einige »Sünden« ein. Außer Myxin und Kara wusste niemand etwas davon. Jane hätte mir sicherlich die Augen ausgekratzt, und auch Glenda wäre eingeschnappt gewesen.

Mir aber hatte es damals gefallen. Es war klar, dass ich mich sofort wieder erinnerte.

Erst jetzt las ich den Brief. Nadine erinnerte noch einmal an die gemeinsam verbrachte Nacht und wie schön es doch gewesen war, bevor sie zum eigentlichen Grund des Schreibens kam. Sie drehte einen Film in London. Ich arbeitete in dieser Stadt, und es lag praktisch auf der Hand, dass wir uns trafen. Sie schlug einen Anruf vor und hatte auch das Datum sowie die Uhrzeit hinzu geschrieben.

Es war der heutige Tag. 18.00 Uhr. Klar, das war leicht zu schaffen. Und wenn ich mir Urlaub nahm. Nadine Berger musste ich einfach sehen.

»Na, wer ist es?«, fragte Suko, der die Unterlagen zur Seite gelegt hatte.

»Nadine Berger.«

»Oh, ist sie wieder im Lande?«

»Ja, sogar in London.«

»Und wann seht ihr euch?«

»Du schaltest ja schnell.«

»Mann, John, ich brauche nur dein Gesicht zu sehen, du bist ja richtig happy.«

»Okay, du Quälgeist, wir sehen uns wahrscheinlich am heutigen Abend, falls nichts dazwischenkommt.«

»Ist doch klasse.«

»Ja, das ist es.«

»Nadine wollte doch eigentlich nicht mehr filmen nach der Sache mit dem unheimlichen Mönch.«

»Nein und ja. Sie hatte keine Lust, Gruselstreifen zu drehen. Hätte ich auch nicht.«

»Und was macht sie in London?«

»Keine Ahnung, aber morgen werde ich mehr wissen.«

Suko grinste. »Nimm dir lieber Urlaub, die Nacht kann lang werden, Alter.«

»Ich weiß mich zu beherrschen.«

»Das haben auch andere gesagt. Ich verrate dich nicht, John. Jane wird nichts hören.«

»Es ist ja auch nichts dabei«, erwiderte ich lauter als eigentlich nötig.

»Klar, John.«

Beide mussten wir lachen. Dann meldete sich das Telefon, und Sir James verlangte nach uns. Es ging um den letzten Fall. Er wollte noch einige Einzelheiten wissen, die er in den Computer eingeben wollte, damit der ein umfassendes Bild erhielt.

Suko redete mehr als ich, denn ich war mit meinen Gedanken schon bei Nadine Berger.

Auf den Abend freute ich mich wirklich ...

Zuerst schlitzten sie ihm das Hemd auf. Dann spürte Serge Wilder die kalte Klinge des Stiletts auf seiner Brust. Zu sehen war nichts, da der dunkle Haarpelz des schwarzhaarigen Mannes den blitzenden Stahl verdeckte.

Die beiden Männer waren wie grausame Todesboten in sein Hotelzimmer eingedrungen. Ohne ein Wort zu sagen, hatten sie den schmächtigen Serge gepackt und auf die Liege geworfen. Einer war an das Kopfende der Liege getreten. Fünf Finger hielten das Haar des Mannes fest, und Wilder spürte den scharfen Schmerz, der durch seinen Kopf zuckte.

Wenn Serge die Augen aufriss und nach oben schielte, konnte er das breitflächige Gesicht des Mannes sehen. Es war zu einem Grinsen verzerrt, und in den Augen lag ein metallisches Funkeln. Dieser Kerl kannte kein Erbarmen, ebenso wenig wie der Mann mit dem Stilett.

Der sprach auch. »Du kannst wählen, Filmemacher. Entweder spielst du diesmal die zweite Geige, oder wir schlitzen dich auf. Ist das nicht schön?«

»Was – was wollt ihr?«

»Sagen wir dir gleich.« Der Mann mit dem Stilett zog die Nase hoch. Er war erkältet. »Spielst du mit?«

»Habe ich eine Wahl?«

»Wenn du zu denen gehörst, die Todessehnsüchte in sich tragen, bestimmt.«

»Ich – ich mache mit.«

»So schnell?« Der Stilettmann grinste schief. »Das können wir dir kaum glauben, Serge, deshalb wollen wir dir eins sagen. Wenn du falschspielen willst, dann killen wir nicht dich, sondern deine Mutter.« Der Mann nannte die Adresse des Altersheims, in dem sie lebte. »Reicht das für dich?«

»Ihr Schweine, ihr. Ihr verdammten …«

»Sei ruhig, Junge. Wir wollen ja nicht viel von dir. Nur den Schlüssel, der es uns erlaubt, in das Atelier zu gelangen. Das ist alles. Gibst du ihn uns?«

»Ich habe nur einen.«

»Das wissen wir, aber du kannst dir schneller und unauffälliger einen zweiten besorgen als wir.«

Serge schwieg.

Der Mann, der seine Haare festhielt, meldete sich und zog noch ein wenig, sodass Serge aufstöhnte. »Ich an deiner Stelle würde es mir nicht zu lange überlegen, Filmemacher. Mein Freund ist normalerweise ein Gemütsmensch, aber er kann sehr sauer werden, wenn er sich auf den Arm genommen fühlt.«

»Ja, das kann ich.«

Und Serge spürte den winzigen Stich auf seiner Brust.

»Ihr könnt ihn haben«, keuchte er.

»Brav«, lobte der Messermann und setzte sich aufrecht. Das Stilett hielt er in der Hand. »Und nun hol ihn.«

Auch der andere Kerl ließ los. Serge richtete sich auf. Für einen Moment verwandelte sich das Hotelzimmer in einen Kreisel. Alles verschwamm vor seinen Augen, er musste sich erst mit der neuen Lage zurechtfinden.

»Mach schon!«

Da stand er auf. Gebeugt ging er dorthin, wo sein Jackett hing. Es lag über der Stuhllehne. Der schwarze Samt schimmerte an einigen Stellen schon grau.

Der Schlüsselbund befand sich in der Innentasche. Er war flach und aus schwarzem Leder. Der Kerl mit dem Stilett riss ihn ihm aus der Hand. »Und zu keinem ein Wort«, drohte er, »sonst ist es um dich geschehen, mein kleiner Tango-Junge.«

Der Regisseur schüttelte den Kopf. Er sah gar nicht hin, wie die Männer sein Zimmer verließen, zuckte nur zusammen, als die Tür hart ins Schloss fiel.

Schwer ließ er sich auf einen Stuhl fallen, holte ein weißes Tuch aus seiner Hosentasche und tupfte sich das Blut von der Brust. Die Typen würden ernst machen, das stand fest. Serge Wilder kannte sich da aus. Schauspieler waren es bestimmt nicht.

Und seine Mutter lebte tatsächlich in dem Altersheim. Wenn ihr etwas geschah, würde er sein Leben lang nicht mehr froh werden.

Aber was bezweckten sie damit? Wofür brauchten sie die verdammten Schlüssel? Der Film war doch kein Geheimprojekt wie der letzte Bond. Er wurde zwar in den gleichen Studios gedreht, doch um den Inhalt und um technische Tricks machte man kein großes Geheimnis. Da war Serge Wilder auch gar nicht der Mann für. Er drehte sowieso keine spektakulären Action-Filme, sondern lieber Krimis der französischen Art. Mit ein wenig Psychologie.

Und jetzt dies.

Mit noch immer zitternden Knien schlurfte er ins Bad und klebte ein Pflaster auf die kleine Wunde. Das Hemd zog er aus und stopfte es in den kleinen Mülleimer unter dem Waschbecken. Dann drehte er den Hahn auf, ließ Wasser in seine zu einem Trichter geformten Hände laufen und schleuderte es sich ins Gesicht. Das erfrischte.

Als Serge hochkam, sah er sein Gesicht im Spiegel. Siebenunddreißig war er jetzt, die Haut sonnenbraun, aber auch von einigen zu tiefen Falten durchzogen. Das machte das High Life, das der Job unweigerlich mit sich brachte. Die Augen blickten müde. Sie waren ebenso dunkel wie das Haar, das lockig auf seinem Kopf wuchs. Serge Wilder war ein schmales Bürschchen und im Filmgeschäft bekannt. Zehn Streifen waren unter seiner Regie entstanden, keinen hatten die Kritiker zerrissen. Er fühlte sich noch als Jungregisseur und verstand es, mit seinen Filmen alle Altersschichten in die Kinos zu locken.

Der neue Streifen sollte wieder ein Krimi sein. Die Außenaufnahmen befanden sich bereits im Kasten, was jetzt folgte, war harte Studioarbeit.

Am späten Nachmittag wollten sie beginnen, und zwar eine Szene mit der Hauptdarstellerin Nadine Berger. Sie war erst vor einigen Stunden in London eingetroffen. Serge Wilder hatte ihr Zeit gegeben, sich zu akklimatisieren.

Wilder und sie hatten sich in Rom kennengelernt. Auf einer der zahlreichen Filmpartys. Gehört hatte Serge schon von Nadine Berger, aber noch nie einen Film mit ihr gemacht. Auf der Party waren sie ins Gespräch gekommen, und als Serge die Schauspielerin fragte, da hatte sie zugestimmt.

Ja, sie würde mit ihm den Film machen. Der Titel stand auch schon fest. »Der vergessene Mord« sollte der Film heißen. Ein Psycho-Krimi, wie gesagt. Doch nun war Serge Wilder selbst in einen Krimi hineingeraten. Er war von zwei Kerlen besucht worden, die meilenweit nach Mafia rochen. Wilder kannte sich da ein wenig aus. Drei Jahre Italien waren für ihn eine harte Lehre gewesen. Dort hatte er auch erlebt, dass die Mafia ins Filmgeschäft einsteigen wollte. Zwar noch nicht ganz oben – an die weltberühmten Regisseure traute man sich nicht heran –, aber in den schnell abgedrehten B-Produktionen mischten schon Mafiosi mit.

Serge Wilder stieß einen Fluch durch die Zähne. Dass es ausgerechnet ihn treffen musste, das ärgerte ihn am meisten. Hätten sich die Burschen keinen anderen aussuchen können?

Was war schon dabei, wenn er ihnen den Schlüssel überließ? Nichts. Und deswegen das Leben seiner Mutter aufs Spiel zu setzen erschien ihm zu riskant. Nein, er wollte und würde sich fügen, das lag auf der Hand.

Wilder trocknete sich ab und holte ein frisches Hemd aus dem Koffer. Ebenfalls ein weißes, er liebte diese Farbe. Und natürlich seine Samtanzüge, die sehr eng geschnitten waren. Er hatte mehrere davon.

Kaum hatte der Regisseur die Knopfleiste geschlossen, als er das Pochen an der Tür hörte.

Für einen Moment zitterten seine Knie. Kamen die beiden jetzt zurück? Nein, bestimmt nicht. Die hätten sicherlich nicht angeklopft.

»Wer ist da?«

Eine weibliche Stimme sagte den Namen.

Der Regisseur lächelte.

»Komm rein, Nadine, ich warte schon auf dich.«

Die Schauspielerin öffnete die Tür und schob sich ins Zimmer. Sie hatte sich nach dem Flug umgezogen und zuvor geduscht. Frisch wie der Frühling wirkte sie. Das Make-up sehr dezent aufgetragen, die moderne rote Cordhose hörte am Knie auf, und das Grün der dicken Strümpfe wiederholte sich in dem kittelartigen Pullover, der nur aus bunten Wildlederflicken zu bestehen schien. Das rote Haar hatte sie so gesteckt, dass ihre Ohren frei lagen. Die grünen Augen blitzten, als sie Serge anlächelte.

»Grüß dich«, sagte sie und hauchte ihm einen Kuss auf die Wange. »Meinetwegen können wir beginnen.«

Wilder schaute auf die Uhr. »Es ist doch erst vierzehn Uhr.«

»Das weiß ich, Serge, aber ich habe um achtzehn Uhr eine Verabredung mit einem Freund.«

»Verschieb sie.«

»Nein«, erwiderte die Schauspielerin entschieden. »Das

geht auf keinen Fall. Den Mann sehe ich zu selten, zuletzt vor acht Monaten oder noch mehr. Da hat uns der Zufall zusammengeführt. Ich möchte diesen Termin auf keinen Fall verschieben.«

»Das wird schwer sein.«

»Serge, sei lieb und versuche es, bitte.«

Wilder grinste. »Du weißt genau, Nadine, dass ich dir keinen Wunsch abschlagen kann: All right, ich werde sehen, was sich machen lässt.« Er griff zum Telefon, während Nadine in einem Sessel Platz nahm und die Beine übereinanderschlug. Aus dem Etui holte sie eine Zigarette hervor und zündete sie an.

Serge telefonierte. Er redete dabei nicht nur mit dem Mund, sondern mit Händen und fast auch mit Füßen, denn still sitzen bleiben konnte er nicht. Auf jeden Fall gab er sein Bestes und versuchte, das Produktionsteam auf die Beine zu bringen.

Das war nicht ganz einfach, denn zahlreiche Leute waren organisiert und mussten erst nachfragen, ob die Gewerkschaft nichts einzuwenden hatte.

Zwanzig Minuten später – Serge Wilder war mittlerweile in Schweiß gebadet – hatte er einen Erfolg zu vermelden. »Es klappt«, sagte er und ließ sich in den zweiten Sessel fallen.

»Ich danke dir.«

»Du hast gut reden.« Serge holte sein Taschentuch hervor und wischte sich über die Stirn.

Nadine sah die roten Flecken. »Das ist ja Blut«, sagte sie.

»Wo?«

»Na, an deinem Taschentuch.«

Erst jetzt schien Serge die Flecken zu bemerken. »Ich habe mich geschnitten«, sagte er schnell.

»Ach so.«

Der Regisseur stand auf. »Los, Nadine, wenn du schon so früh anfangen willst, dann wollen wir nicht zu spät kommen. Wir …« Er stockte und runzelte die Stirn.

»Hast du was?«, fragte die Schauspielerin.

»Ja, verflucht. Meine Schlüssel sind verschwunden.«

»Welche Schlüssel?«

»Die fürs Studio.«

»Wenn du sie nicht findest, kommen wir dann nicht mehr rein?«, fragte Nadine.

»Möglich.«

»Da muss doch einer sein, der einen Ersatzschlüssel hat«, wandte die Schauspielerin ein.

Serge Wilder unterbrach seinen unruhigen Lauf. »Ja, das stimmt. Nur ist mir das peinlich, wenn ich den Mann …«

Nadine konnte manchmal sehr resolut sein. Wie in diesen Momenten. Sie packte Serge an der Schulter und drängte ihn zur Tür. »Komm jetzt mit, wir können hier nicht länger bleiben. Die anderen werden warten.«

»Okay, okay, ich bin schon unterwegs.«

Serge atmete innerlich auf. Sein Bluff hatte gut geklappt, und er dachte bei sich: Eigentlich hätte ich auch Schauspieler werden können …

Das Gespräch mit Sir James hatte sich fast den gesamten Vormittag hingezogen. Anschließend waren Suko und ich in die Kantine gegangen, um einen Bissen zu uns zu nehmen.

Es hatte sich mittlerweile herumgesprochen, dass der Chinese als Inspektor eingestellt worden war. Mir waren früher schon einige Kollegen gram gewesen, als ich so früh befördert worden war. Bei Suko war es nun ähnlich. Er wurde von den anderen geschnitten. Wenn sie ihn anschauten, dann mit bösen Blicken.

Es gab ein Gericht aus Gehacktem und dazu Blumenkohl. Beides schmeckte uns nicht. Es fehlte die Würze.

Dafür trank ich noch Kaffee als Abschluss. Der war ein wenig besser als der Fraß.

Am diesem Tag wollte die Zeit überhaupt nicht herumgehen. Ich war regelrecht aufgeregt. Endlich sah ich Nadine Berger wieder. Diese Frau hatte schon von Beginn an einen bleibenden Eindruck bei mir hinterlassen. Und das lag immerhin einige Jahre zurück.

Nachdem die Tasse leer war, fuhren wir hoch in unser Büro. Den Aktenstapel nahm ich von Sukos Tisch, teilte ihn in zwei Hälften und ließ eine bei Suko liegen.

Die andere nahm ich.

Schließlich konnte ich die Zeit bis zum Feierabend nicht herumsitzen und Däumchen drehen.

In London war einiges passiert. Auch bei uns nahm die Quote der kriminellen Delikte von Jahr zu Jahr zu. Die Polizei stöhnte unter dem Druck und der Belastung der Verbrechen, und sie stöhnte gleichzeitig über den Personalmangel.

Morde, zwei an der Zahl, Raubüberfälle, Einbrüche, Vergewaltigungen, Schlägereien, das summierte sich. Zentren waren meist die Viertel der Armen und der Kolonial-Engländer, wobei eigentlich beide identisch waren.

Als das Telefon läutete, war ich direkt froh, von den Akten aufsehen zu können.

»Sinclair!«

Eine normale Antwort erhielt ich nicht. Dafür hörte ich ein seltsames Geräusch, was mich an ein Keuchen oder heftiges Schnauben erinnerte. Ich gab Suko ein schnelles Zeichen und schaltete den Lautsprecher zu, sodass der Chinese mithören konnte.

»Wer ist da?«, fragte ich.

»Du kennst mich, Sinclair.«

»Möglich.«

»Ja, wir haben uns schon mal gesehen, und ich will dir nur eins sagen, Geisterjäger: Ich sitze dir im Nacken. Verdammt nahe sogar. Du wirst dein Grab in London finden und einige andere auch. Merke es dir genau, der Rächer ist nahe.«

Das waren die letzten Worte des Anrufers. Wir hörten nur noch das Freizeichen.

Das Gespräch war automatisch aufgezeichnet worden. Ich ließ die Spule zurücklaufen und dann wieder vor. Noch einmal lauschten wir den Worten.

»Einwandfrei eine Frau«, sagte Suko nach dem Durchlauf. »Das war genau zu hören.«

Plötzlich saß mir ein Kloß im Magen. Ich dachte an das Treffen mit Nadine. Wenn mir jemand auf der Spur war, konnte es auch für die Schauspielerin gefährlich werden. »Wer könnte das sein?«, fragte ich und schaute Suko dabei an.

Der Chinese hob die Schultern. »Vielleicht Lady X?«

»Nein.« Entschieden schüttelte ich den Kopf. »Die Stimme hätte ich erkannt. Außerdem hat sie genug damit zu tun, sich an ihr Vampirdasein zu gewöhnen.« Ich nahm einen Bleistift in die Hand und klopfte mit der runden Seite auf den Tisch. »Wer käme dann außer ihr noch infrage? Das würde mich interessieren.«

»Asmodina«, sagte Suko.

»Auch nicht. Zu so billigen Tricks braucht die Teufelstochter nicht zu greifen.«

»Genau.« Suko streckte seine Beine aus. »Wer war es also?«

Ich verzog die Mundwinkel. »Da gibt es viele, denen wir auf die Füße getreten sind.«

»Nur leben die meisten nicht mehr«, konterte Suko. »Sind zu Asche geworden oder haben sich in eine Schwefelwolke aufgelöst.«

»Stimmt auch wieder.« Weil ich nicht mehr weiterwusste, ließ ich das Band noch einmal abspielen. Auch Suko hörte konzentriert zu. Als es abgelaufen war, kreuzten sich unsere Blicke.

»Denkst du das Gleiche wie ich?«, erkundigte sich Suko.

»Wahrscheinlich.«

»Und?«

»Die Stimme haben wir schon einmal gehört.«

Mein Partner nickte heftig. »Ja, das meine ich auch. Die Frau hat sich zwar verstellt, aber gehört haben wir die Stimme schon. Wenn ich nur wüsste, wo.«

Ich spielte weiter mit dem Bleistift. »So lange kann es eigentlich noch nicht her sein«, murmelte ich. »Oder was meinst du?«

Da stimmte mir Suko zu. »Allerdings frage ich mich, wem wir in letzter Zeit so auf die Zehen getreten sind.«

»Ja, es muss noch nicht lange her sein. Sonst hätten wir die Stimme nicht erkannt.«

»Wem gehört sie?«, sagte Suko mehr zu sich selbst.

Ich ließ die vergangenen Fälle Revue passieren und blieb dort hängen, wo auch Suko stockte. Wir sprachen es fast gleichzeitig aus.

»Die Mannequins!«

»Und drei sind entkommen«, sagte ich schnell. »Violetta Valeri, Corinna Camacho und Karin Bergmann. Angie Hall hast du getötet, Suko. Nein, die drei sind nicht verbrannt oder sonst wie umgekommen. Die konnten flüchten und werden zurückschlagen.«

»Dann hat diese Valeri angerufen«, sagte Suko. »Sie haben wir ja am längsten reden gehört.«

»Auf dem Laufsteg.«

»Genau.«

Ich zündete mir eine Zigarette an. »Sie überschätzt sich wieder einmal maßlos. Wir sind gewarnt und können uns darauf einstellen. Eine bekannte Gefahr ist nur eine halbe Gefahr.«

Suko wiegte den Kopf. »Ich wäre da nicht so optimistisch.« Sprunghaft wechselte er das Thema. »Fährst du heute trotzdem zu deinem Treffen, John?«

»Und wie. Daran können auch ehemalige Mannequins nichts ändern. Zudem beweist die Erfahrung, dass zwischen der Warnung und Tat zumeist eine große Zeitspanne liegt.«

»Hoffentlich hast du recht.«

Ich zwinkerte meinem Freund zu. »Bestimmt.«

Sie waren in die große Studiohalle hineingekommen. Der Leiter des Wachpersonals hatte auf- und auch wieder abgeschlossen. Wenn die Dreharbeiten beendet waren, sollte man ihn anrufen und auf keinen Fall die Notausgänge benutzen.

Damit hatte sich jeder vom Team einverstanden erklärt. In den abgeteilten Garderoben stand Nadine und zog sich um. Sie musste sich das überstreifen, was sie in der Szene trug. Viel war es nicht. Ein raffiniert geschnittenes Nachthemd mit einem weiten Ausschnitt und schmalen Trägern, die zwei Brücken über die wohl gerundeten Schultern bauten. Nadine betrachtete sich skeptisch im Spiegel. Sie hatte in den letzten Wochen zugenommen, was ihr allerdings ganz gut stand. Zudem machte sich John Sinclair nichts aus dürren Frauen. Sie freute sich wirklich auf das Treffen mit ihm und lächelte, als sie daran dachte, wie sie mit ihm eine Nacht erlebt hatte. Meine Güte, wie Schulkinder hatten sie sich fast benommen, aber es war schön gewesen, und der Abschied war beiden sogar ein wenig schwergefallen.

Es klopfte. Auf das »Come in« betrat die Garderobiere den schmalen Raum. Sie war gleichzeitig Maskenbildnerin, eine ältere Frau, die sich auch von hysterischen Filmstars nicht aus der Ruhe bringen ließ.

»Ist bei Ihnen alles klar, Miss Berger?«, erkundigte sie sich.

»Ja, danke.«

»Keine Probleme mit der Kosmetik?«

»Nein.«

Die Frau lächelte. »Ich werde trotzdem in Ihrer Nähe sein, Miss Berger.«

»Vielen Dank, das ist nett.«

Nadine rauchte ihre Zigarette zu Ende. Sie wartete auf das Startzeichen. Wegen ihr hätten sie schon längst beginnen können. Sie musste in dieser Szene eine Frau spielen, die im Bett liegt und erwürgt wird. Das war dann der vergessene Mord. Obwohl Nadine im Film tot war, lebte sie als ihre Zwillingsschwester und Rächerin weiter. Sie machte sich dann auf die Suche nach dem Täter. Eine ganz einfache Rachegeschichte, aber der Regisseur wollte mehr daraus machen.

Ihm erging es da ebenso wie vielen Schriftstellern, die alles Mögliche aus ihren Büchern herauslasen und hineininterpretierten, nur die Geschichte, die fand man nicht.

»Nadine!«

Das war Serge Wilder, der gerufen hatte. »Nadine, bitte.« Er bemühte sich selbst und öffnete die Tür. »Warum kommst du denn nicht?«

»Wieso? Ich habe nichts gehört.«

»Aber ich hatte dich rufen lassen. Durch den Lautsprecher.«

»Sorry, da war nichts.«

Der Regisseur duckte sich, drehte den Kopf und schielte in die Höhe. Der Lautsprecher hing über der Tür und dem Garderobenspiegel. Ob er defekt war, konnte man mit bloßem Auge nicht erkennen, allerdings sah Wilder keinen Grund, Nadine nicht zu glauben.

Er nahm sie an der Hand und führte sie aus der Garderobe. »Nachher gehst du mir noch verloren«, sagte er und lachte.

Nadine lächelte auch. Sie war überrascht worden von der Größe dieser Filmhalle. Da konnte man wirklich gewaltige Action-Spektakel drehen, und für einen Film, wie Serge Wilder ihn drehte, war die Halle viel zu groß. Das alles störte nicht, sie brauchten ja wirklich nur einen kleinen Flecken, zudem war es für Wilder interessant, diese großen Bauten zu sehen, falls er mal einen ähnlichen Film drehen wollte, der sich mit den Bond-Projekten vergleichen ließ.

Zwei Kameras waren aufgebaut, und für Nahaufnahmen nahmen sie kein Tele, sondern die Handkamera. Sie schleppte der Regieassistent. Er hieß Max, den Nachnamen kannte kaum einer von ihnen, dafür seinen langen Haarschopf, der im Nacken zu einem Zopf geflochten war. Max konnte etwas in seinem Job. Er und Serge arbeiteten gern zusammen.

Das Bett war bereits aufgebaut, ebenso die beiden Zimmerwände. Die Tapeten schimmerten violett. Zwei Bilder hingen über dem Kopfende, und das gefilterte Licht eines Scheinwerfers schuf eine heimelige Schlafzimmeratmosphäre.

»Du weißt Bescheid, Nadine?«, fragte Serge.

Die Schauspielerin nickte.

»Dann los.«

Nadine Berger setzte sich auf das Bett. Die Matratzen, sie bestanden nur aus Schaumstoff, waren nahezu widerlich weich. Nadine verzog das Gesicht.

Serge, der auf einem Klappstuhl saß, bemerkte die Regung. »Stimmt etwas nicht?«

»Doch, alles in Ordnung.« Sie legte sich hin. Das weiße Nachthemd reichte bis zu den Knöcheln. Es bedeckte den Körper der Frau wie ein großer Schleier. Nadine ordnete ihre Haare, damit sie ihr nicht zu sehr ins Gesicht fielen, und winkelte den linken Arm an.

Zwei Tontechniker schoben die beiden Mikrofone heran. Sie hingen an einer langen Stange, denn Serge wollte die Atemzüge der Frau aufnehmen.

Ihr Mörder lauerte bereits hinter den dürftigen Kulissen. Nur war es kein Mensch, sondern ein Monster …

Costello hatte tatsächlich geholfen, als sich die beiden ehemaligen Mannequins mit ihm in Verbindung setzten. Zwar musste er zuerst Rückfrage halten, erhielt jedoch von Solo Morasso die Bestätigung, dass den beiden Frauen jede Unterstützung gewährt werden sollte.

Logan Costello war wohl der Einzige, der wusste, wie er sich mit Doktor Tod in Verbindung setzen konnte. Das geschah durch ein kleines Gerät, das aussah wie ein Taschenrechner. Logan Costello musste einen bestimmten Zahlenrhythmus eintippen, abwarten, dann wurde er angerufen. So war es auch jetzt gewesen.

»Töte Nadine Berger!«

Der Befehl war klar und deutlich gesprochen worden, und Logan Costello hielt sich daran. Er war Doktor Tods rechte Hand hier in London, denn er wollte die Aktivitäten eines John Sinclair überwachen, um Morasso Bericht zu erstatten.

Doktor Tod und seine Mordliga hatten sich erst einmal zurückgezogen. Sie mussten alte Wunden lecken und sich vor allen Dingen damit abfinden, dass Lady X zu einem Vampir geworden war. Durch diese Tatsache musste er den ganz großen Plan, Asmodina zu vernichten, erst einmal für eine Weile zurückstellen und alles neu überdenken. Auch Sinclair wurde zweitrangig, was nicht heißen sollte, dass er nicht alles tun würde, um diejenigen zu unterstützen, die dem Geisterjäger an den Kragen wollten. Deshalb hatte Doktor Tod auch sofort reagiert und ein Wesen geschickt, das normalerweise in tiefsten Regionen des Schreckens lauerte.

Es war das Mordmonster!

Morasso hatte es durch seinen Würfel beschworen und auch von Asmodina die Einwilligung erhalten, es für seine Zwecke einspannen zu können. Normalerweise lebte es in einer Welt des Grauens, die noch keines Menschen Auge gesehen hatte. Eine grüne, schuppige Bestie, die Mischung zwischen Mensch und Reptil.

Es hatte Arme wie ein Mensch, einen langen, flachen Oberkörper und einen Kopf, der widerlich aussah.

Er war ziemlich groß, mit einem flachen Gesicht, in dem die Nase aussah wie die eines Gorillas. Übergroß wirkten die Augen. Sie hatten jedoch keine Pupillen, sondern zahlreiche weiße Punkte, die in den Höhlen wie Schneeflocken lagen und nie schmolzen. Haare wies der Schädel nicht auf. Dafür einige lange, nach oben gerichtete Strähnen, die wie die Zinken eines Kamms wirkten.

Die Haut war hart, dazu schuppig, Beine hatte das Untier nicht. Der Unterkörper war lang gezogen und erinnerte an den Rumpf eines Krokodils.

Das Monster tötete mit dem Maul.

Der Auftrag war klar, und das Untier war es gewohnt, bedingungslos zu gehorchen.

Schon lange hielt es sich in der gewaltigen Halle auf. Verstecke gab es genug. Von den Menschen ahnte niemand etwas. Aus sicherer Deckung hatte das Untier das Eintreffen der Filmleute abgewartet und vor allen Dingen die Frau beobachtet, die sterben sollte.

Es verstand die menschliche Sprache. Die schwarze Magie

der Asmodina ermöglichte dies, und es hörte genau zu, wie die Filmszene abzulaufen hatte.

Für das Monster stand fest, dass es nicht nur die Frau aus dem Weg schaffen würde, sondern auch noch einen weiteren Zeugen. Den Mann, der die Schauspielerin im Film umbringen sollte.

Er hockte auf einer Kiste und spielte mit dem Messer, das präpariert worden war. Noch besprachen die anderen die Szene. Zum Glück hatte sich der Schauspieler ein wenig abgesondert. Er war kein Star, der Regisseur hatte ihn von einem kleinen Londoner Theater geholt und verpflichtet.

Der Mann hockte hinter der kleinen Dekoration. Er kannte die Leute vom Film kaum und fand deshalb auch kein Gesprächsthema. Fünfzig Pfund sollte er für den »Mord« erhalten, eine Gage, die er noch rasch mitnahm, denn am Abend musste er wieder auf der Bühne stehen und in einem Stück von Shakespeare mitwirken.

Das Monster näherte sich ihm.

Es war schon sehenswert, wie es sich trotz seiner Größe nahezu lautlos bewegte.

Kein Geräusch verriet, dass es sich bereits auf den Weg zu seinem Opfer gemacht hatte. Zudem sprach der Regisseur noch mit den Kameraleuten, und Serge hatte eine laute Stimme. Dies und die Dunkelheit außerhalb des Drehbezirks kamen dem Untier entgegen.

Der Schauspieler ahnte nichts. Er trug einen schwarzen Pullover und eine dunkle Hose. Von ihm würde nicht viel in dem Streifen zu sehen sein. Für einen kurzen Augenblick der Oberkörper, die Hand mit dem Messer, das verzerrte Gesicht – aus.

Gage kassieren und weg. Daran dachte der Mann.

Und das Monster dachte an Mord. Die Hälfte der Strecke hatte es bereits hinter sich gebracht. Nach wie vor war der Mann ahnungslos. Nicht im Traum dachte er an eine Gefahr, doch die war vorhanden.

Und sie griff zu.

Einen Schatten, ein schleifendes Geräusch, das nahm der Schauspieler noch wahr. Er fuhr auch herum, kam halb in die Höhe, als ihn der Hieb traf.

Er spürte den Treffer am Kopf. Schmerzen durchzuckten seinen Schädel, seine Haut riss auf, und er spürte eine warme Flüssigkeit über die Wangen rinnen. Er wusste, dass es sein Blut war, doch er kam nicht mehr dazu, weiter darüber nachzudenken oder einen Schrei auszustoßen, denn plötzlich hechtete eine Grauen erregende Gestalt auf ihn zu, und bevor der Schauspieler noch seine Arme zur Abwehr hochreißen konnte, prallte das schuppige Wesen schon gegen ihn.

Der Mann fiel zu Boden. Er schlug noch mit dem Hinterkopf auf. Sterne blitzten vor seinen Augen, die noch im selben Moment verschwanden und der Dunkelheit wichen, die den Beginn einer Bewusstlosigkeit ankündigte.

Zum Glück, denn so merkte er nicht mehr, dass sich die Zähne des Monsters in seine Kehle bohrten.

Der Mann starb.

Das Wesen aber richtete sich auf. Neben dem Toten blieb es hocken. Gehört hatte niemand etwas, denn die Menschen diskutierten noch über die Szene.

Bis der Regisseur nach Ruhe verlangte.

Es wurde gedreht.

Das Mordmonster schob sich lautlos und behutsam ein wenig vor, bis es dicht hinter der Kulissenwand stand, die die Abtrennung zum »Schlafraum« markierte.

Es hob beide Arme und krümmte die Pranken. Damit würde es die Wand einschlagen und wie ein Unwetter über die ahnungslose Frau kommen ...

Sie drehten!

Allerdings noch nicht die Szene, sondern die schlafende Nadine Berger. Sie sollte ja nichts von all dem ahnen, wenn sich ihr Mörder anschlich. Der Killer würde sie im tiefen Schlaf überraschen.

Es war wie immer. Das leise Surren der Kameras, deren künstliche Augen auf die »schlafende« Frau gerichtet waren, die nervöse Spannung und das genaue Hinschauen des Regisseurs.

Serge Wilder war zufrieden. Nadine Berger spielte die Rolle ausgezeichnet. Man nahm ihr den echten Schlaf wirklich ab. Sie lag nicht nur ruhig da, sondern atmete gleichmäßig und bewegte sich manchmal so, wie die Menschen es taten, wenn sie im tiefen Schlaf versunken im Bett lagen.

Ein Lächeln stahl sich auf die Lippen des Regisseurs. Das war gut gemacht, sogar sehr gut.

»Kamera stopp!«, rief er. »Im Kasten.« Serge stand auf. Auch Nadine öffnete die Augen und setzte sich hin.

Serge fuchtelte mit beiden Armen in der Luft herum. »Fantastisch, Mädchen. Du warst großartig, wir brauchen die Szene kein zweites Mal zu drehen.«

Nadine lächelte. Das bedeutete Zeitersparnis, vielleicht konnte sie sich noch früher mit John Sinclair treffen.

»Und jetzt den Mord«, sagte Serge Wilder. »Alles klar?«, rief er, während sich Nadine wieder hinlegte.

Die Kameraleute nickten, der Regieassistent ebenfalls, nur von dem »Mörder« hörte er nichts.

»He, Mann, was ist? Bist du hinter der Bühne eingeschlafen?«

Keine Antwort.

Serge wurde ärgerlich. Bisher hatte alles so gut geklappt. Es fehlte ihm noch, wenn der Schauspieler verrückt spielte. Er drehte den Kopf und wandte sich an seinen Assistenten. »Sieh doch mal nach, Max!«

»Okay.« Max setzte sich in Bewegung. Er war zwei Schritte weit gekommen, als es geschah.

Plötzlich splitterte die Kulissenwand, und im nächsten Augenblick erschien der Oberkörper einer Grauen erregenden Gestalt aus den umherfliegenden Sperrholzteilen.

Alle sahen das Monster, und jeder war entsetzt. Sie sahen auch das blutige Maul und ahnten die schreckliche Wahrheit, die sich bei Nadine Berger noch einmal wiederholen sollte …

Für mich hatte es keinen Sinn mehr gehabt, weiter im Büro sitzen zu bleiben. Suko versprach mir, die Stellung zu halten. Ich wollte Nadine vom Studio abholen. Zum Glück wusste ich, wo sie drehten, sie hatte es mir geschrieben.

Mit dem Bentley quälte ich mich durch den dichten Londoner Nachmittagsverkehr. Es war schon ein Kreuz, um diese Zeit voranzukommen, aber fliegen konnte ich nicht.

Es regnete nicht mehr. Allerdings schien auch nicht die Sonne. Ein trüber Herbsthimmel spannte sich wie ein unendlicher Vorhang über London. Das Laub der Bäume war bunt. Besonders die Blätter der Birken glänzten wie goldene Taler.

Langsam legte die Natur ihr Kleid ab und bereitete sich auf den Winter vor.

Wieder einmal …

Wenn ich mir so die Jahreszeiten anschaute und mit eigenen Augen ansah, wie rasch sie vorbei waren, dann wurde ich immer daran erinnert, wie schnell man doch älter wird.

Als ich ein Blumengeschäft sah, hielt ich an. Dabei fuhr ich schräg auf den Bürgersteig, da ich sonst keinen Parkplatz in der Nähe sah. Zudem war es nur für wenige Minuten.

Die Verkäuferin stellte mir einen wunderschönen Strauß zusammen, ich selbst hatte nicht so viel Geschmack und sah zu, wie der Strauß in durchsichtiges Papier eingewickelt wurde, auf dem der Name des Blumenhauses stand.

»Da wird sich die Dame aber freuen«, sagte die Frau.

»Das glaube ich auch.« Ich zahlte, klemmte mir den Strauß unter den Arm und verließ den Laden.

Der Bobby stand neben meinem Bentley wie früher der gestrenge Lehrer vor der Schulklasse. Er hatte mich erwischt.

Ich grinste ihn an, schloss die Fahrertür auf und legte den Blumenstrauß auf den Nebensitz.

»Der war bestimmt teuer«, sagte der Polizist.

»Es geht.«

»Und der wird noch teurer, wenn Sie jetzt das Strafmandat bezahlen wegen Falschparkens.«

Ich hob die Schultern und machte ein zerknirschtes Gesicht. »Hören Sie, Officer, ich wollte nur eben die Blumen …«

»Klar, eine Ausrede hat jeder.«

»Aber das ist keine Ausrede.«

»Wollen Sie zahlen?«

»Bleibt mir ja nichts anderes übrig.«

Vielleicht gibt es Kollegen, die in solchen und ähnlichen Situationen anders gehandelt und einen dienstlichen Vorwand vorgeschoben hätten.

Ich gehörte nicht dazu und holte meine Brieftasche hervor. Der Bobby nahm meine Personalien auf.

Als er Namen und Beruf hörte oder vielmehr vom Ausweis ablas, da wurden seine Augen groß.

»Dann sind Sie dienstlich hier, Sir?«

»Nein, Officer, privat.«

»Aber Sie könnten doch …«

Ich schüttelte den Kopf. »Keine Sonderbehandlung, Officer. Ich habe falsch geparkt und zahle auch dafür. Wäre es ein dienstlicher Fall gewesen, sähe die Sachlage anders aus.«

»Natürlich, Sir.« Er stellte mir eine Quittung aus, und ich löhnte den Betrag.

Der Polizist grüßte noch einmal, dann fuhr ich davon.

Die Studios lagen außerhalb von London auf einem riesigen Gelände, das von den Filmfirmen jeweils gepachtet werden konnte. Es gab eine breite Straße, die zu den Hallen führte. Sie waren schon irgendwie gigantisch.

Große, rechteckige Komplexe. Dazwischen Straßen, ein wenig Grün und ein hoher Zaun, der das Gelände umschloss. Es existierte eine Einfahrt.

Anzuhalten brauchte ich nicht. Auch das Tor stand offen, und ein Aufpasser war ebenfalls nicht zu sehen. So rollte ich mit meinem Silbergauen zwischen zwei gepflegten Rasenflächen her, bis ich die erste große Halle erreichte.

Dort stoppte ich.

Leider wusste ich nicht, wo Nadine drehte. Und einen Insider entdeckte ich auch nicht. Dafür stieg ich aus und atmete die kühle Herbstluft ein.

Dann sah ich einen Mann. Er schob einen Rasenmäher vor sich her und trug einen grünen Overall. Ich winkte dem Knaben zu, der näher kam und mich fragend ansah.

»Heute wird doch gedreht – oder?«, erkundigte ich mich.

»Sicher, Sir.«

»Und wo?«

»Halle zwei. Da müssen Sie um diese hier herumfahren. In der größten findet es statt.«

»Danke sehr.«

»Gern geschehen.« Der freundliche Mann zog ab.

Ich setzte mich wieder in meinen Wagen und fuhr im Schritttempo weiter. Immer an der Längsseite der ersten Halle entlang. Als ich sie passiert hatte, sah ich vor mir eine Kreuzung. Ich konnte jedoch auf meiner Fahrbahn bleiben und sah die Halle zwei.

Die war noch größer.

For your Eyes only, las ich. Hier war der letzte Bond-Streifen gedreht worden.

Ich ließ meinen Bentley auf einem kleinen Parkplatz ausrollen, wo noch mehrere Wagen standen. Unter anderem sah ich auch einen hellblauen Toyota. Die Türen schwangen gerade auf, und zwei Männer stiegen aus.

Ich wollte meinen Blick schon abwenden, als mir auffiel, wie seltsam sich die Burschen benahmen. Sie blieben stehen und schauten sich nach allen Seiten um. Wahrscheinlich hatten sie meine Ankunft nicht bemerkt, denn die Blicke, die meinen Bentley trafen, waren irgendwie gelassen, nicht verräterisch.

Ich duckte mich im Sitz zusammen. Die beiden sollten mich nicht unbedingt entdecken.

Sie sprachen kurz miteinander, drehten sich dann um und gingen auf die Halle zu, wobei sie mir den Rücken zuwandten.

Ich stieg aus.

Als die Männer um die Halle herumgegangen waren, drückte ich soeben die Tür ins Schloss. Dabei war ich fest entschlossen, die Verfolgung der Kerle aufzunehmen. Sie hatten sich meiner Ansicht nach verdächtig verhalten. Vielleicht hätte ich auch anders reagiert, wenn die Warnung nicht gewesen wäre, so aber steigerte sich mein Misstrauen noch. Ich wollte wissen, was die Kerle vorhatten.

Die anderen hatten sich Zeit gelassen. Ich tat das Gegenteil und lief ziemlich schnell.

Am Ende der Längsseite blieb ich stehen und peilte um die Ecke. Wieder sah ich ein großes Plakat, das auf den letzten Bond-Film hinwies. Es befand sich neben dem Eingang zum Studio. Weiter vorn sah ich flachere und auch kleinere Gebäude. Dort war sicherlich die Verwaltung untergebracht.

Die beiden Typen hatten den Eingang schon erreicht. Vielleicht zwanzig Schritte waren es von mir bis zu ihnen. Ich sah, wie einer in die Tasche griff, einen Schlüssel hervorholte, sich bückte und an dem Schloss der Tür herumfuhrwerkte.

Sekunden nur, dann hatte er es geschafft. Er zog den Schlüssel wieder hervor und nickte seinem Partner zu.

Der griff in die Tasche. Dabei wandte er sich von mir ab, und ich konnte leider nicht sehen, was er hervorholte. Auch die Hand seines Partners verschwand in der Tasche. Als sie wieder zum Vorschein kam, sah ich den Revolver.

Also hatte der Zweite auch eine Waffe in der Hand.

Verdammt!

Keine Sekunde länger hielt es mich an dem Platz. Während ich die Beretta zog und losstürmte, trat einer der Kerle die Tür auf. So weit, dass ich die gellenden Schreie hörte, und sofort dachte ich an Nadine Berger …

Wie das Drehbuch es vorgeschrieben hatte, so verhielt sich auch Nadine Berger. Ihre Augen waren geschlossen. Der

Mörder sollte am Fußende des Bettes erscheinen und langsam ins Bild laufen. So wollte ihn die Kamera erfassen.

Dann aber brach die Wand splitternd zusammen, und Nadine riss die Augen auf.

Im Bruchteil einer Sekunde sah sie die grünen Pranken über sich schweben und befürchtete, wahnsinnig zu werden. Zwischen den Klauen erkannte sie ein schreckliches Gesicht, das diesen Namen nicht verdiente, sondern eine grüne, schuppige und widerliche Fratze war. Ein Zerrbild des Grauens, ein fleischgewordener Albtraum, ein Monster aus der tiefsten Hölle.

Nadine schrie.

Sie riss weit den Mund auf. Ihr Schrei, geboren in panischem Entsetzen, zitterte durch die gewaltige Halle und verstummte, als die Pranke ihren Mund verschloss.

Auch die anderen Menschen waren geschockt.

Serge Wilder hatte sich so erschrocken, dass er mitsamt dem leichten Regiestuhl umgefallen war. Am Boden liegend musste er mit ansehen, wie sich das gierige Monster auf die im Bett liegende Nadine stürzte.

Die Männer an den Kameras verließen fluchtartig ihre Geräte. Die Angst saß ihnen im Nacken, sie rannten weg. Der Typ mit der Handkamera ließ diese fallen und suchte ebenfalls das Weite.

Nur Max, der Regieassistent, griff ein.

Auch er hatte das Monster gesehen, und wie die anderen war er zuerst unfähig, sich zu rühren. Als er jedoch sah, wie sich die schuppige Bestie auf Nadine stürzte, gab es für ihn kein Halten mehr. Mit zwei gewaltigen Sprüngen hatte er das Bett erreicht und warf sich auf das Untier.

Das Monster war drauf und dran, Nadine Berger zu töten. Weit hatte es sein Maul aufgerissen, wobei die Zähne wie gefährliche Reißnägel aufblitzten. Es wollte Nadine die Kehle durchbeißen.

Blut lief über das Gesicht der Schauspielerin, die scharfen Krallen hatten ihre Haut aufgerissen, auch das dünne Kleidungsstück war zerfetzt. Wie ein Lappen klaffte es auseinander, und Nadine selbst war vor Grauen gelähmt.

Max stieß sich ab. Er flog durch die Luft und krachte gegen das Monster. Durch diese mutige Tat rettete er Nadine Berger das Leben, denn der Aufprallwucht musste auch das Untier Tribut zollen. Es wurde zur Seite katapultiert und damit gegen die Kulissenwand, die bereits einmal gebrochen war.

Max und der personifizierte Schrecken aus einer anderen Dimension krachten zu Boden.

Max spürte den harten Aufprall.

Trotz seiner lebensbedrohlichen Lage dachte er an Nadine Berger.

»Flieh!«, brüllte er. »Lauf weg, Nadine! Bit…« Der Hieb mit der Pranke verschloss seinen Mund und riss gleichzeitig sein Gesicht auf. Dann wuchtete ihn das Untier herum, und Max rollte ein paar Mal um sich selbst. Er spürte die Schmerzen, Feuerzungen schienen über seine Haut am Kopf zu lecken. Ein weiterer Prankenschlag hatte seinen Rücken getroffen und dort die Kleidung nicht nur aufgerissen, sondern auch tiefe Risswunden hinterlassen.

Innerhalb von Sekunden hatte sich die Halle in eine Hölle verwandelt, und das Monster fachte das Feuer des Entsetzens und der Angst noch mehr an.

Es wollte sein Opfer.

Nadine Berger!

Die Schauspielerin hatte sich aufgesetzt. Zuerst bemerkte sie nicht, dass das gefährliche Monster von ihr abgelassen hatte. So waren Sekunden vergeudet worden.

Dann saß sie.

Starr war ihr Blick. Er sagte genug über ihren Gemütszustand. Ihr Blut schien zu Eis geworden zu sein. Es hatte auch ihre Bewegungen eingefroren. Sie nahm ihre unmittelbare Umgebung überhaupt nicht wahr, sondern senkte den Blick und sah das Blut, das in langen Streifen an ihren Schultern entlang rann, wo es ein streifiges, zittriges Muster zeichnete.

»Nadine! Nadine!«

Es war Serge Wilder, der sie anschrie. Der Regisseur hatte sich auf die Beine gestemmt. Entsetzt starrte er die Frau an. Und sah auch das Monster, das wieder hinter ihr auftauchte.

»Nadine, weg!«

Die Warnung kam zu spät.

Das grauenhafte Wesen griff die Schauspielerin zum zweiten Mal an. Es hieb seine Pranken in die Schultern und riss Nadine Berger zurück, sodass sie auf das Bett fiel, dessen Laken bereits große rote Flecken aufwies.

Wie gebannt blieb der junge Regisseur stehen und schlug seine Hände vor das Gesicht. Trotzdem schaute er durch die gespreizten Finger.

»O Gott«, stöhnte er nur. »O Gott …«

Dann fielen Schüsse!

Mir war längst klar, dass es hier um Leben und Tod ging, sonst hätten die beiden Kerle keine Waffen gezogen.

»Revolver weg!«, brüllte ich, kaum dass ich die Hälfte der Strecke hinter mich gebracht hatte,

Einer wirbelte herum. Der zweite Kerl war schon im Innern der Halle verschwunden.

Der Mann schoss sofort.

Er war so brutal und gnadenlos, dass er überhaupt nicht darauf achtete, wer ihm da entgegenkam. Es war ein Reflex, wie man ihn eigentlich nur bei abgebrühten Profikillern erlebt.

Vor der Mündung des schweren Revolvers platzte die Feuerblume auf. Ich hechtete nach rechts und dröhnte dabei gegen die Wand der Halle. Die Kugel sah ich nicht, vernahm auch keinen Luftzug oder ein sirrendes Geräusch, sondern dachte nur daran, mein eigenes Leben zu verteidigen, bevor der Mann den Revolver geschwenkt und in meine Richtung gebracht hatte.

Ich krümmte den Finger.

Es war ein schneller Schnappschuss. Großartig zielen konnte ich nicht, dazu blieb mir keine Zeit.

Ich vernahm den wütenden Aufschrei, und dann wurde der rechte Arm durch die Aufprallwucht der Kugel nach hinten geschleudert. Plötzlich tränkte Blut das Jackett, und so verzweifelt sich der Mann auch bemühte, den Arm mit der Waffe bekam er nicht mehr hoch.

Dafür verzerrte sich sein Gesicht, und als ich endlich bei ihm war, da hielt er ein Messer in der Linken.

Zum Glück war er nicht so gut damit wie mit der rechten Hand. Durch einen Tritt gegen den Ellbogen schaffte ich es, ihm den Stahl aus der Hand zu prellen.

Dann zuckte meine Faust vor. Und mit ihr die Beretta. Seitlich traf der Lauf den Mann am Hals. Zuerst schaute er mich verdutzt an, wurde bleich und sackte zusammen.

Ich hatte freie Bahn.

Auf der Stelle warf ich mich herum, um den Eingang zu erreichen. Zwei Männer rannten mir entgegen. Ich brauchte nur in ihre Gesichter zu sehen, um zu wissen, dass etwas Schreckliches geschehen war. Bevor sie beide an mir vorbeiwischen konnten, hielt ich einen fest.

»Was ist geschehen?«, herrschte ich ihn an.

»Ein Monster, die Frau …« Er schüttelte den Kopf, und seine Augen sahen aus wie Kugeln.

Ich ließ ihn los. Die Antwort hatte mich alarmiert. Der Mann sprach von einem Monster.

Himmel, sollte etwa schwarze Magie mit im Spiel sein? Wie ein Rennläufer jagte ich in die Halle und war im ersten Moment wie erschlagen von der Größe dieses Studios. Einzelheiten nahm ich nicht wahr, sondern orientierte mich nur an den Geräuschen, die ich hörte. Das waren die Schreie, und es fiel auch wieder ein Schuss.

Den hatte der Mann abgegeben, der als Erster in der Halle verschwunden war.

Vorbei an aufgestapelten Kulissen und nicht mehr benötigten Kleidungsstücken rannte ich. Ich stolperte über Farbeimer und sprang über Schwellen hinweg.

Dicht unter der Decke befanden sich schmale Fenster, die

sehr in die Breite gezogen waren. Durch sie fiel nur ein matter Lichtschein. Ich orientierte mich nach den Scheinwerfern, die aufgebaut worden waren, um die Filmszene zu erleuchten.

Sie waren noch weit weg.

Viel zu weit, denn die schmale Kulisse war so ziemlich in der Hallenmitte aufgebaut worden.

Wieder krachte ein Schuss. Ich sah sogar das Blitzen des Mündungsfeuers.

Und die Gestalt!

Sie torkelte. Die Kugel hatte sie getroffen und zur Seite gedreht. Noch zwei Schritte hielt sich der Mann auf den Beinen, dann brach er zusammen und blieb liegen. Er trug einen dunklen Samtanzug.

Der Schütze aber wirbelte herum. Vielleicht hatte er meine Schritte gehört, auf jeden Fall war er nicht mehr zu halten. Er wollte meinen Tod.

Bevor er abdrückte, schrie er noch. Den schweren Revolver hielt er mit beiden Händen.

Ich schaute in das Mündungsfeuer, duckte mich, schoss ebenfalls, wollte mich zur Seite drehen, da erwischte mich die Kugel. Ein ungemein harter Schlag riss mir das linke Bein weg. Ich verlor den Bodenkontakt, stand für den Bruchteil einer Sekunde nur auf dem rechten Bein und knickte zusammen.

Hart fiel ich auf die Erde.

Der Schütze bewegte sich gedankenschnell zur Seite. Daran erkannte ich, dass meine Kugel gefehlt hatte, und so rollte ich mich herum, streckte dabei den Arm aus und feuerte im Liegen.

Ich kam dem Killer zuvor.

Bevor mich seine zweite Kugel traf, hieb ihm mein Silbergeschoss mitten in die Brust.

Für eine Sekunde blieb er noch stehen, und es hatte den Anschein, als könnte er nicht fassen, getroffen worden zu sein, dann brach er zusammen.

Ich aber lag noch immer auf dem Boden und war angeschossen. Das merkte ich verdammt deutlich, als ich mich erheben wollte. Vor Schmerz schrie ich auf, denn die Kugel steckte hoch in meinem linken Oberschenkel. Wie ein glühendes Messer hatte sie sich dort in das Fleisch gebohrt.

Aber ich konnte nicht liegen bleiben. Noch hatte ich Nadine Berger nicht gesehen und befürchtete das Schlimmste. Auch das Monster war mir nicht unter die Augen gekommen, deshalb wollte und musste ich weiter. Koste es, was es wolle.

Ich schaffte es, aber fragen Sie mich nicht, wie. Das linke Bein konnte ich kaum bewegen, ich schleifte es förmlich hinter mir her. Hart biss ich die Zähne zusammen und näherte mich humpelnd meinem Ziel. Es war so nah und doch so weit entfernt.

Jeder Schritt wurde zur Qual. Ich atmete keuchend, zitterte und merkte, wie der rote Lebenssaft nass an meinem Bein entlang lief. Es bereitete mir Mühe, über einen umgekippten Scheinwerfer zu steigen. Fast wäre ich hängen geblieben.

Von links taumelte ein Mann auf mich zu. Er sah mich gar nicht, sondern hatte die Hände vor sein Gesicht geschlagen und stöhnte herzerweichend.

Wo steckte Nadine?

Näher und näher kam ich der aufgebauten Kulisse. Mein Bein fühlte sich plötzlich taub an. Jegliches Gefühl schien daraus gewichen zu sein, trotzdem hielt ich eisern durch.

Eine Wand war umgekippt, das sah ich. Aber diejenige, die mir den Blick auf die Szene freigegeben hätte, die stand noch. Wieder knickte ich ein und wäre fast gegen sie gefallen. Mit Mühe behielt ich das Gleichgewicht.

Jeder Schritt kostete mich große Anstrengung.

Zollweise kam ich voran.

Endlich hatte ich mein Ziel erreicht. Ich schaute auf ein Bett, auf die Frau – und meine Augen wurden groß.

Nein! schrie es in mir. Nein, das ist unmöglich, das darf nicht wahr sein!

Es stimmte.

Auf dem Bett lag Nadine Berger in ihrem Blut!

Dann wurde ich ohnmächtig …

Sie hatten sich in einem alten Schuppen verkrochen und warteten dort ab. Dieser Schuppen stand auf einem Hinterhof irgendwo in London und galt als sicheres Versteck für Leute, die Logan Costello für eine Weile aus seinem unmittelbaren Dunstkreis haben wollte.

Da das Versteck zurzeit nicht besetzt war, hatte er es den beiden ehemaligen Mannequins angeboten. Nun hockten Violetta Valeri und Corinna Camacho dort. Sie warteten ab, ob ihre Rache Erfolg gehabt hatte.

Dieser Logan Costello war wirklich ein guter Mann. Und er hatte Verbindungen. Für ihn war es ein Leichtes gewesen, festzustellen, dass sich eine gewisse Nadine Berger in London befand. Durch Doktor Tod, der Nadine auch kannte, hatten sie erfahren, dass die Schauspielerin John Sinclair nicht gleichgültig war.

Darauf baute sich ihr Plan auf.

Die Berger sollte sterben. Das aus einer anderen Dimension geholte Monster würde dies übernehmen. Wenn Nadine erst einmal tot war, drehte Sinclair sicherlich durch und lief in eine Falle, denn direkt angreifen wollten die beiden nicht.

Costello hatte sich zwar mit dem Plan einverstanden erklärt, aber trotzdem noch eine Sicherheit eingebaut. Es waren zwei aus den Staaten gekommene Gunmen, die solche Dinge wie Zeugenbeseitigung mit links erledigten.

Eigentlich konnte nichts schiefgehen, und die beiden Frauen warteten nur noch auf die Erfolgsmeldung.

Durch ein Telefon waren sie mit Logan Costello verbunden. Er würde ihnen schon Bescheid geben.

Während Violetta ruhig auf dem wackligen Stuhl saß und abwartete, lief Corinna aufgeregt in dem Schuppen auf und ab. Sie war nervös. Nicht allein wegen des Falls, sie brauchte auch Blut. Die Bestie in ihr wurde immer stärker. Bald konnte sie es nicht mehr aushalten.

Noch hatte sie sich nicht verwandelt. Sie war mehr Frau als Bestie, obwohl ein rötlich schimmernder Pelz, der wie ein Bart aussah, auf ihrem Gesicht wuchs und auch bald stärker werden würde.

Violetta beobachtete dies mit Besorgnis. »Halte dich zurück«, warnte sie die Artgenossin.

Corinna fuhr herum. »Für dich ist es leicht, hier zu sitzen, aber nicht für mich. Ich will und muss mein Opfer haben. Verstehst du das?«

»Nein.«

Die Augen in Corinnas Gesicht funkelten mordlüstern. »Wieso verstehst du das nicht? Du gehörst doch auch dazu, verdammt!«

»Ja, aber die andere Sache ist wichtiger.«

Heftig schüttelte Corinna den Kopf.

»Wenn ich mir ein Opfer hole, hat das nichts mit diesem Sinclair zu tun.«

»Doch, meine Liebe.«

»Und wieso?«

»Du hinterlässt Spuren. Unser Plan ist zwar gut, aber auch sehr gewagt. Wir wollen nicht noch mehr Aufsehen erregen. Hast du mich verstanden, Corinna?«

»Ja, leider.«

»Dann setz dich hin.«

»Nein!«, zischte die Werwölfin und begann wieder mit ihrem nervösen Gang.

Die Valeri sagte jetzt nichts mehr und ließ sie in Ruhe. Solange Corinna nicht durchdrehte, konnte sie ihretwegen herumlaufen, aber wehe, sie tanzte außer der Reihe, dann wurden aus Freundinnen Feindinnen.

»Wir wollten Sinclair doch haben. Wir allein. Warum erst dieser Wirbel?«, fragte Corinna.

»Er muss uns in die Falle laufen. Wenn du Sinclair gegenüberstehst, wird er dich vernichten, glaub mir das.«

»Ich kann es mir nicht vorstellen.«

»Doch, er ist stark. Und seinen chinesischen Freund darfst du auch nicht unterschätzen. Erinnere dich nur daran, wie er Angie getötet hat. Er und Sinclair haben Waffen, gegen die wir als Einzelpersonen kaum eine Chance haben. Das hat auch Lady X zugegeben, und sie ist verdammt stark.«

Die letzten Worte der dunkelhaarigen Vampirin waren bei Corinna auf fruchtbaren Boden gefallen. Sie ließ sich auf dem zweiten Stuhl nieder und schwieg.

Violetta war beruhigt. Das Licht der Kerze, die auf dem Boden stand, flackerte.

Der Raum wurde in ein geheimnisvolles Licht getaucht. Mehr Düsternis als Helligkeit. Genau das wollten die beiden Frauen. Die Nacht war ihr Metier.

Erst in der Dunkelheit blühten sie auf, da konnten sie ihre Kräfte voll entfalten, und deshalb fiel es ihnen schwer, sich unter Kontrolle zu halten.

Auch Violetta Valeri wollte Blut. Noch einen Tag ohne Blut würde sie nicht mehr aushalten. Wenn alles geklappt hatte, dann würden sie vielleicht noch in der folgenden Nacht ihre Triebe stillen können.

Und zwar beide.

Vorerst mussten sie abwarten, bis sich Costello mit ihnen in Verbindung setzte.

Des Öfteren schauten sie das Telefon an. Der Apparat hatte sein Alter. Ein schwarzes Kunststoffgebilde, wie man es vor zehn und mehr Jahren gehabt hatte.

Noch blieb er stumm …

Im Raum roch es muffig. In der Ecke befand sich ein altes Lager. Zwei Betten standen dort übereinander. Die Decken darauf stanken. Wenn man lüften wollte, musste an der Decke eine Klappe geöffnet werden. Dazu fühlten sich weder Corinna noch Violetta berufen.

Draußen musste es schon längst dunkel sein. Geräusche waren kaum zu hören. Keine Stimmen, keine Schritte, hin und wieder das Hupen eines Autos.

Da schrillte das Telefon.

Dieses harte Geräusch zerschnitt die Stille, und beide Wesen zuckten zusammen. Corinnas Hand schnellte vor, um nach dem Hörer zu greifen, doch Violetta war schneller. Sie riss den Hörer an sich und presste ihn an ihr Ohr.

Sie lauschte.

Corinna schaute sie an. Entfernt hörte sie die Stimme eines Mannes, doch leider verstand sie nicht, was gesprochen wurde, und auch Violetta gab sich ziemlich einsilbig. Mehr als ein knappes »Ja« oder »Nein« war von ihr nicht zu hören.

»Und was unternehmen wir?«, fragte sie schließlich.

Die Blutsaugerin erhielt eine Antwort, die sie zu befriedigen schien, denn sie lächelte. Danach legte sie auf.

Corinna sprang von ihrem Platz hoch. »Was hat es gegeben?«, wollte sie wissen. »Hat alles geklappt?«

Versonnen schaute die schwarzhaarige Blutsaugerin auf den Telefonapparat. »Komm mit«, erwiderte sie und ging bereits zur Tür.

Corinna Camacho folgte ihr kopfschüttelnd.

Es war furchtbar!

Vom Kinn her schienen glühende Lanzen in meinen Kopf zu stechen bis unter die Schädeldecke, wo sie dann aufeinander trafen und ein Schmerzzentrum errichteten.

Ich öffnete die Augen.

»Aha«, hörte ich eine Stimme. »Er ist wieder da.«

Ja, zum Henker, ich war da und wollte mich auch gleich aufrichten, als sich zwei Hände auf meine Schultern legten und mich wieder zurückdrückten.

»Es hat keinen Zweck, bleib liegen.«

Die Stimme kannte ich noch. Verflixt, wenn da nur nicht das komische Gefühl in meinem Kopf gewesen wäre und der Schmerz im linken Bein. Ich wollte …

Jetzt wusste ich es, Suko saß an meinem Bett.

Suko. Ihn konnte ich …

Nichts konnte ich. Von einem Augenblick zum anderen fielen mir die Augen zu. Ich schlief ein.

Lange hatte ich jedoch nicht geschlafen. Als ich zum zweiten Mal die Augen aufschlug, saß Suko noch immer an meinem Bett. Draußen war es dunkel geworden, in meinem Krankenzimmer brannte nur die Nachttischlampe.

»Hi«, krächzte ich.

»Da bist du ja wieder.«

»Und?«

Suko ging auf die Frage überhaupt nicht ein. »Wie fühlst du dich?«, wollte er stattdessen wissen.

»Ich könnte Bäume ausreißen. Aber jetzt mal Spaß beiseite, Dicker, was ist eigentlich geschehen, und wie sieht es mit meinem Bein aus?«

»Sie waren alle da«, sagte Suko. »Jane, Bill, Sheila, sogar Sir James wollte kommen, aber die Ärzte wollten keinen Menschenauflauf. Sie haben gesagt ...«

Ich hörte nicht mehr hin, was der Chinese mir da erzählte. Ich winkelte meinen linken Arm an und zog ihn vorsichtig unter der Bettdecke hervor. Dann drehte ich meine Finger in Sukos Hemd, und der Chinese verstummte.

»Jetzt komm mal zur Sache, Herr Inspektor«, zischte ich. »Du behandelst mich hier wie ein Kind. Okay, ich habe eine Kugel abbekommen, das ist aber nicht tragisch.«

»Nicht tragisch, John? Das Kaliber war nicht von schlechten Eltern. Sie haben dir das Ding herausoperieren müssen. Mein lieber Mann, das war ganz schön hart.«

»Und Nadine Berger?«

Ich hatte Angst vor der Frage und auch vor der Antwort. Sehr deutlich sah ich das Bild noch vor meinen Augen. Wie sie auf dem Bett lag, Gesicht, Laken und Hals voller Blut, ein schlimmer Anblick, den ich nie aus meinem Gedächtnis würde streichen können. Lebte sie noch?

Suko senkte den Blick.

Da rieselte mir ein Schauer über den Rücken. Auch mein Freund sah die Gänsehaut, die sogar mein Gesicht erfasst hatte, und er schwieg weiter. »Ist sie. Ist sie …« O verdammt, ich brachte das letzte Wort nicht raus. Ein dicker Kloß saß auf einmal in meiner Kehle, der es verhinderte.

»Ich weiß es nicht, John!«

»Was weißt du nicht?«, fuhr ich meinen Freund an. Heftiger, als ich es eigentlich wollte.

»Was mit Nadine ist.«

»Suko!« Meine Stimme klang beschwörend. »Ich habe sie gesehen, Suko. Und sie sah mir verflixt danach aus, als würde sie nicht mehr leben. Aber ich will Gewissheit haben. Ich will endlich wissen, auf wessen Konto sie geht. Hast du das Monster gesehen? Es muss da gewesen sein. Rede, Suko, bitte.«

»Nein, John, ich habe es nicht gesehen.«

Ich schaute Suko an. Log er? Kaum, er hielt meinem Blick stand. Auch in seinen Augen sah ich kein verräterisches Zucken, aber trotzdem war längst nicht alles in Ordnung. Der Chinese saß auf der Bettkante, ich stieß ihn an.

»Geh mal weg.«

»Und dann?«

»Will ich aufstehen.«

»Du bleibst liegen!« Selten hatte mich Suko so angefahren. In seinen Augen blitzte die Entschlossenheit, Gewalt anzuwenden, wenn ich der Aufforderung nicht Folge leistete.

Ich hatte den Kopf etwas erhoben und ließ ihn jetzt wieder zurücksinken. »Dann sag mir endlich, was geschehen ist, zum Henker. Ich will und muss es wissen.«

Suko blickte mich eine Weile an. »Der Arzt hat zwar verboten, dich aufzuregen, aber er kennt dich nicht. Wir kamen natürlich viel zu spät. Irgendjemand hatte die Polizei alarmiert. Wahrscheinlich ein Mensch, dem die Schüsse aufgefallen waren, von dem Filmteam war es jedenfalls keiner. Die Unverletzten, das waren zwei, hatten einen Nervenzusammenbruch. Die Kollegen rauschten an und fanden vor der Halle einen Bewusstlosen.«

»Der geht auf meine Kappe.«

»Okay, aber weiter. Sie drangen in die Halle ein und sahen erst einmal dich. Einer der Beamten kannte dich vom Ansehen her. Sofort wurde Scotland Yard alarmiert und natürlich die Ambulanz. In der Halle lagen zwei Tote. Einer ist von dir getötet worden, man fand in seinem Körper die Silberkugel. Und ein Mensch, wahrscheinlich ein Schauspieler, wurde wohl von dem von dir erwähnten Monster getötet, denn er sah schrecklich aus. Ferner fanden wir zwei Verletzte. Einer konnte sich noch auf den Beinen halten. Er redete allerdings wirres Zeug, stand unter Schock. Der andere war von der Kugel eines Gangsters getroffen worden. Er liegt schwer verletzt zwei Zimmer weiter. Die Ärzte haben ihn operiert und hoffen, dass sie ihn durchbringen. Das war übrigens der Regisseur.«

»Und Nadine?« Ich hielt es einfach nicht mehr aus, musste mehr wissen.

Suko hatte bisher auf meiner Bettkante gesessen, jetzt erhob er sich, ging zum Fenster und blieb dort stehen, wobei er mir den Rücken zuwandte. Der Lampenschein erreichte ihn kaum, ich sah ihn als einen kompakten Schatten.

»Rede!«

Mit leiser Stimme, sodass mir wieder ein Schauer über den Rücken lief, gab Suko Antwort. »Ich selbst habe Nadine Berger nicht gesehen. Sie war schon weggebracht worden. Aber ich sah das Bett, auf dem sie gelegen hatte …«

»Hast du nicht mit den Ärzten gesprochen?«

»Doch, das habe ich.«

Ich fieberte plötzlich. Heiße Wellen schossen durch meinen Körper. Den ziehenden Schmerz in meinem linken Bein spürte ich kaum.

»Sie gaben mir keine Antwort«, erwiderte Suko leise. »Ihre Gesichter sagten allerdings genug. Ich glaube nicht, dass sie es schaffen wird, John!«

Für zwei Sekunden schloss ich die Augen. In dieser Zeit sah ich ein Bild vor mir. Nadine und ich, als wir gegen Doktor Tod kämpften. Er hatte sich die junge Schauspielerin als

Geisel genommen und wollte sie töten. Ich hatte sie retten können. Damals – und heute?

»Sie ist aber nicht tot, oder?«, flüsterte ich.

»Kann ich dir nicht sagen. Ich habe in der letzten Zeit nur bei dir gesessen.«

Tief atmete ich ein. Eigentlich hatte ich etwas fragen wollen, aber das ging nicht mehr. Plötzlich war meine Kehle wie zugeschnürt. Ich konnte mich nur noch räuspern.

»Wir dürfen auf keinen Fall die Hoffnung aufgeben«, hörte ich Sukos Stimme. Sie klang, als spräche der Chinese meilenweit von mir entfernt.

Eine Phrase, mehr nicht. Aber was sollte man in diesen schrecklichen Augenblicken sonst sagen?

Sie schienen es geschafft zu haben. Sie hatten Nadine Berger vielleicht getötet.

Aber wer? Wer, zum Teufel, steckte dahinter? In diesen Momenten hätte ich aus dem Bett springen können, und wenn mir jetzt irgendein Dämon vor die Mündung der Beretta gelaufen wäre, dann ...

Nein, es hatte keinen Sinn. Schon als ich das linke Bein anziehen wollte, spürte ich die Schmerzen. Damit konnte ich nicht auftreten und erst recht nicht das Bett verlassen. Ich musste jetzt versuchen, persönliche Gefühle auszuschalten und mich nur noch auf die Sache zu konzentrieren.

»Suko, wer waren die Killer?«

»Sie sind hier nicht bekannt. Sir James hat Himmel und Hölle in Bewegung gesetzt, aber wir haben sie nicht in der Kartei.«

»Und in der internationalen?«

»Die wird noch durchforstet. Allerdings habe ich einen Verdacht.«

Ich lachte bitter auf. »Du auch? Ich ebenfalls. Logan Costello, mein Lieber.«

»Genau, John. Nur, wie kommt er da rein?«

»Durch die Mannequins.« Plötzlich hatte ich einfach diese Blitzidee.

»Das musst du mir erklären.«

»Wenn sich diese Mannequins wirklich hier in London aufhalten, dann müssen sie eine Kontaktperson haben, an die sie sich wenden können. Und wer ist das? Wer steht auf der Seite der Mordliga und damit auch auf Morassos?«

»Logan Costello.«

»Sehr richtig, Suko.«

»Aber wir werden ihm nichts nachweisen können.«

Da hatte Suko ein wahres Wort gesprochen. Logan Costello! Ein Gangsterboss, ein Pestgeschwür in der Großstadt London. Ein Mensch zwar, aber ebenso schlimm wie ein Dämon. Er war nur auf seinen eigenen Vorteil bedacht. Wir waren Feinde. Er wollte meinen Tod, ich wollte ihn hinter Gittern sehen. Er gab mir die Schuld am Tode seines Bruders, obwohl ich damit wirklich nichts zu tun hatte, was man Costello allerdings nicht beibringen konnte. Er war ein Mann, der die Fäden straff in der Hand hielt, jetzt straffer denn je, seitdem er sich mit Doktor Tod und dessen Mordliga verbündet hatte. Er nahm keine Rücksicht, sogar Kinder baute er in sein schmutziges Spiel mit ein. Vor diesem Menschen konnte man nur ausspeien.

Aber wir mussten mit ihm leben und versuchten alles, um ihn zu kriegen.

Vergeblich bisher.

»Costello wird alles abstreiten. Er wird bestreiten, dass er die Männer gekannt hat. Und dann schickt er seinen Anwalt, der mit allen Wassern gewaschen ist. Nein, Suko, wir müssen uns etwas anderes einfallen lassen.«

»Und wofür?«

»Für den Fall. Er ist schließlich nicht beendet. Das Spiel geht weiter. Aber diesmal sind wir die Joker, das kann ich dir versprechen.«

Suko kam wieder zu meinem Bett und setzte sich auf die Kante. »Was hast du vor?«

»Erst mal muss ich etwas trinken.«

»Kannst du haben.« Mein Freund und Kollege bückte sich

und holte eine Flasche Saft aus dem Nachttisch. Ein Glas hatte er ebenfalls und schenkte ein.

Ich trank, erkannte auf Sukos Gesicht den gespannten Ausdruck und stellte das zur Hälfte geleerte Glas auf die Seite.

»Wenn unsere Gegner aus irgendeinem Grunde erfahren, dass es nicht geklappt hat, werden sie es noch einmal versuchen, mein Lieber.«

Suko nickte. »Das heißt also, wir müssen mit unangenehmem Besuch rechnen.«

»Ja.«

Suko setzte sich ein wenig bequemer hin. »Und wer sollte kommen?«

»Vielleicht die Mannequins.«

Der Chinese grinste. »Die hast du gefressen, wie?«

»Und wie.« Ich nickte heftig. Zudem hatte mich ja eine von ihnen angerufen.

»Falls die Valeri es war«, warf Suko ein.

»Ja, ich habe die Stimme erkannt.« Dann schlug ich die Decke zurück.

»He, was ist los?«, fragte Suko.

»Ich will mal sehen, was mein Bein macht.« Gut sah es nicht aus, wirklich nicht. Sie hatten mir einen dicken Verband verpasst, der den gesamten Oberschenkel bedeckte. In meinem Krankenhausnachthemd sah ich aus wie ein Schlossgespenst.

»Wo sind meine Sachen?«, fragte ich Suko.

»Du willst doch nicht …«

»Nein, ich will nur wissen, wo meine Kleidungsstücke sind. Schließlich muss dabei auch noch die Beretta liegen, wie du wahrscheinlich weißt.«

Suko öffnete einen Einbauschrank. Er war leer. »Da hängt nichts«, sagte er.

»Und die Pistole?«

»Ist auch weg.«

»Such sie, Mensch. Sollten wir tatsächlich Besuch bekommen, muss ich mich wehren können.«

»Ich bin ja auch noch da.«

»Trotzdem.«

Der Chinese verließ das Krankenzimmer. Da er jetzt selbst Polizeibeamter war, konnte er auch sicherer auftreten als früher. Ich war allein, und das kam mir nicht einmal so ungelegen. Ich wollte mal sehen, wie weit es mit meiner Kondition noch her war.

Zuerst hinsetzen. Das klappte ziemlich gut. Aber das Bein. Ich konnte es zwar vom Knie an bewegen, doch sobald ich dies versuchte, bohrte der Schmerz vom Oberschenkel bis zum Zeh.

Das war nichts.

Und aufstehen?

Das musste ich riskieren. Ich schwang mich aus dem Bett und berührte zuerst mit dem rechten Fuß den Boden. Schwindlig wurde mir nicht, denn ich hatte noch nicht lange gelegen. Auf der Kante blieb ich sitzen und hoffte nur, dass Suko nicht erschien.

Die Engel waren mit mir. Sie beschützten mich vor Sukos plötzlichem Auftauchen.

Das linke Bein konnte ich überhaupt nicht belasten, nur das rechte. Ich tat es, als ich mich in die Höhe wuchtete. Auf einem Bein blieb ich stehen und stützte mich mit der rechten Hand an dem Nachtschränkchen ab.

So einigermaßen ging es.

Dann machte ich die ersten Schritte.

Einmal, zweimal …

Es ging sogar besser, als ich dachte. Wenn ich rechts belastete und das linke Bein nachzog …

Ich dachte nicht mehr weiter, sondern zuckte zusammen. Verdammt, ich war auch mit dem linken aufgetreten. Ich spürte Wasser in den Augen, so weh tat es.

Es ging doch nicht so, wie ich es mir vorgestellt hatte. Die Entfernung bis zum Bett schaffte ich noch. Ich ließ mich wieder auf die Kante fallen und legte mich zurück. Schweißgebadet war ich. Die beiden Schritte hatten mich in der Tat angestrengt.

Dann summte das Telefon. Wer wollte mich da anrufen? Ich nahm den Hörer und meldete mich brummig.

Mein Chef wollte mich sprechen. »John, wie geht es Ihnen?«

»Bescheiden, Sir.«

»Hören Sie auf, John. Sie haben Glück, dass die Kugel nur Ihr Bein getroffen hat.«

Ich grinste schief. »Wenn Sie es so sehen, Sir.«

»Für Sie ist auf jeden Fall zwei Wochen Pause, John.«

»Nein, Sir, so lange bleibe ich nicht in diesem Krankenhaus, und wenn Sie mir noch so schöne Karbolmäuschen ans Bett schicken, ich will hier raus.«

Sir James lachte schadenfroh. »Über das Karbolmäuschen werden Sie sich wundern. Ich habe die Oberschwester gesehen. Vor der habe sogar ich Angst.«

»Vielleicht steht sie nur auf jüngere Männer, Sir«, erwiderte ich.

»Sie scheinen mir ja schon ziemlich munter zu sein, John.«

»Bin ich auch. Deshalb wollte ich Sie fragen, Sir, was die Ermittlungen ergeben haben.«

»Nicht viel. Die beiden Gangster, von denen einer tot ist, sind Killer aus den Staaten. Angeblich haben sie sich nur London ansehen wollen und sind durch Zufall auf das Filmgelände geraten. Der Verwundete hat natürlich keinen Auftraggeber genannt. Ich glaube aber zu wissen, dass Logan Costello dahintersteckt.«

»Sehr richtig, Sir.«

»Die Männer müssen wir wohl wieder abschieben. Dort werden sie in einigen Bundesstaaten gesucht.«

»Und was ist mit Nadine Berger?«, fragte ich.

Da schwieg der Superintendent.

»Sir, bitte …«

»Ich weiß es noch nicht, John. Sie war auf jeden Fall sehr schwer verletzt …«

»Und die Ärzte?«, unterbrach ich meinen Chef. »Himmel, was sagen die Ärzte?«

»Sie versuchen alles.«

»Ob es reicht?«

»Das liegt nicht in unserer Hand, John.«

Da hatte der Superintendent recht. Nadines Leben lag in den Händen eines Höheren.

Sir James versprach, noch einmal anzurufen, wenn sich etwas Neues ergeben hatte. Dann legte er auf.

Ich erschrak, als ich den Umriss des Mannes an der Tür bemerkte. Suko hatte das Zimmer betreten, ohne dass ich ihn gehört hatte. Er hielt meine Kleidungsstücke in der Hand. »Die habe ich der Schwester abluchsen können«, erklärte er, wobei er auf mein Bett zutrat.

»Was ist mit der Beretta?«

Er griff in die Tasche und holte sie hervor. Das Holster hing noch am Gürtel.

Ich nahm die Waffe, versteckte sie unter dem Kopfkissen und verstaute das Holster im Nachtschrank. Dabei grinste ich. »So, jetzt geht es mir besser.«

Suko schaute mich scharf an. »Du wirst doch keine großen Ausflüge machen?«

»Mit dem Bein?«

»Dir ist alles zuzutrauen, John.«

Im Prinzip hatte er recht, aber das brauchte ich ihm nicht unter die Nase zu binden. »Was hast du denn vor?«, fragte ich meinen Freund und Kollegen.

»Ich bleibe die Nacht über hier.«

»Im Zimmer?«

»Nein, ich schaue mich um. Die Erlaubnis habe ich bekommen. Der Oberarzt hat nichts dagegen. Bill Conolly, der da war, wollte auch bleiben, ihn haben sie wieder nach Hause geschickt. Es werden auch keine Gespräche durchgestellt, es sei denn, Sir James ruft an. Man hält dich raus, John.«

»Dagegen habe ich aber einiges.«

»Was willst du machen?«

»Liegenbleiben und auf die Vampire oder Werwölfe warten.«

»Du rechnest also fest damit, dass die Mannequins hier auftauchen?«

»Und wie.«

»Na ja.«

»Sag mal, in welch einen Bau habt ihr mich eigentlich geschafft?«

»St. Mary Abbots Hospital.«

»Ach du Scheibe, das liegt ja in Kensington.«

»Genau.«

Ich verzog das Gesicht. »Ziemlich weit vom Schuss, nicht wahr.«

»Genau richtig.«

Suko hatte gut reden. Mir gefiel das gar nicht. Dieser Fall war grauenhaft, und ich konnte nur beten und hoffen, dass Nadine Berger durchkam ...

Violetta Valeri und Corinna Camacho hatten die Konsequenzen gezogen. Der Anschlag war irgendwie fehlgeschlagen, und das passte ihnen überhaupt nicht.

Jetzt mussten sie es zum zweiten Mal versuchen. Leider wusste auch Logan Costello nicht genau, was geschehen war, doch man hatte ihm gesagt, dass Überlebende des Falles in das St. Mary Abbots Hospital gebracht worden waren.

Unter anderem auch John Sinclair!

Diesmal wollten die Valeri und die Camacho es direkt versuchen. Sinclair sollte frontal angegriffen werden. Man scheute sich auch davor, das Monster aus einer anderen Dimension zu holen, es hatte seine blutige Aufgabe erledigt und war wieder verschwunden. Ob es noch einmal geschickt wurde, wussten die beiden Dämoninnen nicht.

Sie befanden sich auf dem Weg zum Krankenhaus.

Einen kleinen Wagen hatten sie auch. Es war ein schwarzer Morris, nicht zu auffällig und gut für den Stadtverkehr geeignet. Das Krankenhaus gehörte zu einem der größten innerhalb Londons, das hatten die beiden teuflischen Frauen auf dem Stadtplan festgestellt. Der Plan lag auf Corinna Camachos Knien, während Violetta den Morris lenkte.

Zum Glück herrschte nicht allzu viel Verkehr, sie kamen gut durch die Riesenmetropole an der Themse. Als sie die Royal Albert Hall erreichten, befanden sie sich bereits in Kensington. Sie fuhren durch ein Wirrwarr von Nebenstraßen und rollten schließlich an der Westseite des Naturhistorischen Museums vorbei, einem gewaltigen Bau, der von einer Parkanlage umgeben war. Ebenso wie das Krankenhaus, das sie zehn Minuten später sahen.

Sie stoppten in der Lexham Street und blieben erst einmal im Wagen sitzen.

Von hier aus waren nur zwei hohe Bauten zu sehen. Der gesamte Komplex jedoch bestand aus mindestens sechs Häusern.

»Wir können raten!«, knirschte die Valeri.

»Fahr doch erst einmal hin.«

»Wie du willst.«

Es gab mehrere Zufahrten. Zwischen den einzelnen Komplexen befand sich viel Grün. Hohe Bäume wuchsen auf einem saftigen Rasen, der von fleißigen Gärtnern vom fallenden Laub freigehalten wurde. Es gab Spazierwege und auch Verbindungsstraßen zwischen den einzelnen Häusern, die wie Kästen wirkten, wobei zahlreiche Fenster noch erleuchtet waren und dem Betrachter ein geometrisches Muster vorzeichneten.

Die beiden wussten noch immer nicht, in welchem Gebäude Sinclair, ihr Todfeind, lag. Deshalb suchten sie weiter, fuhren um einige Komplexe herum, bis Violetta es leid war und den Morris auf einen kleinen Parkplatz lenkte.

»Und jetzt?«, fragte die Camacho, als der Wagen stand.

»Wir werden fragen.«

»Wen denn?«

»Irgendeiner wird sich schon finden«, erklärte die Blutsaugerin. »Und wenn es ein Portier oder eine Schwester ist.«

»Versuchen wir es.«

Sie stiegen aus. Kühl war die Nacht. Von der nicht weit entfernten Cromwell Road hörten sie den Verkehr wie ein gleichmäßiges Summen. Aus der Einfahrt eines nahe liegenden Gebäudes schoss mit heulender Sirene ein Wagen hervor. Er jagte über die Rampe und raste der Ausfahrt entgegen.

Die beiden Dämoninnen gingen dorthin, wo der Wagen den Bau verlassen hatte.

Und sie hatten Glück.

Eine Schwester verließ soeben den Bau. Sie hatte sich einen dunklen Mantel über die Tracht geworfen. Auf ihrem Kopf saß noch die Haube.

»Blut«, flüsterte die Vampirin. »Das ist frisches Blut!« Ihre Augen leuchteten.

»Halt dich zurück!«, fauchte Corinna. »Du bekommst es noch in dieser Nacht.«

Sie gingen auf die Schwester zu. Violetta blieb etwas im Hintergrund, während Corinna die Frau ansprach.

»Entschuldigen Sie, aber wo werden dringende Notfälle eingeliefert, die zur Operation anstehen?«

Die Schwester deutete über ihre Schulter. »Dort, wo ich hergekommen bin.«

»Danke sehr.«

»Aber Sie können jetzt niemanden mehr besuchen, meine Dame.«

»Nein, das wollen wir auch nicht, sondern uns nur erkundigen, wie es einem Freund geht.«

»Wie lautet denn sein Name?«

»Sinclair.«

Die Schwester lächelte. »Ein Mister Sinclair ist vor zwei oder drei Stunden eingeliefert worden.«

»Und?«

»Lebensgefährlich ist er nicht verletzt. Wenigstens liegt er nicht auf der Intensivstation.«

»Da bin ich aber froh«, sagte Corinna. »Wir hatten uns schon große Sorgen gemacht.«

»Das brauchen Sie wirklich nicht.« Die Schwester zog ihren Mantel enger, weil sie fror.

»Auf jeden Fall danken wir Ihnen«, sagte Corinna.

»Bitte, gern geschehen.« Die Schwester nickte den beiden zu und verschwand mit eiligen Schritten.

Corinna und Violetta grinsten sich an. »Das hat ja besser geklappt, als ich dachte«, sagte die Blutsaugerin. »Jetzt werden wir mal nachschauen, wo denn der Kleine liegt.«

Violetta deutete auf das hell erleuchtete Portal. »Willst du da etwa durch?«

»Nein.«

Es war auch kaum möglich, denn direkt hinter dem Eingang saß eine Aufpasserin. Vor dem Portal befand sich eine Überdachung. In der inneren Holzverkleidung waren Lampen befestigt worden. Breite Lichter, die ihre Strahlen senkrecht nach unten warfen.

»Wir müssen mal erkunden, wie es hinten aussieht«, sagte die Camacho. Sie hatte die Worte kaum ausgesprochen, als ihre dämonische Freundin schon losging.

Beide Frauen vermieden das Streulicht der Laternen, die in regelmäßigen Abständen rechts und links der Hauptwege standen. Für Violetta und Corinna war die Dunkelheit ein wichtiger Verbündeter.

Ungesehen gelangten sie an die Rückfront des Krankenhauses. Dort gab es eine schräge Abfahrt, die zur Ambulanz hinunter führte. Auf einem Parkplatz standen zwei Krankenwagen.

»Hier kommen wir auch nicht rein«, flüsterte Corinna und blickte die Schräge hinunter. Sie wurden von Lampen angestrahlt, die an der Hauswand hingen.

»Komm weiter«, drängte die Vampirin.

Sie verließen den Lichtkreis und bewegten sich parallel zur Hauswand voran. Die Größe der Fenster wechselte. Waren die der Krankenzimmer klein, so sahen sie jetzt größere Scheiben. Und ein Fenster stand sogar offen.

»Das ist es!«, zischte die Camacho und blieb davor stehen.

Beide schauten hoch. Wenn sie einsteigen wollten, musste eine der anderen schon helfen. Violetta Valeri kletterte als Erste hoch. Sie stemmte ihren rechten Fuß in Corinnas zusammengelegte Hände, gab sich genügend Schwung und umklammerte die schmale Fensterbank. Der Rest war ein Kinderspiel.

»Und?«, zischte die Werwölfin.

Violetta war in den Raum gesprungen. Hastig schaute sie sich um, ohne der anderen eine Antwort zu geben.

Dann trat sie ans Fenster zurück und blickte nach unten. »Das ist ein Raum, der zur Küche gehört. Und er ist leer. Komm!«

Die Untote half Corinna hoch. Wenig später standen die beiden Wesen nebeneinander.

Sie sahen die großen Öfen, zahlreiche Kübel und Töpfe. Geschirr stapelte sich in hohen Schränken. Die ausgeschalteten Leuchtstofflampen unter der Decke glänzten matt.

»Und da sagst du immer, wir hätten kein Glück«, murmelte die seelenlose Vampirin. »Komm mit.«

Beide huschten auf die Tür zu, zuckten aber zusammen, als sie von draußen Schritte hörten.

Vor der Tür waren sie aufgeklungen.

Im nächsten Augenblick schon wurde sie aufgestoßen. Durch eine blitzschnelle Drehung retteten sich die beiden Geschöpfe der Nacht in den toten Winkel an der Wand. Die offene Tür deckte sie.

Ein Mann betrat den Raum. Er trug die helle Kleidung eines Pflegers und ging mit zielstrebigen Schritten auf das offen stehende Fenster zu, um es zu schließen. Dabei blickte er nicht über die Schulter zurück. Die Eindringlinge nutzten ihre Chance und huschten durch die Tür in den breiten Gang.

Sie hatten keine Zeit, groß zu überlegen, wohin sie gehen sollten. Sie nahmen die rechte Seite. So lautlos wie möglich huschten sie voran. Der Gang war grün gestrichen. Es roch noch nach Ölfarbe. Dann erreichten sie eine Tür. Hastig drückten sie sie auf, standen vor einer Eisentreppe und eilten die Stufen hinab. Wenn sie richtig nachgerechnet hatten, mussten sie sich jetzt auf der Höhe befinden, wo die Ambulanz lag.

Sie schauten nach rechts. Rote Fliesen bedeckten einen Gang, in dem nur die Notbeleuchtung brannte.

Links sahen sie eine Tür. Leichenhalle stand darauf.

Beide lächelten, als sie die Schrift sahen. Corinna Camacho legte bereits die Hand auf die Metallklinke, ohne sie allerdings nach unten zu drücken.

»Sollen wir?«

Die Blutsaugerin nickte. »Klar. Vielleicht liegt dort Sinclairs Freundin Nadine.«

»Möglich …«

Corinna drückte die Tür auf. Ein kühler Luftzug traf beide im Gesicht. Das jedoch merkten sie nicht. Für sie gab es keine Temperaturunterschiede. Ob heiß oder kalt, das spielte bei ihnen keine Rolle. Es war egal.

Dunkelheit, die absolut wurde, als die Tür wieder ins Schloss fiel.

»Mach Licht«, sagte die Valeri.

»Moment.« Violetta hörte, wie eine Hand über die Wand schleifte. Dann ein leises Klacken, und wenig später zitterten zwei helle Leuchtstoffröhren blitzend, bevor sie ihr Licht verstreuten.

Die Leichenhalle war belegt, das sahen die beiden Dämoninnen sofort. Vier Tote lagen hier. Eine Tür führte in den Nebenraum. An der Wand sahen sie mehrere Waschbecken und eine lange Wanne. Die Fliesen schimmerten gelb.

Die Toten lagen auf langen hölzernen Tischen. Sie waren durch helle Laken verdeckt.

Corinna Camacho hob das erste Laken. Sie hatte das Kopfende erwischt.

Sie starrte in das bleiche und gelbliche Gesicht einer alten Frau. Die Camacho bedeckte das Gesicht wieder und nahm sich die nächste Leiche vor.

Ein Mann, nicht viel jünger als die Frau. Sein Gesicht wirkte hager, der Unterkiefer war verschoben.

Die Werwölfin schaute zu Violetta Valeri. »Wie sieht es bei dir aus?«

»Nichts, die Berger ist nicht dabei.«

»Dann lebt sie noch.«

»Ja, und mit ihr auch John Sinclair.«

»Was sollen wir tun?«, fragte Corinna.

»Wir holen uns beide. Dabei spielt die Reihenfolge keine Rolle. Sinclair muss auf jeden Fall vernichtet werden. Denk nur daran, was er uns angetan hat.«

Die Camacho nickte. »Einen Vorteil haben wir ja. Wir sind bereits im Krankenhaus …«

Suko war gegangen. Als ich ihn nach dem Grund fragte, hatte er nur die Schultern gehoben. »Ich sehe mich hier mal ein wenig um. Vielleicht finde ich unterwegs Bekannte.«

»Aber lass mir auch noch etwas.«

»Sicher.«

»Und erkundige dich bitte nach Nadine.«

»Mach ich, John.«

An den Dialog musste ich denken, als ich allein im Zimmer zurückblieb. Erst jetzt kam mir eigentlich zu Bewusstsein, wie verdammt hilflos ich doch war. Da lag ich hier angeschossen im Bett und konnte mich nicht rühren.

Ehrlich, Freunde, das war nichts für mich. Wirklich nicht. So schnell wie möglich wollte ich hier weg.

Mit der linken Hand berührte ich den Oberschenkel. Meine Fingerspitzen tasteten über den Verband. Er saß sehr fest. Schon bei der kleinsten Berührung allerdings zuckte ich zusammen. Dann schossen die Schmerzen wieder durch mein Bein.

War wohl nichts mit Aufstehen.

Dafür hob ich den Kopf ein wenig an. Meine rechte Hand kroch unter das Kissen. Die Finger fanden das kühle Metall der Beretta, und ich zog die Waffe hervor.

Aus dem Griff ließ ich das Magazin rutschen und schaute nach. Es war gefüllt, Suko hatte die Pistole nachgeladen. Ich grinste. Auf ihn konnte ich mich verlassen.

Allerdings war die Beretta nicht meine einzige Waffe. Vor meiner Brust hing nach wie vor das Kreuz. Sollte mich irgendein Dämon angreifen, würde er sich wundern.

Suko hatte versprochen, in einer Stunde noch einmal vorbeizuschauen. So viel Zeit hatte ich also. Die konnte ich nutzen. Obwohl mir das Aufstehen und besonders das Gehen schwerfiel, hatte ich keine Lust, im Bett zu bleiben. Zudem wollte ich wissen, wie es Nadine Berger ging. Diese Ungewissheit quälte mich wie ein böser Albtraum.

Es war lange her, dass ich in einem Krankenhaus gelegen hatte. Nach der Vernichtung des Schwarzen Tods hatte es mich damals umgehauen, und der Aufenthalt war auch keine Erholung gewesen. Überhaupt mochte ich diese Hospitäler nicht. Schon allein der Geruch störte mich sehr.

Im Liegen veranstaltete ich Schießübungen. Ich schwenkte den Arm und zielte mal aufs Fenster, mal auf die Tür. Wieder aufs Fenster, zur Tür hin und ...

Da bewegte sich die Klinke.

Sie wurde nicht langsam nach unten gedrückt, sondern normal. Trotzdem blieb ich misstrauisch, auch hier im Bett war ich längst nicht außer Gefahr.

Ein kühlerer Luftzug fuhr über mein Bett. Ich versteckte rasch die Waffe unter der Bettdecke, wobei ich sie sicherheitshalber festhielt. Zuerst sah ich nur einen Kopf. Eine weiße Haube, ein junges Gesicht darunter.

Ich atmete auf. Es war eine Schwester. Die Beretta ließ ich los und neben meinem rechten Bein liegen. Beides war durch das Laken verdeckt. Dann legte ich brav meine Arme so, dass die eintretende Schwester sie sehen konnte. Bestimmt hatte Suko das Mädchen geschickt, damit es nach mir sah. Die Oberschwester, von der ich telefonisch gehört hatte, war zum Glück nicht gekommen.

»Kommen Sie ruhig näher, Schwester«, sagte ich. »Gebissen habe ich bis heute noch nicht.«

Die Schwester folgte der Aufforderung und betrat das Zimmer. Für einen Moment blieb sie an der Tür stehen, dann lächelte sie und kam auf mich zu ...

Weit riss das junge, dunkelblonde Mädchen den Mund auf und wollte einen Schrei ausstoßen.

Die Zähne der Vampirin waren schneller. Bevor ein Laut über die Lippen des Girls drang, hatte sie zugebissen. Wie kleine Messer fuhren die Spitzen in den Hals, wo sie sofort eine Ader trafen und das heraussprudelnde Blut von dem weiblichen Vampir gierig getrunken wurde.

Die Krankenschwester mit dem dunkelblonden Haar wurde schlaff. Ihre Knie gaben nach, und sie sackte in den Armen der Blutsaugerin zusammen.

Eisern hielt Violetta fest. Sie trank das Blut, und Corinna stand daneben. Sie musste zusehen.

Es war Zufall, dass sie die kleine Krankenschwester getroffen hatten. Sie war ihnen buchstäblich über den Weg gelaufen, als sie sich aus der Leichenhalle fortstahlen. Die Krankenschwester war in einem Bügelzimmer verschwunden, um saubere Wäsche herauszulegen. Dann hatte es sie erwischt.

Ein paar Blutstropfen sprudelten aus dem saugenden Mund des weiblichen Vampirs. Sie fielen auf die blütenweiße Wäsche, wo sie ein makabres Muster zeichneten.

Nach endlos langen Minuten ließ Violetta Valeri von ihrem Opfer ab. Kraftlos fiel die Krankenschwester zu Boden.

Die Untote lachte leise. »Wir brauchen das Monster nicht«, zischte sie und wischte sich über den Mund. »Nein, das Monster kann dableiben. Was wir zu erledigen haben, schaffen wir auch so.« Siegestaumel hatte sie gepackt, und mit funkelnden Augen schaute sie Corinna an.

Die nickte. »Es stimmt, was du gesagt hast. Nur will ich

ebenfalls ein Opfer. Du hast deins bekommen, ich nicht. Ich brauche es, ich spüre, wie es in mir kribbelt, ich werde mich verwandeln, ich ...«

»Gar nichts wirst du!«, erwiderte die Valeri kalt. »Du hältst dich zurück. Ich errege kein Aufsehen. Aber du. Eine Werwölfin würde zu sehr auffallen. Merk dir das.«

Corinna Camacho wollte etwas erwidern, doch als sie in das Gesicht der Untoten sah, hielt sie den Mund.

»Deine Stunde kommt noch. In dieser Nacht. Vielleicht kannst du sogar John Sinclair zerfleischen!«

Als Violetta Valeri das sagte, sträubten sich die feinen Härchen auf der Haut der anderen.

Diese Idee war gut, sogar so gut, dass sie sie unbedingt ausführen wollte.

»Und was machst du mit ihr?«, fragte Corinna, wobei sie auf die Krankenschwester deutete.

»Wir werden ihr schon klarmachen, dass sie zu uns halten muss. Sie wird uns zu Sinclairs Zimmer führen und auskundschaften, wie schlecht es ihm geht.«

»Die Idee ist ausgezeichnet.«

Violetta Valeri hörte gar nicht hin. Sie war an einen der Schränke getreten, öffnete zwei Türen und durchsuchte die Fächer. Wütend klang ihr Schimpfen, weil sie nicht das gefunden hatte, was sie haben wollte.

»Was suchst du denn?«, fragte Corinna.

»Zwei weiße Kittel.«

»Warte, ich helfe dir.«

Corinna Camacho hatte Glück. Sie fing am entgegengesetzten Ende an zu suchen und fand das Gewünschte. Sogar die Größe stimmte einigermaßen für die beiden Frauen.

Sie knöpften die Kittel nicht zu. Hauptsache war, dass sie sich etwas übergestreift hatten.

Da bewegte sich das Mädchen.

Zuerst war es nur ein Zucken, das durch den Körper lief. Dann streckte die Kleine den Arm aus, bekam das Bein des Bügeltisches zu fassen und hielt eisern fest. Ihr Griff war hart, die Knöchel sprangen scharf und spitz hervor, sie schimmerten weiß, ebenso weiß wie die Haut des wieder lebenden, aber doch seelenlosen Geschöpfes.

Violetta und Corinna beobachteten gespannt, wie sich das Mädchen erhob.

Ziemlich wacklig stand es auf den Beinen. Es beugte sich vor und drehte den Kopf. Der Blick traf Corinnas Gesicht.

Die Werwölfin lächelte. »Du gehörst jetzt zu uns«, sagte sie, und die dunkelblonde Krankenschwester nickte, wobei sie den Mund öffnete und zwei spitze Zähne zeigte.

Sie war zu einer Blutsaugerin geworden. Der Biss hatte seine Folgen gehabt.

Bleich schimmerte das Gesicht. Und das kalte Leuchtstoffröhrenlicht ließ die Haut noch blasser erscheinen. Die untote Krankenschwester fühlte sich zu Violetta Valeri mehr hingezogen als zu Corinna Camacho. Deshalb blieb sie auch vor der Vampirin stehen.

Violetta bemerkte den fragenden Blick und nickte. »So«, sagte sie, »du wirst als eine der unsrigen nun in unsere Dienste treten, das ist sicher.«

»Sag mir, was ich zu tun habe!«

»Kennst du John Sinclair?«

»Nein.«

»Er ist heute hier eingeliefert worden. Mit einer Schusswunde, wie ich erfahren habe. Bring uns zu seinem Zimmer, und wenn wir da sind, wirst du hineingehen.«

»Was dann?« Plötzlich leuchteten die Augen der Krankenschwester.

Die Valeri lächelte. »Wie heißt du eigentlich?«

»Mandy.«

»Schön, Mandy. Ich bin Violetta, das ist Corinna. Wir gehören jetzt zusammen. Damit du siehst, dass wir es gut mit dir meinen, darfst du an John Sinclair heran.«

»Ich soll ihm …?«

»Ja, kleine Mandy, du darfst ihn zuerst beißen und sein Blut trinken …«

»Gut«, flüsterte Mandy und rieb über ihre Lippen. »Das mache ich. Das mache ich glatt …«

Die dunkelblonde Krankenschwester hatte einen wirklich aufreizenden Gang. So schlecht ging es mir gar nicht, als dass ich so etwas übersehen hätte.

Auch das Gesicht konnte man als hübsch bezeichnen, wenn es auch ein wenig im Schatten lag, denn das Streulicht meiner Lampe reichte nicht bis zu ihr.

Am Fußende blieb sie stehen.

Ich lächelte. »Bisher hat man mir nur von einer Oberschwester erzählt, die ziemlich garstig sein soll. Ich wusste gar nicht, dass es noch so hübsche Schwestern hier gibt.«

»Ich bin erst Schülerin«, antwortete sie.

»Das macht gar nichts. Falls Sie fragen wollen, wie es mir geht, dann muss ich Ihnen sagen, den Umständen entsprechend.«

Sie nickte. »Haben Sie Fieber?«

»Nein, ich glaube nicht.«

»Ich möchte es trotzdem nachmessen.«

»Wenn Sie unbedingt wollen.«

»Vorschrift, Mister Sinclair.«

»Da kann man nichts machen. Sagen Sie mal, kennen Sie eine gewisse Nadine Berger? Sie ist ebenfalls hier eingeliefert worden, und zwar in den vergangenen Stunden.«

»Nein, Sir, ich habe meinen Dienst erst vor einer halben Stunde angetreten.«

»Schade.«

Sie stand inzwischen neben dem Bett und zog das flache Fieberthermometer aus der Tasche. »Sie müssen den Mund öffnen«, sagte sie.

»Messen Sie nicht unter dem Arm?«

»Nein, Sir.«

»Wie Sie wünschen.« Auf dem Rücken lag ich bereits, und die Schwester beugte sich zu mir herab. Ich sah ihr Gesicht.

Es wurde jetzt vom warmen Schein der Lampe getroffen. Sie hatte zwar dunkelblonde Haare, aber grünlich schimmernde Augen. Rechts und links der Lippen sah ich zwei Grübchen in den Wangen.

Mein Blick wanderte von ihrem Gesicht weg und fiel auf das Revers des Kittels.

Ein paar dunkle Punkte sah ich dort.

»Bitte, öffnen Sie den Mund, Mister Sinclair!«

Ich tat es automatisch, und die Krankenschwester beugte sich noch weiter vor, um mir das Thermometer zwischen die Lippen zu schieben. Dabei sah ich die Punkte genauer.

Sie waren nicht schwarz, sondern …

Moment mal, das war Blut!

Zu oft hatte ich es schon gesehen, und im Bruchteil einer Sekunde durchströmte mich der schreckliche Verdacht. Diese Krankenschwester war nicht echt, sie war ein Vampir!

Schon bewies sie es. Sie riss den Mund auf und warf sich nach vorn. Sie wollte mir ihre Zähne in den Hals hacken. Leicht gekrümmte, gelblich schimmernde Hauer, und ich weiß heute noch nicht, wie es mir gelang, den Kopf zur Seite zu drehen.

Das Gesicht und damit die Zähne trafen nicht meinen Hals, sondern hieben in das Kissen.

Es war ein harter Schlag, ein brandgefährlicher Biss, der mir keine Chance gelassen hätte, wenn er sein Ziel erreicht hätte. So wühlte die Blutsaugerin ihr Gesicht in das Kissen.

Trotz meiner Verletzung musste ich kämpfen. Rücksicht durfte ich nicht nehmen. Sie lag mit dem Kopf rechts neben mir. Ich warf mich auf sie, mein linker Arm fuhr herum, und als sich die Untote aufrichten wollte, da hatte ich schon wie ein Ringer ihren Hals umklammert.

Eisern hielt ich fest.

Zwei Sekunden höchstens, denn dann spürte ich den Schmerz. Zu heftig war die Bewegung gewesen, das hielt mein verletztes linkes Bein nicht aus. Wie Feuer schoss es darin hoch.

Ich ächzte schwer, lockerte unwillkürlich meinen Griff, und die Untote ergriff die Chance sofort. Sie riss sich los.

Die Haube fiel von ihrem Kopf, das Haar war zerwühlt, als sie einen Schritt zurücktrat und mich anfauchte. »Ich kriege dich, verdammter Hund, ich ...«

Wieder stürzte sie sich auf mich. Ich hatte meine Beretta an mich reißen wollen, doch durch die letzte Bewegung lag ich mit dem rechten Bein auf der Pistole, sodass ich nicht so rasch an sie herankam. Ich musste mich mit den Fäusten verteidigen, denn um mein Kreuz hervorzuholen, hatte ich keine Zeit. Auch schien die Silberkette verrutscht zu sein, sonst hätte es der weibliche Vampir nicht geschafft, sich meinem Hals zu nähern.

Ich empfing sie mit einem Schlag. Die Handkante hatte ich dabei leicht gekrümmt. Schräg hieb ich gegen das Gesicht der Untoten, die durchgeschüttelt wurde, nach hinten fiel, auf mein Bett prallte, jedoch das Übergewicht bekam und wieder herunterrutschte.

Das gab mir die Chance. Ich hatte mich entschlossen, auf die Beretta zu verzichten. Ein Schuss hätte zu viel Aufsehen erregt. Ich musste den Vampir mit dem Kreuz erledigen.

Als die Vampirfrau hochkam, hielt ich es bereits in der rechten Hand.

Sie machte einen Schritt nach vorn, und genau das war ihr Verderben. Als meine Hand vorschnellte, konnte sie ihren Angriff nicht mehr stoppen. Voll lief sie auf.

Das Kreuz traf sie.

Plötzlich spürte sie das geweihte Silber an ihrem Hals, und ein Stromstoß schien durch ihre Gestalt zu gehen. Sie begann zu zucken, drehte sich zur Seite, und ich sah die dünne Rauchfahne, die aus der Wunde fächerte.

Ich brauchte kein zweites Mal einzugreifen. Das Kreuz war für diese Blutsauger tödlich.

Sie kam noch bis zur Tür. Als sie den Arm ausstreckte und nach der Klinke greifen wollte, brach sie zusammen, weil die Kräfte sie verlassen hatten.

Schwer fiel sie zu Boden und blieb dort in verkrümmter Haltung liegen.

Ich wusste, dass sie niemals wieder aufstehen würde. Ihr Dasein war vorbei. Endgültig.

Eine Minute ruhte ich mich aus. Ich musste still liegen bleiben, denn auch der kurze Kampf hatte mich mitgenommen. Erst jetzt war mir aufgefallen, wie schwer meine Behinderung gewesen war. Der Kampf hätte auch ohne Weiteres anders ausgehen können, so viel stand fest.

Das Mädchen, jetzt erlöst, konnte ich nicht sehen. Es lag nahe an der Tür, und das Fußende meines Bettes stand zu hoch. Wenn ich hinwollte, musste ich aufstehen.

Das tat ich auch.

Es war wirklich ein Problem. Aber ich biss die Zähne zusammen und versuchte dabei, niemals das Gewicht auf das linke Bein zu verlagern. Dann war alles aus.

Humpelnd bewegte ich mich voran.

Die tote Krankenschwester lag auf der Seite. Ihr Mund war offen. Vom Hals bis zum Kinn präsentierte sie eine schwarze verbrannte Fläche. Dort hatte sie das Kreuz getroffen. Die Hände waren zu Fäusten geballt, und sie lag still auf dem Boden. Kein Laut drang mehr aus ihrem Mund, aus dem die gefährlichen Vampirzähne verschwunden waren.

Dass sie sich nicht auflöste oder verfaulte, bewies mir, einen noch jungen weiblichen Vampir vor mir zu haben. Vielleicht war das Mädchen eben erst gebissen worden, vor einer Stunde oder noch weniger. Wenn das stimmte, dann befanden sich unsere Gegner schon innerhalb des Hospitals.

Ich wusste es, aber Suko nicht. Mein Freund und Partner musste es erfahren.

Leider war mir nicht bekannt, wo ich ihn finden konnte. Schellen wollte ich auch nicht, dann würde eine Krankenschwester kommen und ihre tote Kollegin sehen, nein, es war besser, wenn ich mich selbst auf die Suche machte.

Allerdings angezogen.

Da wurde es schwierig. Meine Kleidung hatte ich. Hemd

und Jacke würde ich mir auch überstreifen können, nur mit der Hose sah es schlecht aus.

Damit fing ich trotzdem an. Es war ein mühseliges Unterfangen. Die Wunde unter dem Verband brannte wie Feuer. Sie pochte und hämmerte. Ich hatte Angst, dass sie wieder aufbrechen würde, und schielte hin und wieder auf meinen Oberschenkel, doch dort färbte sich nichts rot. Der Verband hielt.

Es war wirklich ein verzweifelter Kampf, den ich führte, und als ich die Hose endlich anhatte, da war ich in Schweiß gebadet. Vielleicht wäre es nicht so schlimm gewesen, hätte ich mir mehr Zeit gelassen, doch das konnte ich mir auf keinen Fall erlauben. Ich ging davon aus, dass die Mannequins den Vampir vorgeschickt hatten und sie selbst kommen würden, um sich vom Erfolg zu überzeugen.

Das lange Krankenhausnachthemd konnte ich aufknöpfen. Ich griff zu meinem Hemd und zog es über, noch immer auf der Bettkante sitzend, wobei ich auch die Tür des Zimmers im Auge behielt.

Und da bewegte sich die Klinke.

Ein Griff, und ich hielt die Beretta in der Faust. Sofort schwenkte ich die Hand herum und zielte auf die Tür. Verdammt, da war zu wenig Licht. Ich sah die Umrisse nicht klar und deutlich.

Was tun?

Sie kam. Zuerst sah ich nur die Hand, dann einen Teil des Arms, und weiter bekam die andere die Tür nicht auf, weil der am Boden liegenden Körper sie stoppte.

Ich krümmte den Zeigefinger. Leider war ich nicht hundertprozentig sicher, dass sich eine meiner Gegnerinnen dort befand, obwohl die Hand wirklich nach der einer Frau aussah. Es konnte auch die einer Krankenschwester sein.

Mein Zögern und das Schweigen ließen den unheimlichen Gast misstrauisch werden.

Er zog sich zurück.

Plötzlich waren Hand und Arm verschwunden. Nichts

mehr zu sehen, ich hatte das Nachsehen und machte mir Vorwürfe. Wäre ich gesund gewesen, die Verfolgung wäre ein Kinderspiel gewesen. So aber musste ich mich quälen, und Suko war nicht in der Nähe.

Ich hätte den Kampf gegen die teuflischen Mannequins am liebsten woanders ausgetragen, doch ich konnte mir den Schauplatz nicht aussuchen. Das Krankenhaus war ein höchst ungeeigneter Platz, schließlich lagen hier Hunderte unschuldiger Patienten. Wenn ich daran dachte, welch ein Blutbad die Dämoninnen unter ihnen anrichten konnten, bekam ich schon so etwas wie Angst und leichtes Magendrücken dazu.

Indem ich die Hände gegen die Bettkante drückte, stemmte ich mich in die Höhe. Das Gewicht nur auf die rechte Seite verlagern. So hämmerte ich mir den Befehl regelrecht ein. Trat ich einmal verkehrt auf, brauchte ich an eine weitere Verfolgung gar nicht erst zu denken. Ich rechnete auch nicht damit, dass sich meine Gegnerinnen aus dem Staub gemacht hatten. Sicherlich wollten sie möglichst in meiner Nähe bleiben, um keine langen Wege zurücklegen zu müssen.

Aber da sollten sie sich geschnitten haben. Ich würde sie schon packen.

Humpelnd und etwas gebückt gehend erreichte ich das Bettende. Obwohl ich nur das rechte Bein belastete, fiel mir das Gehen verdammt schwer. Bevor ich die Tür öffnen konnte, musste ich noch ein weiteres Hindernis aus dem Weg räumen. Es war die tote Krankenschwester, die den Weg versperrte.

Am Fußende hielt ich mich mit der linken Hand fest, bückte mich dann und verkrallte die Finger der Rechten in die Kleidung des toten Mädchens.

Ich zog heftig und konnte die Leiche nur mühsam in eine andere Position drehen.

Dann klappte es doch.

Als ich die Tür aufzog, stützte ich mich gleichzeitig an der Wand ab. So klappte es besser. Der Spalt wurde so groß, dass ich mich hindurchzwängen konnte.

Die Beretta hielt ich nicht in der Hand. Wenn mir jemand auf dem Gang begegnete, und er sah die Pistole, würde er Zeter und Mordio schreien.

Zuerst einmal schaute ich nach links und rechts.

Die nächtliche Ruhe eines Krankenhauses hatte sich auch auf den Gang ausgebreitet. Links, gar nicht mal weit entfernt, sah ich eine Glastür. Dort ging es zur Intensivstation. Rechts führte der Gang bis zu einem großen Fenster und mündete in einen Lichthof. Jetzt brannte dort eine Kugelleuchte, die ihr Licht auf einen runden Tisch und mehrere Stühle warf. Sie waren leer. Auf dem Tisch lagen ein paar Zeitungen und Magazine.

Die meisten Türen waren geschlossen. Jedenfalls die der einzelnen Krankenzimmer. Wenn welche offen standen, das war bei zweien der Fall, befanden sich dahinter sicherlich Büros oder die Aufenthaltsräume der Schwestern.

Dicht vor dem Durchgang zur Intensivstation war ein Treppenhaus.

Zuerst einmal wollte ich den Gang absuchen. Fand ich keine Spur, musste Suko her. Sicherlich hatte er bei einer Schwester hinterlassen, wo er hingegangen war.

Ich hielt mich dicht an der Wand, wobei ich mich mit einer Hand immer abstützte. So schlurfte ich nach rechts, dorthin, wo die Intensivstation lag. Ich dachte nämlich nicht nur an meine Gegner, sondern auch an Nadine Berger. Vielleicht lief mir ein Arzt in die Quere, mit dem ich sprechen konnte.

Schritt für Schritt kam ich voran. Immer, wenn ich an einer Tür vorbei musste, unterbrach ich meine Stützaktion.

Leise Radiomusik drang an meine Ohren. Sie tönte aus dem Zimmer mit der offenen Tür. Es war wohl nur ein Versehen, denn sehr rasch wurde die Lautstärke reduziert.

Dann erschien eine Schwester. Sie stürzte förmlich aus dem Zimmer, sah mich und blieb wie angewurzelt stehen, wobei sich ihre Augen weiteten und der Blick mehr als misstrauisch wurde.

Ich blieb stehen und grinste. In meinem linken Bein pochte und hämmerte es.

Verdammt, da hatte ich mir doch ein wenig zu viel zugemutet.

Die Schwester, sie war etwa doppelt so alt wie die Tote und hatte rötlich gefärbtes Haar, das glatt am Kopf herabhing, kam auf mich zu. »Was tun Sie denn hier?«

»Ich suche die Toilette.«

»Vollständig angezogen?«

»Ja, Schwester. Im Krankenhausnachthemd schäme ich mich immer. Es könnte ja sein, dass mir eine hübsche Schwester über den Weg läuft. Eine so hübsche wie Sie.«

»Klopfen Sie hier keine Sprüche, sonst gebe ich dem Oberarzt Bescheid, Mister. Wer sind Sie überhaupt?«

»John Sinclair.«

»Der Polizist?«

»Genau der.«

Sie schaute mich an. Erst oben, dann weiter nach unten. Da bekam ich schon bald Minderwertigkeitskomplexe, so wie die Frau um die vierzig gucken konnte. »Ob Polizist oder nicht«, sagte sie schließlich. »Sie gehören ins Bett.«

»Klar, aber die Toilette …«

»Ich bringe Sie zur Tür und stütze Sie. Das ist besser für Sie, als wenn Sie sich hier allein über den Gang quälen.«

Ich hörte nicht hin, denn eine der beiden Glastüren, die zur Intensivstation führen, schwang auf.

Zwei Pfleger schoben eine Trage vor sich her. Auf ihr lag eine Gestalt. Ein Laken deckte sie ab. Den Pflegern folgte ein noch junger Arzt, der sich vor Erschöpfung über die Augen rieb. Wahrscheinlich wollten die Pfleger zum Lift, um die Trage nach unten zu schaffen.

Einer Eingebung folgend, hob ich die Hand.

Die Pfleger blieben stehen und schauten mich überrascht an. »Ist etwas, Mister?«

Ich nickte. »Ja«, sagte ich mit etwas heiser klingender Stimme. »Kann ich die Person mal sehen?«

Die Pfleger gaben mir keine Antwort. Sie drehten sich um und schauten den Arzt an. »Mit welchem Recht wollen Sie sich die Person anschauen, Mister?«

»Ich bin Polizist, Scotland Yard.«

»Aber nicht dienstlich hier, wie ich sehe.«

»Teils, teils.«

Der Arzt winkte ab. »Ich erinnere mich wieder, Sie sind John Sinclair. Natürlich.« Er gab den Pflegern ein Zeichen. »Heben Sie das Laken ruhig an.«

Der eine griff danach. Er hob das Tuch an, und ich rutschte ein wenig vor.

Auf der Trage lag eine Frau.

Es war Nadine Berger.

Und sie war tot!

Neiinnn!

Ich wollte schreien, irgendetwas tun, aber ich konnte es nicht.

Der Schock hatte mich so hart getroffen, dass ich an allen Gliedern zitterte und mir schwindlig vor Augen wurde. Alles verschwamm, der Arzt, die Krankenschwester, die Pfleger, die Wände, und wie durch Watte gefiltert hörte ich einen Schrei.

»Er fällt!«

Blitzschnell griffen zwei starke Hände zu und hielten mich fest, bevor ich zu Boden prallen konnte.

»Mister Sinclair, was ist?« Plötzlich stand der Arzt vor mir. Ich sah sein Gesicht und die besorgten Augen.

Ein paar Mal holte ich Luft. Es wollte kaum ein Wort über meine Lippen, dann fragte ich leise: »Ist sie tot?«

»Ja, sie ist es. Wir konnten nichts machen, obwohl wir alles versucht haben.«

Nadine Berger war tot!

Mein Gott, es war nicht zu fassen. Unglaublich. Eine junge Frau, die vor Leben sprühte, ein herrliches Geschöpf, das eine große Zukunft vor sich hatte. Ich war ihr zwar nicht oft begegnet, aber wenn, dann war es jedes Mal ein sehr intensives Erlebnis gewesen. Sie hatte erzählt, von ihren Plänen, von der Zukunft, den Filmen, die sie noch drehen wollte, und immer wieder sollte es für uns beide ein nächstes Mal geben, wenn der Wind des Zufalls uns wieder zusammentrieb.

Das war alles vorbei. Nadine lebte nicht mehr. Der erbarmungslose Sensenmann hatte zugeschlagen und sie in sein kaltes Reich geholt, aus dem es keine Rückkehr mehr gab.

In diesen schrecklich langen Sekunden wurde mir bewusst, wie endgültig ein Tod ist.

Kein Lachen mehr, keine Freude, keine Trauer, kein Weinen. Es war vorbei.

Plötzlich konnte ich nicht mehr. Im Magen bildete sich ein Klumpen, breitete sich aus, stieg höher, durch den Hals, in die Kehle hinein und setzte sich dort fest.

Tränen verschleierten meinen Blick.

Die anderen standen stumm. Niemand wagte jetzt, noch ein Wort zu sagen. Ich fühlte mich in einem Vakuum, andere existierten nicht mehr, ich sah nur dieses Gesicht, aus dem jemand das Blut abgewaschen hatte, und die heißen Tränen liefen an meinen Wangen entlang, ohne dass ich etwas dagegen tun konnte.

Ein bleiches Gesicht, starre Augen, ein blasser Mund, so sah ich Nadine Berger, und ich merkte nicht einmal, dass die beiden Pfleger mich noch immer stützten.

Ein Schatten wischte vorbei. Ich vernahm eine Stimme. Sie gehörte Suko.

»Mein Gott, Nadine!« Wie er die Worte aussprach, darin lagen all der Schmerz und die Trauer, die auch er empfand. Suko hatte Nadine Berger zwar nicht so gut gekannt wie ich, aber die beiden hatten sich ebenfalls gemocht und waren sich sympathisch gewesen.

Und jetzt gab es sie nicht mehr.

Aus – vorbei …

»John!« Der Chinese sprach mich an, doch ich hörte ihn überhaupt nicht. Ich wollte ihn auch nicht hören, denn meine Gedanken waren auf Wanderschaft gegangen. Ich befand mich in einer anderen Welt, einer verinnerlichten, einer Traumwelt.

Ich dachte zurück.

In meiner Vorstellung lebte Nadine Berger. Ich sah sie auf der Party, kurz bevor Doktor Tod sie als Geisel nahm; dann hatten wir den Fall mit dem unheimlichen Mönch erlebt, wo es auch um Leben und Tod gegangen war, und zuletzt die Sache mit der Teufelsuhr.

Immer hatte ich Nadine Berger retten können, und nach jedem Fall hatten wir uns ein wenig besser verstanden, doch nun war es vorbei.

Nie wieder würde ich Nadines Lachen hören, ihre Fröhlichkeit erleben, und auch ihre Leidenschaft.

Der Tod hatte sie geholt.

Aber es gab jemanden, der dafür verantwortlich war. Von einem Monster war geredet worden. Wir hatten es nicht gesehen, es war sicherlich wieder in seiner Welt verschwunden. Aber Monster kamen nicht einfach so. Dahinter steckte jemand, der das Monster aktiviert und geholt hatte. Gegner von mir.

Die Mannequins? Bestimmt!

Und ebenso sicher war, dass sie sich hier im Krankenhaus aufhielten.

»John!« Sukos Stimme klang mahnend.

Ich schaute hoch und nickte. »Sie können die Frau wegbringen, Doc. Sorry, aber wir beide kannten uns gut. Nadine Berger und ich – na ja«, ich schluckte und winkte ab. »Lassen wir das.«

Das Laken wurde wieder über Nadines Gesicht gedeckt. Behutsam tat der Pfleger dies, als hätte er Angst, der Toten einen Schaden zuzufügen.

Lautlos rollten die Gummiräder der Trage über den Gang. Die Pfleger schoben die Tote auf einen Lift zu.

»Legen Sie sich hin, Mister Sinclair«, sprach mich der Arzt an. »Sie dürfen sich jetzt nicht aufregen oder durchdrehen. Ich kann Ihnen eine Tablette geben ...«

Tief holte ich Luft. Okay, der Doc hatte es gut gemeint, aber ich war in einer Stimmung, wo ich keine Ratschläge brauchen konnte und wollte. Mich interessierte auch nicht meine Verletzung, sie war mir egal, ich wollte nur meine Gegner haben. Sie endlich stellen, damit sie kein Unheil mehr anrichteten.

»Doc«, sagte ich. »Jetzt hören Sie mir mal genau zu. Ich werde auf mein Zimmer gehen, aber dort lege ich mich nicht ins Bett, sondern sehe zu, wie Ihre Leute eine Tote aus diesem Raum schaffen. Und wenn sie weggebracht worden ist, mache ich mich auf die Suche nach einigen Personen, die man als Dämonen bezeichnet und die sich hier in Ihrem Krankenhaus aufhalten. Haben Sie verstanden?«

»Ja – nein«, sagte er schnell.

»Soll ich noch mal von vorn anfangen?«

Der Arzt schüttelte den Kopf. Doch die Schwester, die auch noch immer bei uns stand, fragte: »Wie war das mit der Toten in Ihrem Zimmer?«

»Sie können mitkommen.«

Scheu blickte sie mich an. Ihr Gesicht war blass geworden. Von ihrer Resolutheit war nicht mehr viel übrig geblieben. Suko stützte mich, als ich die paar Schritte zurückging.

»Wir müssen diese Bestien unbedingt fangen, bevor sie sich noch mehr Opfer holen«, sagte ich leise. »Eine Tote geht bereits auf ihr Gewissen.«

»Wie meinst du das?«

»In meinem Zimmer liegt tatsächlich eine Leiche.«

»Das habe ich mir gedacht. Wer ist es denn?«

»Eine Krankenschwester. Sie kam zu mir und war kein Mensch mehr, sondern ein Vampir.«

»Wie hast du sie erledigt?«

»Mit dem Kreuz.«

»Also lautlos.«

»Genau, Suko.« Ich verzog das Gesicht. »Was meinst du, was ein Schuss hier angerichtet hätte.«

Suko antwortete nicht mehr, denn wir hatten meine Zimmertür erreicht. Ich wollte es nicht zugeben, aber mein linker Schenkel schmerzte wie rasend. Weil ich hin und wieder mit den Fußspitzen aufgetreten war, spürte ich nun die Folgen.

»Soll ich?«, fragte die Schwester.

Ich nickte.

Sie öffnete die Tür. Die Lampe hatte ich brennen lassen, sodass ihr Schein einen Teil des Zimmers ausleuchtete. Er fiel auch auf die Tote am Boden.

Die Schwester und der Arzt waren schneller als wir. Sie hatten sich an uns vorbeigeschoben, und wir hörten den kieksenden Schrei der Krankenschwester.

»Das ist ja Mandy!«

Der Doc fuhr herum. Er funkelte uns an. »Wissen Sie, was Sie da getan haben?«

»Ja.«

»Nein, das wissen Sie nicht! Sie haben eine zwanzigjährige Lernschwester umgebracht. Sie als Polizist …«

»Gerade ich als Polizist musste sie töten«, fuhr ich den Arzt an. »Sie war ein Vampir und hatte mich angefallen. Das heißt, sie wollte mich ebenfalls zu einem Blutsauger machen. Hätte sie es geschafft, gäbe es in diesem Haus zwei Vampire mehr.«

Der Arzt schüttelte den Kopf. »Sind Sie eigentlich verrückt? Es gibt keine Vampire.« Er deutete mit dem Zeigefinger auf die Tote. »Die Tat laste ich Ihnen an, obwohl Sie Polizeibeamter sind.«

»Dann schauen Sie mal genau nach, Doc.«

»Wieso, ich …«

»Bücken Sie sich.«

Er tat es tatsächlich. Auf meinen Wunsch hin sah er sich den Hals der Toten an.

»Da ist ja alles schwarz«, flüsterte er.

»Ja, verbrannt.«

Der Arzt richtete sich auf. »Wieso? Wie kommt es dazu, dass der Hals dieses Mädchens ...?«

Ich holte mein Kreuz hervor. »Das ist der Grund. Mit diesem geweihten Kruzifix habe ich die Vampirin attackiert und ihr untotes Dasein ausgelöscht.«

Arzt und Krankenschwester starrten das Kreuz an. Schließlich meinte die Frau: »Das ist ja wie im Gruselfilm.«

Ich lachte auf. »Leider nicht, Schwester. Wir befinden uns in der Realität. Was hier abläuft, ist kein Film. Das müssen Sie sich merken.«

»Verstehen kann ich es nicht.« Jeder von uns sah die Gänsehaut auf ihrem Gesicht.

»Wir müssen uns nur damit abfinden«, bemerkte ich, »und die entsprechende Vorsorge treffen.«

»Was meinen Sie damit?«, wollte der Arzt wissen.

Ich verzog das Gesicht, weil wieder ein neuer Schmerzstoß durch mein linkes Bein fuhr. »Erkläre du es ihm, Suko.«

»Okay«, sagte mein Partner und Kollege. »Die Sache ist ganz einfach. Man wird ja nicht aus lauter Spaß zu einem Blutsauger, Doc. Das hatte einen Grund. Diese Krankenschwester ist von einem anderen Vampir zu einem Vampir gemacht worden. Höchstwahrscheinlich von einer Frau. Und das alles ist hier in diesem Hospital geschehen. Wir müssen also damit rechnen, dass sich in dem Krankenhaus noch weitere Vampire herumtreiben. Oder zumindest eine Untote, die als Vampir herumgeistert. Ferner müssen wir mit einem weiblichen Werwolf und mit einem Ghoul rechnen. Dabei fällt mir etwas ein. Bahren Sie im Moment Tote auf?«

»Natürlich. Es sterben immer Menschen. Sie haben es ja vorhin gesehen.«

Suko schaute mich an. Ich ahnte, welche Gedanken hinter seiner Stirn kreisten.

»Denkst du an die Leichenhalle?«, fragte ich.

»Ja.«

»Augenblick mal«, mischte sich der Arzt ein. »Ich verstehe Ihren Dialog nicht ganz.«

Diesmal antwortete ich. »Ein Ghoul gehört ebenfalls zur Gattung der Dämonen. Er zählt sogar zu den schlimmsten. Von Blut ernährt er sich nicht, sondern von Leichen. Er ist ein Aasfresser, deshalb unser Verdacht mit der Leichenkammer.«

Der Arzt schlug sich gegen die Stirn. »Ich glaube, ich drehe hier noch durch.«

»Das brauchen Sie nicht, Doc. Sie müssen den Tatsachen nur ins Auge sehen.«

»Und die sind schlimm.«

»Sie sagen es.«

»Aber was sollen wir tun?«

»Sie gar nichts, Doc«, erklärte ich. »Damit wir uns nichts vormachen: Ich rechne zumindest mit drei Gegnern. Der Vampir will Blut. Der Werwolf will töten, und der Ghoul will Leichen, das ist nun mal eine Tatsache.«

Der Arzt war blass geworden. »Mein Gott«, flüsterte er, »wenn ich daran denke, wie viele Menschen wir hier im Haus liegen haben, dann bedeutet die Anwesenheit dieser Wesen ja eine ungeheure Gefahr für die Patienten.«

»So ist es.«

»Und was machen Sie?«

»Wir können davon ausgehen, dass es die dämonischen Wesen in erster Linie auf uns abgesehen haben. Wir können uns wehren, das ist der große Vorteil. Falls es Ihnen möglich ist, sorgen Sie bitte dafür, dass sich kein Patient auf dem Gang sehen lässt. Ist das zu machen?«

»Ja, das geht.«

»Gut, dann wären wir ein Stück weiter. Mein Kollege Suko und ich werden uns um den Fall kümmern.«

Der Chinese lächelte und nickte. Dann sagte er: »Ich werde mich mal in der Leichenkammer umsehen.«

Das war gut. Ich wollte so lange im Zimmer bleiben oder vielmehr auf dem Gang.

»Und was machen wir?«, erkundigte sich die Schwester.

»Gar nichts«, erwiderte ich. »Vielleicht beten Sie, dass alles gut geht.«

Violetta Valeri und Corinna Camacho hatten in der Nähe gelauert, als Mandy in Sinclairs Zimmer verschwunden war. Minuten vergingen, nichts tat sich. Sie hörten keinen Schuss oder irgendwelche anderen Geräusche aus dem Raum.

»Ob sie es schafft?«, flüsterte die Camacho.

»Möglich.«

Die beiden standen dort, wo die Treppe begann. Die Wand diente als Deckung. Die beiden pressten sich dicht dagegen und peilten um die Ecke. Ihr Blick fiel in die Richtung, wo das Zimmer des Geisterjägers lag.

Hinter der Tür blieb alles ruhig.

Sie wurden unruhig. Violetta Valeri huschte schließlich aus ihrer Deckung und war mit ein paar Schritten an der Tür zu Sinclairs Zimmer. Sie lauschte, hörte jedoch nichts. Nachdem sie einen kurzen Blick zurück zu Corinna Camacho geworfen und diese genickt hatte, griff sie nach der Klinke.

Langsam schob sie die Tür auf – bis sie auf einen Widerstand traf. Die Tür war nur einen Spalt geöffnet, und auch mit mehr Druck ließ sie sich nicht weiter aufschieben.

Die Hand der Vampirin zuckte von der Klinke. Da stimmte etwas nicht! Sie warf sich herum und lief zurück zu Corinna Camacho. Mit zischenden Worten erklärte sie der Werwölfin, weshalb sie die Tür nicht geöffnet hatte.

Sie warteten und starrten zu Sinclairs Zimmer hinüber. War es der jungen Vampirin gelungen, Sinclair zu töten?

Vielleicht zehn Minuten vergingen. Warum verließ Mandy, die Vampirin, nicht endlich das Krankenzimmer, um ihren Erfolg zu melden?

Dann wurde sie geöffnet.

Doch nicht Mandy erschien.

Es war Sinclair.

Humpelnd, mit verzerrtem Gesicht, aber ansonsten unverletzt und durchaus normal.

»Den hole ich mir!«, zischte die Camacho und wollte los, doch Violetta hielt sie zurück.

»Nein, du bleibst.«

»Aber er hat …«

»Das Kreuz«, sagte die Valeri. »Keine Sorge, wir kriegen ihn schon. Allerdings müssen wir uns etwas einfallen lassen.«

»Und was?«

»Das sage ich dir schon noch. Erst einmal weg von hier.« Violetta zog die Wölfin zurück.

»Aber wohin?«

Violetta gab keine Antwort. Sie lief, so leise es ging, die Treppe hinab. Und der Hass auf den Geisterjäger überschwemmte sie wie eine Welle. In ihrem Hirn begann bereits ein teuflischer Plan zu reifen. Beim nächsten Mal musste sie alles auf eine Karte setzen. Da würde der Geisterjäger nicht entkommen …

Ich war nicht in mein Zimmer gegangen. Dort fühlte ich mich irgendwie eingeengt.

Am Ende des Ganges, wo der runde Tisch und die Stühle standen, hatte ich Platz genommen. Arzt und Schwester waren verschwunden. Sie hatten auch die restlichen beiden Türen geschlossen.

Ich ging davon aus, dass es den oder die Täter immer wieder an den Ort ihrer Untaten zurückzieht. Damit rechnete ich auch bei meinen Gegnern. Sie würden wiederkommen, um sich zu überzeugen, ob ihre Dienerin Erfolg gehabt hatte.

Und dann wollte ich sie empfangen.

Die Beretta hatte ich vor mir auf den Tisch gelegt. Das Kreuz steckte in meiner Jackentasche. Für einen heißen Empfang war gesorgt. Suko wollte sich im Hintergrund halten. Er war vorerst in die Leichenhalle gefahren, um sich dort nach dieser Karin Bergmann, dem weiblichen Ghoul, umzusehen.

Mein linkes Bein hatte ich ausgestreckt und auf einen Stuhl gelegt. In dieser Ruhelage ließ es sich am besten aushalten. Natürlich kreisten meine Gedanken nicht um die Gegnerinnen, sondern um eine Tote.

Ich konnte es noch immer nicht begreifen, dass Nadine Berger nicht mehr am Leben war. Selbstvorwürfe quälten mich. Ja, ich machte mir Vorwürfe, ich hätte schneller sein sollen, vielleicht hätte ich sie dann aus den Klauen des Monsters befreien können.

Das Monster!

Gesehen hatte ich es nicht, aber davon gehört. Es musste schrecklich gewesen sein. Und wahrscheinlich hatte es Asmodina oder irgendein anderer hoher Dämon geschickt, um die Mannequins zu unterstützen.

Meine Gedanken schweiften wieder ab. Ich dachte an Suko, der sich jetzt sicherlich in der Leichenhalle herumtrieb auf der Suche nach einem weiblichen Ghoul. Damals wussten wir noch nicht, dass Karin Bergmann in den Flammen umgekommen war, wir rechneten immer mit drei Gegnern.

Es war ruhig auf dem Gang. Die Kranken lagen in den Zimmern und schliefen. Über der Tür zur Intensivstation brannte ein rotes Licht. In den Räumen wurde operiert. Der ewige Kampf des Menschen gegen den Tod. Manchmal waren die Ärzte stärker, dann wieder der Sensenmann, wie bei Nadine Berger.

Ich konnte mich gut in die Haut des Arztes und der Krankenschwester hineinversetzen. Für sie musste eine Welt zusammengebrochen sein, als sie von den Untaten hörten.

Aber es hatte wirklich keinen Zweck, die Augen zu verschließen. Wir alle mussten mit dem Phänomen leben und zurechtkommen.

Schritte!

Sie schreckten mich aus meinen düsteren Gedanken auf. Im Gang sah ich niemanden, deshalb ging ich davon aus, dass die Schritte auf der Treppe aufgeklungen waren.

Ich nahm die Beretta in die rechte Hand. Da es still war, hörte ich deutlich, wie jemand die Stufen hochkam.

Ein Arzt? Ein Patient vielleicht?

Dann erschien die Gestalt. Sie kam um die Ecke, wo Treppe und Gang zusammenliefen.

Es war eine Frau!

Rötlichblond die Haare, hoch gewachsen. Das Gesicht verschwamm im Lichtschein der Kugelleuchte. Die vom glatt gebohnerten Boden reflektierten Strahlen blendeten mich.

Die Frau kam näher. Sie hatte ein Ziel – nämlich mich!

Und ich erkannte sie.

Es war tatsächlich eines der Mannequins. Aber nicht Violetta Valeri, wie ich angenommen hatte, sondern Corinna Camacho.

Die Werwölfin!

Das war sie. Langes, rötlich schimmerndes Haar, das in Wellen ihren Kopf umfloss. Ein Lächeln auf den Lippen, kalt blickende Augen, und sie hatte sich schon ein wenig verändert.

Sehr deutlich erkannte ich im Licht der Kugellampe die feinen Härchen auf ihrer Haut, die zitterten und schimmerten. Auch die Gesichtsform hatte sich ein wenig verändert. Der Mund war etwas vorgezogen, glich schon mehr einer Schnauze.

Ich hob die rechte Hand. Corinna Camacho blickte jetzt genau in die Mündung der Beretta.

Sie blieb stehen.

Keiner von uns sprach. Ich dachte an Nadine Berger und daran, dass die Camacho vielleicht eine Teilschuld am Tod der Schauspielerin trug, und es fiel mir verdammt schwer, nicht den Finger zu krümmen und zu schießen.

»Ich würde es dir nicht raten, mich zu töten«, erklärte sie mir.

»Was sollte mich davon abhalten?«

»Ein sehr guter Grund. Wenn du mich umbringst, sterben zwei andere Menschen. Ich habe mit Violetta eine Zeit ausgemacht. Wenn ich bis dann nicht mit dir zurück bin, wird sie zwei Frauen in Vampire verwandeln!«

Bluff?

Nein, die blufften nicht. Mit so etwas hatte ich gerechnet. Die waren eiskalt und reizten ihre Trümpfe bis zum Äußersten aus. Sie wollten mich. Ich hatte ihnen auf der Schönheitsfarm eine schwere Niederlage beigebracht, nun folgte die Rache.

»Hast du dich entschieden, Geisterjäger?«

»Wo ist sie?«, fragte ich.

Da lächelte die Camacho. »Nein, John Sinclair, ich werde nicht so dumm sein und es dir sagen. Du musst mich schon begleiten. Tricks ziehen nicht mehr.«

Schade, dass sie mein Spiel durchschaute. Ich hatte tatsächlich vorgehabt, sie reinzulegen. Hätte sie mir das Zimmer genannt, wäre ich ohne sie hingegangen. So aber musste ich auf ihren verdammten Vorschlag eingehen.

»Es bleibt uns nicht viel Zeit, John Sinclair«, drängte sie. »Beeil dich.«

»Ja, aber ich bin verletzt.«

»Trotzdem.«

Die hatte gut reden. Ich machte mir wieder Vorwürfe. Wenn doch Suko in der Nähe gewesen wäre, dann hätte er mir Rückendeckung geben können, so aber stand ich allein.

Die Beretta steckte ich allerdings nicht weg. Ich hielt sie nach wie vor in der rechten Hand, und die Waffe war für mich wie ein Rettungsanker.

Es bereitete mir Schwierigkeiten, überhaupt vom Stuhl hochzukommen. An der Tischplatte stützte ich mich ab und sah das spöttische Lächeln der Camacho.

Es war klar, dass auch meine Beretta sie nicht schrecken konnte. Es gelang mir kaum, die Mündung auf sie zu richten. Durch meine langsamen Bewegungen und das Humpeln zielte ich oft an der Bestie vorbei.

»Gehen wir!«

Sie drehte sich kurzerhand um und wandte mir dabei den Rücken zu. Sie machte mich lächerlich, und verdammt, Freunde, so kam ich mir auch vor.

Die Gegenseite hielt die Trümpfe in der Hand. Ich hatte an einem schweren Handicap zu knacken und musste praktisch mit ansehen, wie meine Gegner das Geschehen diktierten.

Wir passierten die Türen, hinter denen die Zimmer der Schwestern lagen. Sie waren fest geschlossen. Niemand ahnte, was sich auf dem Gang abspielte.

Humpelnd erreichte ich das erste Etappenziel. Es war die Treppe. Die Camacho deutete die Stufen hinauf.

»Da müssen wir hinauf«, sagte sie.

Leichtfüßig ging sie vor, wobei sie hin und wieder einen Blick über die Schulter warf und mich aus gierigen Augen betrachtete. Ich zog mich am Geländer hoch. Es war eine wirkliche Quälerei, und immer, wenn ich mein linkes Bein eine Stufe höher schob, durchtobte mein Bein der heiße Schmerz.

Längst lag der Schweiß auf meiner Stirn. Er glänzte wie eine kalte Speckschicht.

»Es bleibt uns nicht mehr viel Zeit«, erinnerte mich die Camacho wieder an meine Unzulänglichkeit. »Verletzung hin, Verletzung her. Du kannst kriechen, Geisterjäger.« Sie lachte so laut, dass es im Treppenhaus widerhallte.

Den Gefallen tat ich ihr nicht. Nein, ich wollte nicht vor ihr zu Boden. Auf keinen Fall.

Ich kämpfte mich weiter voran. Biss die Zähne dabei zusammen, dass es knirschte. Es erschien mir wie eine Ewigkeit, als ich endlich das andere Stockwerk erreicht hatte.

»Ist es hier?«, fragte ich.

»Ja, du hast Glück.«

Der Gang sah ebenso aus wie der eine Etage tiefer. Hier lagen leichtere Fälle. Menschen, die sich ein Bein oder einen Arm gebrochen hatten. Das waren die Krankenzimmer, in denen es oft hoch herging. Da wurde gepokert und geschluckt. Ich selbst hatte es zwar noch nicht erlebt, aber aus Erzählungen wusste ich es.

Heute war es ruhig.

Es schien, als laste ein böses Omen über dem Krankenhaus mit all seinen Zimmern und Gängen. Und so war es auch. In der Tat hatten sich in der Welt des Krankenhauses Dämonen eingeschlichen, die all das Grauen und den Terror brachten, zu dem sie fähig waren.

Zum Glück brauchten wir nicht weit zu gehen. Vor der zweiten Tür auf der linken Seite blieben wir stehen.

»Hier ist es, Sinclair!«, sagte die Werwölfin und lächelte diabolisch.

Ich humpelte näher.

Noch hatte die Camacho normale Hände. Sie hatte die fünf Finger ihrer rechten Hand auf die Klinke gelegt und drückte sie nach unten.

Ein kurzer Stoß, die Tür war offen.

»Nach dir, Geisterjäger«, sagte sie und ließ mir den Vortritt. Ich trat über die Schwelle …

Suko hatte sich den Weg zur Leichenhalle erklären lassen. Mit dem Fahrstuhl war er dann nach unten gefahren. Er fühlte sich in der Kabine unwohl. Irgendwie hatte er das Gefühl, als würde es hier nach Tod, Verwesung und Verderben riechen.

An Waffen trug er seine Beretta, die Dämonenpeitsche und den magischen Stab. Als der Fahrstuhl hielt und die schwere Eisentür nach links und rechts weg glitt, hatte Suko einen freien Blick in den Gang.

Er war leer.

Keine Spur von irgendwelchen Vampiren oder Werwölfen. Er sah allerdings auch nichts von den beiden Pflegern, die die tote Nadine Berger nach unten geschafft hatten.

Der Chinese orientierte sich kurz. Dann wandte er seine Schritte nach rechts, denn dort sah er die Tür mit der Aufschrift Leichenhalle.

Als er sie aufdrückte, hörte er die Stimmen der Pfleger. Sie hoben soeben die Leiche von der Bahre und legten sie auf einen noch freien Holztisch.

Suko schaute ihnen zu. »Ist alles in Ordnung?«, fragte er.

»Natürlich.« Misstrauen stahl sich auf die Gesichter der beiden. »Warum nicht? Was machen Sie eigentlich hier?«, wurde Suko gefragt.

Der Chinese antwortete nicht sofort. Er warf noch einen Blick auf die Tote. Das Laken war verrutscht. Suko sah die grässliche Wunde am Hals.

In seiner Kehle stieg ein Kloß hoch. Er wischte sich über die Stirn, nickte und ging wieder, ohne dabei auf die Proteste der anderen zu achten. Allerdings fuhr er nicht sofort wieder hoch, sondern sah sich noch im Keller um. Er konnte sich gut vorstellen, dass die Gegner hier ein Versteck gefunden hatten, denn wie es aussah, waren die Kellerräume ziemlich weitläufig. Es gab zahlreiche Gänge und auch Verstecke, die selten von einem Menschen betreten wurden.

Suko durchsuchte die Räume nur flüchtig. Auch in die Energiezentrale warf er einen Blick.

Große Maschinen, Heizungskessel, Rohre an den Wänden und der Decke, ein großer Wirrwarr, in dem sich nur der Fachmann zurechtfand. Von den Gegnern sah Suko keine Spur.

Er zog sich wieder zurück.

Bevor die beiden Pfleger die Leichenhalle verlassen hatten, stand Suko bereits im Aufzug und fuhr nach oben. Er wollte John Sinclair von seinem Misserfolg berichten und stieg dort aus, wo er den Fahrstuhl betreten hatte.

Der Gang war leer.

Suko sah keinen Anlass zur Besorgnis, da er annahm, dass sich John in sein Krankenzimmer begeben hatte, und wollte sich auf den Weg dorthin machen, als er in seinem Rücken eine zischende Stimme vernahm.

Der Chinese drehte sich um.

Der Arzt stand dort. Er hatte die Tür zu seinem Zimmer so weit geöffnet, dass nur sein Kopf und ein Teil der Schulter zu sehen waren. »Sie suchen Ihren Kollegen, nicht wahr?«

»Ja.«

»Der ist nicht mehr hier.«

»Und wo?«

Der Arzt verzog das Gesicht. »Sie sind nach oben gegangen.«

»Wer ist sie?«

»Eine rotblonde Frau und ihr Kollege. Die Frau erschien plötzlich. Ich habe sie nie zuvor gesehen und dann ...«

»Wissen Sie, wohin die beiden wollten?«

»Nein.«

»Danke für den Tipp.« Rasch machte Suko kehrt und stürmte die Treppe hoch. Er war zwar schnell, aber nicht laut. Auf keinen Fall wollte er die Frau warnen.

Der Arzt hatte nicht mehr zu sagen brauchen. Suko wusste auch so, woran er war. Diese Frau mit den langen rotblonden Haaren war keine andere als Corinna Camacho, die Werwölfin.

Und John befand sich bei ihr.

Durch irgendeinen Trick musste es ihr gelungen sein, den Geisterjäger in eine Falle zu locken.

Suko beeilte sich noch mehr.

Er erreichte die nächste Etage und sah, wie soeben eine Tür zugedrückt wurde, die der Treppe schräg gegenüber lag. Das konnte vieles bedeuten, allerdings wurde Suko das Gefühl nicht los, dass John und diese Camacho hinter genau der Tür verschwunden waren ...

Eine wahnwitzige Idee durchzuckte mich. Wenn ich Corinna Camacho mit einem blitzschnellen Schuss erledigte, danach sofort die Waffe schwenkte und auf Violette Valeri schoss, hatte ich vielleicht noch eine reelle Chance.

Nein, es klappte nicht.

Violetta Valeri war zu raffiniert. Sie hatte einen der Kranken aus dem Bett geholt und in einen Sessel geworfen. Die schwarzhaarige Vampirin hockte neben dem Sessel, und ihre Zähne befanden sich direkt an der straffen Haut des Halses.

Der Mann zitterte vor Angst. Er hatte die Augen weit aufgerissen, seine Pupillen waren verdreht. Der linke Arm befand sich in einem Gipsmantel, zudem trug er noch um die Hüften ein Stützkorsett, sodass er sich kaum bewegen konnte.

Auch der zweite Patient rührte sich nicht. Wie angenagelt hockte er in seinem Bett. Das gebrochene linke Bein zeigte ebenfalls einen Gipsverband, und ein schweres Gegengewicht hielt es fest.

Das Eindringen der beiden Dämoninnen musste für die Patienten ein großer Schock gewesen sein. Wahrscheinlich hatten sie den Befehl erhalten, keinen Laut von sich zu geben. Sie hatten sich daran gehalten.

Corinna Camacho stand hinter mir. Sie trug äußerlich keine Waffe, aber diese Bestie war gefährlich genug, das wusste ich. Sie würde nicht zögern, mich zu zerreißen, wenn sie den Hauch einer Chance dazu sah.

»Und jetzt weg mit der Pistole!«, vernahm ich ihre scharfe Stimme.

Ich ließ die Beretta fallen.

Kaum hatte sie den Boden berührt, da stieß die Camacho sie mit der Fußspitze an, sodass sie unter ein Bett schlitterte und dort liegen blieb.

»So ist es gut«, lobte sie mich.

Violetta Valeri war ebenfalls zufrieden. Ihr sattes Fauchen ließ darauf schließen.

Ein wenig zog sie ihren Kopf zurück, sodass sich die Zähne nicht mehr so dicht am Hals des Opfers befanden. »Du hast noch das Kreuz«, sagte sie.

Es war meine Hoffnung gewesen. Ich hatte wirklich damit gerechnet, dass sie es vergessen würde. Leider sah es anders aus. Ich stand wie eine Statue. Mein Bein brannte. Von den Zehen bis zum Oberschenkel zog es wie Feuer und erfasste sogar noch die Hüfte, wo sich der Schmerz ebenfalls weiter ausbreitete.

Es war grauenhaft ...

»Das Kreuz weg!«, erklang der erneute Befehl.

Als ich mich noch immer nicht rührte, griff die hinter mir stehende Corinna zu einem dreckigen Trick. Sie trat mir gegen mein linkes Bein.

Ich konnte den Schrei nicht zurückhalten. Weit riss ich den

Mund auf, hörte dazwischen das Lachen meiner Gegnerinnen, brach zusammen und stürzte schwer zu Boden.

Jetzt lag ich vor ihren Füßen.

»So wollten wir dich haben!«, schrie die Camacho. »So und nicht anders, du verfluchter Geisterjäger.«

Sie trat zu.

Der spitze Absatz traf mich dicht über der Gürtelschnalle und jagte Schmerzwellen durch meinen Körper. Nur mühsam holte ich Luft, während vor meinen Augen schwarze Kreise wirbelten.

Es war grauenhaft, aber ich gab das Kreuz nicht her.

Meine rechte Hand steckte bereits in der Tasche. Wenn ich den letzten Trumpf abgab, war alles verloren.

Allmählich verebbte der Schmerz. Ich konnte wieder klar sehen und erkannte, dass sich Corinna Camacho in eine Bestie verwandelte, wobei sie nicht einmal das fahle Licht des Vollmonds benötigte. Bei ihr klappte es auch so.

Ihre Haut hatte sich bereits mit dem dichten Fell überzogen. Es schimmerte rötlich. Die Haare waren nicht sehr lang, dafür standen sie dicht beieinander. Auch das Gesicht veränderte sich. Der Mund wurde spitzer, aus ihm bildete sich eine Schnauze, die Zähne nahmen ebenfalls an Länge zu und wurden zu einem Gebiss, das die Opfer reißen konnte.

Ich hielt den Atem an.

Noch war die Verwandlung nicht abgeschlossen, und die Camacho war demnach mit sich selbst beschäftigt.

Das musste ich ausnutzen.

Natürlich war ich nicht im Vollbesitz meiner Kräfte, aber ich konnte auch nicht so lange warten. Als ich sah, wie sich die Finger bereits in mächtige Pfoten verwandelt hatten, handelte ich.

Das rechte Bein winkelte ich an, stieß mich ab und warf mich auf Corinna Camacho zu, wobei ich gleichzeitig das Kreuz aus der Tasche zog.

»Vorsicht!«, gellte der Schrei der schwarzhaarigen Blutsaugerin.

Der weibliche Werwolf fuhr herum.

Da hatte ich schon zugeschlagen. Beide Hände krallte ich in das Fell, denn die Kleidung war durch die Verwandlung buchstäblich aus den Nähten geplatzt. Ich spürte das glatte, fast seidige Fell zwischen meinen Händen und presste gleichzeitig das Kreuz gegen die dämonische Bestie.

Der heulende Schrei zitterte durch den Krankenraum. Dem geweihten Silber hatte der Werwolf nichts entgegenzusetzen.

Corinna Camacho taumelte zurück. Hoch warf sie beide Arme, sodass man das Gefühl haben konnte, sie wollte die Decke einreißen. Sie fiel mit dem Rücken gegen das Bett, in dem der Mann mit dem Gipsbein lag. Der Aufprall schüttelte auch ihn durch, und er schrie.

Normalerweise wäre ich längst auf den Füßen gewesen und hätte mich um Violetta Valeri gekümmert. Doch mein linkes Bein ließ eine schnelle Reaktion nicht zu. Es wollte mir nicht gehorchen. Ich quälte mich herum.

Da traf mich der Schlag.

Zuvor hatte ich noch etwas Schattenhaftes gesehen, und dann erfolgte der Aufprall gegen meine Stirn.

Er riss mich um.

Ich befand mich noch in kniender Lage. Als dann der Aufprall erfolgte, konnte ich ihn nicht mehr abblocken. Mit dem Kopf schlug ich dumpf zu Boden.

Ich wurde nicht bewusstlos, aber meine Reaktionen waren so ziemlich ausgeschaltet. Trotzdem sah ich meine Gegnerin. Mit einem Wutschrei auf den Lippen stürzte sich Violetta Valeri vor. Sie wollte endlich das vollenden, was sie auf der Schönheitsfarm und auch bei der Modenschau nicht geschafft hatte …

Corinna Camacho drehte durch.

Die Kraft des Silbers fraß sie auf. Ungeheure Schmerzwellen rasten durch ihren Körper und schüttelten sie. Wie eine

Betrunkene torkelte sie, fiel gegen die Wand und wollte es einfach nicht wahrhaben, dass ihr so weiches Fell grau und hässlich wurde, wobei es langsam anfing zu verfaulen.

Sollte Sinclair gewinnen?

Nein und abermals nein.

Sie bekam noch mit, wie die Vase, von Violetta geschleudert, gegen seinen Kopf prallte und ihn umriss.

Er würde sein Blut verlieren. Er würde sterben und als Seelenloser wieder zurückkehren.

Corinna fiel auf die Knie.

Sie hatte sich nicht mehr halten können, schaute an sich herab und sah, wie sie verfaulte.

Zu lange schon war sie ein Werwolf gewesen, es gab keine Regeneration zu einem Menschen mehr.

Schwarz und faulig waren ihre Pranken. Damit konnte sie keinen mehr töten. Aus ihrem Gesicht fielen graue Haare. Das Letzte, was sie wahrnahm, war ein gewaltiger Schatten, der aus der offenen Tür stürmte.

Suko!

Fast wäre der Chinese über Violetta Valeri und mich gefallen, weil wir ziemlich nahe an der Tür lagen. Im letzten Moment bemerkte Suko das Hindernis, und mit einem gewaltigen Tritt schaffte er mir die Blutsaugerin vom Leib.

Es war wirklich im letzten Augenblick gewesen.

Durch mein verletztes Bein war ich so sehr gehandikapt, dass ich den Kräften der Untoten nichts entgegenzusetzen hatte. Es war mir zwar noch gelungen, mit dem Handballen ihr Kinn zurückzudrücken, aber sie hatte den linken Arm bereits erhoben, um mit der Hand auf mein Bein zu schlagen.

Sie schaffte es nicht mehr, denn Sukos Tritt war wirklich schneller.

Am Kopf traf der Chinese sie.

Die Valeri, die zwar keine Schmerzen spürte, wurde fast

vom Boden hochgehoben. Sie flog zurück und ließ mich zwangsläufig los. Zweimal überschlug sie sich und zog ihren Körper dann wie eine Katze zusammen, um auf die Füße zu schnellen.

Suko ließ sie auch.

Eiskalt wartete er ab. Die Beretta in der rechten Hand. Violetta Valeri würde nicht entkommen.

Ich quälte mich in eine sitzende Position und hatte nur noch einen Wunsch.

Die Vampirin musste durch meine Hand sterben!

»Die Beretta!«, krächzte ich.

Suko verstand.

Ohne die Valeri aus den Augen zu lassen, bückte er sich und drückte mir seine Waffe in die Finger.

»So«, sagte ich nur und starrte die Seelenlose an. »Zweimal bist du mir entkommen, ein drittes Mal nicht mehr, darauf kannst du dich verlassen.«

Wir fixierten uns.

Hatte ich ansonsten Hass in ihren Augen gelesen, so sah ich jetzt ein Gefühl der Angst. Wirklich, sie hatte Angst, denn sie wusste genau, dass aus dem dunklen Mündungsloch der Waffe jeden Augenblick der Tod fliegen konnte.

Das endgültige Aus für sie!

Sie begann zu pendeln. Einmal nach links, einmal nach rechts. So wollte sie mir kein Ziel bieten.

Ich schüttelte den Kopf, obwohl es mir weh tat. »Nein, Violetta Valeri, du entkommst mir nicht mehr. Ich kann dich nicht laufen lassen, du hast zu viel auf dem Kerbholz. Du bist eine Untote, die immer wieder Blut saugen wird. Doch eins ist viel schlimmer. Du hast eine Frau auf dem Gewissen, die ich sehr gut gekannt habe, mit der ich befreundet war. Du bist letztendlich schuld an ihrem Tod, verfluchte Blutsaugerin. Niemand wird dir helfen können!« Mein Gesicht verzerrte sich, ich wollte schießen.

Ich irrte mich.

Es half ihr jemand.

Plötzlich zerplatzte mit einem gewaltigen Knall die Fensterscheibe, und im nächsten Augenblick materialisierte sich dort der personifizierte Schrecken.

Das grüne Höllenmonster!

Bisher kannte ich es nur aus Erzählungen. Nun aber sah ich es vor mir.

Es war grauenhaft.

Giftgrün die Haut. Sein Schädel war rund und mit einem gewaltigen Maul versehen, das rot aufleuchtete, wobei die Zähne in den beiden Kiefern noch besonders auffielen. Auf dem Schädel standen lange, feste Haare wie die Zinken eines Kamms, und aus dem Maul sah ich dicke Blutstropfen fallen.

Die beiden Kranken wagten nicht sich zu rühren. Ich hörte auch Schreie und Rufe vom Gang her, aber ich kümmerte mich nicht darum. Ich sah nur den wahren Mörder Nadines.

Auch Violetta Valeri hatte das Monster gesehen. Die Untote lachte schrill und kreischend auf. »Los, pack ihn, zerfetze den verdammten Geisterjäger!«

Da schoss ich.

Die erste Kugel traf die Brust der Blutsaugerin, die zweite zertrümmerte ihren Arm, die dritte zerstörte ihr schönes Gesicht, hinter der sie das wahre, das der Bestie, verbarg.

Jeder Treffer schüttelte sie durch. Hin und her wurde sie gerissen, bevor sie gellend aufschrie und zu Boden krachte, wo sie liegen blieb.

Über sie feuerte ich hinweg. Jagte die vierte Kugel in das Maul des Monsters, das sich auf uns stürzen wollte, und feuerte auch die fünfte Kugel ab.

Sie traf das Monster mitten im Sprung.

Dann schoss ich noch einmal.

Diesmal hieb das Silbergeschoss wieder in das Maul, und plötzlich huschte Suko an mir vorbei, zwischen den schlagenden Pranken des Monsters hindurch hieb er mit der ausgefahrenen Dämonenpeitsche zu.

»Für Nadine Berger!«, brüllte er, und die drei Riemen klatschten mehrere Male gegen die schuppige Haut, die buchstäblich zerrissen wurde.

Eine schwarzgrüne Flüssigkeit spritzte nach allen Seiten weg und klatschte gegen die Wände, wo sie in langen Streifen nach unten lief.

Zurück blieb eine Lache.

Nadine Bergers Mörder gab es nicht mehr.

Und auch Violetta Valeri nicht. Die letzte von der Schönheitsfarm hatte es ebenfalls erwischt. Sie war zu Staub geworden.

Erst jetzt merkte ich, dass ich kniete. Trotz meines verletzten Beines. Mein rechter Arm sank nach unten.

Es war vorbei.

Dann fiel ich einfach um!

Als ich wieder erwachte, lag ich in meinem Bett im Krankenhaus. Einige Personen umstanden die Liegestatt und schüttelten die Köpfe.

»Was ist los?«, fragte ich.

Der Chefarzt persönlich hielt mir eine Standpauke. Wie ich es überhaupt wagen konnte, mit meiner Verletzung so etwas zu riskieren. Ob ich ein Selbstmörder wäre?

»Bisher noch nicht.«

»Sah mir aber fast so aus.«

»Und was ist jetzt?«

»Die nächsten Tage strengste Bettruhe und keinen Besuch. Das ist ein Befehl!«

»Jawohl, Sir!«, sagte ich und spürte, wie mich die Müdigkeit überfiel. Als Letztes sah ich die Gesichter von Suko und Jane Collins, dann hatte mich der Schlaf übermannt.

Ich träumte von Nadine Berger.

Von einer lebenden, von einer lachenden und liebenden Nadine. Und das, Freunde, würde ab heute für mich immer ein Traum bleiben.

Nadine Berger lebte nicht mehr. Die Wunde, die ihr Tod gerissen hatte, war nicht so leicht zu heilen. Und ich musste mich fragen, wen es als nächsten von uns erwischen würde ...

FENRIS, DER GÖTTERWOLF

Herbst …

Die Tage zwischen Oktober und November. Eine traurige Zeit. Stunden der Besinnung, der Muße, in denen der Mensch wieder an sein Ende denkt. Wo er zusieht, wie sich die Blätter der Bäume und Sträucher färben, kraftlos werden und dann zu Boden fallen, um zu sterben.

Im Herbst sind Beerdigungen noch trauriger als zu irgendeiner anderen Jahreszeit. Da atmen die Friedhöfe den Geruch von Moder, Tod und Verwesung. Es ist die Zeit, wo sie auch öfter besucht werden. Man gedenkt wieder der Verstorbenen oder seilt sie hinab in das feuchte, kühle Grab.

Der Herbst lässt sterben …

Nebelschwaden drehen sich im geisterhaften Tanz. Und wenn es die Sonne einmal geschafft hat, so versuchen sie, ihr Licht wegzusaugen, um nur keine Helligkeit in die Welt der Trauer und des Sterbens zu lassen.

Die Nächte werden kühl. Erste Fröste härten die Oberfläche des Bodens und machen das herabgefallene Laub steif und knisternd.

Früher hatte auch ich den Herbst gemocht, doch heute gefiel mir die sterbende Natur nicht mehr. Vielleicht weil ich älter geworden war und immer daran erinnert wurde, wie vergänglich doch alles im Leben war. Und noch schlimmer war eine Beerdigung im Herbst. Eine Beerdigung, die mich persönlich sehr berührte, denn wir trugen eine Frau zu Grabe, die mir zu einer sehr guten Freundin geworden war.

Nadine Berger!

Sie war gestorben, und die geballte Kunst der Ärzte hatte es nicht geschafft, den Tod zu überwinden. Der Knochenmann aus dem Jenseitsreich war schneller gewesen. Mich hatte man mit diesem sinnlosen Tod treffen wollen, und meine Gegner hatten mich getroffen. Verdammt tief sogar.

Ich hatte Nadines Mörder zwar vernichtet, ein gefährliches giftgrünes Monster aus einem Jenseitsreich, doch auch meine Silberkugeln hatten die Schauspielerin nicht mehr retten können. Zudem war ich noch verletzt worden. Einer von Logan Costellos Killern hatte mir eine Kugel ins Bein geschossen. Ich musste im Krankenhaus liegen. Nur ein paar Zimmer von dem Raum entfernt, in dem Nadine Berger gestorben war. Ich hatte sie tot auf der Bahre liegen sehen. Es war ein Anblick gewesen, den ich nie in meinem Leben vergessen würde, und der Schock saß jetzt noch tief.

In der abgelaufenen Woche hatte ich das Lachen verlernt. Ich musste im Krankenhaus das Bett hüten, damit die Beinwunde verheilte. Dabei hatte ich Zeit genug gehabt, um nachzudenken. War es ein Fehler von mir gewesen? Hätte ich nicht damit rechnen müssen, dass sich meine Gegner an irgendeiner Person aus meinem Freundeskreis rächen würden?

Natürlich, damit musste man immer rechnen, wir lebten in einer permanenten Gefahr. Nur wenn man plötzlich mit dem Tod eines nahe stehenden Menschen konfrontiert wurde, dann sah alles anders aus. Das war so schrecklich endgültig. Es war kein Traum, aus dem man erwachen konnte, sondern Realität, wobei die Fragen nie aufhörten. Hätte man nicht etwas tun können? Wäre dann nicht alles anders gelaufen?

Vor allen Dingen in den langen Nächten hatten mich die Selbstvorwürfe gequält. Da lag ich stundenlang wach, grübelte über den Tod Nadine Bergers und dachte auch über meine lebenden Freunde und mich nach. Ich zog eine Art Bilanz und musste mir eingestehen, dass ich in all den Jahren sehr wenig erreicht hatte. Ich hatte das Böse, die Mächte der Finsternis nicht in die Schranken verweisen können. Viele hatte ich besiegen können, vor allen Dingen am Anfang, als sich die Dämonen noch nicht zusammengeschlossen und formiert hatten. Mit der Zeit hatten sie hinzugelernt und waren schlauer geworden. Wenn sie jetzt etwas taten, dann griffen sie konzentriert an und suchten sich Schwachstellen aus, wo sie uns treffen konnten.

Bei Nadine Berger hatten sie es geschafft. Sie war gestorben, und ich hatte es nicht verhindern können.

»Warum quälst du dich, John?« Suko, mein chinesischer

Freund und frisch gebackener Inspektor, stellte die Frage. Er saß neben mir und lenkte den Bentley, weil ich noch auf mein Bein Rücksicht nehmen musste. Wenn ich es anstrengte, schmerzte die Wunde an meinem linken Oberschenkel noch immer. Deshalb hatte ich es vorgezogen, Suko chauffieren zu lassen.

»Würdest du das nicht tun?« Die Antwort war eine Gegenfrage.

»Wahrscheinlich.«

»Na bitte.«

»Aber du hattest keine Schuld, John.«

Ich drehte meinen Kopf nach rechts und schaute Suko an. »Lass es, bitte. Wir haben lange genug darüber diskutiert. Ich muss damit fertig werden und schaffe es auch. Ich bin nur froh, wenn ich die Beerdigung hinter mir habe.«

»Sicher, John.«

Jetzt wissen Sie, dass wir uns auf der Fahrt zu Nadine Bergers Beerdigung befanden. Allerdings fand die nicht in London oder irgendeinem anderen Ort in England statt, sondern außerhalb, in Irland, einem kleinen Dorf, das Avoca hieß. Von Wales aus hatten wir mit einer Fähre übergesetzt und waren die restlichen 75 Meilen, die uns vom Anlegeplatz der Fähre und dem eigentlichen Zielort trennten, mit dem Bentley gefahren.

Zu meiner Überraschung hatte Nadine Berger ein Testament hinterlassen. Und darin stand, dass sie im Falle ihres Todes gern in Irland beigesetzt werden würde. Sie hatte auch den Ort und den Friedhof benannt. In ihrer Jugend hatte Nadine einige Jahre in Avoca bei einer Tante verbracht. Die Zeit hatte ihr so gut gefallen, dass sie immer gern daran zurückdachte. Der kleine Ort war eine Oase der Ruhe für sie gewesen. Dort hatte sie sich nach manch harten Drehtagen entspannt und ihren inneren Frieden gefunden.

Hier sollte sie auch den letzten finden.

Wir hatten Avoca bereits erreicht. Ein kleines Nest im grünen Hügelland der Insel. Es gab große Schafweiden, dichte

Wälder, die jetzt voll mit buntem Laub waren, und von der nahen Ostküste wehte immer ein leichter Wind, der sich im Landesinneren verlor.

Es war ein sauberer Ort. Häuser mit roten Dächern, viele Gärten, gepflegte Wege, kleine Gassen und schmale Straßen. Und ein Friedhof, auf den ein Schild hinwies und der von einer hohen Steinmauer umgeben war.

Vom Schild bis zur Mauer war es nicht weit. Höchstens eine Minute fuhren wir.

Einige Wagen parkten an der schmalen Straße, die parallel zur Friedhofsmauer lief. Wir suchten eine Lücke, und Suko rangierte den Bentley hinein.

Wir stiegen aus.

Ich hatte lange gesessen und spürte mein Bein verdammt genau, als ich mich aus dem Wagen schwang. Die Wunde schmerzte, sodass die Stiche meine Hüften erreichten.

»Geht's?«, fragte Suko.

»Sicher.«

Ein paar Schritte trennten uns vom Friedhofstor. Es bestand aus Schmiedeeisen, war groß, wuchtig und verschnörkelt gearbeitet. Beide Hälften standen offen.

Wir waren nicht die Einzigen, die den Friedhof betraten. Zwei schwarz gekleidete Männer zogen einen Wagen hinter sich her, auf dem mehrere Kränze lagen. Auf den schwarzen Schleifen las ich den Namen Nadine Berger.

Unser Kranz war auch dabei.

Ich verspürte einen Stich in der Herzgegend, als ich die Kränze sah. Hart musste ich schlucken. Irgendwie verloren schaute ich dem Wagen nach, der von den beiden Männern in Richtung Leichenhalle gezogen wurde, wo die Trauerfeier stattfand. Es war eine kleine Halle. Ihr angeschlossen war eine Kapelle. Der spitze Turm überragte die Kronen der Bäume, die herbstlich bunt und in allen Farben des Spektrums leuchteten. Viele Blätter lagen schon auf dem Boden. Sie bildeten dort einen dichten Teppich, der aufgewirbelt wurde, als wir hindurchschritten.

Der Himmel war bedeckt. Wenn ich hoch schaute, sah ich gewaltige Wolkenberge, die weißgrau schimmerten. In den Zwischenräumen leuchtete ein fahles Blau.

»Sollen wir?«, fragte Suko.

Ich nickte, und wir betraten den Friedhof.

Ich konnte schon wieder gut laufen und humpelte auch nicht mehr. Nur wenn ich längere Strecken ging, merkte ich die Wunde. Dann brannte sie, und das Stechen erreichte sogar mein Knie.

Nadine hatte zahlreiche Kollegen gehabt. Einige Leute aus dem Filmgeschäft nahmen an der Beerdigung teil. Sie kamen mit einem Bus. Ich sah ihn, als ich einen Blick über die Schulter warf. Ich fand es gut, dass sie für Nadine ihre Arbeit unterbrochen hatten.

Der Friedhof war alt und sehr gepflegt. Vom Platz vor der Leichenhalle aus konnte ich einen Blick auf ihn werfen. Gräberfelder unter hohen Bäumen. Grauweiße Grabsteine, manche als Kreuz, andere als Figuren oder Skulpturen, die allesamt anzeigten, wie fromm die Menschen hier waren.

Noch hatten wir eine Viertelstunde Zeit, bevor die Trauerfeier begann. Wir blieben vor der großen Eingangstür aus Holz stehen. Ein Kreuz war darauf abgebildet.

Ich griff in die Tasche, holte eine Zigarettenpackung hervor und entnahm ihr ein Stäbchen. Die Flamme meines Feuerzeugs wurde zweimal ausgeblasen, dann brannte der Glimmstängel.

Ich trug einen dunklen Anzug und hatte mir den Mantel übergehängt. Der Wind spielte mit dem Stoff. Suko hatte sich ebenfalls dunkle Kleidung besorgt. Der Chinese hatte Nadine Berger von allen am besten gekannt. Bill Conolly hatte zwar auch mitkommen wollen, doch er hatte sich eine Grippe zugezogen, und so blieb er zuhause.

Still stehen bleiben konnte ich nicht und ging ein paar Schritte und wieder zurück.

Die Kollegen vom Film betraten gemeinsam den Friedhof. Ihre Gesichter waren ebenso blass wie die von Suko und mir.

Eine ältere Frau fiel mir auf, die schon sehr oft zu mir herübergeschaut hatte und immer dann wegblickte, wenn ich sie ansah. Auch Suko war sie aufgefallen. Er fragte mich: »Kennst du sie?«

»Nein.«

Ich hatte das Wort kaum ausgesprochen, als sich die Frau ein Herz fasste und auf uns zuschritt. Sie trug einen schwarzen Mantel, dunkle Strümpfe und Schuhe und auf dem Kopf einen Hut, der vorn an der Krempe einen Schleier hatte. Er reichte bis über die Augen. Ich schätzte die Frau auf über fünfzig Jahre. Obwohl sie den Schleier trug, sah ich, dass ihre Augen vom langen Weinen gerötet waren. In die blasse Gesichtshaut hatten sich scharfe Falten gegraben.

»Mister Sinclair?«, fragte sie leise.

»Ja, Madam, das bin ich.«

»Mein Name ist Emily Berger. Ich bin Nadines Tante. Vielleicht werden Sie wissen, dass Nadine …«

Ich nickte. »Natürlich, Mrs Berger. Nadine hat sich hier immer sehr wohl gefühlt.«

»Ja, das hat sie.« Die Frau schluckte. »Und sie hat mich auch nie vergessen. Immer schrieb sie und rief an. Sie war auch hier, als mein Mann vor zwei Jahren starb. Seitdem bin ich Witwe. Selbst hatten wir keine Kinder, Nadine war praktisch unser Kind, wenn sie hier war. Und nun bleibt sie für immer hier«, fügte die Frau leise hinzu, und ihre Worte trieben mir einen Schauer über den Rücken.

Ich lenkte vom Thema ab und stellte Suko vor.

Mrs Berger lächelte verkrampft. »Nadine hat mir viel von Ihnen erzählt. Was Sie alles getan haben, um sie – na ja, Mister Sinclair, Sie wissen es ja selbst.«

Und ob ich es wusste. Nur zu gut erinnerte ich mich an die herrlichen Stunden, die Nadine und ich in einem kleinen Hotel verbracht hatten. Wir hatten uns damals versprochen, dies irgendwann einmal zu wiederholen. Es gab kein zweites Mal.

Das Schicksal hatte zugeschlagen!

»Wie lange wollen Sie in Avoca bleiben?«, fragte die ältere Frau.

»Nicht sehr lange, Mrs Berger. Man erwartet uns wieder in London. Sie wissen ja selbst, welch einen Job wir haben.«

»Ja, das hat Nadine erzählt. Zuletzt noch von der Teufelsuhr, die auf ihrer Verlobungsfeier verrückt gespielt hat. Ich habe sie immer gewarnt, sich zu binden. Vor ihrer Verlobung sprach sie noch mit mir und war unglücklich. Sie hatte diesen Menschen nicht geliebt, das wurde ihr plötzlich klar, und sie fragte mich um Rat.«

»Was haben Sie ihr gesagt, Madam?«

»Ich? Abgeraten, Mister Sinclair. Nun ja, es ist nicht zur Verlobung gekommen, wenn die Umstände auch nicht eben glücklich waren.«

Da hatte sie recht. Ich erinnerte mich noch sehr deutlich an den Fall, der nicht einmal ein Jahr zurücklag.

»Sie wird ihr Grab hier auf dem Friedhof finden, so wie sie es sich gewünscht hat. Hoffentlich hat sie hier ihre Ruhe.« Sie nickte uns zu. »Wir sehen uns dann später.«

»Moment noch«, hielt ich Emily Berger auf. »Was hat das zu bedeuten, was Sie da von der Ruhe gesagt haben?«

»Ich?«

»Sie haben gehofft, dass sie hier ihre Ruhe hat«, stand Suko mir bei.

»Vergessen Sie es.«

Suko und ich tauschten einen Blick. Sollte etwa ein Geheimnis diesen Friedhof umgeben, oder war der Satz nur so dahingesagt? Wir wussten es nicht, und es war müßig, sich darüber Gedanken zu machen. Vielleicht sahen wir auch Gespenster.

Inzwischen hatten sich auch die Leute vom Filmteam versammelt. Ich kannte keine der Personen. Die Frauen trugen Blumensträuße. Die meisten Kollegen hatten schwarze Kleidung angezogen. Mrs Berger begrüßte ein älteres Ehepaar, das soeben den Friedhof betreten hatte.

Dann wurde die Tür zur Leichenhalle geöffnet. Ein weißhaariger Mann erschien. Er trug einen schwarzen Kittel, der seidig glänzte. Seine Gesichtsfarbe zeigte einen gelblichen Ton, als hätte er auch schon Zeit in einem Grab verbracht.

»Zur Beerdigung Nadine Berger bitte«, sagte er.

Da Suko und ich ziemlich nahe der Treppe standen, waren wir die Ersten, die die Leichenhalle betraten. Sie war ziemlich klein, nicht zu vergleichen mit denen auf Londoner Friedhöfen, wo Beerdigungen eine Art Massenabfertigung waren.

Wie auf Londoner Friedhöfen roch es hier nach Trauer, Tod, Vergänglichkeit und Vergessen. Der Boden war mit dunkelroten Fliesen belegt. Die Türen braun gestrichen. Der Gang führte zur Kapelle, deren Tür geschlossen war.

Dafür standen die beiden Hälften der Tür auf, wo es zur Leichenhalle ging. Wir warteten dicht an der Schwelle und ließen Mrs Berger den Vortritt. Es hatten sich noch mehrere Menschen aus dem Ort zu ihr gesellt und sie in die Mitte genommen.

Emily Berger weinte, als sie die Halle betrat. Auch mir hing ein Kloß zwischen Kehle und Magen.

Etwas zögernd schritt ich hinter den Einheimischen her, Suko ging einen halben Schritt hinter mir.

Auf einem Podest stand der Sarg.

Unwillkürlich verhielt ich meinen Schritt, als ich die dunkelbraune letzte Ruhestätte sah. Ein Meer von Kränzen umgab ihn. Im Hintergrund saß ein junger Mann an einer Orgel und spielte Trauermusik, als wir eintraten.

Zwei Kerzen säumten den Sarg. Die Dochte brannten. Ein letztes Licht auf dem dunklen Weg in den Tod.

Die Sitzbänke bestanden aus braunem Eichenholz. Wir gingen in die zweite hinein. Niemand sprach ein Wort. Die Schritte der Trauergäste waren gedämpft. Hin und wieder hörten wir ein leises Schluchzen. Emily Berger hatte bereits Platz genommen und weinte. Das Taschentuch presste sie dabei vor ihr Gesicht.

Wir nahmen Platz.

Nadines Kollegen und Kolleginnen besetzten die Reihen hinter uns. Auch von dort hörte ich das Schluchzen.

Suko und ich saßen mit steinernen Gesichtern in der Bank. Ich hatte meine Hände gefaltet und konnte den Blick nicht von dem Sarg wenden.

Er verschwamm vor meinen Augen …

Abermals überfielen mich die Erinnerungen. Ich sah Nadine vor mir. Lachend, lebenslustig, von einer Karriere träumend. Dann sah ich sie in Gefahr. Auf der Spitze eines Turms, in den Klauen von Doktor Tod, der sie umbringen wollte. Damals hatte ich ihr beistehen können. Wie auch bei dem Fall mit dem unheimlichen Mönch, der während der Dreharbeiten eines Films erschienen war.

Nie mehr würde ich ihr Lachen hören, ihre Stimme, ihr Gesicht sehen, in die herrlichen Augen schauen …

Das Orgelspiel verstummte, damit brachen auch meine Gedanken ab. Jemand schloss die Eingangstür, dafür wurde eine andere geöffnet. Sie befand sich an der Seite und war wesentlich schmaler.

Ein Pfarrer erschien. Er trug ein schwarzes Messbuch und hatte seine Hände darum gelegt. Mit gemessenen Schritten ging er auf das kleine Pult zu, vor dem er stehen blieb und das Messbuch auf die Schräge legte. Dann schaute er uns an.

»Ich weiß, dass es für alle unfassbar ist, aber Jesus Christus, unser Herr und Gott, geht manchmal Wege, die für einen Menschen unverständlich sind. Er hat ein blühendes Leben aus unserer Mitte gerissen und lässt uns in einem unbegreiflichen Schmerz und grenzenloser Trauer zurück …«

Der Pfarrer redete weiter, und er machte es gut. Er wusste ja nicht, woran Nadine Berger wirklich gestorben war. Ihm war gesagt worden, durch einen Unfall.

Die Zeit verging.

Ich konnte meinen Blick nicht von dem Sarg lösen, während draußen die Blätter von den Bäumen fielen, gegen die Fenster geweht wurden und es so aussah, als wollten die sterbenden Bäume der Toten einen letzten Gruß entbieten.

Als der Pfarrer seine Predigt beendet hatte, mussten wir uns erheben und gemeinsam für die Tote beten.

Es war ein Dialog zwischen Pfarrer und den Trauergästen, und der Geistliche holte nach dem Gebet einen silbernen Weihwassersprenger hervor. Er verließ seinen Platz, trat vor den Sarg und hob den rechten Arm, um die letzte Ruhestätte der Nadine Berger zu segnen.

»So segne ich dich im Namen des Vaters, des Sohnes und des Heiligen Geistes«, sagte er, wobei er das Kreuzzeichen mit dem Weihwassersprenger über dem Sarg schlug.

Wir sahen die glitzernden Perlen des Wassers, wie sie in einer langen Tropfenreihe auf das dunkle Holz fielen und dort nasse Flecken hinterließen.

Und jeder von uns hörte das Geräusch.

Es war ein drohendes Knurren.

Und es kam direkt aus dem Sarg!

Plötzlich schien die Szene zu erstarren. Der Pfarrer hatte die rechte Hand noch halb erhoben. Sie blieb auch in der Stellung, als er sich umdrehte und uns anschaute.

Angst und Unglauben las ich in seinen Augen.

Mrs Berger war aufgesprungen. Sie stand in einer verkrampften Haltung vor der Bank, hatte die Hände zu Fäusten geschlossen und flüsterte die Worte, die ich sehr deutlich verstand.

»Der Fluch. Er ist zurückgekehrt …«

»Nein«, sagte der Pfarrer. »Nein …« Er schüttelte den Kopf und wischte sich über die Stirn.

Suko stieß mich an. »John, ich glaube, da stimmt so einiges nicht«, sagte er leise.

Ich nickte.

Hinter uns war es ruhig geworden. Die ehemaligen Kollegen der Toten saßen starr auf ihren Plätzen. Niemand wusste so recht, was er unternehmen sollte.

Suko bewegte sich. Er brachte seine Lippen dicht an mein

Ohr, sodass nur ich die Worte verstehen konnte. »Wir müssen nachsehen, John. Um Himmels willen, da geschieht etwas.«

Alle zuckten wir zusammen, als wir das Heulen vernahmen, das dumpf aus dem Sarg klang. Es schien tief in meine Seele zu schneiden, und ich bekam Angst.

»Mein Gott, was ist das?« Eine Frau hatte hinter uns die Frage gestellt und damit den Nagel auf den Kopf getroffen. Wir wollten der Sache auf den Grund gehen.

Noch vor Suko stand ich auf und drängte mich ein paar Schritte nach links, um das Ende der Bankreihe zu erreichen. Mrs Berger hatte den Kopf gedreht und schaute uns aus großen, tränenverschleierten Augen an.

Der Pfarrer hatte sich nicht vom Fleck gerührt. Als er uns neben sich bemerkte, bewegte er die Lippen.

»Was haben Sie vor?«

Ich blieb stehen. Ebenso leise gab ich die Antwort. »Wir müssen den Sarg öffnen.«

Der Geistliche wurde noch blasser. Seine Augen weiteten sich. »Nein, das können Sie nicht machen.«

»Dann geben Sie mir eine Erklärung für das seltsame Geräusch, Herr Pfarrer.«

»Vielleicht ist es überhaupt nicht aus dem Sarg gedrungen«, schwächte der Pfarrer ab.

»Mit dieser Antwort belügen Sie sich selbst.«

Wir konnten nicht mehr lange untätig herumstehen, denn die Trauergäste wurden unruhig. Deutlich vernahmen wir das Tuscheln und Flüstern.

»Sie müssen sich entscheiden, Pfarrer!«, drängte auch Suko.

Der Geistliche nickte. »Gut, wie Sie meinen, meine Herren. Wir lassen den Sarg öffnen, aber nicht jetzt. Wenn die Trauerfeier beendet ist, ziehen wir uns zurück. Ist das eine Lösung, Mister?«

»Ja.« Ich nickte Suko zu. Er drehte sich um, und wir gingen wieder an unsere Plätze, verfolgt von zahlreichen Blicken.

Bestimmt wollten die Leute wissen, was wir mit dem Pfarrer beredet hatten, doch ich sah keine Veranlassung, dies breitzutreten.

Wir nahmen wieder Platz. Mrs Berger drehte sich eine Bankreihe vor uns um. Sie schaute mich an, und ich las Verstehen in ihren Augen. Die Frau wusste mehr, das lag auf der Hand. Vor der Leichenhalle hatte sie ebenfalls eine Bemerkung gemacht, und als das erste Knurren ertönte, hatte sie von einem Fluch gesprochen.

Längst war ich mir sicher, dass hier wieder ein Fall auf uns wartete. Ich hätte wirklich gern nachgeschaut, doch ich sah auch ein, dass wir auf die übrigen Trauergäste Rücksicht nehmen mussten. Meine Blicke konnte ich nicht von dem dunklen Sarg lösen. Welches Geheimnis verbarg er? Lag darin wirklich eine Tote – oder irgendein anderes Lebewesen?

Das war die große Frage, auf die ich hoffentlich bald eine Antwort erhielt.

Mit nicht mehr ganz so sicherer Stimme redete der Geistliche weiter. Er führte noch einen kurzen Lebenslauf der Verstorbenen auf, sprach von den Geheimnissen des Schicksals und von den Wegen des Herrn, die oft sehr verschlungen sind.

Eine Mini-Andacht schloss sich an die Predigt an. Mir kam es vor, als wäre der Pfarrer nicht so recht bei der Sache. Immer wieder schweifte sein Blick ab. Er schaute den Sarg an, wobei ich Skepsis in seinen Augen sah.

Schließlich beendete der Geistliche die Trauerfeier. Er machte es sehr geschickt, als er hinzufügte: »Die Versammelten möchte ich doch bitten, sich in etwa einer Viertelstunde am Hinterausgang der kleinen Kapelle zu versammeln. Wir werden von dort aus gemeinsam zum Grab gehen und die Tote auf ihrem letzten Weg begleiten.«

Wir standen auf.

Sofort begann das Flüstern. Die Trauergäste hatten natürlich nicht vergessen, was geschehen war. Sie redeten darüber, ereiferten sich, und manche wollten gar nicht mehr mit. Sie hatten Angst.

Irgendwie konnte ich sie sogar verstehen.

Wir waren die Letzten in der Leichenhalle. Die meisten Trauergäste hatten sie bereits verlassen, als Mrs. Berger noch einmal auf uns zukam.

»Sie haben es gehört?«

Wir nickten.

»Und was hat es mit dem Fluch auf sich?«, erkundigte sich Suko. »Sie haben schließlich davon gesprochen.«

»Ja, das ist schlimm. Ich kann nicht mehr sagen. Nicht jetzt, der Pfarrer würde es nicht zulassen, aber es gibt den Fluch. Verlassen Sie sich darauf. Der Herrgott möge Sie beschützen.« Sie sprach die Worte und verschwand hastig.

»Hat sie Ihnen auch von dem Fluch erzählt?«, fragte der Pfarrer, der plötzlich neben uns stand.

»Ja.«

Der Geistliche lächelte. »Hören Sie nicht darauf. Das ist Unsinn, ein alter Aberglaube.«

»Möglich.«

Scharf schaute mich der Geistliche an. »Oder glauben Sie etwa daran, dass sich die Wölfe der Toten bemächtigen und ihren Platz einnehmen?«

»Das würde zumindest das Heulen und Knurren erklären, das aus dem Sarg gedrungen ist«, hielt ich entgegen.

»Unsinn.« Die Stimme des Pfarrers klang ärgerlich. Scharf wandte er sich ab und ging davon.

Suko runzelte die Stirn. »Da liegt einiges im Argen«, sagte er.

»Und wie.«

»Ich frage mich nur, warum der Pfarrer so schroff reagiert hat, John. Wahrscheinlich weiß er etwas und will es nicht wahrhaben«, gab der Chinese sich selbst die Antwort.

»So ist es.« Ein Mann mischte sich in unser Gespräch. Wir drehten uns um und sahen dem Mann entgegen, der vorhin an der Orgel gesessen hatte. Erst jetzt sah ich ihn näher. Er trug ebenfalls dunkle Kleidung, hatte ein schmales, dennoch fleischiges Gesicht und traurig blickende Augen. Die

Nase stach zwischen den Wangen hervor wie ein übergroßer Tropfen.

Wir blickten ihn fragend an. Er sagte seinen Namen. Der Orgelspieler hieß Vincent Ulgar. Auch wir stellten uns vor, ließen die Berufsbezeichnung allerdings weg.

Vertraulich beugte sich Ulgar vor. »Der Pfarrer glaubt nicht daran«, sagte er in einem verschwörerischen Ton, »aber ich.«

»Woran?«

»An die Wölfe, Mister Sinclair. Sie sind nicht von dieser Welt. Das sind Geisterwölfe, die sich der Toten bemächtigen. Glauben Sie mir, ich weiß es.«

»Und wie soll das geschehen?«, fragte Suko.

Ulgar schaute sich vorsichtig um. Er wollte sichergehen, dass ihn auch niemand beobachtete. »Die Geister der Wölfe schweben über diesem Dorf. Und wenn ihre Zeit reif ist, dann bemächtigen sie sich der Toten. Es gibt einen Austausch.«

»Und das glauben Sie?«

Ernst und lange sah mich der Organist an. »Ja, Mister Sinclair, das glaube ich. Sie haben doch vorhin selbst gehört, welch ein Laut aus dem Sarg gedrungen ist.«

»Das hätte auch eine Täuschung sein können.«

»Nein, es war keine. Wirklich nicht. Verlassen Sie sich darauf. Ich bin mir da sicher.«

»Allerdings braucht man da einen Beweis.«

Ulgar ging einen Schritt zurück. »Um Himmels willen, Mister Sinclair. Da rate ich ab. Die Wölfe sind gefährlich. Machen Sie sich nicht unglücklich. Nein, nur keinen Beweis. Wirklich nicht. Sie müssen mir so glauben.«

»Das fällt uns zumindest schwer«, erwiderte Suko.

»Fragen Sie nach dem verfluchten Kloster. Das will der Pfarrer auch nicht wahrhaben, aber ich war des Nachts da und habe gesehen, wie die Nonnen ...«

»Vincent Ulgar!«

Der Organist zuckte zusammen, als er die Stimme des Pfarrers vernahm. »Ja, ja, ich komme«, antwortete er hastig, zog den Kopf zwischen die Schultern und verschwand.

»Ein seltsamer Kauz«, meinte Suko. »Ob er die Wahrheit spricht?«

Ich schaute auf den Sarg und hob die Schultern. »Keine Ahnung, Suko. Wir sollten trotzdem nachsehen.«

»Ja.«

Recht war mir das nicht. Ich hatte mir vorgenommen, Nadine Berger nicht noch einmal zu sehen, denn ich wollte sie so in Erinnerung behalten, wie sie gewesen war. Jetzt schien es so, als ginge kein Weg daran vorbei.

Suko merkte, was mit mir los war. »Es fällt dir schwer, nicht wahr?«

»Ja,«

»Willst du hinausgehen?«

»Nein. Sollte sich herausstellen, dass wirklich etwas an der Sache ist, möchte ich mich auf keinen Fall drücken.«

»Klar.«

Die beiden Männer, die vorhin die Kränze gefahren hatten, betraten die Halle und schritten auf den Sarg zu. Sie wurden vom Pfarrer begleitet.

Der Geistliche sprach uns an. »Sind Sie immer noch der Meinung, dass der Sarg geöffnet werden muss?«

»Ja.«

»Aber ich sehe keine Veranlassung. Wir …«

Ich hatte mich entschlossen, mit offenen Karten zu spielen, zog den Geistlichen zur Seite und präsentierte ihm meinen Ausweis. Er schaute das Dokument an, und seine Augen wurden groß. »Sie sind von der Polizei, Mister Sinclair?«

»Ja, und mein Kollege auch.«

»Dann haben Sie etwas gewusst und sind …«

»Nein, nein, ich habe nichts gewusst. Nadine Berger war eine sehr gute Bekannte von mir. Ich wollte aus privaten Gründen mit zu ihrem Begräbnis, und meinem Kollegen ergeht es ebenso. Ein dienstlicher Auftrag liegt nicht vor. Es könnte allerdings einer daraus werden, wenn sich unser Verdacht bestätigen sollte.«

Der Pfarrer krauste die Stirn. »Ich weiß wirklich nicht, was ich dazu sagen soll, Gentlemen, aber wenn Sie darauf bestehen, müssen wir den Sarg öffnen.«

»Ich bitte darum.«

Der Geistliche gab den beiden Männern einen Wink. Sie hatten in respektvoller Distanz gewartet und wohl kaum mitbekommen, dass wir Yard-Beamte waren.

Die Männer traten rechts und links an den Sarg. Ihren kleinen Wagen ließen sie stehen.

Ich warf einen Blick über ihre Köpfe und sah den Organisten an der schmalen Tür, die zur Kapelle führte. Er hatte sie spaltbreit geöffnet und schielte in die Trauerhalle.

Die beiden Helfer lösten die Verschlüsse. Sie arbeiteten geschickt. Man sah ihnen an, dass sie so etwas nicht zum ersten Mal machten. Niemand von uns sprach. Die Spannung hatte sich wie ein unsichtbares Band über uns gelegt.

Welch ein Anblick würde sich uns bieten? Lag Nadine Berger tatsächlich im Sarg, oder war sie verschwunden?

Die Verschlüsse waren offen.

In gebückter Haltung warfen die Männer dem Pfarrer einen fragenden Blick zu.

Der Geistliche nickte.

Gemeinsam packten die Helfer den Deckel an. Sie hoben ihn nicht langsam weg, sondern wuchteten ihn hoch.

Wir hatten einen freien Blick.

Im Sarg lag nicht Nadine Berger, sondern ein Wolf!

Der Pfarrer fing sich als Erster. »Mein Gott«, sagte er und schlug hastig ein Kreuzzeichen.

Viel hatte ich in meiner Laufbahn gesehen, auch Schrecklicheres, aber was sich nun meinen Blicken bot, das ging mir unter die Haut.

Vielleicht deshalb, weil ich so persönlich betroffen war. Der Wolf lag auf dem Rücken, und er funkelte mich an. Die Augen zeigten eine grünliche Farbe, den gleichen Farbton, den auch die Augen von Nadine Berger gehabt hatte.

Ich musste sehr hart schlucken, um mein Entsetzen zu überwinden. Dieser Anblick traf mich wie ein Keulenhieb. Das dichte Fell des Tieres schimmerte dunkelbraun, und ich war mir nicht einmal sicher, hier einen Werwolf vor mir zu haben. Das Tier sah völlig normal aus.

Wenn nur die Augen nicht gewesen wären ...

»Schließen Sie den Sarg!«, ordnete ich an, und meine Stimme klang heiser.

Die beiden Männer gehorchten.

Als sie den Deckel nahmen, zitterten ihre Hände. Der Pfarrer, Suko und ich hatten uns abgewandt. Während sich der Deckel wieder auf das Unterteil senkte, umklammerten die Hände des Geistlichen ein Holzkreuz. Die Lippen des Mannes bewegten sich im stummen Gebet. Für ihn musste eine Welt zusammengebrochen sein.

Auch Suko und ich hatten uns abgewandt, fuhren jedoch herum, als wir einen Schrei hörten. Einer der beiden Helfer hatte ihn ausgestoßen. Wir sahen den Grund.

Der Deckel lag noch nicht ganz auf dem Unterteil. Er würde auch nicht fest schließen können, denn über den Rand hatte sich eine bleiche Totenhand geschoben, an deren Finger lange Nägel wuchsen.

Die Hand einer Frau ...

Eine Hand, die ich kannte, die Nadine Berger gehörte und keinem Wolf.

Ich riss den Männern buchstäblich den Sargdeckel aus der Hand und schaute in das Unterteil.

Dort lag Nadine Berger und kein Wolf ...

Sie trug ein langes Totenhemd. Schneeweiß und bis zum Hals geschlossen. Trotzdem sah ich noch etwas von der schrecklichen Wunde, die ihr das Monster beigebracht hatte. Das Haar lag auf dem Kopfkissen. Ausgebreitet wie ein rotes Vlies. Die Augen waren nicht geschlossen. Sie wirkten wie kalte, grüne Murmeln, kein Leben befand sich mehr in ihnen.

Ich hörte mein eigenes Herz klopfen. Wie schwere Trommelschläge hallte es in meinem Kopf wider. Nun sah ich die Tote und keinen Wolf. Hatten wir uns getäuscht?

Der Pfarrer sprach das aus, woran ich auch ein wenig dachte. »Eine Halluzination. Wir sind einer Einbildung erlegen. Es gibt keinen Wolf. Wir haben uns getäuscht, wirklich. Weil wir fest daran geglaubt hatten, nahmen wir an, dass es ein Wolf sein müsste, der in dem Sarg lag. Jetzt sehen wir es ja. Es ist eine normale Tote.« Er atmete tief aus, als wäre er beruhigt.

Suko und ich waren es keineswegs. Ich brauchte meinen Freund nur anzuschauen, um zu erkennen, dass er das Gleiche dachte wie ich. Nein, der Anblick des Wolfes war keine Halluzination gewesen, sondern echt. Ich war davon überzeugt, es hier mit einem schwarzmagischen Phänomen zu tun zu haben.

»Schließen Sie doch endlich den Sarg!«, fuhr mich der Pfarrer verstimmt an.

Ich tat es. Noch einen letzten Blick warf ich auf Nadine Berger. Ihr Anblick ging mir durch und durch. Für einen Moment hatte ich das Gefühl, als würde sie die Hände ausstrecken und mich umarmen.

Ich legte den Deckel passend auf das Unterteil. Die beiden Männer verschlossen ihn wieder.

Als ich mich aufrichtete, war ich nass geschwitzt. Die letzten Minuten hatten mich wirklich stark mitgenommen. Ich konnte das Grauen noch immer nicht fassen.

»Können wir den Sarg jetzt wegschaffen?«, fragte einer der Männer. Er schaute den Pfarrer dabei an.

Der nickte. »Ja, bringen Sie ihn dorthin, wo der Weg beginnt. Wir werden eine normale Beerdigung durchführen.« Als wollte er sich selbst bestätigen, sagte er: »Es gibt keine Wölfe. Es gibt einfach keine. Wir haben uns getäuscht!«

Ich enthielt mich einer Antwort, war jedoch sicher, es besser zu wissen.

Auf seinen Gummirädern rollte der kleine Wagen lautlos davon. Ich schaute dem Sarg so lange hinterher, bis er nicht mehr zu sehen war.

Niemand sprach ein Wort. Bis der Pfarrer schließlich nickte. »Wollen Sie dann mitkommen?«

»Natürlich«, sagte ich.

Die übrigen Trauergäste waren bereits versammelt. Sie standen vor der Kapelle. Blass die Gesichter. Dass das Thema noch nicht erledigt war, entnahm ich ihren Worten. Sie sprachen flüsternd über die Trauerfeier und die seltsamen Geräusche aus dem Sarg. Wir wurden zwar mit fragenden Blicken bedacht, es wagte allerdings niemand, uns anzusprechen. Zu groß war die Unsicherheit.

An der Kapelle formierte sich der Trauerzug. Emily Berger und das Ehepaar aus dem Ort schritten direkt hinter dem Sarg her. Suko und ich bildeten die zweite Reihe. Hinter uns gingen die ehemaligen Kolleginnen und Kollegen.

Ich mag keine Beerdigungen und auch keine Trauerzüge. Es war ein stiller Marsch über den herbstlichen Friedhof, denn auch die Natur ließ etwas von der Traurigkeit ahnen, die über den Gräberfeldern lag. Von allen Bäumen fielen die Blätter. Man konnte das Gefühl haben, große, bunte Schneeflocken würden in der Luft liegen.

Auch auf den Wegen hatte sich das Laub gesammelt. Es wurde von unseren Füßen aufgewirbelt, wenn wir hindurchgingen. Zuerst schritten wir über den älteren Teil des Friedhofes, wo manche Gräber so groß waren wie kleine Grundstücke. Die Grabsteine waren entsprechend prächtig. Hier hatten es sich die Leute noch etwas kosten lassen, ihre Toten zu begraben. Und sie behielten sie auch in einem ehrenden Andenken. Da war kein Grab ungepflegt, wie man es oft auf Großstadtfriedhöfen erlebt. Auf zahlreichen Gräbern brannten sogar kleine Lampen. Durch buntes Glas wurden die Kerzenflammen vor dem Wind geschützt.

Den Kies auf den Wegen sah ich kaum. Es wurde zumeist vom bunten Laub bedeckt.

Dann verließen wir den Hauptweg und gingen dorthin, wo das neue Gräberfeld lag. Hier sah es anders aus. Zwar wuchsen noch Bäume, aber längst nicht so alte und hohe wie auf dem älteren Teil des Friedhofs. Diese hier waren frisch angepflanzt worden und würden erst in einigen Jahren ihre gewaltigen Kronen ausstrecken und ein natürliches Dach über den letzten Ruhestätten der Toten bilden.

In der Ferne sahen wir die sanften Hügelrücken. Sie schimmerten dunkelgrün.

Ich horchte, ob sich die makabren Laute aus dem Sarg nicht wiederholten. Es tat sich nichts, alles blieb ruhig, nur unsere Schritte und das leise Weinen der Trauergäste waren zu hören.

Der Pfarrer schritt vor dem Sarg. Er bog nach links in einen schmalen Weg ein, an dessen Ende wir einen frisch aufgeworfenen Lehmhügel entdeckten.

Unser Ziel!

Wir benötigten zwei Minuten, um es zu erreichen. Dann verteilten wir uns um das Grab, ließen jedoch eine Gasse, um den Pfarrer hindurchzulassen, während die beiden Helfer den kleinen Wagen mit dem Sarg auf der Ladefläche heranschoben.

Noch einmal sprach der Geistliche, und auch ein ehemaliger Kollege ließ es sich nicht nehmen, Nadine Berger einen letzten Gruß mit auf den Weg zu geben.

Ich war sehr froh darüber, dass die Leute vom Film nicht wussten, was sich in dem Sarg abgespielt hatte.

Noch einmal wurde mir bewusst, dass ich Nadine nie mehr so sehen würde, wie ich sie kannte. Ob ich wollte oder nicht, meine Augen wurden feucht. Vom Magen her stieß der Kloß in die Kehle und dann noch weiter.

Es war schlimm für mich …

Dann wurde der Sarg in das offene Grab gelassen. Die Männer benötigten zwei Seile. Wir schauten zu, wie er langsam in der Erde verschwand.

Ich wischte mir über die Augen.

Noch einmal trat der Pfarrer an den Rand des Grabes, nahm seinen Weihwassersprenger, und glitzernde Tropfen fielen auf das Holz. Der Geistliche sprach ein letztes kurzes

Gebet. Es wurde von keinem Jaulen oder Knurren unterbrochen.

Dann war die Reihe an uns, dicht an das Grab heranzutreten und Blumen sowie Erde auf den Sarg zu werfen.

Emily Berger machte den Anfang. Sie schluchzte, als ein gelber Rosenstrauß auf den Sarg fiel. Ich war zur Seite gegangen, um den Spaten zu holen, der im Lehmhügel steckte. Suko stützte die Tante der Toten.

Etwa eine halbe Minute standen die beiden dort. Emily Berger weinte und flüsterte Worte, die ich nicht verstand. Dann war ich an der Reihe, häufte Lehm auf den Spaten und ließ ihn vom blanken Blatt in die Tiefe rutschen.

Es polterte dumpf, als der Lehm auf den Sargdeckel fiel. Eigentlich hatte ich etwas sagen wollen, letzte Abschiedsworte, aber ich brachte keinen Ton über die Lippen. Stumm stand ich da, und der Sarg verschwamm vor meinen Augen.

Wind wühlte meine Haare auf. Die Seitenteile des Mantels flatterten hoch. Ich sprach ein leises Gebet.

Letzte Abschiedsworte für Nadine Berger.

Dann wandte ich mich beinahe abrupt ab, um Suko Platz zu machen. Auch er warf Lehm auf den Sarg und blieb für eine Weile stumm stehen, während ich mir die Nase putzte.

In diesen Augenblicken hatte ich das Bild aus der Trauerhalle vergessen. Mein Blick glitt über die Köpfe der meisten Trauergäste hinweg und verlor sich in der Weite des irischen Hügellandes. Hinter dem Friedhof stieg das Gelände sanft an. Eine prächtige grüne Weide, auf der Schafe das saftige Gras rupften und sich den Winterspeck anfraßen.

Schritte knirschten, und Suko blieb neben mir stehen. Er sagte nichts, sondern nickte nur.

Es dauerte seine Zeit, bis alle Trauergäste der Toten die letzte Ehre erwiesen hatten. Der Blick des Priesters hakte sich in meinem Gesicht fest, doch ich zuckte mit keinem Muskel.

Irgendwann gingen wir. Ich hörte, dass Emily Berger in einem Gasthaus eine Kaffeetafel hatte decken lassen. Alle Trauergäste sollten sich dort versammeln.

Suko und ich wollten ebenfalls mitgehen. Allerdings keinen Leichenschmaus halten, aber vielleicht konnten wir etwas über das Geheimnis erfahren, das es in diesem Ort und der näheren Umgebung geben musste.

Wir ließen alle vorgehen, sodass Suko und ich den Schluss bildeten. Auch der Geistliche war schon weg. Als wir uns etwa fünfzig Yards von dem Grab entfernt hatten und uns bereits auf dem Weg befanden, der zum alten Teil des Friedhofs führte, blieb ich noch einmal stehen und drehte mich um.

Mein Blick schweifte über das Gräberfeld. Leer und verlassen lag es dort. Am Himmel segelten dicke Wolken. Sie sahen aus wie riesige, graue Wattebälle und bildeten die triste Staffage für einen Tag voller Trauer und Schmerz.

Und noch etwas sah ich.

Einen Schatten!

»Suko!«, zischte ich und deutete nach vorn.

Er sah den Schatten so eben noch. Er huschte aus dem offenen Grab, in dem eigentlich Nadine Berger hätte liegen müssen.

Ein Wolf!

Ein paar Schritte lief das Tier, blieb stehen, wandte den Kopf und schaute zu uns herüber.

Dann jagte es mit langen Sprüngen weg, bis dicht wachsende Büsche es unseren Blicken entzogen.

Sofort rannten wir zurück. Gemeinsam erreichten wir das Grab, blieben stehen und schauten in die Tiefe.

Der Sarg befand sich noch dort. Allerdings zertrümmert, als hätten Urkräfte in ihm gewühlt und ihn auseinander gerissen.

Jetzt hatten wir den richtigen Beweis. In dem kleinen Ort Avoca ging etwas Schreckliches vor ...

Die Gaststube war urgemütlich, allerdings auch überheizt. Für die Hitze sorgte ein Kanonenofen, der in einer Ecke stand und dessen Platte glühend rot strahlte. Die Kaffeetafel war im Hinterzimmer gedeckt worden. Die Trauergäste hatten schon Platz genommen. Wir trafen als Letzte ein, und zwei Kellnerinnen nahmen die Bestellungen auf. Wir schälten uns aus den Mänteln und suchten einen freien Platz.

Bis auf zwei Tische waren alle besetzt. Wir nahmen den, der dicht am Fenster stand.

Unaufgefordert stellte uns eine der Kellnerin zwei Gläser mit Schnaps hin. Eine gelblich trübe Flüssigkeit, die irgendwie seltsam roch. Suko schüttelte den Kopf und schob das Glas zu mir rüber. Dann bestellte er zwei Tassen Kaffee. Von dem auf dem Tisch stehenden Kuchen nahmen wir nichts.

Ich trank den ersten Schnaps. Er brannte in der Kehle wie Höllenfeuer. Das war wahrscheinlich ein selbst angesetzter, und den konnte man spüren. Im Magen breitete er sich schnell aus und verströmte gleichzeitig eine Wärme, die glühende Wangen brachte.

Den zweiten Schnaps ließ ich erst einmal stehen und schenkte dafür Kaffee ein. Er war heiß, tat gut und vereinte sich im Magen mit dem Schnaps.

Wir saßen nahe der Tür. Im Hintergrund des Raumes lagen blaugraue Rauchschwaden in der Luft. Die ehemaligen Kollegen der Toten unterhielten sich über Nadine.

Uns gegenüber nahe der Wand saß Emily Berger zusammen mit dem älteren Ehepaar. Worüber die drei redeten, konnten wir nicht verstehen. Sicherlich ging es ebenfalls um die Verstorbene. Mit Emily Berger hätte ich gern gesprochen, sie wusste sicherlich mehr über den Fluch, der die Menschen im Dorf bedrückte.

Der Pfarrer kam.

Als er die Tür öffnete, verstummten die Gespräche für einen Moment. Der Geistliche hob grüßend die rechte Hand, schaute sich um und steuerte unseren Tisch an, wo er sich niederließ, nachdem ich auf den freien Stuhl gezeigt hatte.

Ich sah, wie er auf den Schnaps schaute, und bedeutete ihm, das Glas zu leeren.

»Trinken Sie denn nicht, Mister Sinclair?«

»Danke, ich habe schon. Mein Kollege trinkt keinen Alkohol.«

»Oh, das ist ja fast eine Sünde, denn diesen Schnaps bekommen Sie nirgendwo zu kaufen. Er ist selbst gebrannt. Haben Sie nicht den Honig durchgeschmeckt?«

»Natürlich.«

»Das ist das Besondere daran.«

»Auf die Gesundheit«, sagte Suko lächelnd.

»Danke.« Der Geistliche leerte das Glas in einem Zug und verdrehte verzückt die Augen.

Ich gönnte es ihm.

Dann lehnte er sich zurück. Eine Kellnerin brachte den Kaffee und lächelte den Pfarrer an. »Danke, mein Kind«, sagte dieser.

Hier auf dem Dorf hatte man noch Respekt vor dem Pfarrer, was die Kellnerin bewies, in dem sie knickste und rot im Gesicht wurde.

Ich zündete mir eine Zigarette an, als der Pfarrer ein Etui mit Zigarren hervorholte. »Wissen Sie«, sagte er und riss ein Streichholz an. »Die Sache ist ja so: Was nicht sein darf, das kann auch nicht sein.«

»Wie meinen Sie das?«, fragte ich.

Aus seinem linken Mundwinkel strömten zwei dicke, graublaue Wolken. »Wenn jemand tot ist, dann ist er tot, dann kann er sich nicht in einen Wolf oder ein Schaf verwandeln. Seine Seele wird aus dem Körper steigen und in die Sphären des Himmels reisen, um vor dem Allmächtigen Rechenschaft abzulegen. Ich habe über die Sache in der Trauerhalle nachgedacht und bin fester denn je davon überzeugt, dass wir es mit einer Halluzination zu tun hatten.«

Da er von Suko und mir keine Zustimmung erhielt, fragte er: »Sie nicht, Gentlemen?«

»Nein, nicht ganz.«

»Aber dann erklären Sie mir mal, wie es möglich sein soll, dass aus einem Toten ein Wolf wird. Da gibt es keine logische

Definition. Sie müssen da schon spekulieren, und so etwas ist nie gut, wie ich aus eigener Erfahrung weiß.«

»Das stimmt. Nur, was ich gesehen habe, das habe ich gesehen, Herr Pfarrer.«

»Das ist keine Erklärung.«

»Vielleicht hilft Ihnen der Begriff schwarze Magie weiter.«

»Was?« Vor Überraschung nahm der Geistliche sogar die Zigarre aus dem Mund. »schwarze Magie?«

»Ja.«

»Unsinn, Mister Sinclair. Gerade von Ihnen als Polizeibeamten hätte ich eine andere Erklärung erwartet. Magie, Zauberei, das ist doch Kinderkram.«

»In der Regel«, sagte Suko. »Nur haben wir leider immer die Ausnahmen kennengelernt.«

»Nein, nein, so können Sie mir nicht kommen.«

»Und die Sache mit dem Kloster?«, fragte ich dazwischen.

»Ach, davon wissen Sie auch schon?«

»Man hat es uns angedeutet.«

»Sicher dieser Vincent Ulgar. Ein seltsamer Heiliger, dieser Kerl, wirklich. Setzt nur Ammenmärchen in die Welt.«

»An denen unter Umständen etwas dran ist«, hielt ich ihm entgegen.

»Der Pfarrer schüttelte den Kopf. »Nein, nein, glauben Sie so etwas nicht …« Er unterbrach sich, weil sein Kaffee kam und er einschenken musste.

Ich teilte nicht die Meinung des Pfarrers. Allerdings hatten wir auch mehr gesehen als er. Der zerstörte Sarg war ebenso wenig eine Halluzination gewesen wie der Anblick des fliehenden Wolfes. Nur zögerte ich, dem Geistlichen davon zu berichten. Er hätte mir sicherlich nicht geglaubt.

Zwei Schlucke hatte er genommen und griff nach einem Stück Kuchen, als ich fragte: »Wie ist das denn nun mit dem Kloster? Welche Bedeutung hat es?«

Der Pfarrer winkte ab und kaute gleichzeitig. Dazu schüttelte er noch den Kopf. »Nur dummes Gerede, mehr nicht. Glauben Sie mir, die Leute erzählen viel.«

»Was erzählen sie?«

»Dass es in dem alten Kloster nicht mit rechten Dingen zugehen soll.«

»Und?«

»Es ist alles normal.«

»Davon haben Sie sich überzeugt?«

»Natürlich, Mister Sinclair. Ich bin zwei- bis dreimal im Monat bei den Nonnen.«

»Dann ist das Kloster noch bewohnt?«

Da lachte der Pfarrer. »Natürlich, was haben Sie denn gedacht?«

»Und wie kommt man darauf, solche Gruselgeschichten darüber zu erzählen?«, wollte Suko wissen.

»Eine alte irische Sage.«

»Erzählen Sie ruhig«, forderte ich den Pfarrer auf. »Wir hören solche Geschichten gern.«

»Der Legende nach soll das Kloster auf einem verfluchten Platz gebaut worden sein. Und zwar auf einem Platz, wo sich der Götterwolf Fenris mit seinen weiblichen Artgenossen paarte. Da Fenris aber magische Kräfte nachgesagt worden sind, entstanden nach der Paarung Wölfe, die ewiges Leben besaßen, das jedoch immer wieder erneuert werden musste, so paradox sich das anhört. Die Wölfe waren dazu verflucht, sich die Seelen der Toten zu nehmen, um weiterleben zu können. Das ist alles, was die Geschichte hergibt.«

»Und als was lebten sie weiter?«, fragte ich.

»Als Wölfe.«

»Werwölfe?«

»Nein, normale Wölfe, wie es sie in den dichten Wäldern der Berge früher gab.«

»Und heute nicht mehr?«

»Nein, sie sind ausgerottet.«

»Wieso haben wir dann einen Wolf im Sarg gesehen?«

Jetzt blitzte es in den Augen des Pfarrers ärgerlich auf. »Hatten wir uns nicht darauf geeinigt, einer Halluzination zum Opfer gefallen zu sein?«

»Nein, Herr Pfarrer. Sie vielleicht, wir nicht.«

»Sie glauben also an die Wölfe.«

»Ja, und wir werden nicht eher abreisen, bis wir das Rätsel gelöst haben.«

»Das schaffen Sie nie.«

»Und aus welchem Grunde nicht?«

»Weil es keine Wölfe und keine schwarze Magie gibt. Diese ganze Geschichte ist Legende. Meinetwegen auch erfunden. Sie sind da auf dem falschen Dampfer, Herr Oberinspektor. Tut mir leid, dass ich Ihnen das in dieser Stunde der Trauer so deutlich sagen muss. Wirklich, ich hätte Sie beide für vernünftiger gehalten. Sie kommen doch aus der Großstadt und glauben tatsächlich noch an diese Ammenmärchen?«

»Wir haben Erfahrungen«, sagte Suko.

»Mit Wölfen?« Die Frage klang spöttisch.

»Sogar mit Werwölfen«, bestätigte Suko.

Der Pfarrer schnaubte. »Jetzt wollen Sie mich auf den Arm nehmen, wie?«

»Ganz und gar nicht«, antwortete ich. »Mit diesen Dingen scherzen wir nämlich nicht, die sind viel zu ernst.«

Unser Gegenüber öffnete den Mund.

Es sah so aus, als wollte er eine Antwort geben, dann jedoch schüttelte er den Kopf, quälte sich ein Lächeln ab und sagte: »Es tut mir leid, aber ich muss auch mit den direkt Betroffenen sprechen.«

»Selbstverständlich, Herr Pfarrer«, sagte ich.

Der Geistliche stand auf. Er wechselte den Tisch. Jetzt nahm er bei Emily Berger und dem älteren Ehepaar Platz.

»Den haben wir verärgert«, meinte Suko.

Ich hob die Schultern. »Möglich. Mich wundert es wirklich, dass er sich weigert, den Tatsachen ins Auge zu sehen. Eine Halluzination war es bestimmt nicht.«

»Da gebe ich dir recht.«

Es befand sich noch Kaffee in der weißen Kanne. Ich schenkte den Rest ein. Suko schaute dabei auf den braunen Strahl, der aus der Öffnung in die Tasse floss. »Und was machen wir? Sehen wir uns das Kloster an?«

»Worauf du dich verlassen kannst«, erwiderte ich.

»Auf die Nonnen bin ich wirklich gespannt«, sagte der Chinese.

»Wenn sie wirklich etwas mit Schwarzer Magie zu tun haben, dann dürfte sich auch kein einziges Symbol der christlichen Lehre innerhalb der Klostermauern befinden. Da der Pfarrer jedoch des Öfteren dem Kloster einen Besuch abstattet, wird es sicherlich völlig normal sein, wie ich glaube.«

Suko wiegte den Kopf. »Wäre es nicht möglich, dass der Pfarrer mit den Wölfen unter einer Decke steckt?«

»Mal den Teufel nicht an die Wand.«

»Ausschließen können wir es auch nicht.«

»Nein, ich möchte es nur nicht hoffen.«

»Da hast du recht.«

Ich schaute auf die Uhr. Es war inzwischen Nachmittag geworden. Keine zwei Stunden mehr, und die Dämmerung fiel über das Land. »Wir werden den Orgelspieler fragen, wo sich das Kloster befindet«, schlug ich vor. »Den Weg wird er sicherlich kennen.«

Suko war einverstanden. Wir wollten uns schon erheben, weil die Kollegen und Kolleginnen der toten Nadine ebenfalls zum Aufbruch rüsteten, als es geschah. Niemand hatte damit gerechnet, und niemand ahnte Böses, aber hinter uns, wo sich das kleine Fenster befand, zersplitterte plötzlich die Scheibe.

Unwillkürlich duckten wir uns und zuckten trotzdem noch herum. Suko und ich sahen den grauen Schatten, der die Scheibe zertrümmert hatte, deren Splitter gegen unsere Rücken prasselten. Der Schatten wischte zwischen uns hindurch, über den Tisch hinweg und schleuderte mit dem Schwanz das Geschirr von der Platte, das klirrend am Boden zerbrach.

Suko und ich sprangen hoch.

Das Wesen, das durchs Fenster gesprungen war und jetzt mitten im Raum stand, war ein ausgewachsener Wolf!

Rose Kiddlar war neun Jahre alt, hatte rotes Haar und zwei lustige Zöpfe wie die von der großartigen Astrid Lindgren erfundene Figur Pippi Langstrumpf. Und Rose ähnelte Pippi nicht nur im äußeren Erscheinungsbild, sie war auch immer zu Streichen aufgelegt. An diesem Nachmittag war sie von ihrer Mutter weggeschickt worden, um Milch zu holen. Die Familie Kiddlar gehörte zu den wenigen Ausnahmen im Ort, die keine eigene Landwirtschaft betrieben, sondern von der Whiskybrennerei lebten. Deshalb holten sie ihre Milch immer beim Bauern.

Rose Kiddlar trug eine der Milchkannen, wie sie früher einmal benutzt worden waren und jetzt schon auf manchen Flohmärkten verkauft wurden. Die Kanne hatte zwar mal einen Deckel gehabt, doch der war irgendwann im Laufe der Zeit verloren gegangen. Auch beim Milchholen, und natürlich war Rose daran schuld.

Der Bauer, bei dem sie die Milch holen musste, besaß einen großen Hof außerhalb des Ortes, inmitten sanft gewellter, saftiger Kuhweiden und Felder. Ein schmaler Weg, von Traktorspuren gezeichnet, durchschnitt die Felder. Die Spuren liefen rechts und links, und sogar das Profil der Reifen war gut zu erkennen. Zwischen den beiden Profilen wuchs Gras. Grüne Büschel, die im Herbst auch langsam braun wurden.

Rose hatte es nicht eilig. Sie tänzelte mehr, als dass sie ging, und schwenkte die leere Milchkanne wie andere Leute ihre Taschen. Dabei sang sie ein altes irisches Volkslied. Als sie die Kühe auf der Weide passierte, blieb sie stehen und streckte den blöd dreinglotzenden Rindviechern die Zunge heraus.

Dann lief sie lachend weiter. Der Weg beschrieb eine Linkskurve. Als sich das Mädchen in deren Scheitelpunkt befand, konnte es bereits das Wohnhaus mit dem roten Dach sehen. Die beiden übrigen Gebäude, Stall und Scheune, standen im rechten Winkel dazu, sodass alle drei Bauten ein großes U bildeten.

Der Bauer hatte fünf Kinder, und alle arbeiteten mit. Die beiden Mädchen waren auf dem Hof, sie fütterten die Hühner.

Roses Augen glänzten plötzlich. Dann begann sie zu rennen. Sie jagte auf den Hof, sodass die Hühner einen panischen Schrecken bekamen und wild hochstoben.

Die beiden Mädchen schimpften, nur Rose lachte. Ihr war mal wieder ein kleiner Streich gelungen.

»Was willst du?«, fragte Sharon sie. Sharon war die älteste und schon vierzehn. Ihre Sommersprossen waren kaum zu zählen. Sie hatte noch mehr als Rose.

»Milch holen.«

»Man sollte dir Essig geben, du kleine Hexe.«

»Na, na, na, Sharon.« In der offenen Haustür stand die Bäuerin. Wenn man sie sah, wusste man, woher das rote Haar Sharons stammte. Die Mutter hatte es ihr vererbt.

»Sie hat uns die Hühner verjagt«, beschwerte sich Sharon.

»Die kommen wieder.«

Rose streckte den beiden Mädchen die Zunge heraus, aber so, dass die Bäuerin es nicht bemerkte. Dann durfte sie ins Haus gehen und bekam die frische Milch. Zu bezahlen brauchte sie nicht. Am Ende des Monats wurde immer abgerechnet.

Als Zugabe erhielt Rose noch ein Stück Schokolade, das sie rasch in ihrem Mund verschwinden ließ. »Und grüße mir deine Eltern«, sagte die Bäuerin noch.

»Mach ich.«

Die Hühner hatten sich wieder eingefunden. Diesmal wurden sie nicht verscheucht.

»Das gibt Rache«, rief die Kleinere der Schwestern noch. »Komm du in die Schule.«

»Fang mich. Fang mich doch!«, rief Rose und rannte, obwohl sie die Milchkanne trug. Ein paar Spritzer klatschten gegen ihre Beine, doch damit hatte Rose nichts am Hut.

Sie nahm den gleichen Weg, den sie zuvor gegangen war. Nur gab sie jetzt etwas acht, damit sie die Milch nicht verschüttete. Zweimal war ihr das bisher passiert, und jedes Mal hatte es Stubenarrest gegeben. Da waren ihre Eltern unerbittlich.

Im Haus sitzen wollte sie nicht, denn gerade im Herbst konnte man so wunderbar Geist spielen. Wenn die Nebel auf den abgeernteten Feldern lagen und die Herbstfeuer glühten, dann war es die richtige Zeit, um sich vor dem Winter noch einmal auszutoben.

Auch jetzt war die Sonne bereits verschwunden. Es war kühler geworden. Die Feuchtigkeit breitete sich sehr schnell aus. Blitzschnell bildete sich über den Feldern ein feiner weißer Schleier, der sich sehr rasch zu einem grauen Nebelstreifen verdichtete und immer größer wurde.

Rose Kiddlar hatte es nicht eilig. Oft schielte sie auf die Kanne, die sie in der rechten Hand trug. Dabei überlegte sie, ob sie es wirklich wagen sollte. Es gab da ein herrliches Spiel. Man konnte die Kanne waagerecht halten und musste sich dabei nur drehen, dann floss kein Tropfen Milch heraus. Allerdings musste das sehr schnell gehen. Mit Wasser hatte Rose es schon probiert, das klappte, also musste es auch mit Milch möglich sein.

Sie ging so weit, dass sie vom Haus des Bauern nicht mehr gesehen werden konnte, blieb dann mitten auf dem Weg stehen, nahm den hölzernen Griff fest in die Hand und begann sich zu drehen. Erst langsam, dann immer schneller, der rechte Arm wurde hochgeschleudert, mit ihm die Kanne, und sie lag plötzlich waagerecht. Kein Tropfen Milch ging verloren, das Mädchen hatte es geschafft. Rose freute sich so sehr, dass sie laut auflachte.

Jäh endete das Lachen!

Vor Schreck ließ das Mädchen die Kanne los, die noch weitergeschleudert wurde und nahe dem Wegrand in den Graben fiel, wo die Milch herausfloss.

Rose Kiddlar hatte etwas entdeckt.

Vor ihr stand ein grauer Wolf!

Plötzlich zitterte die Kleine vor Angst. Sie starrte den Wolf an, der ihren Blick erwiderte. Allerdings hatte er keine gelben Raubtieraugen, sondern Pupillen, die in einem kalten, gnadenlosen Rot leuchteten. Wie ein Denkmal stand der graue Jäger dort und ließ das Kind keine Sekunde aus den Augen.

Rose zitterte. Langsam ging sie zurück. Schritt für Schritt bewegte sie sich nach hinten, denn vorn war der Weg versperrt. Vielleicht konnte sie noch zum Bauernhaus laufen und dort Schutz finden, so dachte sie instinktiv richtig.

Bis sie das Knurren in ihrem Rücken hörte.

Sie stoppte und drehte sich auf der Stelle um.

Ein zweiter Wolf starrte sie an. Er stand sogar noch näher als der erste und hatte ebenso rote Augen wie sein Artgenosse. Nur war sein Fell braun und nicht grau.

Rose bekam es mit der Angst zu tun. Sie fing an zu weinen, denn die Angst vor diesen Tieren steigerte sich von Sekunde zu Sekunde. Das waren keine Hunde, nein, sondern gefräßige Raubtiere, wie sie früher hier gelebt hatten. Rose wusste das sehr genau. Sie hatte oft zugehört, wenn sich die Erwachsenen über die Wölfe unterhielten. Daher wusste sie, dass die Tiere die Wälder unsicher gemacht hatten.

Und jetzt waren sie da.

Was sollte sie tun?

Rose Kiddlar war mit Hunden groß geworden. Von klein auf hatte man sie an die Tiere gewöhnt, das half ihr nun. Obwohl sie Angst hatte, schritt sie doch mutig auf das vor ihr lauernde Tier zu. Sie ging sehr langsam und versuchte, mit dem Wolf zu sprechen.

»Nicht«, sagte sie. »Du darfst mir nichts tun. Wir sind doch Freunde, Wolf, ich tu dir auch nichts.«

Es schien, als würde das Tier die Worte verstehen, denn es stellte die Ohren aufrecht, um zu horchen.

Das Mädchen schluckte. Jetzt befand es sich nur noch drei Schritte von dem grauen Wolf entfernt.

Da öffnete er den Rachen.

Rose Kiddlar schien zu Stein zu werden. Groß wurden ihre Augen. Zum ersten Mal sah sie die Zähne des grauen Räubers, die lang und spitz waren und dabei gelblich schimmerten.

»Nein!«, flüsterte das Mädchen. »Bitte nicht.«

Da ging der Wolf vor. Geschmeidig bewegte er sich und überbrückte sehr schnell die Distanz zu dem Kind.

Die Neunjährige wagte nicht, sich zu rühren. Der Wolf war fast so groß wie sie, und er hatte seinen Rachen nicht geschlossen. Die Schnauze fuhr an der Hüfte und der Schulter des Mädchens entlang, und Rose rechnete fest damit, gebissen zu werden.

Eine Zunge glitt aus dem Maul. Weich und feucht drängte sie sich gegen den Arm der Neunjährigen. Sie glitt sogar bis unter die Achselhöhle, und erst bei dieser Berührung zuckte Rose zusammen. Sie ging nicht mehr weiter. Kaum wagte sie zu atmen, aber innerlich schrie sie nach ihren Eltern, obwohl kein Laut aus ihrem Mund drang.

Der Wolf biss nicht zu, aber sie hörte eine Stimme. Eine menschliche Stimme, und sie drang aus dem Rachen des Tieres.

Ein Wolf, der sprach.

»Laufe nach Hause, Kind! Lauf weg und sage den anderen, dass sich der Fluch erfüllt. Avoca und die Bewohner dieser Stadt sind dem Tode geweiht. Geh, und sag ihnen das!«

Der Wolf zuckte mit seiner Schnauze zurück, als er die Worte gesprochen hatte. Rose war wieder frei.

Für wenige Sekunden stand sie bewegungslos. Sie spürte den Schauder auf ihrem Rücken und schielte nach rechts, wo sich der Wolf langsam in Bewegung setzte, zu seinem Artgenossen ging und neben ihm stehen blieb. Dann machten beide kehrt und jagten mit gewaltigen Sprüngen erst über den Graben an der Straße und danach auf das Feld, wo der graue Dunstschleier sie verschluckte und sie den Augen des Mädchens entzog.

Der Spuk war gekommen, der Spuk war verschwunden. Nur Rose Kiddlar stand wie verloren auf dem schmalen Feldweg. Was hatte der Wolf noch geflüstert?

Lauf weg und sage den anderen Bescheid.

Diese Worte wirkten bei der neunjährigen Rose Kiddlar wie ein verspätetes Alarmsignal.

Als hätte jemand einen Startschuss gegeben, so rannte sie los. Die Angst peitschte sie regelrecht voran ...

Der Wolf stand dicht an der Tür und fletschte die Zähne. Und das waren Hauer, Teufel noch mal.

Richtige Reißer, gelblich schimmernd, gefährlich anzusehen. Aber noch mehr faszinierten mich die Augen. Es waren nicht die normalen Augen eines Wolfes, diese hier glänzten in einem kalten, gefährlichen Rot und zeigten eine Erbarmungslosigkeit, die mich frösteln ließ.

Leicht geduckt stand er da. Das Maul aufgerissen, aus dem Geifer tropfte.

Die anderen Gäste hatte ebenfalls nichts mehr auf ihren Plätzen gehalten. Nur wagte sich jetzt niemand vor. Die Frauen und Männer standen dicht an den Wänden und pressten sich mit dem Rücken dagegen.

Auf keinen Fall sollte es der Bestie gelingen, die Leute anzugreifen, denn dazwischen standen noch Suko und ich.

Ich riskierte es und warf einen schnellen Blick auf den Pfarrer. Der war leichenblass geworden, ebenso blass wie Emily Berger und das ältere Ehepaar.

Ich hörte nur, wie der Mann sagte: »Der Fluch. Er wird sich erfüllen, die Zeit ist da!«

Normalerweise hätte ich die Beretta gezogen, um mich bei einem Angriff wirksam verteidigen zu können. Das jedoch ging nicht. Zwar hatten wir unsere Waffen mitgenommen, doch die befanden sich im Wagen. Auf der Beerdigung hatte ich nicht mit der Pistole herumlaufen wollen. Das rächte sich jetzt. Was tun?

Mein Kreuz. Vielleicht konnte ich es damit schaffen. Aber ich wagte nicht, meine Hand zu heben, der Wolf hätte die Bewegung missverstehen können.

»Geh langsam vor«, sagte Suko zischend.

Ich stand direkt vor dem Wolf, Suko im rechten Winkel zu ihm. In seinem Rücken befand sich das zerstörte Fenster.

»Und dann?«

»Mal sehen, John.«

Suko hatte recht. Ich konnte hier nicht lange warten, sondern musste selbst etwas unternehmen.

Das tat ich auch.

Ich bewegte mich, setzte erst das rechte Bein vor, dann das linke. Langsam näherte ich mich dem Wolf und war darauf bedacht, keine hastige Bewegung zu machen.

Er konzentrierte sich auf mich. Die roten Augen funkelten mich an. Wenn er springen sollte, dann wollte ich meinen rechten Arm hochreißen und versuchen, ihn abzuwehren. Gleichzeitig musste ich auch irgendwie an mein Kreuz gelangen, denn dass dieser Wolf schwarzmagisch beeinflusst war, lag auf der Hand, ansonsten hätte er nicht die roten Augen gehabt.

Würde er es wagen?

Er sprang!

So schnell, dass ich es kaum mitbekam. Als der vielstimmige Aufschrei gellte, befand er sich bereits in der Luft. Ich brachte wirklich noch soeben meinen Arm hoch, um meine Kehle zu schützen, als er schon gegen mich prallte.

Der Ansturm warf mich um.

Ich knallte nicht zu Boden, sondern fiel rücklings über einen Tisch, von dem ich das Geschirr und den Kuchen abräumte. Mit dem linken Bein stieß ich gegen den Tischrand und spürte sofort wieder die schrecklichen Schmerzen, die von der Wunde her aufflammten.

In das Schreien der Gäste mischte sich das gefährliche Knurren des Wolfes, das mich schon an ein Fauchen erinnerte. Die Tür wurde aufgerissen. Gäste, der Wirt und die Kellnerin stürmten in den Raum. Das allerdings sah ich nicht, sondern Suko, der die Leute anschrie und wieder zurückschickte, bevor er eingriff.

Dies war auch wirklich nötig, denn der verfluchte Wolf hatte mich überrumpelt. Wenn ich nicht achtgab, würde er mir die Kehle zerbeißen. Noch konnte ich ihn zurückdrücken, aber seine aus dem Rachen hängende Zunge war bereits in mein Gesicht geklatscht.

Ich stieß mein rechtes Bein hoch und wühlte das Knie in den Leib der Bestie. Einen Erfolg erzielte ich damit nicht, das Tier schien gegen normale Angriffe unempfindlich zu sein.

Dann war Suko da.

Und er packte es richtig an.

Der Chinese hieb beide Hände in das Nackenfell des Wolfes. Dann riss er ihn hoch und schleuderte ihn herum. So wuchtig, dass der Wolf auf die Erde fiel und sich dort einmal überschlug, bevor er wieder auf die Beine kam.

Jetzt war Suko sein Feind.

Während ich mich aus der unbequemen Lage hochrappelte, sprang der Wolf meinen Freund an.

Er wollte es wie bei mir machen, aber Suko war gewarnt. Er hatte die Stellung eines Karatekämpfers eingenommen, und aus dieser Haltung heraus explodierte er förmlich.

Die rechte und die linke Handkante säbelten gleichzeitig nach unten. Auch Sukos Hände waren Waffen, und diesmal kamen sie von beiden Seiten.

Der Chinese traf den grauen Räuber mitten im Sprung. Es waren ungemein harte Treffer. Sie mussten das Nervenzentrum des Tieres lahmgelegt haben, denn der Wolf krachte zu Boden, zuckte noch einmal und blieb wie tot liegen.

Suko bückte sich und fühlte nach. Nickend erhob er sich wieder. »Er lebt noch«, sagte er.

Auch ich stand wieder auf den Beinen. Mein linkes Bein schmerzte. Mit dieser verdammten Kugelwunde würde ich wohl noch ein paar Tage länger meinen Ärger haben.

Ich setzte mich halb auf den Tisch, damit das Bein ruhen und der Schmerz abklingen konnte. Dann nickte ich den Gästen zu. »Gehen Sie!«, forderte ich sie auf. »Schnell!«

Nichts, was sie lieber getan hätten. Die Trauergäste packten ihre Mäntel und Jacken. Hastig warfen sie sich die Kleidungsstücke über. Dann schlichen sie an dem bewusstlosen Tier vorbei oder drückten sich eng an der Wand entlang.

Auch Mrs Berger ging. Sie war ebenso blass wie die anderen. Ich hatte das Gefühl, als wolle sie mir etwas sagen, ohne sich jedoch zu trauen, deshalb winkte ich ab und sagte: »Wir kommen später zu Ihnen.«

Da nickte sie und ging.

Ich hörte die lauten Stimmen aus dem Gastraum. Die Menschen riefen und schrien durcheinander.

»Zum Bus!«, kreischte eine Frau. »Ich bin nicht lebensmüde. Ich will hier weg!«

Das konnte ich gut verstehen. Auch der Pfarrer wollte den Raum verlassen. Ich bat ihn zu bleiben.

»Bitte, Hochwürden, nicht jetzt!«

Er schluckte. »Was – was soll ich hier?«

»Wir brauchen Sie als Zeugen.«

»Wofür?«

»Das werden Sie sehen«, erwiderte ich und holte mein geweihtes Kruzifix hervor.

Die Augen des Geistlichen wurden groß. »Sie tragen ein Kreuz bei sich?«

»Ja.«

»Darf ich es mal sehen?«

Ich zeigte es ihm. Der Pfarrer setzte seine Brille auf. »Mein Gott, die Zeichen, das allsehende Auge auch. Und dann die vier Buchstaben an den Ecken. Was bedeuten sie?«

»Michael, Raphael, Gabriel und Uriel. Vier Erzengel«, erklärte ich. »Und jetzt sehen Sie sich die Buchstaben an.«

»Das sind die Anfangsbuchstaben«, flüsterte der Pfarrer.

»Genau«, sagte ich. »Denn die vier Erzengel haben das Kreuz geweiht. Ich trage es in ihrem Namen.«

»Großer Gott, das gibt es doch nicht.«

Ich lächelte schmal. »Und wie es das gibt, Hochwürden.«

Der Pfarrer schüttelte den Kopf und schaute mich nicht mehr an, sondern den Wolf. »Was haben Sie vor?«

»Ich möchte mit diesem Tier ein Experiment machen.«

»Wollen Sie es töten?«

»Das kann sein. Es kommt darauf an, wie es reagiert.«

»Worauf?«

»Auf das Kreuz«, erwiderte ich.

Der Pfarrer lächelte, doch es wollte ihm nicht so ganz gelingen. Schon im Ansatz zerfaserte es. Er schaute mir zu, wie ich mich neben dem Wolf niederließ. Mein linkes Bein durfte ich dabei nicht zu sehr belasten.

Das Kreuz hatte ich in die rechte Hand genommen. Der Wolf lag auf der Seite. Die Augen hielt er halb geschlossen, die Schnauze stand offen. Dabei sah ich die Zähne. Sie standen denen eines Werwolfs in nichts nach.

Sollte das Tier unter dämonischem Einfluss stehen, dann würde es sich jetzt zeigen.

Meine rechte Hand näherte sich dem toten Wolf. Das Kreuz blitzte auf, als es von einem Lichtstrahl getroffen wurde. Dann hatte es Kontakt.

Sofort geschah es.

Es begann mit einem Knistern. Licht zuckte auf, das sich gedankenschnell ausbreitete und einen Ring um den Körper des Wolfs legte. Das Tier bäumte sich trotz seiner Ohnmacht auf, und ich sah plötzlich über seinem Gesicht das einer Frau schimmern.

Geisterhaft bleich sah es aus. Mit großen Augen und einem feinen Lächeln.

Dann war das Gesicht verschwunden …

Der Wolf lag ruhig da. Er löste sich nicht auf. Als ich mit den Fingern durch sein Fell strich, fühlte es sich seltsam spröde an, und auch die Augen kamen mir zu starr vor.

Suko sprach das aus, was ich dachte. »Das Tier ist tot, John. Dein Kreuz muss es getötet haben.«

»Ja. Aber es löst sich nicht auf!«

Mein Freund hob die Schultern. »Das verstehe, wer will, John. Ich nicht.«

Ich erhob mich und steckte das Kreuz weg. Als ich den

Kopf nach rechts drehte, sah ich den Pfarrer. Der Mann wankte zu einem Stuhl und ließ sich schwer darauf fallen.

»Nun?«, fragte ich ihn. »Sie haben es hoffentlich gesehen, Hochwürden.«

»Ja, das habe ich.« Er nickte und drückte vier Fingerspitzen von zwei Seiten gegen die Stirn. »Ich habe sogar sehr deutlich gesehen. Es war ein Gesicht, und ich kannte es.«

»Wer ist es?«, fragte ich.

»Wir nannten sie Mutter Barbara. Die vorletzte Äbtissin des Klosters. Sie und der Wolf müssen dann …« Der Pfarrer redete nicht mehr weiter, sondern hob den Blick und schaute mich an. »Meine Güte, das ist doch unmöglich. Die Äbtissin war eine sehr fromme Frau. Das hier ist Teufelswerk. Ich kann es nicht fassen, Oberinspektor. Das will nicht in meinen Kopf hinein.«

Was sollte ich darauf antworten? Auch Suko wusste keinen Rat. Das sah ich ihm an. Er war ebenfalls ein wenig hilflos und um eine Erklärung verlegen.

»Was sagen Sie denn dazu?« Der Geistliche gab nicht auf. Er wollte von mir eine Antwort.

»Nichts, Herr Pfarrer.«

»Sie enttäuschen mich.«

»Wieso? Was verlangen Sie, Hochwürden? Ich kenne die näheren Umstände des Falls nicht, aber ich werde sie kennenlernen. Darauf gebe ich Ihnen Brief und Siegel. Sie haben mir vorhin abgeraten, dem Kloster einen Besuch abzustatten. Denken Sie jetzt auch noch so, Herr Pfarrer?«

»Wohl kaum.«

»Dann werden mein Kollege und ich uns das Kloster einmal ansehen. Wie heißt die Äbtissin, die es leitet?«

»Mutter Clarissa.«

»Mit ihr werden wir reden.«

»Aber sie ist völlig normal, Mister Sinclair. Auch die anderen Nonnen. Da werden Sie kein Glück haben …«

»Das haben Sie von der anderen Äbtissin auch behauptet«, hielt ich entgegen.

»Die ist lange schon tot.«

»Vielleicht liegt da die Lösung des Rätsels«, mischte sich Suko in den Dialog.

»Wieso?«

»Wo ist sie denn begraben worden?«, wollte der Chinese wissen.

»Auf dem Klosterfriedhof.«

»Der sich, wie ich annehme, nahe beim Kloster befindet.«

»Ja, er liegt auf dem Klostergelände.«

»Von dem die Legende erzählt, dass es dort nicht mit rechten Dingen zugegangen ist«, sagte ich.

Der Pfarrer hob die Arme und ließ sie wieder fallen, wobei seine Handgelenke auf die Oberschenkel klatschten. »Ja, aber das sagt nur die Legende.«

Ich deutete auf den toten Wolf. »Ist er hier auch nur Legende, Hochwürden?«

»Nein.«

»Sehen Sie. Ich wäre von selbst nie darauf gekommen, wenn Sie mir nicht von dem Wolf Fenris erzählt hätten. Seine Magie wird dort noch nachwirken, dessen bin ich mir sicher.«

»Und die Sache auf dem Friedhof«, bemerkte Suko.

Der Geistliche schaute den Chinesen an. »Was ist denn da schon wieder passiert? Oder meinen Sie die Leichenhalle?«

»Nein, nein.« Suko berichtete, was wir erlebt hatten, als wir nach der Trauergemeinde den Friedhof verlassen wollten.

Der Pfarrer wurde noch blasser. »Das – das ist ja schrecklich«, murmelte er.

»Da haben Sie ein wahres Wort gesprochen, Hochwürden. Ich frage mich nur, wie es kommt, dass auch meine Bekannte Nadine Berger in diesen teuflischen Kreislauf geraten ist. Darauf möchte ich gern eine Antwort haben.«

»Von mir?«

Ich lächelte dem Pfarrer zu. »Wenn Sie dazu in der Lage sind, dann gern.«

»Kaum.«

»Überlegen Sie. Hat Nadine Berger irgendeine Verbindung zu dem Kloster gehabt?«

»Nein, wirklich nicht.«

Ich glaubte dem Pfarrer. Er spielte uns hier keine Komödie vor, sondern war ebenso geschockt wie wir.

»Dann werden wir wohl weiter nach einer Lösung suchen müssen«, sagte ich und erhob mich von meinem Stuhl. Ein paar Mal drückte ich das linke Bein durch. Die Wunde zog zwar noch, sie schmerzte zum Glück nicht mehr, sodass ich laufen konnte.

»Wollen Sie wirklich zum Kloster?«, fragte uns der Pfarrer.

»Natürlich.«

»Dann werde ich mitgehen.«

»Lassen Sie mal. Wenn Sie uns den Weg erklären, haben Sie uns schon viel geholfen.«

»Wenn Sie meinen.« Der Pfarrer wollte noch etwas hinzufügen, als die Tür aufgestoßen wurde. Zwei Männer drängten in den Raum. Es waren die beiden, die auf dem Friedhof den Leichenkarren gezogen hatten. Ihre Gesichter waren blass, die Augen aufgerissen. Man sah ihnen an, dass sie Angst hatten.

Uns übersahen sie und wandten sich direkt an den Geistlichen. »Hochwürden!«, riefen sie wie aus einem Mund. »Auf dem Friedhof, das frische Grab, wo die Frau, die Leiche, gelegen hat. Das Grab, nein, der Sarg ist zerstört.«

Beide wunderten sich, dass der Pfarrer nickte. »Ich weiß«, erwiderte er. »Ich weiß es, leider.« Er senkte den Kopf und schüttelte ihn gleichzeitig. »Man hat es mir bereits gesagt, Leute. Es ist nichts Neues mehr. Ihr könnt wieder gehen.«

Die Männer warfen einen scheuen Blick auf den toten Wolf. Hinter ihnen drängten sich die Leute aus der Gastwirtschaft. Jeder wollte etwas sehen. Dann sah ich die Uniformen von zwei Polizisten. Die Männer betraten das Hinterzimmer, grüßten und erkundigten sich, was geschehen sei.

Ich wies mich aus, und auch Suko hielt seinen Ausweis hoch. Die Augen der Beamten wurden groß. Obwohl wir in

Irland nichts zu melden hatten, besaß Scotland Yard natürlich auch hier einen ausgezeichneten Ruf, und die Beamten erkundigten sich, ob sie etwas für ihn tun könnten.

»Ja, Gentlemen. Schaffen Sie den toten Wolf weg. Haben Sie hier einen Abdecker?«

»Nein, aber wir können den Kadaver auch so verbrennen.«

»Dann tun Sie es bitte.«

Das ließen sich die Polizisten nicht zweimal sagen. Gemeinsam schafften sie das tote Tier hinaus. Sie schleiften es dabei über den Boden.

Der Pfarrer hatte noch eine Frage. »Glauben Sie, dass noch mehr Wölfe herumlaufen?«

»Das ist gut möglich«, erwiderte ich. »Vielleicht sollten die Menschen in den Häusern bleiben.«

Der Geistliche nickte. »Ja, ich glaube auch, das wäre besser. Wirklich.« Er räusperte sich. »Sehen wir uns noch, bevor Sie zum Kloster gehen?«

»Vielleicht. Aber erklären Sie uns sicherheitshalber den Weg.«

Das tat der Geistliche. Nach seiner Beschreibung war das Kloster leicht zu finden.

Unser Optimismus wurde allerdings ein wenig gedämpft, als wir nach draußen kamen.

Es herrschte Nebel.

Und wie.

Hellgrau wie das Licht der Dämmerung lagen die Schlieren und Schleier über dem Land. Sie krochen und quirlten durch die schmalen Straßen und Gassen, tasteten sich wie mit langen Geisterfingern an den Hauswänden hoch und versuchten, Spukgestalten gleich, in alle offenen Fenster und Löcher zu dringen.

Wir hatten den Bentley nicht vor der Gaststätte abgestellt, sondern dahinter. Dort befand sich ein Platz, wo leere Kisten und die großen Mülltonnen standen.

Der Bus war inzwischen verschwunden. Wo er geparkt hatte, war das Unkraut platt gedrückt.

Ich schloss auf. Suko schaute mich dabei fragend an. »Willst du fahren, John?«

»Wieso nicht?«

»Ich denke da an dein Bein.«

»Hör auf, mich wie einen Schwerverletzten zu behandeln. Das packe ich schon.«

»War nur ein Vorschlag.«

»Ja, ja, schon gut.« Ich ärgerte mich selbst über die Verletzung. Das war der Grund, weshalb ich so unwirsch reagiert hatte. Ich startete, legte den Rückwärtsgang ein, schaltete nach wenigen Yards um und hatte den Wagen gedreht. Wir mussten am Gasthaus vorbei. Die Tür stand weit offen. Menschen drängten sich davor, und es wurden immer mehr. In Windeseile musste sich herumgesprochen haben, was im Hinterzimmer geschehen war.

Im Schritttempo ließ ich den Bentley rollen. Wir mussten Acht geben, dass wir die Abfahrt nicht verpassten. Noch vor der Kirche sollte es nach links gehen.

Die Kirche sahen wir. Verschwommen wirkte der spitze Turm. Das Kreuz darauf war nicht zu erkennen. Seine Umrisse wurden vom dichten Nebel geschluckt.

Der Weg war wirklich schmal. Er führte sanft in die Höhe und wurde von dicht beieinander stehenden Häusern gesäumt. Innerhalb der Nebelschwaden wirkten die Fassaden noch grauer, als sie tatsächlich waren. Hier befand sich der älteste Teil des Dorfes, denn früher hatte man um die Kirche herumgebaut. Hinter einigen Fenstern brannte Licht. Der gelbe Schein wurde allerdings sehr schnell von der grauen Nebelsuppe verschluckt.

Und die Dunkelheit nahm zu. Sie löste die Dämmerung ab. Bald waren auch die Häuser verschwunden. Zudem hatten wir die Höhe erreicht, sodass der Weg jetzt geradeaus weiterführte, dann eine große Kurve beschrieb und mehrere Felder voneinander trennte.

Wie der Pfarrer uns erklärt hatte, sollte er direkt zum Kloster führen.

Eine Viertelstunde Fußweg vom Ortsende. Viel weniger würden wir auch nicht benötigen, das stand fest. Wir kamen uns vor wie auf einer Insel, obwohl wir schließlich den Nebel von London her kannten. Aber hier wusste ich nicht Bescheid.

Schon nach wenigen Yards war vom Scheinwerferlicht nichts mehr zu sehen. Die grauen, wallenden und tanzenden Schwaden absorbierten die gelbweißen Strahlen.

Suko und ich sahen die Schatten fast gleichzeitig.

»John, da ist was«, sagte der Chinese.

»Schon gesehen, Partner.« Ich fuhr noch langsamer.

Da bumste etwas gegen unseren Wagen. Das geschah hinten. Sofort löste Suko den Sicherheitsgurt und drehte sich um.

»Was war?«, fragte ich.

»Kann nichts erkennen. Fahr mal weiter!«

Ich fuhr nicht weiter, sondern stoppte. Denn jetzt hatte ich es ebenfalls gesehen. Die grauen Schatten hatten sich vervielfältigt. Nicht zwei oder drei standen vor unserem Wagen, sondern ein halbes Dutzend. Und sie verteilten sich, wobei sie den Bentley in die Mitte nahmen.

»Weißt du, wer uns da besucht hat?«, fragte ich Suko.

Der Chinese nickte. »Und wie, das sind Wölfe …«

Der Pfarrer schaute zu, wie der tote Wolf fortgeschafft wurde. Die Polizisten schleppten ihn weg. Natürlich bestürmten die Menschen den Geistlichen mit Fragen, doch er gab keine Antwort. Unwillig schüttelte er den Kopf. Die Menschen sollten ihn in Ruhe lassen, er wollte nichts sagen, denn es hätte unter Umständen eine Panik geben können, was wirklich nicht gut gewesen wäre.

Natürlich würden die Polizisten Fragen haben. Aber die wollte der Pfarrer ihnen in seinem kleinen Haus beantworten, wo es keine weiteren Zeugen gab.

Der Geistliche hörte den Gesprächen der anderen genau

zu. Vor allen Dingen ältere Menschen erinnerten sich noch sehr gut an die alten Legenden, die man sich über die Wölfe erzählt hatte. Jetzt befand sich ein toter Wolf im Dorf. Zum Glück wusste keiner der Versammelten, wie er genau gestorben war, aber der Pfarrer konnte das Bild nicht vergessen, das sich ihm gezeigt hatte, als Oberinspektor Sinclair den Wolf mit einem Kreuz berührte.

Ein Gesicht war zu sehen gewesen.

Das Gesicht der alten Äbtissin.

Der Pfarrer schauderte, als er daran dachte. Obwohl er über sein Gesicht strich, wich die Gänsehaut nicht. Die Furcht hockte auf ihm wie ein drückender Albtraum.

Was würde noch geschehen?

Jemand trat auf ihn zu. Der Geistliche musste erst zweimal schauen, um die schmale Gestalt zu erkennen. Es war Emily Berger. Neben dem Pfarrer blieb sie stehen und blickte ihn ernst an.

»Was sagen Sie dazu, Father Stone?«

»Ich weiß es nicht.«

»Sie dürfen nicht lügen, Father. Sie wissen sicherlich mehr. Die Wölfe sind ausgerottet worden, das steht fest. Wieso kommt es, dass sie wieder ins Dorf laufen?«

»Ich weiß die Antwort nicht.«

»Sie ahnen sie aber.«

»Nein, das ist mir unerklärlich, glauben Sie mir. Auch ich habe Angst.«

»Vor dem Fluch?«

Father Stone senkte den Blick. »Ja, Mrs Berger, auch vor dem Fluch.«

»Dann glauben Sie an ihn?«

»Es ist möglich.«

Emily Berger schluckte. Sie wollte etwas sagen, aber der Pfarrer hätte ihr sicherlich keine Antwort gegeben, zudem kehrten die beiden Polizisten in diesem Moment zurück.

»Wir sehen uns dann später, Father Stone.« Emily Berger wandte sich ab.

Der Geistliche hielt sie noch zurück. »Und bleiben Sie im Haus, Mrs Berger, es ist besser.«

»Rechnen Sie mit dem Auftauchen weiterer Wölfe?«

»Wir können es nicht ausschließen.«

Emily nickte. »Der Fluch, Father Stone, wird uns alle treffen. Wirklich alle …« Dann ging sie, und der Geistliche schaute ihr so lange nach, bis der Nebel sie verschluckt hatte.

Er konnte es ja selbst nicht fassen. An die alte Legende hatte er nie so recht glauben wollen, nun war sie eingetroffen, der Fluch hatte sich bestätigt. Ein Wolfsrudel war in den Ort eingefallen.

Ein Rudel?

Father Stone erschrak über sich selbst, als er daran dachte. Bisher hatte er nur einen Wolf gesehen. Wie kam er dann auf ein ganzes Rudel? Sollten die Wölfe tatsächlich in den Ort eingefallen sein? Wenn das geschah, dann …

»Wir haben den Kadaver weggeschafft«, hörte der Geistliche die Stimme eines Polizisten.

Father Stone schaute auf. »Ich danke Ihnen.«

»Trotzdem hätten wir Fragen.«

»Ja, natürlich. Allerdings nicht hier. Es sind zu viele Zeugen anwesend, Sie verstehen …«

»Klar, Father. Sollen wir zu Ihnen gehen?«

»Das wäre am besten.«

Sie kamen nicht dazu. Weiter vorn torkelte eine Gestalt durch den Nebel. Jemand schrie mit lauter Stimme. »Verdammt, wo treiben sich denn die Polizisten herum?«

»Hier sind wir.«

Als der Mann näher kam, sahen die beiden Polizisten und der Pfarrer, dass er ein Gewehr trug. Sein Gesicht glänzte. Das dichte braune Haar stand ihm wirr vom Kopf. Pfeifend holte er Luft.

»James Kiddlar«, sagte der Geistliche. »Beruhigen Sie sich erst einmal. Erzählen Sie uns danach, was geschehen ist.«

»Geschehen ist?« Kiddlar holte tief Luft. »Die Hölle ist los, wirklich. Und zwar die Hölle in Form von gefährlichen

Wölfen. Rose, meine Tochter, hatten wir zum Milchholen geschickt. Auf dem Rückweg wurde sie von zwei Wölfen bedrängt.«

»Was?«

Die Polizisten hatten die Frage gestellt, während Father Stone schwieg und die Hände faltete.

»Ist ihr etwas passiert?«, erkundigte sich der Geistliche dann mit leiser Stimme.

»Nein, zum Glück nicht. Aber sie hat auch nicht gelogen. Die Wölfe waren da.« Kiddlar schaute sich um. Neugierige hatten einen dichten Kreis um ihn gebildet. »Hört alle zu. Die Wölfe haben Rose gewarnt. Sie werden bestimmt kommen, und dann geht es uns dreckig. Uns allen geht es dann dreckig. Wir können uns auf etwas gefasst machen.«

Als James Kiddlar seine Rede beendet hatte, schwiegen die meisten. Niemand wusste, was er darauf erwidern sollte, keiner hatte die Patentlösung.

»Wir sollten sie jagen«, sagte schließlich einer der Polizisten.

»Wie denn?«, rief Kiddlar und wischte über seine Stirn. »Jagen Sie mal bei diesem Nebel Wölfe. Die können sich doch verstecken und in die Häuser eindringen, ohne dass wir sie bemerken.«

»Dann müssen wir eben sämtliche Türen und Fenster schließen«, entgegnete der Polizist.

»Und wie lange sollen wir in den Häusern hocken bleiben?«

»Bis der Nebel vorbei ist.«

»Nein.« Kiddlar schüttelte den Kopf. »Ich habe einen kleinen Betrieb, und ich habe zum Glück noch Aufträge, das sind Terminsachen. Wenn ich nicht pünktlich liefere, dann kann ich mir demnächst meine Aufträge an den Hut stecken. Es geht nicht, wir müssen sie finden. Ich bin dafür, dass sich alle Männer zusammentun, ihre Gewehre nehmen, falls vorhanden, und sich auf die Jagd nach den Bestien machen. Außerdem bilden wir Gruppen und nehmen Fackeln mit. Wenn wir optimistisch rechnen, sind zwei Wölfe unterwegs. Das reicht, finde ich. Einen habt ihr ja schon getötet.« Kiddlar schaute sich um. »Wer hat diese Bestie eigentlich erschossen?«

»Niemand«, erwiderte der Pfarrer.

Kiddlar war durcheinander. »Wieso niemand? Der Wolf ist doch tot. Den muss jemand umgebracht haben.«

»Das schon, aber nicht erschossen.«

»Sondern?«

»Erschlagen«, log der Pfarrer schnell. »Zwei Fremde, die zur Beerdigung gekommen sind, haben das Tier zur Strecke gebracht.«

Kiddlar nickte beeindruckt. »Das ist allerhand, wirklich. Hätte ich nicht gedacht, dass jemand so etwas schafft. Und wo sind die beiden Wunderleute?«

»Nicht hier.«

Kiddlar grinste den Pfarrer schief an. »Dann haben sie wohl die Hose voll?«

»Das gewiss nicht. Wie ich sie kenne, sind sie auf Wolfsjagd gegangen. Die beiden sind Scotland-Yard-Beamte, und ich finde, wir sollten ihnen vertrauen.«

Der Vorschlag des Geistlichen erweckte bei den Umstehenden keinerlei Begeisterung. Murren wurde laut. Jemand sagte: »Ausgerechnet zwei Engländer. Wir können uns doch selbst helfen, oder was meint ihr?«

»Klar, das schaffen wir.« Kiddlar gab die Antwort und schlug auf seinen Gewehrkolben. »Hiermit werde ich ihnen die verdammten Schädel zerschießen.« Er drehte sich im Kreis. »Also, Leute, wer von euch geht mit?«

Die Arme der meisten Männer schnellten in die Höhe. James Kiddlar nickte zufrieden, bevor er sich an den Pfarrer wandte. »Sie sehen, Father Stone, Sie sind überstimmt. Das hier ist nicht mehr Ihr Job. Beten Sie für uns.«

»Das werde ich auch«, erwiderte der Geistliche. »Aber ihr macht einen Fehler. Wartet auf das Ergebnis der beiden Männer aus London. Sie haben auch den ersten Wolf erledigt. Ich bin davon überzeugt, dass sie es schaffen werden.«

»Aber wir nicht, Herr Pfarrer.«

Father Stone hob die Schultern. Was sollte er dazu noch sagen? Die Leute hörten nicht auf ihn. Sie würden in ihr Verderben rennen.

James Kiddlar hatte das Kommando übernommen. »Also, Männer, geht und holt eure Waffen. Sagt den Frauen und Kindern Bescheid, dass sie auf keinen Fall die Häuser verlassen sollen. Wie ich uns kenne, ist der Spuk in einer Nacht vorbei. Den Biestern werden wir schon einiges auf den Pelz brennen.«

Father Stone konnten die Worte des Mannes nicht überzeugen. Er hatte inzwischen eingesehen, dass die Wölfe keine normalen Tiere waren. Ein normaler Wolf starb nicht unter der Berührung eines Kreuzes. Nein, diese Tiere waren vom Satan geschickt worden.

»Moment noch«, rief Father Stone, und die Männer hielten tatsächlich inne. »Wenn ihr schon geht, dann habe ich eine große Bitte an euch. Nehmt alle ein Kreuz mit. Wenn es eben möglich ist, ein geweihtes. Ich weiß, dass ihr die Kreuze in euren Wohnungen hängen habt. Glaubt mir, es ist besser.«

Die Männer schwiegen. Sie hatten die Worte des Pfarrers gehört und dachten darüber nach. Was sollten sie erwidern? Darüber lachen? Nein, das sicherlich nicht, dafür war die Lage zu ernst.

Kiddlar sprach für alle. »Damit Sie beruhigt sind, Father Stone, wir nehmen Kreuze …«

»Daaa …!« Ein gellender Schrei unterbrach ihn. »Ein Wolf, daaa …!« Eine Frau hatte geschrien.

Augenblicklich spritzten die Männer zur Seite, damit James Kiddlar freie Schussbahn hatte.

Der Mann hielt sein Gewehr bereits feuerbereit. Leicht geduckt stand er da und sah wie auch die anderen den grauen Schatten, der sich nur undeutlich vom wallenden Nebel abhob.

Kiddlar legte an.

Im selben Moment griff der zweite Wolf an. Er hatte nicht

hinter Kiddlar gelauert, sondern auf dem nur leicht schrägen Dach der einstöckigen Gastwirtschaft.

Und von dort stieß er sich ab.

Diesmal kam die Warnung erst, als es bereits zu spät war. Der Wolf prallte gegen den Rücken des Mannes und schleuderte James Kiddlar wuchtig nach vorn.

In einem Reflex drückte der Mann noch ab. Die Mündungsflamme stach aus dem Gewehrlauf, doch die Kugel fuhr in den Himmel, ihr Ziel erreichte sie nicht.

Hart fiel Kiddlar aufs Gesicht. Er spürte auf seinem Rücken das Gewicht des Wolfes, und die harten Pfoten drückten ihn weiter gegen die kalte Erde.

Von vorn sprang der zweite Wolf mit gewaltigen Sätzen herbei.

Die Zuschauer ergriffen die Flucht. Sie ließen Kiddlar allein, niemand war bewaffnet, auch der Pfarrer nicht, aber der versuchte es.

Ein Kreuz trug er immer bei sich. Und mit einem Kreuz hatte auch Oberinspektor Sinclair den Mörderwolf gestoppt.

Ohne sich Gedanken über den zweiten Wolf zu machen, rannte der Geistliche auf das Tier zu, das auf Kiddlars Rücken hockte.

»Hinweg!«, schrie Father Stone. »Weiche, Satan. Flieh in die Hölle, denn dort gehörst du hin!«

Seine Stimme klang im Nebel dumpf.

Der Wolf richtete sich auf.

Rote Augen funkelten den Pfarrer an.

Und nicht nur die Augen waren rot. Auch die Schnauze des Tieres sowie ein Teil der Zähne!

»Satan, hinweg!« Wieder schrie der Pfarrer den Befehl und ging furchtlos vor.

Der Wolf duckte sich. Im ersten Augenblick sah es aus, als wollte er springen. Dann erreichte ihn das schaurige Heulen des zweiten Tieres. Für den anderen wirkte es wie ein Startsignal. Mit einem gewaltigen Sprung verließ er seinen Platz und setzte an dem Pfarrer vorbei.

Sein Artgenosse, der geheult hatte, schloss sich ihm an. Wie graue Schemen verschwanden die beiden Wölfe im Nebel.

Der Pfarrer zitterte am gesamten Körper. Seine rechte Faust umklammerte den Schaft des einfachen Holzkreuzes, auf dem die Christusfigur abgebildet war.

Er hatte es geschafft. Er hatte die teuflischen Tiere wirklich vertrieben.

Seine Gedanken stockten, als er auf den am Boden liegenden James Kiddlar schaute. Warum bewegte er sich nicht? Starr und steif lag er dort. Wie ein Toter.

Der Pfarrer ging in die Knie. Seine Hand berührte die Schulter, fasste weiter und näherte sich dem Hals des Mannes. Die Feuchtigkeit an seiner Hand war kein Wasser, sondern Blut.

Der Wolf hatte zugebissen.

Plötzlich schien das Herz des Pfarrers zu Stein zu werden. Sein Blick glitt hinauf zum Kopf des Mannes. Kiddlar lag mit dem Gesicht auf der Seite. Im Profil war er zu erkennen. Und der Pfarrer sah das starre, gebrochene Auge.

Er wusste Bescheid, denn in seinem Leben hatte er schon zahlreiche Tote gesehen.

Father Stone fiel auf die Knie. Eine einsame Gestalt neben einem Toten inmitten der Nebelschleier. Lange blieb er sitzen, während er die Hände gefaltet hatte und ein Gebet zum Himmel schickte …

Wir hatten unsere Berettas.

Die Magazine waren mit Silberkugeln gefüllt. Zudem besaßen wir noch Reservemunition, wir konnten uns also gegen die Wölfe verteidigen. Allerdings lag mein Einsatzkoffer im Kofferraum des Bentley. Um an ihn heranzukommen, mussten wir aussteigen, und das trauten wir uns nicht.

Aber mit zwei Berettas und meinem Kreuz mussten wir die Bestien vertreiben können.

Der Motor lief im Leerlauf. Ich hatte ihn nicht abgestellt.

Beide schauten wir durch die breite Frontscheibe. Vor dem langen Kühler standen zwei Wölfe. Nebelschleier umwehten sie wie lange Fahnen. Die roten Augen glühten wie brennende Kohlenstücke.

Unheimlich sahen sie aus.

»Sollen wir schießen?«, fragte Suko flüsternd.

Ich hob die Schultern. »Noch haben sie uns nicht angegriffen. Vielleicht sollten wir versuchen, langsam vorzufahren.«

»Okay, dann mal los.«

Behutsam gab ich Gas. Ich kitzelte das Pedal nur mit der Fußspitze. Die Räder drehten sich. Eine volle Umdrehung. Das Profil der Reifen drückte sich in den weichen Boden.

Die beiden Wölfe blieben stehen. Wie Denkmäler standen sie dort und rührten sich nicht vom Fleck.

Aus den Augenwinkeln bemerkte ich einen Schatten neben dem Seitenfenster. Dann hieben Pfoten gegen das Glas, an Sukos Seite geschah das Gleiche.

Ich fuhr schneller.

Wenn die Wölfe jetzt nicht verschwanden, wurden sie von der Stoßstange gepackt und zur Seite geschleudert. Sie verschwanden nicht, sondern reagierten auf ihre Weise. Bevor der Bentley sie berühren konnte, schnellten sie sich schon ab und sprangen auf die Kühlerhaube.

Wir vernahmen das Dröhnen der Pfoten auf dem Blech und sahen die weit aufgerissenen Mäuler der Bestien dicht vor der breiten Frontscheibe. Einer stieß mit der Schnauze gegen das Glas.

Ich gab Gas und hoffte, dass ich Erfolg haben würde. Leider war der Weg ziemlich schmal. Ich konnte nicht in Schlangenlinien fahren, denn dann würde ich den Bentley in irgendeinen Graben oder vor einen Zaun setzen.

Die Wölfe blieben an den Seiten. Sie sprangen gegen den Wagen, und die beiden auf der Kühlerhaube ließen sich auch nicht abschütteln. Suko hielt seine Beretta fest. Er hatte sich halb im Sitz gedreht und schaute durch das Rückfenster.

»Da sind auch zwei«, bemerkte er.

»Habe ich mir gedacht«, sagte ich und versuchte es einfach.

Eine Drehung nach links. Die Vorderräder reagierten sofort. Sie schlugen ein, und bei der Geschwindigkeit schafften es die Wölfe nicht, sich auf dem feuchten Blech der Kühlerhaube zu halten.

Zuerst prallten sie gegeneinander, dann wurden sie vom Wagen gefegt und blieben irgendwo am Wegrand liegen.

Es war zwar eine Warnung, aber die Wölfe dachten nicht im Traum daran, uns in Ruhe zu lassen. Im Gegenteil, sie blieben bei uns und jagten neben dem Wagen her. Ihre schweren Körper wuchteten gegen das Blech, prallten ab, fielen zu Boden und überschlugen sich manchmal jaulend.

Der Bentley schlingerte durch die Fahrspur. Mal packten die Reifen, mal holperten sie über Unebenheiten. Ich dachte mit Schrecken daran, dass es den Wölfen mit ihren Zähnen gelingen könnte, die Reifen zu durchbeißen, doch auf den Gedanken waren sie zum Glück bisher nicht gekommen.

Verdammt, wann waren wir denn endlich da?

Ich hatte das Gefühl, als würde sich der Nebel immer mehr verdichten. Er lag vor uns wie eine Wand aus grauer Watte. Zudem war es jetzt dunkel geworden. Wir bewegten uns auf völlig fremdem Gelände, kein Lichtstrahl durchbrach die Finsternis, und ich kam mir vor wie jemand, der ins Leere fährt.

»Ich versuche es!«, sagte Suko.

»Du willst schießen?«

»Ja, zum Henker.«

Suko hatte den Entschluss gefasst, als abermals ein Wolf gegen das Fenster gesprungen war.

Ich konnte meinen Partner und Kollegen nicht daran hindern. Die Scheibe surrte nach unten. Sofort drang kühlere Luft in den Wagen, vermischt mit Nebelschleiern.

Und es erschien der Wolfsschädel!

Da ich darauf gefasst gewesen war, erschrak ich nicht, als Suko abdrückte.

Genau in dem Augenblick, als abermals ein Wolf gegen

den Bentley sprang. Ich hörte noch das Klatschen, mit dem die Kugel in den Tierleib hieb, ein hohes Jaulen, einen Fall, dann war es ruhig.

Sofort surrte die Scheibe wieder nach oben, und Suko wandte sich um, damit er etwas vom Erfolg seiner Bemühungen sehen konnte. Um ihn zu unterstützen, verringerte ich die Geschwindigkeit.

»Wir könnten Ruhe haben«, sagte er. »Halt doch mal an!«

Ich stoppte.

Zwar wallte hinter uns der Nebel, doch ich war nicht so weit gefahren, als dass wir nichts mehr hätten sehen können. Sechs Wölfe hatten wir gezählt.

Einer lag jetzt am Boden. Die anderen fünf hatten sich um ihn geschart, saßen auf den Hinterpfoten und stießen heulende Laute aus, die vom Nebel verschluckt wurden. Leider war uns der Blick auf den toten Wolf verwehrt. Trotzdem glaubte ich nicht daran, dass er sich zurückverwandeln würde wie ein Werwolf. Das hätte der erste schon durch die Berührung mit dem Kreuz getan. Sicherlich war der Wolf erledigt, und das Dämonische hatte ihn verlassen.

Die übrigen Wölfe beschnupperten ihren Artgenossen und zogen sich dann überhastet zurück.

Unser Wagen interessierte sie nicht mehr. Rechts und links des Weges tauchten sie im dicken Nebel unter.

Ich atmete auf. Diese Gefahr war erst einmal gebannt.

Suko hatte seinen Humor wiedergefunden. »Und wer bezahlt dir jetzt die Beulen?«, fragte er.

»Die Wölfe. Ich werde ihr Fell an Pelzhändler verkaufen und von dem Gewinn die Reparatur bezahlen.«

»Dann mach mal.«

Ich »machte« auch und fuhr wieder an. Unbehelligt rollten wir in dem dichten Nebel weiterhin unserem Ziel entgegen, von dem ich hoffte, dass es bald auftauchen würde.

Ich konzentrierte mich voll auf die Fahrerei, während Suko die unmittelbare Umgebung im Auge behielt, so weit es der verfluchte Nebel erlaubte.

Schließlich erreichten wir eine Abzweigung. Der andere Feldweg, noch schmaler als der, auf dem wir fuhren, mündete rechts in den unsrigen.

Genau dort stand ein Wegweiser.

Die weiße Schrift auf dunklem Untergrund war noch gut zu lesen. Abbey St. Joanna, stand dort zu lesen.

»Hurra, wir sind richtig«, murmelte ich und erhielt wenig später bereits den Beweis.

Aus dem Nebel schälte sich etwas Dunkles, Gewaltiges.

Das Kloster!

»Endlich!«, stöhnte Suko und rieb sich die Hände. »Es wurde auch verdammt Zeit.«

Da hatte er mir aus der Seele gesprochen.

Noch waren die Mauern durch den Nebel nicht genau zu erkennen. Gespenstisch wirkte das alte Gemäuer. Ein einsames Licht brannte ziemlich hoch unter dem Dach, und auch vor dem Eingang sahen wir zwei verwaschene helle Flecken.

Weiter im Hintergrund war ein unregelmäßiger, dunklerer Schatten zu sehen, bei dem es sich wahrscheinlich um ein größeres Waldstück handelte.

Menschen entdeckten wir nicht. Bei dem Wetter würde ich das Kloster auch nicht freiwillig verlassen, wenn ich einmal hinter den Mauern hockte.

»Dann komm«, sagte Suko. »Wurzeln schlagen will ich hier wirklich nicht.«

Wir stiegen aus. Irgendwie passten wir uns der gesamten Stimmung an. Denn so leise wie möglich öffneten wir die Wagentüren, stiegen aus und drückten die Türen behutsam wieder zu.

Suko blickte mich über das Wagendach hinweg an. »Sollen wir die Waffen holen?«

Ich hatte es doch fast vergessen. Wir schlossen den Deckel des Kofferraums auf und holten das hervor, was wir brauchten.

Dazu gehörten auch die Dämonenpeitsche, mein silberner Dolch und die magische Kreide.

Wieder einmal schaute ich in den Koffer und damit auch auf eine leere Stelle, wo sich einmal der magische Bumerang befunden hatte. Ich hatte ihn nicht mehr, er befand sich nun in den Klauen eines anderen, der sich Doktor Tod nannte. Bisher hatte er die Waffe gegen mich noch nicht eingesetzt, obwohl wir bereits ein paar Mal aufeinander getroffen waren. Das musste seinen Grund haben. Ich glaubte daran, dass sich Solo Morasso einfach nicht traute, den Bumerang gegen mich einzusetzen. Den Grund wusste ich nicht, darüber konnte ich nur spekulieren. Vielleicht hatte Morasso Angst, dass mir die Waffe dann wieder in die Hände fiel.

Aber das stand noch alles in den Sternen. Außerdem wollte ich mich nicht zu sehr auf die Zukunft konzentrieren, die Gegenwart war gefährlich genug.

Ich drückte so leise wie möglich die Haube wieder zu. Suko stand schon vor dem Wagen. Als er meine Schritte hörte, drehte er sich um und legte den Finger an die Lippen.

»Was ist?«, wisperte ich.

»Hörst du es nicht?«

»Was?«

»Das Singen.«

Ich lauschte. Sukos Ohren hatten ihn nicht getrogen. Da sang tatsächlich jemand. Es hörte sich an wie ein Choral. Ein trauriger, ferner Gesang von Frauenstimmen, die hell wie das Gloria der Weihnachtsengel klangen.

»Kannst du dir das erklären?« Suko schaute mich an, wobei er seine Stirn gefurcht hatte.

»Nein, eigentlich nicht.«

Aber seltsam war der Gesang schon, das musste ich zugeben. Mir lief es sogar kalt den Rücken hinab.

Wir schlichen näher heran.

Rechts von uns ragten die düsteren Klostermauern in den Himmel. Nur der Gesang war zu hören, ansonsten umgab uns eine tiefe Stille. Der dichte Nebel dämpfte jeden Laut. Vor uns wallte und brodelte es. Alles spielte sich in einer gespenstischen Ruhe ab.

Plötzlich verstummte das Singen.

Dafür hörten wir Schritte.

Im nächsten Augenblick schälten sich die ersten Gestalten einer gespenstischen Prozession aus dem Nebel ...

Mit einem Schrei auf den Lippen fuhr Clarissa, die Äbtissin, von ihrem Lager hoch.

Es war stockfinster in ihrer Kammer – und kalt. Trotzdem schwitzte sie. Heiße Wellen jagten durch ihren Körper, sammelten sich im Kopf und versuchten ihn zu sprengen.

Die schwarzhaarige Frau warf sich zur Seite. Sie dachte nicht mehr an die Bettkante, rollte darüber hinweg und fiel zu Boden, wo sie liegen blieb und ihr erhitztes Gesicht gegen die kühlen Steine presste. Dabei atmete sie schwer und keuchend. Ihr Körper zuckte, heisere Schreie drangen aus ihrem Mund, und ihr Blut schien zu kochen.

Das war die Zeit, um zu sterben.

Sie wusste es, sie hatte es immer gewusst. Der Fluch erfüllte sich nun auf eine grauenvolle Art und Weise. Sie musste ihm Tribut zollen, es gab keine andere Möglichkeit.

Aber noch kämpfte sie. Clarissa wollte nicht, dass das Böse über sie triumphierte. Es war durch die Mauern des Klosters gedrungen und hatte den Weg zu ihr gefunden.

Sie musste das Erbe antreten. Mutter Barbaras Geist war endgültig vernichtet worden, nun war die Reihe an ihr, den Pakt mit den Teuflischen einzugehen.

Dabei war sie noch so jung. Vierzig Jahre zählte sie erst, und man hatte sie schon zur Äbtissin gewählt. Jede Nonne in diesem Kloster wusste von dem Fluch. Bevor die Frauen in das Kloster eintraten, waren sie restlos darüber aufgeklärt worden. Als Trutzburg stand es hier, um das Böse, das über diesem Platz schwebte, von den Menschen fernzuhalten. Darin sahen die Nonnen ihre Lebensaufgabe. Der Teufel sollte nicht in die Herzen der Menschen dringen.

Es blieb ein Wunschtraum. Dem Satan war es gelungen,

hinter die Mauern zu gelangen. Da kannte er kein Pardon, er fand immer seinen Weg, und er zeigte sich auf mannigfaltige Art und Weise.

Mal als schöner Verführer, dann als grässlicher Ziegenbock oder als stinkendes Scheusal.

Aber auch als Wolf ...

Eine andere Lösung gab es für Clarissa nicht. Fenris und Satan waren die Hölle.

Und die Magie des mächtigen Dämonenwolfs Fenris hatte auch vor dem Kloster nicht Halt gemacht.

Die Schmerzen klangen etwas ab. Clarissa konnte sich aus der knienden Haltung erheben. Sie blieb stehen und stützte sich mit beiden Händen am hohen Unterteil des Metallbettes ab.

Der scharfe, heftige Schmerz hatte vorhin ihre Sehkraft beeinträchtigt. Als sie jetzt den Blick hob, sah sie über sich an der Wand den Umriss des viereckigen Fensters. Durch die Bleiglasscheibe war der hinter dem Fenster wallende Nebel nicht zu erkennen. Die Mauern des Klosters – es stammte noch aus dem zwölften Jahrhundert – waren so dick angelegt worden, dass die damaligen Baumeister das Fenster in den granitharten Stein hineingesetzt hatten.

Die Stürme der Zeit waren zwar nicht spurlos an dem Bauwerk vorbeigegangen, aber es hatte ihnen getrotzt.

Einige Minuten blieb die Äbtissin Clarissa stehen. Ihr Atem beruhigte sich wieder, und auch der Herzschlag normalisierte sich. Sie konnte es jetzt wagen, ein paar Schritte zu gehen.

»Heilige Mutter Gottes, beschütze mich und gib mir Kraft auf meinem schweren Weg«, murmelte sie.

Das Gebet tat gut. Es gab ihr wieder Kraft, und die brauchte sie, denn die nächste Stunde würde schlimm werden. Endlich hatte sie die Kommode neben dem Bett gefunden. Ihre Hände tasteten darüber und fanden den kleinen Griff der oberen Schublade. Im Dunklen holte die Äbtissin eine Kerze und Zündhölzer hervor.

Das erste Streichholz zerbrach, als sie es anzünden wollte.

Beim zweiten musste Clarissa dreimal reiben, weil die raue Fläche feucht geworden war.

Es zischte, und das Zündholz flackerte auf. Der Schein glitt für einen kurzen Moment über ein bleiches Gesicht mit großen, dunklen Augen. Auch das lange Haar zeigte noch keine grauen Strähnen. Die Nase war gerade, der schöne Mund von einem natürlichen Rot.

Die Äbtissin hielt die Flamme an den Docht der Kerze. Er brannte ruhig und hellte das Zimmer so weit auf, dass sogar Einzelheiten zu erkennen waren.

Im rechten Winkel zum Kopfende des Bettes stand ein Schrank. In ihm bewahrte Clarissa all die Dinge auf, die für sie persönlich wichtig waren. Vor allen Dingen ihre Ordenstracht, dann die Gebetbücher und den Rosenkranz.

Dem Schrank gegenüber und an der anderen Seite des Zimmers stand das einfache Holzregal mit den Büchern. Die Äbtissin interessierte sich sehr für Kirchengeschichte. Dementsprechend lauteten die Titel der Folianten.

Ein Tisch und ein Stuhl waren ebenfalls vorhanden. Über dem Kopfende des Bettes hing ein Holzkreuz aus Eiche. Es wurde vom Schein der Kerze umschmeichelt, und Clarissa hob den Blick, um das Kreuz anzuschauen. Immer wenn sie es sah, gab ihr der Anblick die Kraft und den Mut, den sie benötigte.

Auch jetzt faltete sie die Hände zum Gebet und wünschte sich die Kraft, die nötig war, um die nahe Zukunft zu überstehen.

Danach zog sie sich um. Die Ordenstracht war dunkel. Sie wählte ihr bestes Gewand, zog die einfachen Holzsandalen an und nahm auch den Rosenkranz mit, dessen Perlen gelblich schimmerten. Ein letzter Blick noch traf das Kreuz, dann blies Clarissa die Kerzenflamme aus und näherte sich im Dunkeln der Tür.

Sie war nicht abgeschlossen. Als die Äbtissin öffnete, schaute sie in einen Gang, der vom Schein dicker Kerzen beleuchtet wurde. Die Kerzen steckten auf schmiedeeisernen

Ständern, diese wiederum standen in kleinen Nischen, in denen auch Heiligenbilder hingen.

Der Gang war leer.

Langsam schritt Clarissa ihn entlang. Zu beiden Seiten lagen die Kammern der Nonnen. Da die Nonnen sehr früh zu Bett gingen, dafür jedoch auch sehr zeitig aufstanden, oft noch vor Aufgang der Sonne, war es in ihren Zimmern ruhig. Die Frauen schliefen noch. Das jedoch würde sich bald ändern, wenn erst einmal der Gong durch das Haus dröhnte.

Clarissas Ziel war die Bibliothek. Dort versammelten sich die Nonnen immer, wenn es etwas zu besprechen gab. Sie lag dicht vor der kleinen Kapelle, in der die täglichen Gebete verrichtet wurden. Clarissa öffnete die große, zweiflügelige Tür und betrat die Bibliothek. In bis zur Decke reichenden Regalen stand Buch neben Buch. In der Mitte des Raumes befand sich ein großer Tisch. Er wies eine rechteckige Form auf, und vor ihm standen elf Stühle.

Fünf jeweils an den beiden längeren Seiten und einer an der Stirnseite des Tisches.

Auch in diesem Raum brannten dicke Wachskerzen, die einen angenehmen, nach Honig riechenden Duft verbreiteten.

Die Fenster in diesem Raum waren größer. Sie bestanden ebenfalls aus dickem Bleiglas, das das Sonnenlicht filterte, sodass es innerhalb der Bibliothek immer düster und geheimnisvoll wirkte.

Das Wecken geschah auf altherkömmliche Art und Weise. Durch einen Gongschlag.

Der Gong stand ebenfalls in der Bibliothek. Als die Äbtissin ihn anschlug, hörte es sich an, als würde das Geläut von Kirchenglocken durch Raum und Gänge schwingen.

Jede Nonne musste es hören.

Damit die Äbtissin auch sichergehen konnte, schlug sie noch einmal dagegen. Danach wartete sie auf die Nonnen. Einige Minuten würde es schon dauern, denn die Frauen mussten sich erst anziehen.

Dann kamen sie.

Fast alle Altersgruppen waren vertreten. Schwester Ursula hatte die Siebzig bereits erreicht. Sie erschien auch als Erste. In ihrem faltigen Gesicht leuchteten die Augen im flackernden Kerzenschein. Schmerz zeichnete sich auf ihren Zügen ab.

Wie auch die anderen ahnte sie, dass der Zeitpunkt jetzt gekommen war, von dem Clarissa, die Äbtissin, immer gesprochen hatte. Die Hölle forderte nun Tribut.

Auch die anderen neun Nonnen erreichten das Zimmer. Bis auf die Äbtissin trugen sie ihre Tracht. Weiße Hauben zu den schwarzen Gewändern.

Sie bauten sich im Halbkreis um die Äbtissin auf und schauten sie an.

Clarissa musste sich erst räuspern, bevor sie sprechen konnte. Dann sagte sie mit noch immer rauer Stimme: »Die hochwürdige Äbtissin Barbara ist gestorben!«

Sie ließ die Worte in die Stille tropfen, und die Nonnen starrten sie nur an.

Keine laute Reaktion, kein Ruf des Erschreckens, kein Aufstöhnen, nur die Angst in den Augen. Und die Frage, ob Clarissa den Pakt eingehen würde.

Denn sie war bestimmt, das Erbe der anderen zu übernehmen.

»Ich werde es tun«, sagte sie nach einer Schweigepause. »Ich muss das tun, was uns unser kleiner Orden vorschreibt. Wir haben den Weg gewählt und müssen ihn zu Ende gehen. Die Hölle soll nicht über die Menschen siegen. Durch unser Opfer können wir es verhindern, meine Schwestern.«

Niemand erwiderte etwas auf die Worte der Äbtissin. Zwei junge Nonnen senkten die Köpfe. Sie waren noch nicht lange im Kloster, man hatte ihnen von der Verpflichtung erzählt, aber so recht glauben hatten sie es nie wollen.

Bis heute.

Die beiden wurden auch von Clarissa angesprochen. »Holt die Kerzen, meine Schwestern!«

Die jungen Nonnen wandten sich ab. Lautlos bewegten sie sich und verließen den Raum.

Die anderen hatten Fragen.

»Wie ist sie gestorben?«, fragte die ältere Schwester Ursula.

»Ich weiß es nicht«, erwiderte die Äbtissin. »Ihr Geist verließ plötzlich den Körper des Wolfes, und im Moment stehen die Menschen ohne Schutz da. Das ist schlimm, und es kommt nun darauf an, dass ich mich opfere.«

»Wo willst du dein Grab haben, ehrwürdige Mutter?«, fragte jemand.

»Ich möchte neben der Äbtissin liegen.«

»Wir werden alles so machen, wie du es wünschst, ehrwürdige Mutter«, sagte die Nonne Ursula. Dann begann sie zu weinen. Auch die anderen Nonnen weinten.

Dies geschah fast lautlos. Sie hatten die Köpfe gesenkt, man sah nur das Zucken ihrer Schultern. Die Trauer und der Schmerz waren stark und echt. Die beiden jungen Nonnen kehrten zurück. Zuerst sah man von ihnen nur flackernden Kerzenschein, der bizarre Schatten auf den Boden und die Wände warf.

In der Tür blieben sie stehen. Sie trugen die langen Kerzen in der rechten Hand. Die Flammen brannten nun ruhig, denn sie wurden durch Glasaufsätze gegen den Wind geschützt.

Clarissa holte noch einmal tief Luft. »Seid ihr bereit, meine Schwestern?«, rief sie.

»Ja«, antworteten die Nonnen im Chor.

»Dann lasst uns gehen!«

Die frommen Frauen bildeten eine Zweierreihe. An der Spitze gingen die beiden Novizinnen, die auch die Kerzen trugen. Die Dochte brannten, verbreiteten Licht. Und Licht bedeutete Leben, Wiedergeburt, Wiederkehr …

Sie begannen zu singen.

Hell waren ihre Stimmen, und die Melodie des Chorals brach sich an den nackten Steinwänden oder wurde als Echo weit durch das große Kloster getragen.

Sie schickten eine von ihnen in den Tod. Doch dadurch würden andere weiterleben.

So sah es das Schicksal vor …

Suko schüttelte den Kopf. »Verstehst du das, John?«, wisperte er.

Ich hob die Schultern. »Nein, aber wir werden es bald begreifen, schätze ich.«

»Warum singen die denn?«

»Vielleicht, weil sie fröhlich sind.«

»Glaube ich kaum, mein Lieber. Die machen mir zu ernste Gesichter.«

»Kannst du doch gar nicht sehen.«

»Aber raten.«

Wir stoppten den Dialog, denn jetzt wollten wir sehen, was weiter geschah.

Die Nonnen kamen auf uns zu. Sie sahen gespenstisch aus. Die langen Gewänder wurden von den Nebelschwaden umwallt, und es sah aus, als würden zahlreiche lange Arme nach den durch den Nebel gehenden Gestalten greifen. Sie krochen an ihnen hoch, wanden und drehten sich, formten seltsame Figuren und erinnerten dabei an gespenstische Lebewesen.

Wir hatten uns geduckt, denn wir wollten nicht schon sofort gesehen werden. Wenn sie noch weiter auf uns zugingen, mussten wir zurück.

Das war nicht der Fall. Die seltsame Prozession schwenkte ab. Die beiden ersten Nonnen hielten Kerzen in den Händen. Die Kerzen selbst waren in dem dichten wallenden Grau kaum auszumachen, sodass es aussah, als würden die Lichter in der Luft schweben.

Auch der Gesang verstummte.

Während die Nonnen an uns vorbeigingen, hörten wir nur ihre Schritte. Wir konnten nicht erkennen, welche Schuhe sie trugen, sondern vernahmen nur schmatzende Geräusche, da der Boden ziemlich weich war. Es musste in den letzten Tagen stark geregnet haben.

Als die beiden letzten Nonnen vom Nebel verschluckt wurden, stieß ich Suko an.

So leise wie möglich schritten wir hinter der seltsamen Prozession her. Wir waren wirklich auf das Ziel gespannt, und die Nonnen näherten sich dem dunklen Waldsaum, den wir als welligen Umriss bei unserer Ankunft entdeckt hatten.

Wir hielten einen guten Abstand.

Wenn sich die letzte Nonne einmal umdrehte, dann musste sie schon sehr genau schauen, um uns zu sehen. Der Nebel erwies sich nun für uns als Verbündeter.

Ein runder Umriss tauchte urplötzlich vor uns auf. Aus dem Rund erhob sich eine Stange, die mich im ersten Moment an einen Galgen erinnerte. Dann sah ich, dass es ein Ziehbrunnen war, der dort stand und den wir jetzt umrundeten.

Viel weiter brauchten wir nicht zu gehen, denn die Nonnen hatten angehalten.

Schemenhaft sahen wir ihre Bewegungen, wie sie sich aufteilten, und uns schien es, als würden sie einen Kreis bilden. Schwach leuchtete das Licht der beiden Kerzen.

Wir blieben nicht stehen, sondern schlugen einen Bogen, um näher heranzukommen. Schon bald erreichten wir einen Baum, der sein Laub verloren hatte, das auf der Erde einen bunten Teppich bildete. Der wiederum raschelte verräterisch, wenn unsere Schuhe die Blätter niederdrückten, und ich verzog das Gesicht.

Es gefiel mir überhaupt nicht, dass ausgerechnet hier die Bäume standen.

Es hatte seinen Grund.

Die ausladenden Äste und Zweige der hohen Bäume schützten einen kleinen Friedhof.

Den Klosterfriedhof.

Hier begruben die Nonnen ihre Toten. Nur fiel mir sofort etwas auf. Kein Grabmal zeigte ein Kreuz. Dieser Friedhof sah aus wie ein heidnischer Totenacker.

Und das bei einem Kloster!

Hinter einem besonders großen Grabstein blieben wir hocken. Er bestand aus Marmor und glänzte, als hätte ihn jemand schwarz lackiert. Rechts und links schauten wir an dem Grabstein vorbei. Wir befanden uns am Rande des Friedhofes und die Nonnen in der Mitte.

Jetzt galt es abzuwarten.

In die Gruppe der Frauen kam Bewegung. Sie traten zur Seite und bildeten eine Gasse. Das nahmen wir jedenfalls an, denn erkennen konnten wir es nicht genau.

»Näher heran!«, wisperte ich.

Suko war einverstanden. Buchstäblich im Kriechgang setzten wir uns in Bewegung. Durch Zeichen gab ich meinem Freund und Kollegen zu verstehen, dass wir uns trennen sollten.

Suko verstand. Er verschwand nach rechts, während ich zur linken Seite ging. So konnten wir die Nonnen praktisch in die Zange nehmen.

Jetzt wurde es interessant.

Und erst einmal still. Niemand sprach ein Wort. Die Nonnen hatten einen Kreis gebildet. Irgendetwas würde bald geschehen, das spürte ich genau. Es gibt so Situationen, wo sich der Körper meldet.

Da ist ein gewisses Kribbeln auf der Haut, das sich langsam ausbreitet und wie ein kalter Schauer über den Körper kriecht, bis es sogar die Haarspitzen erfasst hat.

So erging es mir.

Noch war es ruhig.

Selbst der Wind schien eingeschlafen zu sein. Ich merkte ihn kaum auf meinem Gesicht. Die Blätter wurden ebenfalls nicht hochgewirbelt, und die Ruhe drückte auf mein Gemüt.

Was würde geschehen?

Vom Starren tränten meine Augen.

Ich drehte den Kopf und suchte Suko.

Der Nebel war wie ein Vorhang. Er verdeckte alles. In seinem Schutz konnte viel geschehen.

Trotz der schlechten Sicht glaubte ich, einen freien Platz gesehen zu haben, um den die Nonnen herumstanden. Zwei von ihnen bewegten sich jetzt. Sie traten aus dem Kreis heraus, gingen auf den Platz und bückten sich.

Was sie aufhoben, konnte ich im ersten Moment nicht erkennen, sah es jedoch deutlicher, als sie sich in meine Richtung bewegten.

Es waren zwei Spaten.

Spaten auf einem Friedhof? Das konnte eigentlich nur eine Bedeutung haben.

Die Nonnen wollten ein Grab schaufeln!

Mir lief es kalt den Rücken hinab, denn nicht weit von mir entfernt begannen sie mit der Arbeit. Sie stießen synchron die glänzenden Spatenblätter in den feuchten Boden, um ein Grab auszuheben.

Schaufel für Schaufel schleuderten sie hoch und warfen den Lehm zur Seite. Wenn er zu Boden fiel, klatschte es.

Bei ihrer Arbeit weinten die Nonnen und unterhielten sich wispernd, sodass ich von den anderen abgelenkt wurde und die Ohren spitzte.

»Warum muss sie sich opfern?«, hörte ich eine Stimme.

»Das Schicksal will es so.«

»Aber kann man nicht dagegen angehen? Wir sind doch auch stark.«

»Nein, wir schaffen es nicht. Dieses Kloster ist eine Trutzburg zwischen dem Bösen und den Menschen. Wenn wir nicht dafür Sorge tragen, dass es so bleibt, wird das Dämonische wieder aufbrechen, und dann fallen die Wölfe über die Menschen her. Seit langen Jahren verfolgt der Orden dieses Ziel. Niemand weiß etwas davon. Du hast die Regeln anerkannt, hast geschworen. Jetzt musst du gehorchen.«

»Ja, ich weiß.«

Die Nonnen gruben weiter. Sie stellten sich geschickt an. Ich erkannte, dass sie so etwas wie Routine hatten, wahrscheinlich hoben sie nicht zum ersten Mal ein Grab aus.

Zwei Minuten sprach niemand der beiden. Sie arbeiteten stumm und verbissen.

Bis die Jüngere wieder fragte: »Und wen wählen wir, wenn sich unsere ehrwürdige Mutter geopfert hat?«

»Das weiß ich nicht. Die Wahl findet geheim statt. Es ist

eine schwere Entscheidung, denn jede von uns weiß, welch eine Bürde auf der Äbtissin liegen wird.«

»Ja, das stimmt.«

Ich hatte die Worte der Nonnen genau registriert. Hier musste etwas Unheimliches vorgehen. Bisher hatte ich nur Bruchstücke mitbekommen, aber die beiden sprachen von in den Tod gehen und von einem Fluch.

Ich dachte daran, dass ich einen Wolf erledigt und dass ich für kurze Zeit das Gesicht der Äbtissin gesehen hatte. Ihr Geist musste in dem Wolfskörper gesteckt haben. Meiner Ansicht nach suchten die Nonnen jetzt eine Nachfolgerin. Das war wieder die Klostervorsteherin. Sie ging freiwillig in den Tod, um andere zu retten.

War es mutig oder Wahnsinn?

Ich traute mir, ehrlich gesagt, nicht zu, diese Frage zu beantworten. Vom langen Hocken spürte ich wieder die nicht völlig verheilte Schusswunde im Oberschenkel meines linken Beins. Hart presste ich die Lippen zusammen und bewegte mich ein wenig zur Seite, darauf hoffend, dass die beiden arbeitenden Nonnen mich nicht bemerkten.

Dann wurde ich abgelenkt.

Die restlichen Nonnen begannen wieder zu singen. Diesmal keinen Choral und auch nicht in lateinischer Sprache, sondern so, dass ich sie verstand.

»Satanas, Satanas, Herr der Finsternis, Herrscher der Hölle, Feind des Guten. Du weißt, dass wir dir den Kampf angesagt haben. Aber wir kennen auch deine Macht und Hunger nach Menschenseelen. Nimm eine Heilige von uns an, damit du die anderen Menschen verschonst. Die Zeit ist um, die andere ist tot, die neue wartet.«

Der Gesang verstummte.

Auch die beiden Nonnen arbeiteten nicht mehr weiter. Sekundenlang breitete sich eine nahezu bedrückende Stille aus.

Dann ein Licht.

Grell strahlte es auf. Etwas blitzte rotviolett, ein düsterer Farbschein ließ das Grau des Nebels verschwinden. Er nahm ebenfalls die Farbe an, die fahl über unsere Gesichter leuchtete und sich immer weiter ausbreitete.

Die Nonnen hatten einen Kreis gebildet und sich an den Händen gefasst. Im Mittelpunkt des Kreises war das Licht aufgeflammt, das sich in einer gewaltigen Wolke in die Höhe schob und auch dort den grauen Nebel verdrängte.

Ich legte den Kopf in den Nacken. Automatisch verfolgte ich den Weg der Wolke.

Hatte sie ein Ziel?

Ja und nein. Die Wolke selbst barg das große Geheimnis, denn noch bevor es richtig gelüftet wurde, drang ein vielstimmiger Schrei aus Frauenkehlen dem Himmel entgegen.

Ich sah den Grund.

Und das Gesicht!

Es schwebte in der Wolke, und es gehörte einem gewaltigen Wolf, von dem ich bisher nur gehört hatte.

Nun bekam ich ihn zum ersten Mal zu Gesicht.

Es war der legendäre Fenriswolf aus der germanischen Sage!

Er war groß, gewaltig, überdimensional, ein riesenhaftes Tier, dessen Abbild fast meinen gesamten Sichtkreis einnahm. Ich schaute in einen Rachen, der sich als wahrer Höllenschlund entpuppte, und die Augen wirkten wie feurige Kreise, die mich an stillgelegte Feuerräder erinnerten.

Das war Fenris!

Rötlichbraun schimmerte sein Fell, und er schüttelte seinen übergroßen Wolfskopf hin und her.

Was würde er tun?

Die Nonnen, die ihn beschworen hatten, waren zurückgezuckt. Dabei hatten sie zwangsläufig den Kreis erweitert und Platz geschaffen für den gewaltigen Fenriswolf.

Wollte er auf die Erde kommen?

Eine Stimme erklang. Eine helle Frauenstimme, in der die Angst mitschwang. Die Äbtissin hatte gerufen. Ich konnte erkennen, wie sie in den Kreis trat und beide Arme hob. Sie streckte dem Riesenwolf die Hände entgegen.

»Die Zeit ist um!«, rief sie. »Die Äbtissin ist tot. Ich bin ihre Nachfolgerin. Nimm mich, nimm meine Seele, damit die Menschen Ruhe vor dir haben. Die Seele einer Gerechten wird dich und die Hölle zufrieden stellen!«

Es waren starke Worte. Und Sätze von einer ungeheuren Tragweite. Ich verstand endgültig, welch ein Opfer diese Frau brachte. Und wohl niemand im Dorf ahnte etwas davon, dass die Frau ihre Seele abgab, damit die Menschen in Ruhe und Frieden leben konnten.

Der Wolf reagierte nicht. Sein Abbild zeigte sich weiterhin am Himmel, und ich prägte es mir genau ein. Die Sekunden des Schweigens kamen mir endlos vor. Wie würde Fenris reagieren? Nahm er das Opfer an?

Sprechen konnte er nicht. Aber er reagierte auf seine Weise. Plötzlich war sein Bild verschwunden, nur noch die rotviolette Wolke stand in der Luft und vermischte sich mit dem Nebel.

Doch dicht über dem Boden begann sie zu flimmern. Konturen schälten sich hervor. Die Umrisse eines Tieres.

Fenris kam.

Dann war er da!

Immer noch groß und gewaltig. Er reichte der Äbtissin bis zur Schulter. Sein Maul hatte er geöffnet. Roter Brodem quoll daraus hervor. Die Augen blitzten gefährlich, und auch mir rann es eiskalt den Rücken hinab.

Die Nonnen hatten den Kreis vergrößert. Ihrer Haltung war anzusehen, dass sie sich fürchteten, denn dieser Riesenwolf war kein normales Tier, sondern ein Abbild des Schreckens.

Nur eine war geblieben.

Die Äbtissin.

Sie stand dem Tier gegenüber. Vielleicht drei Schritte trennten sie von dem Dämonenwolf.

Und dann sprach das Tier.

Zuerst bekam auch ich einen Schock, wollte es nicht glauben, doch schwarze Magie machte so etwas möglich.

»Wer bist du?«, fragte der Wolf.

»Clarissa. Ich werde an Mutter Barbaras Stelle treten.«

»Ich weiß, sie ist tot.« Der Wolf schüttelte sich. »Kannst du dir erklären, wie es dazu gekommen ist?«

»Nein«, antwortete die Äbtissin.

»Aber ich. Es gibt einen Menschen in der Nähe, der stark ist. Er hat das Kreuz der Macht und will uns, die Wölfe, vernichten. Was vor Tausenden von Jahren hier auf diesem Platz geschah, soll auch noch lange Zeit Bestand haben und in die Ewigkeit übergreifen. Ich kann dein Opfer nur dann annehmen, wenn ihr den Mann mit dem Kreuz findet.«

Ich hörte, wie Clarissa Atem holte. So erregt war sie. »Und was geschieht mit den Menschen?«, stieß sie hervor.

»Sie sind so lange ohne Schutz. Ich habe meine Wölfe in den Ort geschickt, und sie haben mir berichtet, dass der Mann, den ich suche, nicht weit von hier steckt.«

»Wo ist er?«

Ich spannte mich. Das Kreuz und die Beretta hatte ich gezogen. Auch Suko musste die Worte vernommen haben. Er lauerte irgendwo im Hintergrund. Für mich war es gut, dies zu wissen.

»Was wirst du tun, wenn du ihn findest?«, fragte der Wolf.

»Ich weiß es nicht.«

»Ihr könnt ihn töten!«

»Nein, wir töten keine Menschen!«

Da lachte der Wolf, und es hörte sich an wie das Grollen des Donners. »Du willst ihn nicht töten? Ihn – einen Feind? Dann musst du auch die Folgen tragen. Ich habe dir schon gesagt, dass meine Diener in das Dorf eingefallen sind. Dort befinden sich Menschen. Sie sind schutzlos. Wenn du den anderen nicht tötest, dann werden die Wölfe die Menschen im Dorf zerfleischen, wie sie es früher getan haben. Nie mehr wird Ruhe einkehren, und der Ort wird zu einem gewaltigen Grab. Hast du mich verstanden?«

»Ja.«

»Und wie willst du dich nun entscheiden?«, fragte Fenris, der Götterwolf.

Die Äbtissin schwieg. Ich konnte mir vorstellen, dass sich hinter ihrer Stirn die Gedanken jagten. So eine schwere Entscheidung hatte sie bestimmt noch nicht in ihrem Leben fällen müssen.

»Wo ist der Mann, von dem du geredet hast?«, fragte sie schließlich.

Da lachte Fenris. »Er ist hier.«

»Wo?«

»Hinter dir!«

Die Nonnen drehten sich um. Auch die beiden, die das Grab schaufelten.

Und ich erhob mich!

Man hatte den Toten weggeschafft. Father Stone war dabei gewesen, und er hatte überlegt, ob er zu Kiddlars Frau gehen sollte, um ihr das Beileid auszusprechen. Dazu hätte er das Dorf verlassen müssen, und das wollte er nicht. Die Menschen hier brauchten jede Hand und auch seinen Beistand.

Niemand wusste zu sagen, wie viele Wölfe sich noch in den Straßen aufhielten. Vielleicht hatten sich auch welche versteckt, waren in Schuppen oder Häuser gekrochen und lauerten dort im Schutz der Dunkelheit und des Nebels auf Beute.

In der Gastwirtschaft hatten sich einige Männer versammelt. Der Bürgermeister war ebenfalls vertreten. Er hieß Gillan, war ein verschlossen wirkender Mensch mit buschigem Schnauzbart und sehr blauen Augen. Ein Mann, der über die Geschichte des Ortes genau Bescheid wusste und das Auftauchen der Wölfe sehr ernst nahm.

Father Stone hatte sich gesetzt. Er war nicht mehr der Jüngste und musste sich einfach ausruhen. Die Männer, die sich hier versammelt hatten, waren die mutigen. In Windeseile hatte es sich im Dorf herumgesprochen, was geschehen war. Man hatte Türen und Fenster verriegelt, keinem Wolf sollte es gelingen, in eines der Häuser einzudringen und Frauen oder Kinder anzugreifen.

Die Unsicherheit aber blieb …

Es gab zahlreiche Tiere in Avoca. Hunde, Katzen, Hühner, Gänse, Enten, das größere Schlachtvieh einmal nicht mitgerechnet. Und auch die Tiere spürten, dass etwas nicht stimmte. Hier war einiges anders. Sie merkten den Schatten der Gefahr, der über Avoca lag. Dementsprechend ruhig verhielten sie sich.

Die versammelten Männer waren bewaffnet. Zumeist trugen sie Jagdgewehre, aber auch Äxte, Beile und Messer. Damit hofften sie, der Wolfsplage Herr zu werden.

Bürgermeister Gillan räusperte sich, bevor er anfing zu reden. »Wir leben in einer modernen Zeit«, sagte er, »aber jeder von uns kennt die Vergangenheit dieses Dorfes. Wir wissen, was geschehen ist, dass vor sehr, sehr langer Zeit ein dämonischer Einfluss über diesem Gebiet lag. Die Legende erzählt nicht umsonst von dem germanischen Wolf Fenris, der in das Gebiet der Kelten und Druiden eingedrungen war und sich eine Insel der Macht geschaffen hat. Unsere Vorfahren hatten ein Kloster gebaut, eine Trutzburg, einen Schutz gegen den bösen, dämonischen Einfluss. Wir sind den Nonnen zu großem Dank verpflichtet. Denn ihr Orden hat es in den letzten Jahrhunderten übernommen, der Wolfsplage Herr zu werden, sodass wir in Ruhe und Frieden leben konnten. Doch die Zeiten haben sich geändert. Irgendwie muss es den Wölfen gelungen sein, den Schutz des Klosters zu durchbrechen. Sie sind nach Avoca zurückgekehrt, und sie sind ebenso schlimm wie vor Hunderten von Jahren, wenn man der Sage glauben darf. Damals haben sich die Menschen verkrochen, weil sie sich fürchteten. Heute aber besitzen wir Waffen, bessere Waffen, mit denen wir ihnen begegnen können. Wenn sich die Wölfe erdreisten, unser Dorf zu besetzen, werden wir sie töten. Wir müssen sie ausrotten, ein für alle Mal.«

Nach diesen Worten erntete der Bürgermeister beifälliges Nicken aller Versammelten.

»Und wie hast du dir das vorgestellt?«, erkundigte sich der Lehrer. Er wollte auch mitgehen, ein schmalschultriger Mann mit einer randlosen Brille und hellen, strohigen Haaren.

»Wir könnten Gruppen zu je drei Mann bilden«, erwiderte der Bürgermeister. »Dabei teilen wir das Dorf in Parzellen auf. Jede Gruppe übernimmt eine Parzelle und durchsucht sie. Wenn sie auf einen Wolf trifft, dann muss sie ihn töten.«

Die Männer schauten sich an. Ihre Gesichter zeigten einen ernsten Ausdruck, alle wussten, dass sie Verantwortung trugen, und niemand von ihnen hatte einen anderen Vorschlag.

»Dann sind wir uns einig?«, erkundigte sich der Bürgermeister.

»Ja.« Der Lehrer antwortete für alle.

»Moment noch.« Diesmal war es der Pfarrer, der sich einmischte und den Arm hob.

Father Stone blieb sitzen und wartete einen Augenblick, bis sich die Blicke der Anwesenden auf ihn eingependelt hatten. »So einfach geht das nicht, meine Freunde. Wir dürfen nicht vergessen, dass wir es hier nicht mit normalen Wölfen zu tun haben.«

»Wie?«

Father Stone schaute den Lehrer an. »Sie kennen doch auch die Sage, Mister Dell. In der Schule haben Sie den Kindern oft genug davon erzählt. Die Wölfe, die damals und auch heute in unser Dorf eingefallen sind, kann man nicht als normale Tiere bezeichnen. Sie stehen unter einem dämonischen Bann. Ich glaube kaum, dass sie sich erstechen, erschlagen oder erschießen lassen.«

Betroffenheit zeichnete sich auf den Gesichtern der Anwesenden ab. Da hatte der Geistliche ein wahres Wort gesprochen. Auf die Kraft ihrer Waffen konnten sie nicht vertrauen.

»Wie sollen wir es dann machen?«, fragte ein bärtiger Mann, der einen großen Hof besaß, zu dem zahlreiche Schafweiden gehörten.

»Mit den Waffen der Kirche«, erwiderte der Pfarrer klar und deutlich.

Im Augenblick wusste niemand darauf etwas zu sagen. Ein Mitglied lachte hart auf. Als er den Blick des Pfarrers auf sich spürte, schwieg er jedoch.

»Und was haben Sie sich da vorgestellt?«, wollte Bürgermeister Gillan wissen.

»Kreuze, Weihwasser …«

»Und Sie meinen wirklich, dass wir es damit schaffen?«

Der Pfarrer nickte. »Ja, das meine ich. Wir müssen es schaffen.« Er blickte sich um. In jedes einzelne Gesicht schaute er. Doch da war niemand, der ihn unterstützte und das Wort übernehmen wollte.

»Ihr glaubt mir nicht?«

»Es ist zumindest schwer, Herr Pfarrer«, erwiderte der Bürgermeister.

»Ja, das kann ich mir denken. Es ist wirklich nicht leicht. Ich habe auch zu den Zweiflern gehört. Ich wollte sogar die Dämonie der Wölfe ignorieren, aber ich habe mich eines Besseren belehren lassen müssen. Der Mann aus London hat es mir bewiesen. Durch sein Kreuz konnte ein Wolf getötet werden. Und ich habe mit eigenen Augen gesehen, wie der Geist der Mutter Barbara aus dem Wolf gefahren ist. Dieses Tier war verflucht, obwohl die Seele der Äbtissin in ihm lebte. Doch durch die Berührung mit dem Kreuz hat die Seele der gütigen Mutter Barbara wieder Ruhe finden können. Sie hat sich für uns geopfert, für uns Menschen, und allmählich beginnt sich das Geheimnis zu lichten, das über dem Orden liegt. Was ich durch meine Fragen nicht erreicht habe, wird uns nun bewiesen, und wir sollten die Nonnen nicht allein lassen, sondern mithelfen.«

»Wie ist es denn mit den Männern aus London?«, fragte jemand.

»Sie wollten zum Kloster.«

»Da sind sie den Wölfen ja schön aus dem Weg gegangen«, meinte ein anderer.

»So dürfen Sie nicht reden!«, fuhr der Pfarrer den Mann an. »Nein, so nicht.«

Bürgermeister Gillan hob beide Hände und bat um Ruhe. »Ich bin dafür, dass wir meinen Vorschlag annehmen und erst einmal die Runde machen. Sollten wir keinen Erfolg damit haben, können wir noch immer auf die Hilfe des Pfarrers zurückkommen. Wer meiner Ansicht ist, möge sich erheben.«

Alle standen auf.

Father Stone schüttelte den Kopf. »Männer«, sagte er leise, »ihr lauft in euer Unglück. Die Wölfe sind stark.«

Zwei lachten. »Wir aber auch.« Sie klopften auf ihre Gewehrschäfte.

Dann verließen sie das Hinterzimmer. Der Pfarrer schaute ihnen nach und faltete die Hände. Er glaubte nicht, dass die Leute es schaffen würden.

Vor der Tür empfing die Männer der dichte Nebel, der die Suche noch erschwerte. Die wenigen Lampen, die brannten, waren kaum zu erkennen. Höchstens als milchige, verwaschene Gebilde. Zudem war es kalt geworden. Die Männer stellten die Kragen ihrer Jacken hoch. Flüsternd wurden letzte Einzelheiten besprochen. Man einigte sich schnell darauf, wer wo suchen sollte. Und Schüsse würden trotz des Nebels zu hören sein.

»Alles klar?«, fragte der Bürgermeister.

Die Leute nickten.

Sie wünschten sich noch gegenseitig viel Glück, bevor sie sich trennten. Schon bald waren sie im dichten Nebel verschwunden. Es schien, als hätte es sie nie gegeben …

Wahrscheinlich war der Nebel so dicht, dass ich von den Nonnen nicht gesehen werden konnte, denn erst als ich einen Schritt vorging und meine Umrisse deutlicher wurden, sahen die Nonnen mich.

Ihre Reaktionen waren unterschiedlich. Es gab Frauen, die

schrien leise auf, andere standen stumm wie die beiden mit dem Spaten, und eine schaute mich direkt an.

Clarissa, die Äbtissin.

Das Kreuz hatte ich vor meiner Brust hängen. Trotz des dichten Nebels schimmerte es silbern. Es strahlte einen matten Glanz ab, und der gab mir irgendwie Kraft.

Denn Kraft brauchte ich, da ich wusste, welch ein gefährlicher Gegner dieser Fenriswolf war.

Auch er hatte sich umgedreht und starrte mir entgegen. Er stand neben der Äbtissin. Die Frau wirkte klein und unscheinbar im Vergleich zu der rotäugigen Bestie. Fenris hatte die Zähne gefletscht. Aus seinem Maul troff giftgrüner Geifer. Tief in seiner Kehle vernahm ich ein Grollen. Es hörte sich an wie ein anstürmendes Gewitter und zitterte mir entgegen.

Die übrigen Nonnen hatten mir schweigend Platz gemacht.

Wohl war mir nicht zumute. Der Schädel des Wolfes befand sich etwa in meiner Kopfhöhe. Er war schon ein gewaltiges Biest, ein Spiel- und Wachhund der germanischen Götter. Seltsam waren nur seine Augen. Sie schimmerten zwar rot, aber ich glaubte in ihnen auch so etwas wie Gefühl und Wissen zu lesen. Das Wissen um Dinge, die für uns Menschen ein Rätsel sind.

Je näher ich an ihn heran schritt, umso deutlicher sah ich die echte Farbe des Fells.

Tiefschwarz.

Wie die Nacht, wie das Böse schlechthin …

Als ich die Nonnen passiert hatte, blieb ich stehen. Jetzt trennten mich nur noch wenige Schritte von Fenris, und die Entfernung wollte ich auch beibehalten.

Der Mantel des Schweigens legte sich über den kleinen Klosterfriedhof. Gespenstisch wirkte die Szene. Da war der Nebel, dessen geisterfahle Schwaden wallten und rollten. Manchmal erinnerten sie mich an große Tücher, die alles zudecken wollten, damit niemand mehr das Elend der Welt sah.

Die Nonnen, in ihren langen Kutten und ebenfalls von

Schleiern umspielt, bildeten zusammen mit den Grabsteinen die gruselige Kulisse für mich und den Wolf.

Mein Blick wanderte nach rechts. Dort stand die Äbtissin. Clarissa hieß sie. Eine Frau, die einen ungeheuren Mut bewies, indem sie gegen den Wolf und das Schicksal ankämpfte. Sie wollte sich opfern, um Menschen zu retten, damit auch der ewige Kreislauf nicht unterbrochen wurde.

Genau das wollte ich nicht.

Der Kreislauf sollte unterbrochen werden, es sollten keine Menschen mehr sterben, es sollten keine Opfer mehr gebracht werden.

Einmal musste Schluss sein. Zu lange schon hatte es den tödlichen Kreislauf gegeben.

Aber konnte ich einen Kampf gegen den mächtigen Wolf überhaupt gewinnen?

Das war die große Frage. Ich wusste aus Sagen und Legenden, wie gefährlich der Götterwolf war. Er, der die germanischen Gottheiten auf ihren wilden Raubzügen begleitete und der auch Thor zur Seite gestanden hatte.

Der Gott mit dem gewaltigen Hammer, der von den Germanen und den Wikingern gleichzeitig verehrt wurde.

»Wer bist du, Mann mit dem Kreuz?«

Ich lächelte. »Hat sich das in eurer Welt noch nicht herumgesprochen? Du müsstest mich doch kennen, oder hat der große Thor dir nichts davon erzählt?«

»Dann bist du John Sinclair, der Geisterjäger!«

»Richtig. Und ich habe einmal mit Thor Seite an Seite gekämpft, als Partner.«

Das war nicht gelogen, denn mich hatte mal ein Fall in die Lüneburger Heide geführt, wo sich untote Wikinger und Germanen zu einem erbarmungslosen Kampf trafen. Mittendrin Will Mallmann und ich. Und damals mussten wir auch noch das Leben zahlreicher Kinder retten.

Dieser Wolf wusste also Bescheid. Ich schaute auf sein gewaltiges Maul. Die Zunge hing wie ein großer Lappen darin, und sie bewegte sich.

»Du kannst mir viel erzählen, Geisterjäger!«, fauchte er mir entgegen. »Und es stimmt auch, was du gesagt hast. Aber das Vergangene und das hier sind verschiedene Dinge. Ich sehe nicht ein, dass du mir hier ins Handwerk pfuschst. Vor langer, langer Zeit habe ich diesen Flecken Erde erobert. Ich nahm ihn den Kelten weg, und die Wölfe, die in den tiefen Wäldern lebten, machte ich zu meinen Dienern. Sie haben mir immer gehorcht, sie gehorchen mir auch jetzt. Als Dank für diesen Stützpunkt besorge ich dem Teufel Seelen. Und zwar Seelen von Gerechten wie diesen Frauen hier.«

»Seit wann paktiert ein Mitglied des Götterreigens mit dem Teufel?«, höhnte ich.

»Das ist meine eigene Sache!«

»Dann weiß Thor nichts davon?«

»Nein. Und du wirst auch keine Gelegenheit haben, es ihm zu verraten, Geisterjäger. Asmodis bekommt noch eine Seele von mir. Nämlich deine. Darauf ist er besonders scharf. Wie ich hörte, bist du ihm entkommen, als er die Blutorgel spielte, aber heute entgehst du ihm nicht mehr.«

»Und was ist mit der toten Frau, die plötzlich zu einem Wolf geworden ist?«

»Es war einfach Pech, wie ihr Menschen sagt. Sie hätte ihre Ruhe finden können, doch ihre Seele geriet in eine für sie unangenehme Konstellation. Ich wusste genau, dass ich heute zurückkehren würde, und streckte schon meine Fühler aus. Die magische Sphäre erreichte meine schlafenden Diener, sodass die Wölfe wieder erschienen, um die Menschen zu terrorisieren. Jeder frisch aufgebahrte Mensch, der in die magische Vorentladung gerät, wird zu einem Wolf. So ist es auch der Frau ergangen. Wenn du sie erlösen willst, dann musst du sie schon töten, John Sinclair.«

Das waren harte Worte. Ich hatte sie begriffen, und ich wusste ferner, dass mir wohl kaum eine Chance blieb, Nadine Berger zu retten. Denn töten konnte ich sie nicht.

Nein, das würde ich nicht fertigbringen.

Zum ersten Mal meldete sich die Äbtissin zu Wort. Sie hatte eine klare, weiche und angenehme Stimme. Ihr Gesicht war blass, die Augen dunkel. Sie drehte den Kopf und wandte sich an den Wolf. »Lass ihn leben, Fenris. Nimm meine Seele, so wie es schon immer gewesen ist, aber er soll nicht sterben.«

Die Worte passten dem Wolf nicht. Sein pechschwarzes Fell sträubte sich. Dann fauchte er Clarissa an. »Weißt du überhaupt, wer er ist? Geisterjäger John Sinclair ist ein Feind der Hölle. Mir gelingt es hin und wieder, einen Blick aus meiner Welt in das Reich der Finsternis zu werfen. Dort sehe ich sie alle. Und ich sehe, dass sie John Sinclair töten wollen. Der Teufel persönlich setzt alles ein, um ihm den Garaus zu machen. Wenn ich dem Satan damit einen Gefallen erweisen kann, dann werde ich es tun. Ohne Rücksicht auf Verluste. Sinclair darf nicht mehr länger leben.«

»Ist das deine Dankbarkeit?«, fragte die Äbtissin. »Haben wir dafür die christlichen Symbole des Klosterfriedhofs zerstört, damit du uns so dankst?«

»Ich bin nur einem dankbar. Meinem Herrn.«

»Wer ist das?«, fragte ich. »Thor oder Asmodis?«

»Im Moment der Teufel!«

Er hatte die Worte kaum ausgesprochen, als sich sein Körper streckte.

Fenris würde springen!

Sie hatten Dreiergruppen gebildet und bewegten sich durch das Dorf. So kannten sie ihren Ort nur an wenigen Tagen im Jahr. Voller Nebel, der überall seine dichte graue Decke gebildet hatte. Kein Haus, kein Platz, kein Baum blieb verschont, der Nebel drang überall hin. Und er kroch an den Wänden hoch, suchte sich seinen Weg in schmale Spalten und Ritzen, sodass er jede Leere mit den dampfenden, wallenden Schwaden ausfüllte.

Die Gruppen hatten sich bereits nach wenigen Yards aus den Augen verloren. Bürgermeister Gillan, der Lehrer Dell und ein schweigsamer Mann namens Farlane blieben zusammen. Farlane trug ein Schrotgewehr. Es hatte zwei Läufe, und er hatte auch zwei Patronen mit gehacktem Blei in die Kammern geschoben. Sein Gesicht zeigte wilde Entschlossenheit. Er würde den Wölfen die Ladungen aufs Fell brennen, das schwor er sich.

Der Bürgermeister trug ebenfalls ein Gewehr. Es war eine Jagdflinte. Nur der Lehrer war mit einem Messer bewaffnet. Ein Hirschfänger mit breiter Klinge. Sicherheitshalber hatte ihm noch jemand ein Schermesser gegeben. Auch die Klinge war äußerst spitz und sehr scharf. Wenn der Schäfer damit durch die Wolle fuhr, dann fiel sie ab, ohne dass er viel Kraft aufwenden musste.

Obwohl der Nebel fast alle Geräusche schluckte, bemühten sich die Männer, so leise wie möglich aufzutreten. Sie schlichen, und sie kamen sich bald vor wie Diebe in der Nacht. Dabei hatten sie die Ohren gespitzt und achteten auf jedes Geräusch. Sogar das Miauen einer kleinen Katze schreckte sie auf.

Lehrer Dell war es, der herumfuhr und den Hirschfänger zog. Die Katze huschte an ihnen vorbei und verschwand.

Die drei atmeten auf.

»Verdammt, ich bin nervös«, gab Dell zu.

Farlane und Gillan nickten. Auch sie waren nicht die Ruhigsten. Am liebsten hätten sich alle drei irgendwo in ihren Häusern verkrochen, statt hier herumzulaufen, doch das wagte niemand zuzugeben. So schwiegen sie darüber.

Nach einem fünfminütigen Fußmarsch erreichten sie eine Kreuzung. Links führte die breiteste Straße von Avoca ein wenig bergab. Die vereinzelt am Straßenrand stehenden Autos wirkten in der trüben Suppe wie Gegenstände aus einem Zukunftsfilm.

Sie hatten sich abgesprochen, dass die Hauptstraße zu ihrem Kontrollbezirk gehörte. Deshalb gingen sie die Fahrbahn hinunter. Sie nahmen die gesamte Breite ein. Der Lehrer und der Bürgermeister gingen rechts und links, der Mann namens Farlane in der Mitte. Wenn sie die Gehsteige betraten, dann waren sie sehr vorsichtig. Zudem schauten sie auch immer wieder in die Einfahrten zwischen den einzelnen Häusern sowie in die Hauseingänge. Dort suchten sie nach den Wölfen, denn die konnten sich überall versteckt halten.

Immer wenn sie nichts fanden, atmeten sie auf.

Das lang gezogene Heulen traf sie so plötzlich, dass sie stoppten, als wären sie gegen eine Mauer gelaufen.

»Was war das?«, flüsterte der Lehrer überflüssigerweise.

Als Antwort krachte ein Schuss. Und dann noch einer und ein dritter. Das dumpfe Wummern rollte über die Hausdächer und klang gedämpft. Auch der folgende Schrei.

Die Männer zuckten erst zusammen und erstarrten dann. Sie schauten sich an.

Niemand wagte etwas zu sagen, doch in ihren Augen stand die Antwort auf die unausgesprochene Frage schon zu lesen.

Der Wolf hat einen von uns getötet!

Es wurde wieder still.

»Was machen wir?«, fragte der Lehrer. »Weitergehen?«

Da der Bürgermeister keine Antwort gab, sagte Farlane: »Ja, wir gehen weiter.«

Auf der rechten Seite quietschte eine Tür. Es war die der Polizeistation.

Aber niemand verließ das Haus. Windig war es auch nicht. Wer hatte die Tür dann bewegt?

Die drei Männer blieben auf der Straßenmitte stehen, drehten sich allerdings so, dass sie die Polizeistation im Auge behalten konnten.

Es brannte Licht.

Der aus den Fenstern fallende Schein reichte nicht einmal bis zum Kantstein des schmalen Bürgersteigs. Er verlor sich in den Nebelschleiern.

»Ob sie da sind?«, fragte der Bürgermeister.

»Muss ja, denn es brennt Licht«, lautete Farlanes Meinung.

Der Lehrer widersprach ihm. »Sie können es auch brennen gelassen haben.«

Die Männer schwiegen.

Farlane entschloss sich, nachzusehen. Das sagte er auch. Allerdings wollten ihn der Bürgermeister und der Lehrer nicht allein gehen lassen, und so schritten sie gemeinsam auf die schmale Tür der Polizeiwache zu.

Farlane hatte trotzdem die Führung übernommen. Die Schrotflinte hielt er mit beiden Händen fest. Der Lauf wies nach vorn und bildete mit dem Körper einen rechten Winkel.

Die Mündung berührte das Holz. Ein kleiner Druck, und die Tür schwang auf.

Sie knarrte ein wenig, hinzu kam das Quietschen, aber das störte die Männer nicht. Sie hörten es nicht einmal, denn sie hatten nur Augen für das grauenhafte Bild, das sich ihnen bot.

Die beiden Polizisten lagen in ihrem Blut. Starre Augen blickten gegen die Decke.

Und zwei kalte Augenpaare funkelten die drei Männer an. Sie gehörten den Wölfen, die sprungbereit neben den toten Polizisten standen ...

Der Pfarrer war zurückgeblieben.

Father Stone wusste, dass die anderen einen Fehler gemacht hatten. Da war er sicher. Die Männer hätten die geweihten Waffen mitnehmen sollen, nicht nur Gewehre oder Messer, denn damit konnte man den dämonischen Kreaturen kaum an den Kragen.

Es war kalt im Hinterraum der Gastwirtschaft. Die Tische und Stühle standen wieder in Reih und Glied. Nur durch das zerbrochene Fenster zog noch die Kühle herein und wurde von den Nebelschwaden begleitet.

Irgendwie ahnte der Pfarrer, dass die Menschen es nicht schaffen würden, das Böse zu besiegen. Es hatte zu lange Zeit gehabt, sich zu manifestieren. Und wo es einmal saß, da musste man schon ein Radikalmittel anwenden, um es zu vernichten.

So und nicht anders sah die Wirklichkeit aus.

Father Stone erhob sich. Er dachte an die Nonnen im Kloster. Dass sie in einem unmittelbaren Zusammenhang mit den dämonischen Wölfen standen, war ihm bekannt. Er wusste allerdings nicht, wieso und warum, denn die Nonnen waren gläubig und keine Menschen, die den Teufel anbeteten. Davon hatte sich der Pfarrer schon des Öfteren überzeugen können.

Er durchquerte das Hinterzimmer und öffnete die Tür zum Gastraum. Bis auf den Wirt war er leer. Auch die vordere Tür hatte der Mann geschlossen. Old Nick, wie der Wirt genannt wurde, saß auf einem Hocker hinter dem Tresen und hatte eine alte Armeepistole vor sich liegen.

Als der Pfarrer den Raum betrat, wandte er den Kopf. »Es sieht schlecht aus, nicht wahr?«

»Man soll nie den Mut verlieren und auf Gott vertrauen«, erwiderte der Geistliche.

»Vielleicht.« Der Wirt deutete auf die Pistole. »Aber wenn die Wölfe kommen, dann verlasse ich mich darauf.«

»Ich weiß nicht, ob das etwas nützt.«

Old Nick lachte. »Fragen Sie mal meine Frau. Kurz nach unserer Hochzeit, der Krieg war gerade vorbei, habe ich den letzten Wolf erledigt. Mit dieser Waffe.«

»Und wo war das?«

»In Schweden.«

»Sehen Sie, das waren andere Wölfe, Old Nick. Hier haben wir es mit einer dämonischen Abart zu tun. Diese hier sind nicht normal, sondern dem Teufel geweiht.«

Die Augen im runden Gesicht des Mannes wurden groß. »Sie können einem ja richtig Angst machen.«

»Das war nicht meine Absicht. Sorry. Wo ist eigentlich Elly?«

»Die habe ich nach oben geschickt.«

»Das war gut.«

Der Wirt, er brachte fast drei Zentner auf die Waage und trug aus diesem Grunde nur immer einen Kaftan anstelle eines Hemdes, rutschte vom Hocker. »Wollen Sie einen Schnaps, Hochwürden?«

»Der könnte nicht schaden.«

»Meine ich auch.«

Neben dem Spülbecken für die Gläser standen die Flaschen. Der Wirt griff nach dem Selbstgebrannten. Den trank Hochwürden am liebsten, das wusste er.

Zwei Doppelte schenkte er ein und reichte dem Geistlichen ein Glas rüber. »Zur Gesundheit, Herr Pfarrer.«

»Hoffentlich behalten wir die«, erwiderte Father Stone.

Old Nick warf seinem Gegenüber einen langen Blick zu, bevor er das Glas in einem Zug leerte. »Noch einen?«

»Nein, danke.« Der Pfarrer stellte das Glas zur Seite.

»Eigentlich hatte ich ja mitgewollt«, sagte Old Nick. »Aber ich kann mich so schlecht bewegen. Ich glaube, ich muss doch mal etwas abnehmen.«

Der Pfarrer lächelte.

Danach schwiegen die Männer. Nur das Tropfen eines Wasserhahns war zu hören. Den dicken Wirt machte dies nervös. Er ging und drehte den Hahn zu.

»So«, sagte er.

Wieder wurde es still. Nach einer Weile hörten die Männer von oben Schritte. Das war Elly, die bessere Hälfte von Old Nick. »Sie kann auch nicht schlafen«, sagte der Wirt.

»Wer kann das schon?«

»Eben.«

Wieder verging die Zeit. In den nächsten Minuten tat sich nichts. Dann zuckten beide Männer zusammen, weil sie glaubten, Schüsse gehört zu haben. Father Stone wollte es genau wissen. Er lief zur Tür, um zu öffnen.

»Hochwürden, bleiben Sie hier. Ich …«

Old Nicks Warnung fruchtete nicht, Father Stone hatte die Tür bereits aufgezogen. Der Nebel wallte in dicken Schlieren durch die Öffnung. Father Stone streckte seinen Kopf durch den Spalt und bewegte ihn von einer Seite zur anderen. In der rechten Hand umfasste er das Kreuz.

»Nichts zu sehen«, berichtete er.

»Und zu hören?«

Der Geistliche zog sich wieder zurück. »Auch nichts, Nick.«

»Vielleicht haben sie ein paar von den Biestern erledigt«, hoffte der Wirt.

»Möglich.«

»Ich muss mir noch einen Schnaps genehmigen.« Sicherheitshalber hatte Nick die Flasche in seiner Reichweite stehengelassen. Er zog den Korken hervor und kippte das Glas voll.

Gerade als er trinken wollte, klangen vor der Tür hastige Schritte auf. Im nächsten Augenblick wurde sie aufgestoßen, und Nick fiel vor Schreck das Glas aus der Hand, als er die blutüberströmte Gestalt sah, die in die Gaststube torkelte ...

»Wenn du springst, werde ich dich töten!«

Ich hörte die Stimme und hätte gern einen Jubelschrei ausgestoßen, denn derjenige, der da gesprochen hatte, war mein Freund und Kollege Suko.

Fenris gehorchte tatsächlich. Nur sein Fell sträubte sich noch mehr, und ein Knurren drang aus seinem Maul.

»Wer bist du?«

»Einer, der dich zur Hölle schicken wird.«

Das waren Worte, die Fenris überhaupt nicht gefielen. Plötzlich kreiselte er herum.

Und mitten hinein in den Schlag mit der Dämonenpeitsche.

Die Frauen schrien auf. Ich sprang vor, riss Clarissa an mich und schleuderte sie nach hinten, damit sie aus der unmittelbaren Gefahrenzone geschafft wurde.

Als ich ebenfalls zurück wollte, traf mich ein gewaltiger Schlag gegen die Brust. Es war ein Hieb wie mit dem Hammer. Ich verlor den Bodenkontakt und sah, während ich fiel, wer oder was mich da getroffen hatte.

Der Schwanz des Wolfes. In ihm steckte eine ungeheure

Kraft, aber er hatte auch das Kreuz berührt, und genau an dieser Stelle wurde der Schwanz langsam grau.

Wieder klatschte es.

Fenris heulte wütend. Normale Dämonen wurden von der Dämonenpeitsche zerstört. Zumeist lösten sie sich in einer stinkenden Pestwolke auf. Anders Fenris. Er konnte die Hiebe einstecken, ohne dass sie ihm etwas taten. Allerdings schwächten sie ihn, denn der nächste Sprung war nicht mehr so kraftvoll wie der erste. Mit einem Satz setzte er über die erstarrt dastehenden Nonnen hinweg und verschwand.

Ich kam wieder auf die Beine und sah soeben noch den hünenhaften Wolf im Nebel untertauchen.

Suko stand da wie ein begossener Pudel. Auch ich war nicht dazu gekommen, mein Kreuz einzusetzen.

Fenris war zu schnell gewesen.

»Wo läuft er hin?«, schrie Clarissa.

Die Antwort gab ihr der Dämonenwolf selbst. Aus dem Nebel hörten wir seine Stimme. »Jetzt sind sie verloren!«, brüllte er. »Ich werde sie mir holen. Alle ...«

Wir standen wie erstarrt. Ich spürte wieder Schmerzen im Bein, jetzt, da die erste Spannung nachgelassen hatte. Ausruhen galt nicht, wir mussten etwas unternehmen.

»Zum Wagen!«, rief ich Suko zu.

Der Chinese hatte sich kaum umgedreht und war ebenso wie ich ein paar Schritte in Richtung Bentley gelaufen, als ein anderer in die Auseinandersetzung eingriff.

Thor!

Wie damals, als ich gegen untote Wikinger und Germanen gekämpft hatte. Allerdings sahen wir ihn nicht, nur einen sehr breiten und gewaltigen Blitz, der den Nebel spaltete oder ihn aufriss wie einen gewaltigen Vorhang.

Ein Dröhnen.

Als hätte es eine Explosion gegeben, so traf uns die Druckwelle und schüttelte uns durch. Schreiend liefen die Nonnen davon, nur Clarissa blieb stehen und schaute wie wir in den wallenden Nebel, aus dem sich schemenhaft ein Gesicht schälte. Breit war es, wild und ungezügelt. Auf dem Kopf saß ein Helm. Rechts und links stachen zwei gebogene Hörner hervor.

Ja, das war Thor!

»Ich werde ihn bestrafen!«, schrie der Donnergott. »Fenris gehört zu uns nach Asgaard. Die Unterwelt hat kein Recht, ihn sich bei uns auszuleihen. Mit diesem Schlag meines Hammers habe ich die Magie dieses Fleckens aufgelöst.«

Das waren seine letzten Worte. Danach wallten wieder die grauen Schleier, und das Gesicht war nicht mehr zu erkennen.

Wenn mir jemand so etwas erzählt hätte, wahrlich, ich hätte es nicht geglaubt. So hatten wir es selbst erlebt, zusammen mit den Nonnen, die ratlos herumstanden, redeten, jedoch zu keinem Ergebnis gelangten, weil sie einfach nicht wussten, wie sie das Phänomen erklären sollten.

Clarissa trat auf uns zu. Der Blick ihrer Augen war ernst. Auch las ich darin eine Frage.

Ich hob die Schultern. »Es tut mir leid, aber ich kann es nicht erklären.«

»Der Wolf existiert noch.«

»Ja.«

»Dann fahre ich mit Ihnen nach Avoca«, erklärte mir die Äbtissin. »Kommen Sie, wir müssen uns beeilen. Diese Bestien sind gefährlich und die Menschen schutzlos.«

Da hatte die Äbtissin etwas Wahres gesagt. An ihre Nonnen und Mitschwestern dachte sie nicht mehr. Sie raffte den langen Saum ihrer Tracht hoch und rannte auf unseren Wagen zu.

Wir folgten ihr.

Zwei Wölfe – zwei Tote!

Farlane, Bürgermeister Gillan und der Lehrer Dell sahen dies zwar, aber sie konnten es kaum begreifen. Bisher war ihnen das wie ein Spaß vorgekommen, nun wurden sie direkt mit den Leichen ihrer Mitbürger konfrontiert.

Die Bestien hatten schrecklich gewütet.

»Schieß doch!«, zischte Gillan. »Mach schon, Farlane!«

Der hünenhafte Mann zögerte. In seinem Gesicht arbeitete es. Er hatte zwar die Schrotflinte angelegt, aber es fehlte ihm plötzlich der Mut, abzudrücken.

Da sprang der Wolf.

Farlane und die anderen beiden Männer sahen, wie sich der graue Räuber in die Luft schraubte, wobei er sich kräftig abgestoßen hatte und auf Farlane zuflog.

Der schoss.

Fußlang stach die Mündungsflamme aus dem Lauf. Begleitet wurde sie von einem wahren Hagel aus Schrot, der mit ungeheurer Wucht in den Körper des Tieres hieb.

Es war ein Treffer, der normalerweise – und vor allen Dingen auf so kurze Distanz gefeuert – den Wolf hätte zerreißen müssen. Farlane bekam alles wie in Zeitlupe mit, während hinter ihm die beiden anderen Männer fluchtartig durch die Tür des kleinen Polizeigebäudes sprangen.

Die Bestie befand sich etwa in Höhe der Trennbarriere, als die Ladung in ihren Körper hieb. Sie zerhämmerte ihn fast, musste ihn zerteilen, und Farlane wartete auf den Erfolg, als der Wolf ihn bereits ansprang.

Diesem Aufprall hatte auch der Hüne von Mann nichts entgegenzusetzen. Er kippte zurück, fiel gegen die Tür und drückte sie ins Schloss. Dieses schnappende Geräusch hörten auch der Lehrer und der Bürgermeister, die sich beide bis auf die Straße zurückgezogen hatten, um einen freien Fluchtweg zu haben.

Sie hörten den Schuss.

»Ha, jetzt hat er ihn erledigt!«, keuchte Gillan, der Bürgermeister, während sich Lehrer Dell zurückhielt, denn er war von einem Erfolg nicht so überzeugt.

Was weiter geschah, konnten die beiden Männer nicht sehen.

Die Tür fiel zu.

Von innen hatte jemand dagegen getreten. Schatten flogen

durch den Raum. Sie durchquerten dabei auch die Lichtinseln der Fenster, deshalb waren sie zu sehen.

Ein Schrei!

Gurgelnd und röchelnd ausgestoßen. Eine wilde, unkontrollierte Bewegung. Hochgerissene Arme warfen Schatten ins Rechteck des Fensters, der zweite Wolf sprang, ein dumpfer Aufprall, noch ein Schrei, dann ein schreckliches Geräusch, das den beiden Männern durch Mark und Bein schnitt, danach Stille.

Tödliche Stille ...

»Mein Gott!«, flüsterte der Bürgermeister. Er schlug hastig ein Kreuzzeichen. Neben ihm stand der Lehrer starr auf dem Fleck. Bleich war er im Gesicht. Sämtliches Blut schien daraus gewichen zu sein. Das Messer hielt er in der Hand wie einen Fremdkörper. Er öffnete die Finger, und die Klinge fiel zu Boden. Weder er noch der Bürgermeister achteten darauf.

Dafür sahen sie etwas anderes.

Schatten!

Aber nicht im Innern eines Hauses, sondern auf der Straße. Ihre Form war länglich, und sie huschten nicht weit entfernt von einer Straßenseite auf die andere.

Bürgermeister Gillan begriff zuerst. »Wir sind umzingelt!«, flüsterte er mit rauer Stimme. »Verdammt, sie kriegen uns ...«

»Und was machen wir?«, flüsterte Dell.

»Vorsichtig zurückziehen«, erwiderte der Bürgermeister, wobei seine Blicke an den in der Nähe aufragenden Hausfassaden entlang glitten. Da war kaum etwas zu sehen. Der Nebel lag einfach zu dicht davor. Sie erkannten zwar schemenhaft die Umrisse der Fenster, nur Hilfe konnten sie nicht erwarten.

»Die Türen sind verschlossen«, zischte Dell und sah sich furchtsam um. »Wir haben es den Leuten doch selbst gesagt. Sie werden uns nicht hineinlassen ...«

»Versuchen wir es!« Gillan hatte seine erste Angst überwunden. Die Kämpfernatur drang bei ihm wieder durch. Die Wölfe befanden sich in der Stadt, okay, aber aufgeben wollten sie deswegen nicht. Der Bürgermeister packte Dell am Arm und zog ihn mit sich. Er ging in die Richtung, aus der sie gekommen waren.

Zwei Häuser vor der Polizeistation befand sich ein Geschäft, in dem es alles zu kaufen gab. Von Lebensmitteln bis hin zum Rasenmäher. Der Laden gehörte einem Freund des Bürgermeisters. Dort würden sie sicherlich Hilfe finden.

Nach den ersten Schritten liefen sie schneller und erreichten den schmalen Bürgersteig.

Zur Wohnung gelangte man durch die Tür, die direkt neben dem Schaufenster lag.

Gillan erreichte sie als Erste und rüttelte an der Klinke.

Die Tür war verschlossen!

Im Mauerwerk eingelassen schimmerte die Klingel. Ein weißer Knopf, umgeben von einem breiten Messingrand.

Gillan drückte den Knopf.

Er hörte das Schrillen der Klingel. Sie hallte durch das Haus und musste auch oben zu hören sein.

Da rührte sich nichts. Die Menschen hatten Angst. Und sie hatten sich genau an die Anordnungen des Bürgermeisters gehalten. Alles zugeschlossen, niemand sollte ins Haus gelangen, auch die nicht, die Hilfe brauchte.

Als sich nichts tat, stampfte Gillan mit dem Fuß auf. Dell sicherte inzwischen nach hinten. Er versuchte, mit seinen Blicken den Nebel zu durchdringen.

Kein Wolf ließ sich sehen. Auch die Schatten waren verschwunden. Trotzdem hatte der Lehrer das Gefühl, von den Bestien eingekreist zu sein.

»Verdammt, verdammt!«, schrie Gillan. »So macht doch auf! Los, Gerald, ich will rein!«

Keine Antwort.

Wahrscheinlich bibbert der dicke Gerald vor Angst, dachte Gillan, und hat sich irgendwo verkrochen.

Der Bürgermeister wusste, dass es so nicht weiterging.

Nein, sie mussten draußen bleiben und konnten vorerst nicht in die relativ sicheren Häuser.

Wütend und ängstlich zugleich drehte sich Gillan zu seinem Partner Dell um.

»Und?«, fragte der Lehrer.

»Dieses Schwein lässt uns nicht ein. Er hat Angst.« Das Gesicht des Bürgermeisters verzerrte sich.

»Haben wir das nicht auch?«, fragte Dell.

»Ja, verdammt, wir haben Angst. Aber ich kann doch deswegen keinem Menschen die Hilfe verweigern.«

»Es gibt Ausnahmesituationen«, erklärte der Lehrer. »Und so eine haben wir hier.«

»Haben Sie einen Vorschlag?«

»Zurück in die Gastwirtschaft. Wir müssen die Suche eben abbrechen. Tut mir leid …«

Gillan nickte. »Wenn ich nur wüsste, was mit Farlane geschehen ist …«

»Was machen Sie sich darüber noch Gedanken?«

»Haben Sie ihn etwa aufgegeben?«

»Ja, so brutal sich das anhört. Ich habe ihn aufgegeben.«

Gillan hatte eine scharfe Erwiderung auf der Zunge, als er von dem Lehrer angestoßen wurde.

»Da, sehen Sie. Mein Gott, das darf nicht wahr sein …«

Wie der Lehrer Dell schaute auch der Bürgermeister die Straße hinunter.

Er glaubte, einen Albtraum zu erleben.

Aus dem Nebel schälte sich eine riesige Wolfsgestalt. Sie war so groß wie ein Mensch, und sie wurde von zahlreichen Wölfen begleitet, die sich um den Riesenwolf geschart hatten.

Es waren mindestens sechs Wölfe. Als hätten die beiden Räuber im Polizeirevier ein Zeichen erhalten, so verließen sie das Haus. Allerdings nicht durch die Tür, sondern durch die Fenster. Das Splittern der Scheiben war das einzige Geräusch in der nahezu absoluten Stille.

Gillan schüttelte den Kopf. Er konnte nicht begreifen, dass so etwas möglich war.

Er erlebte keinen Traum, und es war auch keine Einbildung. Die Wölfe existierten tatsächlich.

Auch das Riesentier ...

Und sie kamen näher.

Nichts war zu hören, wenn sie ihre schweren Körper bewegten und die Pfoten auf die Erde setzten. Sie gingen lautlos und geschmeidig. Man merkte ihnen an, dass es wirklich Raubtiere waren.

Und sie würden zuschlagen.

Ihre Opfer standen fest.

Der Bürgermeister und der Lehrer!

Im letzten Moment gelang es dem Pfarrer, die hereintorkelnde Gestalt aufzufangen. Sie kippte ihm bereits entgegen. Father Stone hatte schon die Arme ausgestreckt. In seine griffbereiten Hände fiel der blutüberströmte Mann.

Der Geistliche legte ihn zu Boden. »Schnell, ein Kissen und Verbandszeug!«, rief er Old Nick zu.

»Ja, ja.« Der dicke Wirt bewegte sich, so schnell er konnte.

Der Verletzte war dem Pfarrer bekannt. Er arbeitete als Gärtner und lebte erst seit fünf Jahren in Avoca. Ein Wolf hatte ihn angefallen und die Zähne in die Schulter des Mannes geschlagen. Die Wunde war tief und sah schrecklich aus. Wenn der Mann nicht die Lederkleidung getragen hätte, dann wäre es unter Umständen noch schlimmer für ihn ausgegangen.

Fieber glänzte in seinen Augen. Aber auch Angst. Er atmete pfeifend und schnell.

Der Pfarrer versuchte zu lächeln. Es wurde nur eine Grimasse. Trotzdem sprach er tröstende Worte. »Keine Angst, mein Sohn, du bist in Sicherheit!«

»Die – die Wölfe. Sie waren plötzlich da. Ich habe geschossen, aber es nutzte nichts. Sie waren schneller. Einen von uns, den alten Rafferty, haben sie getötet ...«

»Und die anderen?«, fragte Father Stone.

»Ich – ich weiß nicht. Bin nur gerannt. Diese Schmerzen. Pfarrer, muss ich sterben?«

Langsam schüttelte der Geistliche den Kopf. »Nein, mein Sohn, das glaube ich nicht.«

»Ich – ich habe lange nicht mehr gebetet. Ich kenne das gar nicht mehr. Können Sie das für mich tun?«

»Natürlich.«

»Das Kissen!« Der Wirt hatte die Stimme gesenkt, er flüsterte nur noch.

Father Stone nahm das Kissen mit einem Kopfnicken entgegen. Dann hob er den Kopf des Verletzten an und schob ihm das Kissen unter. Jetzt lag er weicher.

»Der Kasten?«, fragte der Pfarrer.

»Habe ich auch.« Old Nick bückte sich und stellte den schon geöffneten Verbandskasten neben dem Pfarrer zu Boden. Father Stone hatte schnell gefunden, was er suchte. Verbandsmull, das er um die Verletzung wickelte und sehr stramm zog, damit die Blutung etwas zurückging. Völlig stillen konnte er sie wohl nicht.

»Holen Sie ihm einen Schnaps«, wies er Old Nick an.

Der Wirt füllte Selbstgebrannten in ein großes Glas. So war er sicher, dass er nichts verschüttete, weil seine Hände auf einmal zitterten.

Der Verletzte trank, als der Pfarrer ihm das Glas schräg an die Lippen hielt. Ein Teil der scharfen Flüssigkeit rann über das Kinn des Mannes, das meiste jedoch schluckte er.

Röchelnd atmete er. Der scharfe Alkohol hatte ihm fast die Stimme genommen, er wollte sich herumwerfen, doch Pfarrer Stone hielt eisern fest. Schweiß lag auf dem Gesicht des Mannes. Zudem schien die Stirn zu glühen.

Fieber …

Der Verletzte musste unbedingt in ärztliche Behandlung. Father Stone fragte nach dem Doc.

»Ich weiß nicht, wo der Doc steckt«, erwiderte Old Nick.

»Rufen Sie ihn an, damit er sich bereithält!«, forderte der Geistliche.

»Ja, ja, natürlich.«

Old Nick bewegte seine Massen zum Telefon, während sich der Pfarrer wieder um den Verletzten kümmerte. Der Wirt hatte den schwarzen Klingelkasten auf dem hinteren Tresenregal noch nicht erreicht, als er einen heiseren Schrei ausstieß, denn sein Blick war auf die Tür der Gastwirtschaft gefallen.

»Hochwürden, da – da …!«

Auch Father Stone schaute auf.

In der Tür stand ein Wolf!

Es war eine Fahrt, wie ich sie noch nie in meinem Leben erlebt hatte. Eine unbekannte, kurvenreiche Strecke, dazu im dichten Nebel, wo man kaum etwas erkennen konnte – wirklich eine Sache für Selbstmörder. Uns hockte die Zeit im Nacken. Sie drückte wie ein Alb und steigerte das Angstgefühl.

Wir hatten Angst. Angst um die Menschen in Avoca. Die Wölfe würden über sie herfallen wie die Pest.

Suko hatte sich in den Fond gesetzt. Von der Äbtissin hoffte ich, dass sie mir half. Sie kannte den Weg und wusste ungefähr, wann ich besonders aufzupassen hatte. Ich spürte wieder das Ziehen in meinem Bein. Die verdammte Wunde gab einfach keine Ruhe. Aber ich konnte mich nicht ausruhen, musste fahren, denn für uns kam es wirklich auf jede einzelne Minute an.

Der Nebel war nicht lichter geworden. Im Gegenteil, ich hatte das Gefühl, als hätte er sich noch verstärkt.

Die graue Wand, die das Licht der beiden Scheinwerfer sehr schnell aufsaugte, bewegte sich, rollte, wallte und schien mit tausend Armen nach dem Wagen greifen zu wollen.

Die Stoßdämpfer hatten wirklich einiges auszuhalten. Der gute alte Bentley wurde geschüttelt. Er ächzte und quietschte, erholte sich wieder, und die Reifen wühlten wie mit dicken Fingern den feuchten Boden auf, sodass breite Grasbüschel davonflogen.

Manchmal geriet ich hart an den Rand des schmalen Weges, und nur mit viel Glück waren wir bisher noch nicht im Graben gelandet. War mir auf der Hinreise der Weg schon lang vorgekommen, so schien die Zeit jetzt nur noch zu schleichen. Ich hatte das Gefühl, dass jede Sekunde doppelt so lang war.

»Vorsicht jetzt«, warnte die Äbtissin. »Die Rechtskurve ist sehr gefährlich …«

Das war sie auch. Zum Glück hatte ich den Fuß vom Gaspedal genommen. Trotzdem schleuderte der Bentley, geriet mit dem linken Hinterreifen vom Weg ab, rutschte in den Graben und wühlte dort die nasse Erde auf.

Gas!

Wir kamen frei.

»Jetzt geht es besser«, sagte neben mir die Klostervorsteherin.

Und sie hatte recht. An der Breite des Weges erkannte ich, dass wir nicht mehr weit von unserem Ziel entfernt waren. Allerdings sah ich kein Licht, nicht den schwächsten hellen Schein. Der Nebel deckte einfach alles zu.

Die ersten Gebäude erschienen als Schatten zu beiden Seiten des Weges. Häuser, Scheunen.

»Fahren Sie links. Dann kommen wir auf die Hauptstraße!«

Ich bremste ab. Soeben schaffte ich es noch, in eine Gasse einzubiegen, die bergab führte und in die Hauptstraße mündete. Das Kopfsteinpflaster war feucht. Kurz vor der Einmündung gab es noch eine Kurve. Ich nahm sie und fuhr haarscharf an einer vorstehenden Hausecke vorbei.

Die Hauptstraße.

»Wieder rechts!«

Die Äbtissin war ein guter Führer. Ich kurbelte am Lenkrad und bog in die Straße ein.

Endlich konnte ich besser fahren. Hier war der Belag ebener. Die Reifen rutschten nicht mehr über das glatte Kopfsteinpflaster.

Wo lauerten die Wölfe?

Ich hatte den Gedanken noch nicht ganz zu Ende formuliert, als sie von Suko entdeckt wurden.

»John, da vorne!«

Der Chinese hatte recht. Da befanden sich die Wölfe. Aber nicht nur die normalen Tiere, sondern auch ein übergroßes.

Fenris war da!

Ich wollte noch näher heran, gab Gas und bremste dann hart.

Der Bentley stand.

»Bleiben Sie im Wagen!«, rief ich der Äbtissin zu, löste den Gurt und stieg aus.

Suko kroch ebenfalls aus dem Fond.

Und beide hörten wir die angsterfüllten Schreie!

Der Pfarrer zuckte zurück. Er blieb nicht länger in seiner hockenden Stellung, sondern stellte sich auf.

Old Nick tat zuerst gar nichts. Steif stand er vor Schreck und bewegte sich dann sehr langsam rückwärts, um dorthin zu gelangen, wo seine Armeepistole lag.

Der Wolf stand in der Tür. Er wurde sowohl von dem Pfarrer als auch von Nick beobachtet.

Es war ein prächtiges Tier. Rotbraun das Fell. Es glänzte wie Seide. Die Augen blickten klar und scharf, wobei die Pupillen eine grüne Farbe zeigten.

Der Kopf des Wolfes war schmal, seine Schnauze halb geöffnet, die Zähne schimmerten hell.

Ruhig stand er da und starrte die Männer an.

Father Stone geriet ins Schwitzen. Er wagte nicht einmal, die Hand zu heben und sein Kreuz zu umfassen, aus Angst, der Wolf könnte die Bewegung missverstehen.

Was tun?

Old Nick hatte sich so weit zurückbewegt, dass die Finger seines ausgestreckten Arms die Pistole fanden. Er fühlte das kühle Metall, und irgendwie beruhigte es ihn. Wenn es ihm jetzt noch gelang, die Waffe an sich zu reißen, dann …

Er hätte hinschauen sollen. So aber behielt er den Wolf im Auge und nicht die Pistole. Unglücklich stieß er sie an, die Waffe rutschte über den Thekenrand und fiel zu Boden.

Der Laut des Aufpralls ließ beide Männer zusammenzucken. Aber auch der Wolf reagierte. Er ging langsam vor, steuerte den Verletzten an, blieb neben ihm stehen, fuhr mit der langen Zunge über seinen Körper und drängte sich an dem Pfarrer vorbei, um dorthin zu verschwinden, wo sich das Hinterzimmer befand.

Mit der Schnauze stieß er die Tür auf, schaute in den Raum und blieb dabei auf der Schwelle stehen.

Dann drehte er sich um. Ebenso langsam kam er zurück, blickte die Männer an und verschwand so lautlos, wie er zuvor gekommen war.

Der Pfarrer und Old Nick atmeten auf. Ihre Blicke trafen sich.

»Verstehen Sie das, Hochwürden?«, fragte der Wirt flüsternd.

»Nein, Old Nick, das verstehe ich nicht. Das versteht wahrscheinlich kein Mensch, sondern nur der Herrgott.«

Der dicke Wirt nickte und faltete die Hände.

Wie hatte Thor noch gesagt? Ich werde dafür sorgen, dass Fenris wieder zu uns zurückkehrt.

An diese Worte erinnerte ich mich, als ich mit schussbereiter Beretta auf die Wölfe zulief. Während des Laufens zog ich mein linkes Bein nach, aber das durfte mich jetzt nicht stören. Ich musste alles einsetzen, um die Menschen zu retten, deren Schreie mir noch immer in den Ohren gellten.

Suko hielt sich an meiner Seite. Auch er trug eine Beretta und die Dämonenpeitsche. Wir hofften, den Fenriswolf damit schwächen zu können.

Die anderen Tiere hatten einen Kreis um zwei Männer gebildet. ich sah die Gestalten, wie sie vom Nebel umweht wurden. Einer ließ soeben ein Gewehr fallen und hob beide

Hände, um zu dokumentieren, dass er nicht an Gegenwehr dachte.

Plötzlich drehte sich Fenris um. Sein Blick saugte sich an uns fest.

Augenblicklich blieben Suko und ich stehen. Wir starrten in die kalten Augen und bemerkten, dass sich auch die übrigen Wölfe umgedreht hatten und uns fixierten.

Jetzt wurde es gefährlich.

Fenris musste ihnen wohl einen für unsere Ohren unhörbaren Befehl gegeben haben, denn gemeinsam stießen sie sich ab und sprangen auf uns zu.

Wir schossen.

Vor den Mündungen der Berettas blitzte es auf. Silberkugeln verließen mit ungeheurer Geschwindigkeit den Lauf, fanden ihre Ziele und explodierten mit weißmagischer Kraft in den Körpern der Bestien.

Wir schossen rasend schnell. Dabei schwenkten wir die Waffen, um auch alle Wölfe zu treffen.

Die Körper prallten vor uns zu Boden und bildeten ein regelrechtes Knäuel, aus dem ein Jaulen und Heulen drang.

Und Fenris?

Warum griff er nicht ein?

Er konnte nicht, denn auf einmal geschah das Unwahrscheinliche, das Unglaubliche.

Aus dem dichten Nebel erschien, begleitet von gewaltigen, spiralartigen Blitzen, eine riesige Hand. Fünf übergroße Finger öffneten sich und fuhren in das dichte Fell des Wolfes.

Sie drückten ihn zuerst dem Boden entgegen, rissen ihn dann hoch, und vor unseren Augen schleuderte die Hand den schreienden, jaulenden Wolf in den grauen, nebligen Himmel!

»Ich werde dich lehren, deine eigenen Wege zu gehen!«, donnerte eine gewaltige Stimme. Und das Letzte, was wir von Fenris hörten, war ein verzweifeltes Schreien, das langsam in der Ferne verklang …

Zurück blieben seine Diener.

Tote Diener.

Wieder einmal versammelten wir uns in der Gaststube. Diesmal, um Bilanz zu ziehen.

Sie sah traurig aus.

Zwei tote Polizisten, dann James Kiddlar, ein Mann namens Farlane und ein weiteres Opfer, von dem uns ein Verletzter berichtete. Dementsprechend gedrückt war die Stimmung.

Die Menschen hatten Fragen. Ich wollte sie nicht beantworten. Suko und ich zogen uns mit dem Pfarrer und der Äbtissin zurück.

Mit den beiden sprachen wir den Fall noch einmal durch, wobei die Äbtissin meine Worte nur unterstreichen konnte.

»Dann ist es also meine Aufgabe, den Leuten eine Erklärung zu geben«, stellte der Pfarrer fest, und wir bestärkten ihn mit unseren Antworten in der Annahme.

Nach einem guten Frühstück, das wir gemeinsam mit dem Pfarrer einnahmen, wollten wir fahren. Dabei berichtete der Geistliche auch von einem Wolf mit rotbraunem Fell, der in die Gaststätte gekommen war und niemanden angegriffen hatte.

»Seltsam, nicht wahr?«, sagte er.

Ich nickte und hatte plötzlich keinen Appetit mehr, denn in meinem Kopf hatte sich ein bestimmter Gedanke festgesetzt.

Eine halbe Stunde später hatten wir uns verabschiedet und gingen zum Wagen. Ich hielt bereits den Schlüssel in der Hand, als Suko einen Zischlaut ausstieß.

Sofort wirbelte ich herum, sah den Schatten des Wolfes und zog die Beretta.

Das Tier blieb stehen.

Drei Schritte trennten uns. Ich schaute den Wolf an. Er hatte ein dichtes, seidiges, rotbraunes Fell. Ein schönes Tier, wirklich. Und ich sah die Augen.

Grünlich schillerten sie. Ein Augenpaar, das ich schon einmal gesehen hatte.

Bei einem Menschen!

Kalt rann es mir den Rücken hinab. In diesem Augenblick durchtobte mich ein Wirrwarr der Gefühle.

Nadine Berger! Vor mir stand Nadine! In der Gestalt eines Wolfes. Ich weiß nicht, wie lange ich unbeweglich auf einem Fleck verharrte. Mir kam es vor wie Stunden.

Da sah ich plötzlich die beiden Tränen, die aus den Augen des Wolfes rollten und im Fell versickerten. Im nächsten Moment wischte das Tier herum und verschwand mit weiten Sätzen im nahen Wald.

Nadine war tot, doch ihr Geist, ihre Seele lebte in einem Wolfskörper weiter.

Damit, Freunde, musste ich erst einmal fertig werden.

Des Öfteren warf ich einen Blick aus dem Fenster.

Von einem rotbraunen Wolf sah ich nicht die geringste Spur. Trotzdem war ich mir sicher, dass ich ihm irgendwann wieder begegnen würde …

DAS ERBE DES
SCHWARZEN TODS

Es war wirklich die Hölle!

Allerdings keine Hölle aus Feuer und Rauch, sondern das Gegenteil. Eine Eishölle.

Schneemassen, Eiskristalle, dazu ein mörderischer Wind, der über der Antarktis heulte, trieb Mensch und Tier in ihre Hütten oder Bauten.

Es grenzte schon fast an Wahnsinn, dass sich die beiden Männer trotzdem in die Kälte wagten. Doch da war der Befehl, und der hatte ihnen keine andere Wahl gelassen. Zudem waren sie von dem Sturm überrascht worden.

Der eine Mann hieß Cliff Lorne. Ein gutmütiger, kraftvoller Typ, der als Handwerker ungemein wertvoll war. Auf Lorne konnte man sich verlassen, der dunkelhaarige Schotte führte jeden Auftrag gewissenhaft aus.

Sein Begleiter war anders. Er hieß Zack Zacharry. Ein Mann mit Solariumbräune und einem schiefen Grinsen. Als Frauenheld war er berühmt-berüchtigt, womit er am Südpol allerdings nicht viel anfangen konnte. Offiziell arbeitete er als Geophysiker. Er hatte auch einige Semester an der Uni Oxford studiert, wollte das Studium abbrechen, doch der Geheimdienst kontaktierte ihn und fragte ihn, ob er nicht Lust hätte, für ihn zu arbeiten. Natürlich würde man ihm zuvor das Studium bezahlen, und Zack Zacharry hatte zugestimmt.

So war er dann mir nichts dir nichts zum Geheimdienst Ihrer Majestät gekommen und fühlte sich manchmal als kleiner James Bond, wenn er Order aus London erhielt.

Diesmal hatte er sich gemeldet. Es ging da um ein Phänomen, mit dem er nicht fertig wurde. London hatte ihm die Anweisung gegeben, sich umzusehen und all das zu melden, was irgendwie ungewöhnlich war. Er hatte in der Tat etwas Ungewöhnliches entdeckt.

Eine gewaltige grüne Wolke.

Und das am Südpol.

Da es noch keinen grünen Schnee gab, war er bemüht, der Entstehung dieser Wolke auf den Grund zu gehen. Außerdem hatte man im fernen London dies vorausgesetzt. Man bezahlte ihn schließlich nicht umsonst.

Der Mann zog also los. Zusammen mit Cliff Lorne, der nicht wusste, für wen sein Kumpan nebenbei arbeitete. Unterwegs waren sie nicht zu Fuß, sondern in einem Fahrzeug, das ein Mittelding zwischen Schneekatze und Raupenschlepper darstellte. Es hatte sechs Räder, fuhr trotzdem auf Ketten, und der Antrieb sowie die Konstruktion sorgten dafür, dass das Gefährt überall durchkam.

»Sollen wir wirklich dahin, wo das grüne Licht war?« Lorne schrie gegen den Sturm an.

Zack Zacharry stemmte sich am Bodenbrett ab und versuchte das Schaukeln auszugleichen. »Sicher.«

»Shit.«

Beide Männer hatten keine große Lust, bei diesem Wetter unterwegs zu sein. Dieser verdammte Schnee- und Eissturm hatte sie überrascht, das war das Dumme. Und dabei hatten die Wetterprognosen günstig ausgesehen. Der Sturm war wirklich aus dem Nichts entstanden, ansonsten konnte man sich auf die Wetterfrösche verlassen.

Zu sehen war nichts.

Lorne steuerte. Er saß vornüber gebeugt auf seinem federnden Sitz und starrte durch die breite Scheibe, wo sich große Wischer vergeblich um eine bessere Sicht für die beiden Männer bemühten.

Die Sicht verdiente überhaupt nicht, so genannt zu werden. Wie im dichtesten Londoner Nebel, mehr war nicht zu erkennen. Hinzu kam das gewaltige Brausen, das Heulen und Pfeifen, als hätte die Schneehölle ihre Pforten geöffnet.

Sie fuhren nach einem Spezialkompass. Trotz dieses ausgezeichneten Instruments durften sie sich nicht allzu weit von ihrem Camp fortbewegen. Falls sie in diese mörderischen Schneeverwehungen gerieten, half ihnen auch das Spezialfahrzeug nichts mehr.

Gewaltige Berge durchziehen die Antarktis. Bei klaren Wetter erinnerten sie an Schneeriesen alter Mythologien.

Jetzt waren sie nicht zu sehen. Sturm und Schnee machten eine Sicht so gut wie unmöglich.

»Wie weit ist es denn noch?«, wollte Cliff Lorne wissen.

Zacharry hob die Schultern. »Frag mich was Leichteres, Partner.«

»Du bist gut.«

»Soll ich fahren?«

»Nein.«

Die Männer befanden sich in einem gewaltigen Tal, das der Sturm in eine wirbelnde, tosende Schneehölle verwandelt hatte. Das Gefährt wurde durchgeschüttelt. Bodenwellen setzten ihm zu. Es ging rauf und runter. Die Technik kämpfte verzweifelt gegen die wütende Natur, die den beiden Männern wie ein gieriges Raubtier erschien, das sie fressen wollte.

Aber sie kamen durch.

Yard für Yard näherten sie sich dem Ziel, denn die Geräte hatten den Ort, wo die Wolke zum ersten Mal aufgetaucht war, genau registriert. Sie würden bald ihr Ziel erreicht haben.

Plötzlich ging es nicht mehr weiter.

Der Ruck schüttelte das Fahrzeug durch. Selbst die Ketten schafften es nicht mehr, den Schneeberg vor ihnen zu durchpflügen. Er hielt sie fest wie eine Klammer.

Die Ketten wühlten sich hinein, und Lorne versuchte verzweifelt, den Rückwärtsgang einzulegen. Er fluchte das Blaue vom Himmel herunter, schlug mit den Fäusten gegen das Armaturenbrett und merkte, dass ihr Gefährt rutschte.

»Verdammt, fahr doch zurück!«

»Geht nicht.«

»Und warum nicht?«

»Wir stecken schon zu tief in der Scheiße.«

»Und jetzt?«

»Nichts. Freischaufeln.«

»Arbeit, geh weg oder ich lauf dich um«, erwiderte der Schotte. Er warf Lorne einen schiefen Blick zu. »Müssen wir wirklich?«

»Ja.«

»Der Sturm bläst uns weg!« Zacharry hatte immer noch seine Einwände. Es passte ihm überhaupt nicht, bei diesem Wetter das Fahrzeug verlassen zu müssen.

»Hast du einen besseren Vorschlag?«, erkundigte sich Lorne. Seine Stimme klang wütend.

»Sicher. Wir holen Hilfe.«

»Bei diesem Wetter ist das sinnlos, zudem sind wir nicht lebensgefährlich bedroht. Wir können es auch ohne fremde Hilfe schaffen, wenn wir uns beeilen.«

»Hast du das Werkzeug?«, fragte Zacharry.

»Liegt hinten.«

Die beiden Männer griffen nach ihren dicken Jacken. Die Steppkleidung war speziell für die Kälte hergestellt, sie leuchtete knallrot, sodass sich die Männer von den Schneefeldern abhoben, was auch für eventuelle Suchmannschaften vorteilhaft war.

Zacharry und Lorne sollten jedoch nicht dazu kommen, sich die Jacken überzuziehen, denn etwas geschah, womit sie eigentlich nicht gerechnet hatten.

Wenigstens nicht so früh.

Eine grüne Wolke erschien, und Zack Zacharry sah sie zuerst. Seine Augen weiteten sich, der Oberlippenbart zitterte, ein Zeichen, dass er innerlich erregt war.

»Verdammt, Cliff, da ist doch was!«

Lorne schaute hoch.

Jetzt sah er ebenfalls den Schimmer. Er fuhr in dieses gewaltige Schneetreiben hinein, als hätte jemand eine riesige Lampe angezündet, um mit ihrem grünen Licht den Boden auszuleuchten.

Eine Lampe war es nicht, das Licht hatte keine natürliche Quelle, es kam von woanders her.

Das merkten die beiden Männer genau.

Sie sagten es zwar nicht und gaben es gegenüber sich selbst auf keinen Fall zu, doch jeder von ihnen spürte, dass sich etwas verändert hatte.

Der Schnee sah auf einmal grün aus.

»Erinnert mich an Konfetti«, kommentierte Zack Zacharry.

Cliff Lorne enthielt sich einer Antwort. Seiner Meinung nach war es nicht die richtige Zeit für irgendwelche Scherze. Hier stimmte etwas nicht, die Natur spielte verrückt, das war nicht als normal zu bezeichnen, und Cliff glaubte schon an UFOs oder Ähnliches, sprach diesen Gedanken aber nicht aus. Sein Kollege hätte ihn nur ausgelacht, weil er sich selbst als einen großen Realisten bezeichnete.

Die beiden Männer saßen in ihrem Fahrzeug, starrten durch die Scheibe und suchten verzweifelt nach Erklärungen.

»Was meinst du denn?«, fragte Lorne.

Zack hob die Schultern. »Ich kann es nicht sagen. Vielleicht ein Spionagetrupp. Die Antarktis ist ziemlich groß und noch teilweise unerforscht. Was wissen wir, wer sich hier alles noch herumtreibt. Wir müssen mit dem Schlimmsten rechnen.«

Cliff Lorne nickte.

Wieder heulte eine Bö heran. Die Männer bemerkten dies, als sich der Schnee noch verdichtete. Unzählige winzige Flocken führten einen wilden Tanz auf, sie hüllten das Fahrzeug in einen zitternden, heulenden Schleier ein, einen riesigen Vorhang, der alles zudeckte, was sich ihm in den Weg stellte.

Auf einmal wurde das Fahrzeug gepackt.

Beide Männer hatten nicht damit gerechnet, aber die gewaltige Kraft hob es von hinten an und drückte es nach vorn. Für einen Moment sah es so aus, als wollte sie es auf den Kopf stellen. Zacharry und Lorne wurden nach vorn geschleudert, auf die Scheibe zu und konnten sich noch soeben mit den Armen abstützen.

»Raus!«, brüllte Zacharry. »Verdammt, wir müssen raus!« Es war selten, dass er die Nerven verlor, doch in diesem Fall geschah es. So etwas hatte er noch nie erlebt, das grenzte schon an Spuk und Geister.

Beide Männer rammten die Tür auf. Sie mussten sich wirklich anstrengen, denn der Wind drückte von außen dagegen. Er entwickelte gewaltige Kräfte, schließlich packte er die Türen und schleuderte sie auf, sodass sich die Männer aus dem Fahrzeug fallen lassen konnten.

Sie landeten im Schnee.

Auf seiner Oberfläche war er weich, doch darunter befand sich eine harte, eisige Masse – Eis, das Hunderte von Jahren alt war.

Bis zu den Knien versanken sie und gerieten in eine tosende, heulende Hölle.

Der Sturm packte sie. Er wehte gewaltige Fontänen hoch. Eine wirkliche Hölle, in der sich kaum ein Mensch auf den Beinen halten konnte.

Cliff Lorne schaffte es dennoch. Geduckt und breitbeinig blieb er stehen. Mit behandschuhten Fingern klammerte er sich am Fahrzeug fest. Dort hatten sie Halt gefunden, sodass er nicht umgerissen wurde. Cliff wollte um die Schneekatze herum. Zu zweit hatten sie bessere Chancen, sich gegen den Sturm zu behaupten. Sie mussten sich nur aneinanderklammern, es gab da so einige Überlebensregeln.

Sie kämpften verbissen.

Während Zacharry in der Nähe der Tür blieb, stapfte Cliff Lorne durch den weichen Schnee. Ein paar Mal rutschte er aus. Den Mund hatte er weit aufgerissen, um Atem zu holen, doch der Wind trieb die Eiskristalle gegen sein Gesicht und damit auch in seinen Mund. Er war nicht mehr dazu gekommen, den Gesichtsschutz anzulegen. Auch die Kapuze konnte er nicht festzurren. Sie war ihm längst vom Kopf geweht worden.

Und dann sah er den grünen Schimmer.

Jetzt noch deutlicher als zuvor. Dieser grüne, intensive Schein hatte so viel Kraft und Stärke, dass er seine gesamte Umgebung in dieses Licht tauchte.

Woher stammte er?

Cliff Lorne, der sich inzwischen bis zum Vorderrad vorgekämpft hatte, glaubte, seinen Augen nicht trauen zu können.

Plötzlich sah er die Quelle des Scheins, und die war so unwahrscheinlich, dass er es einfach nicht fassen wollte.

Die Quelle war nicht technischen Ursprungs, sondern stammte von einem Wesen, wie es höchstens in Märchenbüchern oder alten Legenden erwähnt wurde.

Es war ein Geist!

Ein riesiges Gebilde, das in den grauen, schneedurchtosten Himmel stieß und in seiner grünen Farbe leuchtete, wobei es diesen fahlen Schein abgab, der selbst die wirbelnde weiße Hölle noch durchdrang. Gestaltlos war dieses Wesen keinesfalls. Es wirkte zwar wie ein aufgeblähter Ballon, doch es hatte auch ein Gesicht, das konnte Cliff Lorne deutlich erkennen.

Ein widerliches, monsterartiges Gesicht. Eine regelrechte Affenfratze, grünlich schillernd und mit grausamen Augen, die auf den entsetzten Cliff Lorne nieder blickten.

Der Mann vergaß die Umwelt. Er dachte nicht mehr an die Kälte, an all die weißen Massen, er sah nur das Gesicht dieses grünen Geistes vor sich und glaubte, in den Augen sein Todesurteil zu lesen.

Jetzt bewegte der Geist seine Arme. Gewaltig wie seine Gestalt sahen sie aus. Sie erinnerten Lorne an grüne Baumstämme, und die Pranken wirkten wie die Schaufeln eines Baggers.

Als die Arme nach vorn schwangen, sah Cliff Lorne, dass sie etwas zwischen den Fingern hielten. Einen langen Stiel, der sich nach oben hin etwas verjüngte und an dem eine blitzende Sichel befestigt war.

Eine Sense! Mein Gott, er hält eine Sense in den Klauen! So schrie es in Cliff Lorne.

Das war noch zu verkraften, doch das Sensenblatt zeigte einen schaurigen Anblick.

Von seiner Klinge tropfte Blut!

Es fiel nach unten.

Dicke rote Tropfen, die im Schnee regelrecht aufzischten, als wäre das Blut heiß.

Ob es Menschen- oder Tierblut war, das wusste Cliff Lorne nicht, es war ihm auch egal, der Anblick an sich war schon schlimm genug, und der Mann begann zu zittern.

Zum ersten Mal in seinem Leben spürte Cliff Lorne Todesangst. Ihm war klar, dass dieser Geist nicht erschienen war, um ihn zu besuchen, er wollte etwas anderes.

Seinen Tod!

Hoch hob der grüne Geist die Sense über den Kopf. Er hatte den Stiel dabei mit seinen Fäusten umklammert, und Cliff Lorne konnte zwischen den Armen hindurch auf das Gesicht schauen.

Es war schrecklich verzerrt.

In den Augen leuchtete eine Gnadenlosigkeit, die ihn erschreckte. Für ein, zwei Sekunden schien die Zeit stillzustehen, um Cliff Lorne bildete sich ein regelrechtes Vakuum, dann raste das gewaltige Sensenblatt nach unten.

Ein furchtbares Geräusch entstand, ein Pfeifen, als die Klinge die Luft durchschnitt. Cliff Lorne wollte sich noch zur Seite werfen, er schaffte es nicht mehr. Der Schnee war zu tief und hielt ihn kurzerhand fest.

Die Sense traf ihn in die Brust. Ihre scharfe Schneide erstickte seinen letzten Schrei.

Plötzlich wurde der weiße Schnee dunkelrot, als Cliff Lorne tot zusammenbrach und neben dem Wagen liegen blieb.

Der grüne Dschinn aber hatte sein erstes Opfer gefunden.

Und das zweite befand sich ebenfalls in der Nähe.

Auch Zack Zacharry wurde von Angst und Panik geschüttelt. Er glaubte nicht mehr an ein Entrinnen, denn über die flache Schnauze der Schneeraupe hinweg hatte er mit ansehen müssen, was dieses Ungeheuer mit seinem Freund anstellte.

Ob Cliff noch lebte, das sah er nicht. Der Mann war im Schnee verschwunden, aber Zack Zacharry behielt so weit die Nerven, dass er daran dachte, Hilfe zu holen.

Noch stand der Ausstieg des Fahrzeugs offen. Zack drehte sich um und kroch hastig in den Wagen hinein. Das Funkgerät war am Armaturenbrett befestigt.

Er streckte seinen Arm aus, legte sich über die Sitze und riss das Gerät an sich.

Zack Zacharry spürte die Gefahr nicht, er sah sie. Denn der grüne Schein fiel direkt in das Fahrzeug hinein und bedeckte ihn wie ein großer Schleier.

Zack wurde klar, dass es ihm wohl nicht mehr gelingen würde, Hilfe zu rufen.

Der andere war schneller.

Zwar fuhr er noch herum und schaffte es tatsächlich, sich auf dem Sitz zu drehen, doch nur, um dem Tod ins Auge zu schauen.

Er hörte das furchtbare Pfeifen, als die mörderische Sense die Luft durchschnitt.

Zack schrie. Es war ein Schrei der Verzweiflung, der jedoch vom Heulen des Sturms übertönt und ihm sofort von den Lippen gerissen wurde. Dann vernahm er das Krachen und Splittern.

Hässliche, kreischende Geräusche, die wie infernalische Musik an seine Ohren drangen. Da riss das Blech, da wurde der Wagen buchstäblich von der Sense zerhackt.

Glas splitterte. Die Splitter wehte der Wind in den Wagen. Sie drangen wie kleine Messer in die Haut des Mannes, hinterließen winzige Wunden, aus denen das Blut als kleine Perlen trat.

Der Wagen kippte zur Seite. Dafür war ein dritter Schlag verantwortlich, der das Fahrzeug buchstäblich in der Mitte zerriss. Schnee und Eis quollen herein, überdeckten in Sekundenschnelle Zack mit einem weißen Schleier.

Wie ein Leichenhemd, dachte er.

Dann schlug der grüne Dschinn wieder zu.

Brutal, hart, erbarmungslos.

Und die Sense traf.

Nicht nur den Wagen, sondern auch den Menschen. Zack

Zacharry sah noch das Blitzen des Metalls und die gefährliche Schneide, wie sie dicht vor seinem Gesicht erschien.

Dann spürte er den Schmerz.

Er zerfetzte ihm die Brust und war mit Worten nicht zu beschreiben. Zack riss den Mund auf, sah noch einmal mit erschreckender Deutlichkeit den unheimlichen Geist vor sich und dann nichts mehr.

Er starb.

Der grüne Dschinn aber fegte hoch in die wirbelnde Hölle aus Schneeflocken und lachte grausam.

Sein Rachefeldzug konnte beginnen!

Während in der Antarktis die Eishölle tobte, taute in London der große Schnee.

Matschreste lagen auf den Straßen. Die Gehsteige waren die reinsten Rutschfallen, und ein dünner Regen fiel vom grauen Himmel. Zudem stand Weihnachten vor der Tür, und es schien mir so, als würden meine Gegner, die Schwarzblüter, auch eine Pause einlegen, denn in den letzten drei Tagen war nichts passiert.

Zum Bürodienst verdonnert!

Wer einen Job hat wie Suko und ich, für den ist es immer schlimm, wenn er am Schreibtisch hocken muss, um Akten aufzuarbeiten. Aber unser Chef, Sir James Powell, hatte veranlasst, dass bis zum Jahresende unerledigtes Material aus dem Weg geschafft werden sollte. Also hielten wir uns daran, zudem hatte es keinen Zweck, das Zeug immer weiter vor sich her zu schieben.

Glenda hatte Urlaub genommen. So saßen Suko und ich allein im Büro, tranken den miesen Automatenkaffee und blätterten Akten durch.

»Ich vermisse meinen Tee«, beschwerte sich der Chinese.

Schief schaute ich ihn an. »Du hättest dir ja von zuhause welchen mitnehmen können.«

»In der Thermoskanne, wie?«

»Warum nicht?«

Suko verzog das Gesicht, als hätte er Essig getrunken. »Und du willst Engländer sein.«

»Moment, ich stamme aus Schottland.«

»Meinetwegen. Aber Tee in der Thermoskanne, das ist ein Verbrechen. Der muss frisch zubereitet werden, so wie Shao und Glenda dies können. Nein, John, du enttäuschst mich.«

»Wenn der Teufel in der Not Fliegen frisst, kannst du auch Tee aus der Thermoskanne trinken«, erwiderte ich trotzig.

»Lassen wir das Thema lieber.«

Ich stöhnte auf und schaute auf meine Uhr. »Himmel, ist denn noch immer kein Mittag?«

»Bist du so scharf auf das Kantinenessen?«

»Nein, aber auf eine Abwechslung.«

»Dann hättest du ja mit Jane Collins fliegen können.«

»Das nun nicht.«

Suko hatte auf Janes Urlaub angespielt. Die Detektivin hatte sich vorgenommen, das Weihnachtsfest in wärmeren Gefilden zu verbringen. Zwei Wochen Gran Canaria sollten ihr zu Sonne und sommerlicher Bräune verhelfen.

Ich wischte über meine Stirn. »Urlaub hätte ich noch genug, aber die Dämonen werden uns wohl kaum in Ruhe lassen.«

»Das fürchte ich auch«, erwiderte Suko.

»Dann feiern wir eben Weihnachten wie abgemacht.«

Das hieß, bei den Conollys. Bill und Sheila hatten uns eingeladen. Es sollte ein richtig tolles Weihnachtsfest geben, und irgendwie gefiel mir das besser als ein Urlaub auf Gran Canaria, wenn ich ganz ehrlich sein sollte.

Glenda Perkins wollte – das hatte sie mir noch gesagt – zu einer Tante aufs Land fahren und dort die Feiertage verbringen. Ich hatte ihr alles Gute gewünscht.

Wir blätterten weiter in den Akten. Zum Glück wurden wir gestört. Nicht durch das Läuten des Telefons, sondern durch Sir James Powell, der unser Büro betrat.

Wir hatten ihn an diesem Tag noch nicht gesehen und begrüßten ihn mit freundlichem Kopfnicken.

»So, meine Herren«, sagte er und nahm auf dem Besucherstuhl Platz. »Es könnte Ärger geben.«

»Mordliga?«, hakte ich sofort nach.

Der Superintendent schüttelte den Kopf. »Nein, nicht die Mordliga, sondern ein anderer Dämon, der euch ebenfalls ein Begriff ist. Der grüne Dschinn!«

Ich schlug mit der flachen Hand auf die Schreibtischplatte. Sofort erinnerte ich mich wieder an den Dämon, der uns große Schwierigkeiten bereitet hatte. Und ich war derjenige gewesen, der ihn aus seinem steinernen Gefängnis erweckt hatte. Durch einen Zeitsprung war ich auf dem Gebiet der südlichen Türkei gelandet, wo mich die gefährlichen Diener des grünen Dschinns zwangen, ihren Meister zu erwecken und aus seinem Gefängnis zu holen.

Dass ich damals überlebt hatte, war eine besondere Leistung des Mädchens aus dem Totenreich gewesen. Kara und ich hatten gegen den grünen Dschinn und dessen Diener gekämpft. Es war uns gelungen, die Diener zu besiegen, er selbst floh und hatte Suko und mich wenig später attackiert, als der Fall mit dem Leichenschloss begann. Besonders Suko dachte mit Schrecken daran, denn er hatte die ganze Kraft des grünen Dschinns zu spüren bekommen.

»Wo ist er aufgetaucht?«, fragte ich.

»In der Antarktis!«

»Was macht er denn da?«

»Er hat zwei Männer getötet«, erwiderte Sir James Powell mit ernster Stimme.

Ich runzelte die Stirn. »Haben Sie schon genauere Angaben?«

»Ja.«

Inzwischen wusste ich, dass die Fahndung nach Doktor Tod und seinem geheimnisvollen Versteck weiterhin auf vollen Touren lief. Die Geheimdienste der westlichen Länder waren eingeschaltet worden, und jeder Agent wusste Bescheid. Er sollte unverzüglich melden, wenn etwas Ungewöhnliches geschah, ein Ereignis, das aus dem Rahmen fiel. Einer der Agenten des englischen Geheimdienstes hatte berichtet, dass in der Antarktis etwas Seltsames vor sich ging. Ein grüner Schein, der überhaupt nicht in die Landschaft passte, war dort zu sehen gewesen. Der Mann hatte den Auftrag erhalten, das Phänomen näher zu untersuchen. Jetzt war er tot, ebenso wie sein Kollege, der sich ihm angeschlossen hatte.

»Bestialisch ermordet«, sagte Sir James. »Mit einem riesigen Messer oder einer Sense. So steht es in dem ärztlichen Bericht.«

Suko und ich schauten uns an. Beide dachten wir wohl das Gleiche. Nur ich sprach es aus.

»Eine Sense? Am Südpol? Da fällt mir eine Verbindung ein.«

»Der Schwarze Tod«, sprach Suko.

Ich schluckte und beugte mich gleichzeitig ein wenig nach vorn. »Das ist natürlich ein Ding«, sagte ich, »und auch verdammt weit hergeholt, wie ich ehrlich sein soll.«

»Zu weit?«

»Nein, eigentlich nicht.«

»Was spricht dagegen?«

»Der Schwarze Tod ist erledigt, Suko. Du warst doch selbst dabei. Der Bumerang und mein Kreuz haben ihn geschafft. Und es ist wirklich nicht so, dass unbedingt alles, was am Südpol geschieht, etwas mit dem Schwarzen Tod zu tun haben muss.«

»Warum wehren Sie sich eigentlich so dagegen?«, fragte mich Sir James.

»Weil das Kapitel für mich erledigt ist. Deshalb.«

Wir schwiegen. Erinnerungen stiegen wieder hoch. Schreckliche Bilder einer albtraumhaften Landschaft. Inmitten der Eiswüste hatten wir einen Flecken Erde erlebt, der noch die Vegetation der Urzeit aufwies. Fremdartige Tiere existierten dort. Grauenvolle Geschöpfe und Dämonen, außerdem der Schwarze Tod persönlich. Ich hatte ihm da gegenübergestanden. Ziemlich allein, mit dem Bumerang und dem Kreuz bewaffnet. Myxin hatte mich mit seinen Schwarzen Vampiren unterstützt, und mir war es gelungen, den Schwarzen Tod zu vernichten. Er war regelrecht atomisiert worden, zerrissen, zerstört …

Das sagte ich auch den anderen.

Sie stimmten mir zu.

»Der Schwarze Tod wurde also vernichtet«, stellte Sir James fest. Die Augen hinter seinen dicken Brillengläsern zwinkerten.

»Ja, Sir!«

»Aber was ist mit seiner Waffe?«

Ich schaltete nicht so schnell und fragte: »Wieso?«

»Er besaß doch eine Sense, sein Wahrzeichen gewissermaßen.«

»Das stimmt«, musste ich zugeben.

»Und wo befindet sie sich?«

Suko hob die Schultern, ich ebenfalls. Da waren wir beide ratlos, wirklich.

»Sie ist also nicht zerstört worden«, stellte Sir James fest.

»Möglich.«

»Und jetzt tauchte sie wieder auf.«

»Wobei ich mich frage, ob es sich bei ihr wirklich um dieselbe handelt.«

»Gehen wir mal davon aus. Der grüne Dschinn war ja nicht vernichtet, er hat sich irgendwo herumgetrieben. Vielleicht hat er sich den Südpol oder die Antarktis bewusst ausgesucht, weil er dort etwas zu finden hoffte, eben die Sense. Liege ich da mit meiner Vermutung richtig?«

»Zumindest im Trend«, erwiderte ich grinsend.

»Bitte, mehr Ernst.«

»Sorry, Sir.«

»Sie halten es auch nicht für unmöglich?«

Suko und ich schauten uns an. An den Augen des Chinesen erkannte ich, dass er Sir James' Theorie zustimmte.

»Sir, unmöglich ist in unserem Job nichts, das müssten Sie eigentlich wissen.«

Der Superintendent erhob sich. »Das wollte ich von Ihnen nur hören. Sollte sich der grüne Dschinn die Waffe des Schwarzen Tods tatsächlich geholt haben, dann stehen uns schwere Zeiten bevor. Das verspreche ich Ihnen.«

Und damit hatte er wirklich nicht zu viel gesagt.

Sir James sagte nichts mehr und verließ unser gemeinsames Büro. Wir warteten, bis er die Tür geschlossen hatte. Dann stand ich auf. »Jetzt brauche ich wirklich Tapetenwechsel.«

»Und wo willst du hin?«

Ich deutete mit dem Daumen nach unten. »Kantine.«

»O je.«

»Kannst ja hier bleiben.«

»Nein, nein, lass mal. Ich will dich schließlich nicht ohne Aufsicht lassen. Nachher verschleppt man dich wieder in eine andere Dimension, und wir können den Kram ausbaden.«

»Schäm dich.«

Eigentlich brauchte ich mich über die Leere in der Kantine nicht zu wundern, denn zahlreiche Kollegen befanden sich bereits in Urlaub. Kurz vor Weihnachten wurde nur mit halber Kraft gearbeitet und halber Besetzung. Allerdings war Scotland Yard nach wie vor schlagkräftig, denn die nicht im Haus anwesenden Kollegen hatten oftmals Bereitschaftsdienst, um den man sie auch nicht gerade beneiden konnte.

Ich nahm mir so etwas Ähnliches wie Klopse. »Sind auch genügend Brötchen darin?«, fragte ich die Kassiererin.

Sie schaute mich mit dem strafenden Blick einer Xanthippe an. »Nein, Sir. Wir haben diesmal auf Brötchen verzichtet.«

»Und warum?«

»Bierdeckel sind billiger.«

»Mahlzeit«, sagte ich.

Suko hatte nur einen Sandwich genommen. Er achtete beim Essen immer auf die Kalorien.

Die Klopse mundeten mir leidlich. Allerdings verging mir

der Appetit, als Suko wieder auf den grünen Dschinn zu sprechen kam. »Der wird uns noch Ärger bereiten, John.«

»Hör auf!«, knirschte ich. »Heute Abend feiern wir Weihnachten. Was soll ich da mit dem grünen Dschinn?«

»Der Tannenbaum ist doch auch grün.«

»Mensch, wenn dein Humor Junge kriegt, werden sie sofort erschlagen, das glaub mir.«

Ich war natürlich innerlich stark beunruhigt, obwohl ich es nicht zugeben wollte. Da lag wieder etwas in der Luft, und zwar was verdammt Schlimmes. Ich hoffte nur, dass sich der grüne Dschinn noch etwas Zeit ließ und dass es nicht so schlimm werden würde, wie es aussah.

Es sollte schlimmer kommen – viel schlimmer …

Kap Hoorn!

Wer hat noch nicht von dieser windigsten Ecke der Welt gehört, die die Südspitze des südamerikanischen Kontinents bildet. Hier toben die Stürme, hier treffen sich die Winde aus allen Himmelsrichtungen und peitschen das Meer wie mit wütenden Händen auf.

Kap Hoorn ist in die Geschichte eingegangen. Vor Hunderten von Jahren schon berichteten Seefahrer nur Schlimmes. Im Winter die Hölle, im Sommer die Hölle. Der Unterschied lag nur in der Temperatur.

Hier war die Welt wirklich zu Ende. Nur das weite, wellengepeitschte, graugrüne Meer mit den schäumenden, weißen Hauben der Gischtkämme.

Wer Kap Hoorn noch nicht umrundet hatte, der wurde von richtigen Seeleuten nicht anerkannt. Es war wichtiger als die Äquatortaufe. Obwohl die modernen Schiffe längst nicht mehr mit den Schwierigkeiten zu kämpfen hatten wie die alten Segler, verspürte jeder Kapitän doch so etwas wie Magendrücken, wenn er an diese windige Ecke dachte. Spannung ergriff alle Fahrensleute, wenn sie sich dem berühmten Punkt näherten, um den sich so viele Legenden rankten.

Auch die »Lucky Bay« war auf dem Weg zum Kap Hoorn. Sie war ein Walfänger und wollte den argentinischen Hafen Bahia Blanca anlaufen, um dort die Ladung zu löschen.

Ein Motorschaden hatte das Schiff für einige Tage zurückgeworfen, sodass die Besatzung gezwungen war, Weihnachten an Bord zu feiern. Und ausgerechnet dann, wenn sie die Südspitze des Kontinents umrundeten.

Sie kamen aus dem Pazifik und wollten in den Atlantik, in den grauen Atlantik, wie er von den Seefahrern genannt wurde.

Die »Lucky Bay« war ein hochmodernes Schiff. Wegen der vollen Laderäume lag sie tief im Wasser, und ein Großteil der Besatzung war dabei, die beiden erlegten Wale zu verarbeiten. Das geschah in den unteren Laderäumen. Trotz schwerer See konnte die Arbeit zügig fortschreiten, denn die Stabilisatoren des Schiffes waren ausgezeichnet. Das Schlingern und Stampfen wurde gut ausgeglichen.

Auf der Brücke standen die Offiziere. Auch die dienstfreien Männer hielt es nicht mehr in ihren Kammern. Sie hatten bewusst einen weiten Bogen nach Süden geschlagen, um nicht in den Inselwirrwarr zu gelangen, der vor der Südspitze des Kontinents liegt.

Der Wind wehte aus Westen. Er hatte sogar leicht auf Nord gedreht und brachte starken Regen mit, der durch den Schnee zu einem Vorhang verdichtet wurde.

Die Wellen rollten von vorn an, wurden vom Bug des Walfängers gebrochen und spritzten als Gischtfontänen zu beiden Seiten des Walfängers hoch oder rannen in langen Streifen über das Deck.

Der Kapitän hieß Phil Green. Er war ein alter Fahrensmann und kannte die Weltmeere. Er stand auf der Brücke und schaute durch die gewaltige Scheibe in Richtung Westen. Vor seinen Augen hatte er ein leistungsstarkes Glas gepresst, und er beobachtete den Horizont, wo Wasser und Himmel eine Einheit bildeten.

Alles Grau in Grau.

Auf einer Konsole stand ein kleiner Tannenbaum. Kein echter, sondern einer, den man ein ganzes Leben behalten konnte. Ein paar elektrische Kerzen standen auf den grünen Zweigen, und künstlicher Schnee war auch noch vorhanden.

Nach einer Weile setzte der Kapitän das Glas ab und wandte sich an den Zweiten Offizier. »Wie sehen die letzten Wettermeldungen aus?«, wollte er wissen.

»Nicht gut, Sir.«

»Werden Sie deutlicher.« Green hatte miese Laune. Es ärgerte ihn, dass sie durch den Motorschaden Zeit verloren hatten. Sie konnte nicht mehr aufgeholt werden.

»Die Station auf den Falkland-Inseln spricht von einem Kälteeinbruch. Das bedeutet Schnee, verdammt viel Schnee.«

»Auch Sturm?«

»Der wird gratis mitgeliefert, Sir.«

Green verzog das Gesicht. Ihm gefiel es überhaupt nicht, in dieses Wetter zu geraten, aber was wollte man machen? Kap Hoorn musste umrundet werden.

»Haben die Wetterfrösche Angaben über die Stärke des Sturms gemacht?«

»Mittelschwer.«

»Geht ja noch.«

»Sicher, Sir?«

Der Kapitän wandte sich an seine anderen Offiziere. Nur den Steuermann ließ er in Ruhe. »Ist die Ladung gesichert, alle Schotten dicht?«

»Aye, aye, Sir.«

»Die Mannschaft auf Posten.«

»In Ordnung«, sagte der Dritte.

Über Lautsprecher gab er die Order des Kapitäns bekannt. Der Steuermann sagte trocken: »Fröhliche Weihnachten.«

Green hob die Schultern. »Was soll's? Dann feiern wir es eben Ostern nach.«

»Auch 'ne Idee.«

Wellenberge rollten heran. Der Wind frischte noch stärker auf. Wer jetzt draußen an Deck war, der hörte das Heulen.

Alte, abergläubische Seeleute sprachen vom Gesang des Teufels, denn wenn es eine Hölle gab, dann in dieser windigen Ecke der Erde.

Die »Lucky Bay« hatte schwer zu kämpfen. Der Sturm war ein Feind des Menschen. Zusammen mit dem Wasser konnte er sogar zu einem Todfeind werden, das war schon seit Urzeiten so.

Die Männer merkten den Seegang auch. Trotz guter Stabilisatoren mussten sie sich breitbeinig hinstellen, um das Schlingern auszugleichen. Sie alle waren Profis, und Angst vor diesem Sturm verspürten sie nicht.

Etwas abseits hockte der Funker. Er hatte seinen Kopfhörer übergestreift und lauschte in den Äther. Sein Gesicht zeigte keine Anspannung, bei ihm ein Zeichen, dass alles ziemlich ruhig war. Zudem sahen viele Kapitäne zu, dass sie vor Weihnachten noch die Häfen anliefen, um dort ruhigere Feste zu feiern. Nur wenn es nicht anders ging, blieb man auf dem Meer.

»Alles klar, Charles?«, fragte der Kapitän.

Der Funker nickte. »Nur Weihnachtsgrüße. Sollen wir auch welche durchgeben?«

»Bisher hat sich noch keiner von der Mannschaft gemeldet.«

»Bei dem Wetter denken die Leute auch kaum an Weihnachten, Sir.«

»Das stimmt!«

»Käpt'n!« Der Erste Offizier, ein Mann namens Gerd Hansen, ein Deutscher, hatte gerufen. Er trug einen blonden Vollbart, und von seinem Gesicht war nur die Hälfte zu sehen.

»Ja, was ist?«

»Schauen Sie mal in Richtung Südwesten.«

»Ärger?«

»Möglich. Ich jedenfalls finde keine Erklärung für so etwas, wenn ich ehrlich sein soll.«

»Dann wollen wir mal.« Green presste sein Glas gegen die Augen und blickte in die Richtung, die sein Erster ihm angegeben hatte. Zuerst entdeckte er nichts und wollte sich schon aufregen, als er am Horizont und immer dann, wenn die vom Bug aufgewühlte Gischtwolke zusammenfiel, einen grünen Schein wahrnahm.

»Dort leuchtet etwas fahlgrün«, murmelte der Kapitän.

»Das habe ich auch gesehen.«

»Und Sie haben keine Erklärung, Mister Hansen?«

»Nein, Sir.«

»Sieht mir nach einem Licht aus. Mehr kann ich dazu auch nicht sagen, wirklich.«

»Aber ein grünes Licht, Sir?«

»Ja, seltsam ist es.«

Die anderen Offiziere waren nun ebenfalls aufmerksam geworden und hoben ihre Ferngläser.

Es war natürlich nicht einfach, die graue Wand mit Blicken zu durchdringen, auch wenn die moderne Optik half, doch etwas erkannten alle.

Den grünen Streifen!

»Ob sich das auf dem Wasser befindet?«, fragte Gerd Hansen und runzelte die Stirn.

»Nein«, sagte der Dritte. »Das scheint mir in der Luft zu schweben.«

»Ein Flugzeug«, vermutete der Kapitän.

»Oder ein UFO«, fügte der Steuermann hinzu.

»Das kann auch sein«, meinte Hansen.

»Unsinn«, widersprach der Kapitän. »Was reden Sie sich denn da alles ein? Sie haben wohl zu viele Zukunftsromane gelesen? Wir werden schon eine Erklärung dafür finden. Sie, Mister Hansen, werden weiterhin beobachten. Ich trage den Vorfall nur ein.«

»Aye, aye, Sir.«

Mit diesen Worten hatte Green dem Ersten das Kommando über die Brücke übergeben. Er selbst wollte in seine Kammer und den ungewöhnlichen Vorfall sofort niederschreiben, denn Green machte sich Gedanken. Einer seiner Offiziere hatte von einem UFO gesprochen. Daran hatte auch der

Kapitän gedacht, aber das durfte er nicht laut aussprechen, denn er wollte die Mannschaft auf keinen Fall beunruhigen.

Hansen nahm seine Aufgabe sehr ernst. Er wies den Dritten an, die Stellung zu halten und zu beobachten.

»Objekt nähert sich«, sagte der Dritte.

Gerd Hansen nickte. »Ich habe es auch bemerkt.«

»Sollen wir dem Alten Bescheid geben?«

»Noch nicht. Es besteht keine Gefahr.«

»Sie glauben aber daran?«

Hansen drehte den Kopf und ließ das Glas sinken. »Malen Sie um Himmels willen den Teufel nicht an die Wand, Koschik. Daran dürfen wir gar nicht denken!«

»War das ehrlich?«

»Zum Henker damit.«

»Womit?« Phil Greens Stimme klang auf. Der Kapitän hatte soeben die Brücke wieder betreten. Er erfuhr, dass sich das Objekt langsam aber sicher dem Schiff näherte.

»Irgendwelche Anzeichen für Gefahren?«

Hansen schüttelte den Kopf. »Noch nicht, Sir.«

Green knetete seine Nase. Ein Zeichen bei ihm, dass er eine gewisse Unsicherheit spürte. Er überlegte, ob er die Mannschaft alarmieren sollte, dann ließ er den Gedanken fallen. Das hätte nur unnötige Aufregung gegeben. Vielleicht stellte sich der Schein auch wirklich nur als harmlos heraus.

»Sir!« Hansens Stimme unterbrach seine Gedanken. »Ich glaube, in dieser Wolke schwebt ein Gesicht.«

»Das ist doch nicht möglich!«

»Doch, Sir, sehen Sie selbst.«

Green presste das Glas an seine Augen. Der Erste korrigierte noch ein wenig die Richtung, und dann sah Phil Green es selbst. Innerhalb der Wolke schwebte ein Gesicht.

Eine gewaltige, unheimlich anzusehende Fratze, die Ähnlichkeit mit der eines Affen aufwies. Eine grüne Fratze, die ein Gesicht zeigte. Sie hatte tiefe Falten, die rötlich ausgemalt waren und durch das Grün des Gesichts schimmerten.

»Unwahrscheinlich«, flüsterte Phil Green.

»Und unmöglich«, fügte sein Erster Steuermann hinzu.

»Ja, da sagen Sie was.«

»Das ist nicht nur ein Gesicht«, mischte sich jetzt auch der Steuermann ein, »das sieht mir nach einem gesamten Körper aus. Mit Armen und Beinen.«

»Der hält sogar etwas in der Hand«, murmelte Koschik, der Dritte.

»Sieht aus wie eine Lanze.«

Der Kapitän hatte die Worte gesprochen, doch er wurde von seinem Steuermann berichtigt. »Das ist keine Lanze, Sir, das ist etwas anderes.«

»Und was?«

»Eine Sense!«

»Sie sind verrückt. Entschuldigen Sie, aber …«

»Sehen Sie mal genau hin, Sir. Dieser komische Luftgeist hält sie in der Hand.«

»Unser Steuermann hat recht«, mischte sich Hansen ein. »Jetzt sehe ich sie auch. Und an der Klinge klebt Blut.«

Die Männer schwiegen erschrocken. Sie waren durch die Bank hartgesottene Seefahrer und so leicht durch nichts zu erschüttern, doch ein wenig Aberglaube steckte in jedem von ihnen. Es konnte sich niemand davon freisprechen.

»Das ist Ariel, der Luftgeist«, flüsterte der Steuermann. Er hatte wirklich nur leise gesprochen, doch seine Worte waren gehört worden. Der Kapitän ließ für einen Moment sein Fernglas sinken. »Was reden Sie da für einen Unsinn!«

Der Steuermann hob nur die Schultern. Von seinen anderen Kameraden kam kein Protest.

Der Sturm wütete. Er wurde immer schlimmer und erreichte schon bald die Stärke eines Orkans.

»Verflucht, das gibt Ärger«, sagte Koschik und ballte die Hände zu Fäusten.

Die anderen nickten.

»Jetzt ist er da!« Hansen stieß die Worte aus. Unwillkürlich trat er einen Schritt zurück, weil der unheimliche Geist mit

einem gewaltigen Schwung die trennende Entfernung überbrückt hatte und sein Gesicht vor der Scheibe erschien.

Auch die Sense!

Blutrot schimmerte sie im unteren Drittel. Er schwang sie
in einem großen Halbkreis herum, ein paar dicke Tropfen
lösten sich vom scharfen Sensenblatt und klatschten gegen
die breite Scheibe, wo sie sich mit dem Spritzwasser ver-
mischten und als hellrote Schlieren nach unten rannen.

»Das ist echt!«, schrie Hansen.

Dann geschah es.

Wieder fegte die Sense auf die Brücke zu. Eine mörderische, gefährliche Klinge, die nichts aufhalten konnte.
Schwarzmagisch war sie geweiht worden, sie durchdrang
Stahl und Gestein, als bestünde es aus Butter. Glas war überhaupt kein Hindernis.

Die riesige Scheibe platzte vor den Augen der entsetzten
Offiziere auseinander. Die Scherben flogen in das Innere des
Brückenaufbaus und damit auf die Männer zu.

Die Seeleute warfen sich in Deckung. Erste Schreie gellten.
Das Prasseln des Glases übertönte sogar noch den Sturm,
der infernalisch heulte und nun freie Bahn hatte.

Einer zögerte zu lange.

Es war der Kapitän.

Phil Green kam nicht rechtzeitig genug weg. Er versuchte sich noch zu ducken, doch da war das große Stück der
Scheibe, die wie ein gewaltiges Messer wirkte und mit der
scharfen Kante den Hals des Mannes traf.

Er verlor seinen Kopf.

Das sah auch der grüne Dschinn.

Sein grausames Lachen schallte den entsetzten Offizieren
entgegen, als er zu einem weiteren Schlag ausholte, denn
dieses Schiff wollte er vernichten.

Mit Mann und Maus!

London!

Die Menschen dort ahnten nichts von der Katastrophe, die sich auf der anderen Hälfte der Weltkugel abspielte.

In Europa dachte man an Weihnachten.

Das bedeutete Geschenke, Familienfeste, gutes Essen, das gemeinsame Singen am Christbaum und hoffentlich auch ein paar Gedanken, die sich mit den Problemen der Hungernden beschäftigten.

Die Kirchen würden wieder übervoll sein, man betete für den Frieden, man feierte, man gab eine Spende, und es würde auch große Familienkräche geben.

An all das dachte ich, als ich mein Büro verlassen hatte und mich wieder in meiner Wohnung befand.

Es war Weihnachtspost gekommen. Glenda hatte geschrieben. Sie wünschte mir alles Gute und ein weiteres Jahr voll Aktivität und Tatkraft.

Es gab Zeiten, da hatte ich auch von einer gewissen Nadine Berger Post erhalten, aber das war vorbei. Nadine lebte nicht mehr. Ihre Seele war in den Körper eines Wolfs eingegangen. Dieses Erlebnis und Wissen war ein so großer Einschnitt in meinem Leben gewesen, dass ich daran immer denken musste. Gerade jetzt.

Ich hatte das Radio angestellt. Weihnachtsmusik klang aus den Lautsprechern. Bing Crosby sang die alte Weise von »White Christmas«, und ein Chor summte im Hintergrund die Melodie mit.

Wenn ich aus dem Fenster schaute und in andere Wohnungen blickte, sah ich dort so manchen Tannenbaum, an dem bereits die Kerzen leuchteten. Ich hatte noch etwas Zeit, bevor wir zu den Conollys fuhren. Ich wollte noch in Ruhe ein Bad nehmen, mich dann umziehen und in aller Gemütsruhe in den Londoner Süden fahren.

Irgendwie wurde mir auch weihnachtlich zumute, wenn ich daran dachte. Ich sah schon mein Patenkind, den kleinen Johnny, vor dem Christbaum stehen, wobei seine Augen hell glänzten und er sich über die Geschenke freute.

Obwohl seine Eltern wirklich Geld besaßen, hatten sie beschlossen, nur wenig zu schenken. Sie wollten den Kleinen nicht verwöhnen. Er sollte früh genug lernen, mit seinem Geld und mit Geschenken umzugehen, denn Maßlosigkeit ist etwas Schlimmes.

Ich freute mich auf den Abend, wirklich, legte mich in die Wanne, schloss die Augen und dachte daran, dass ich vorher noch meine Eltern in Schottland anrufen wollte. Vielleicht würde ich im nächsten Jahr bei ihnen das Weihnachtsfest verbringen, vorausgesetzt natürlich, dass ich dann noch lebte ...

Gerd Hansen lag auf dem Boden. Er erstarrte vor Grauen, als er sah, wie der Kopf des Kapitäns über den Boden rollte.

Leere Augen starrten ihn an. Verdreht waren die Pupillen, auf dem Gesicht stand der Schrecken wie eingemeißelt, den der Kapitän in den letzten Sekunden seines Lebens erlebt hatte.

Der Dschinn hatte mit seiner ersten Attacke einen seiner Ansicht nach großen Erfolg erzielt. Wie ein Brausen aus der Hölle schallte das Lachen des Dschinn. Und dieses fürchterliche Geräusch riss Gerd Hansen aus seiner Lethargie.

Er drehte sich ein wenig auf die Seite, spürte Splitter unter sich und stemmte sich dann ächzend hoch. Er durfte auf keinen Fall hier liegen bleiben, dann würde er zu leicht ein Opfer des Dschinns werden. Und auch die Brücke musste er verlassen, der Geist würde sie hinwegfegen, als wäre sie nichts.

Der nächste Schlag.

Obwohl zwischen ihm und dem ersten höchstens sechs Sekunden vergangen waren, hatten die Offiziere das Gefühl, als wären es eine Ewigkeit gewesen.

Metall riss, als das Sensenblatt traf. Hansen kannte das hässliche Geräusch, das dabei entstand, es hörte sich an wie das wilde Kreischen eines Tieres.

Die Brücke erzitterte unter dem Schlag. Irgendwo heulten Alarmsirenen. Weiteres Glas zersprang, aber auch ein Brückenaufbau riss, und Hansen sah mit Schrecken, wie der Steuermann von einer gewaltigen Kraft herumgerissen wurde und durch das zerstörte Fenster des Brückenaufbaus verschwand.

Sein Körper schlug irgendwo auf das Deck.

Dann riss der Boden.

Mit einem gewaltigen Streich seiner Sense hatte der grüne Dschinn ihn buchstäblich geteilt. Gleichzeitig packte eine Welle das Schiff, hob es hoch und schmetterte es zurück auf die wogende Wasserfläche, und die »Lucky Bay« geriet ins Schlingern, da sie inzwischen steuerlos war.

Hansen schaffte es tatsächlich, von der Brücke zu flüchten. Er rutschte einen Niedergang hinunter und hörte schon die ersten Schreie. Die Mannschaft war aufgeschreckt worden. Sie rannte an Deck, wo Brecher überschäumten und es in eine Hölle aus Gischt verwandelten.

»Was ist passiert?«, wurde Hansen angeschrien.

Der blieb stehen und klammerte sich fest, wobei er tief ein- und ausatmete. »Wir – wir sind überfallen worden!«, keuchte er. »Irgendein verdammtes Ding hat es geschafft. Ich weiß es auch nicht. Der Kapitän ist tot, er …«

Ein markerschütternder Schrei, der sogar noch das Tosen der Elemente übertönte, ließ die Männer zusammenzucken. Sie rissen die Köpfe hoch und sahen Koschik, den Dritten.

Als hätte eine Riesenfaust ihn erfasst und von der Brücke geschleudert, so wirbelte er durch die Luft.

Dann erfolgte der Aufprall. Hart klatschte Koschik auf die Planken.

Einer der Männer rannte zu ihm. Als er zurückkehrte, war sein Gesicht weiß.

»Was ist?«, schrie Hansen.

»Genickbruch!«

Da nickte der Erste. Für zwei Sekunden hörten sie nur das Heulen des Windes und das Klatschen der Brecher gegen den Schiffsrumpf, bevor hohe Gischtfontänen in die Luft geschleudert wurden.

Und dann erschien der Dschinn.

Wieder hatte er fürchterlich zugeschlagen. Aber diesmal zerstörte er die Brücke restlos.

Die erschreckten Seeleute sahen die einzelnen Teile durch die Luft fliegen. Leichtere Stücke wurden vom Wind gepackt und über Bord geweht. Die schweren klatschten auf das Deck und zerstörten dort noch mehr.

Wieder gellten Todesschreie auf. Die Disziplin auf diesem Schiff war nicht mehr aufrechtzuerhalten. Der Kapitän fehlte, und Hansen gehorchte nur dem Selbsterhaltungstrieb. Er wollte so schnell wie möglich dieses Schiff verlassen, denn gegen diesen Geist konnte niemand etwas ausrichten, das stand fest.

»Zu den Booten!«, brüllte er.

Die Rettungsboote waren wirklich die einzige Chance, dem tödlichen Grauen zu entgehen.

Der Dschinn tobte sich nahe der Brücke aus. Manchmal war er nicht zu sehen, dann nur ein Teil von ihm, aber immer wieder erschien die gefährliche Sense mit der blutigen Klinge.

Der Dschinn zerhackte das Schiff.

Schweres Metall, das bisher allen Brechern und Stürmen der See getrotzt hatte, wurde zerschnitten wie Papier. Die magische Kraft der Sense ermöglichte es. Der Schwarze Tod hatte wirklich ein schlimmes Erbe hinterlassen.

Wie von Sinnen war der Dschinn. Er hieb um sich. Ein Berserker, ein wilder, ungezügelter Geist, ein gefährliches Monstrum, das mit seiner Sense die Bordwände auftrennte, sodass Wasser eindringen konnte.

Der Dschinn hieb den Walfänger regelrecht in Stücke. Er nahm dabei keinerlei Rücksicht auf die Menschen, war brutal bis zum Exzess, zeigte eine erschreckende Gnadenlosigkeit und war durch nichts und von niemandem zu stoppen.

Hansen und drei weitere Leute schafften es in der Tat, ein Rettungsboot abzufieren.

In zahlreichen Übungen war so etwas durchexerziert worden, aber noch nie im Ernstfall. Dies hier war der erste Schiffbruch der Männer. Und die »Lucky Bay« bekam langsam Schlagseite. Wahre Brecher überspülten das Deck, zwei Fliehende wurden in die eiskalten Fluten um Kap Hoorn gerissen.

Die Seeleute wussten es selbst nicht, wie es ihnen gelang, in das Boot zu steigen. Aber alle drei schafften es. Neben ihnen tanzte die Persenning auf den Wellen, sie hatten sie in fieberhafter Eile abgerissen und ins Meer geworfen.

Nun begann der Kampf ums nackte Überleben!

Die Männer mussten nicht nur gegen das gefräßige Monster Meer ankämpfen, sondern auch gegen die Kälte, den Sturm, gegen Regen und den Schnee.

Zum Glück war das Rettungsboot mit einem Außenborder ausgerüstet. Der Kapitän hatte immer darauf geachtet, dass die Boote in Ordnung waren. Dies machte sich nun bezahlt.

Der Motor sprang sofort an, genau in dem Moment, als sich die Männer auf einem hohen Wellenkamm befanden, und es schien ihnen, als würden sie darauf reiten.

Wie gebannt starrten sie hinüber zu ihrem Schiff, das der grüne Dschinn in Besitz genommen hatte und systematisch zerstörte.

Irgendwie war der Anblick trotz all seiner Schrecken faszinierend. Der grüne Dschinn bewegte sich ungemein schnell. Immer öfter tauchte die gewaltige Sense auf. Wenn sie hochgerissen wurde, schimmerte das Blut an ihrer Klinge, und im nächsten Augenblick hieb sie wieder in das Metall des Schiffes.

Da knallte und fetzte es. Die Planken stöhnten unter den mörderischen Attacken. Wasser drang in den Schiffsbauch. Es presste auch die noch haltenden Nieten auseinander.

Die Seeleute erlebten das Grauen. Alte Geschichten, die von Meergeistern handelten und von Mund zu Mund gingen, wurden wahr. Der Dschinn war nicht mehr aufzuhalten. Sein Hass sprengte alle Grenzen.

Nicht alle Männer der Besatzung hatten das Schiff verlassen. Einige befanden sich noch bei den Rettungsbooten. Sie versuchten verzweifelt, die Boote zu Wasser zu lassen. Ihre Schreie waren zu hören, und ihre drei Kameraden, die es schon geschafft hatten, drückten ihnen die Daumen.

Den harten Seeleuten standen die Tränen in den Augen, als sie mit ansahen, wie ihre Kameraden vergeblich kämpften. Sie schafften es nicht mehr, die Boote zu Wasser zu lassen.

Der grüne Dschinn war schneller.

Er kam über sie wie ein Gewitter, und er brachte seine Sense mit. Ihr Blatt war rot vom Blut der Opfer. Er setzte die Waffe gnadenlos ein.

Das Boot mit den drei Geretteten wurde in ein Wellental gedrückt. So sahen die Männer nicht, was tatsächlich auf »Lucky Bay« passierte. Und das war gut so. Sie hätten vielleicht den Verstand verloren.

Gerd Hansen saß im Heck des Bootes, dicht neben dem wasserdicht verpackten Proviantsack und den Schwimmwesten. Noch hatten die Männer keine Zeit gefunden, sie anzulegen, sie wollten erst einmal weg aus dieser Hölle, denn wenn die »Lucky Bay« sank, war es durchaus möglich, dass ihr Rettungsboot von dem gewaltigen Strudel mit in die Tiefe des Meeres gerissen wurde.

Unsichtbar schwebte der Tod über ihnen. Er hielt seine knöchernen Arme bereits ausgestreckt, um nach den Flüchtenden zu fassen. Aber die Männer kämpften.

Sie hielten sich tapfer in dieser Wasserhölle, wo die Wellen mit ihnen spielten, wie sie wollten. Sie waren wie gierige Arme, die das Boot einmal hoch in die Luft schleuderten, auf einem Wellenkamm tanzen ließen und es dann wieder in die Tiefe – sprich Wellental – rissen. Manchmal fühlten sich die Männer wie in einem Kreisel. Sie wurden herumgerissen in einem furiosen Wirbel und im nächsten Moment wieder ausgespien.

Wasser spritzte über die Bordwände und verteilte sich im Boot.

»Schöpfen!«, brüllte Hansen. »Verdammt, wir müssen schöpfen, sonst saufen wir noch ab!«

Geräte waren vorhanden. Wild und nahezu verbissen arbeitete die kleine Crew und hielt dabei gleichzeitig Ausschau nach Schiffbrüchigen.

Sie sahen keinen.

Der gierige Moloch See hatte sie alle verschlungen.

Nur drei hatten es geschafft.

Bis jetzt!

Immer wieder konnten sie ihr Schiff sehen. Die »Lucky Bay« hatte schwere Schlagseite. Wellenberge donnerten heran. Sie überschwemmten das Boot mit wahren Schäumen aus Gischt und Spritzwasser. Und dazwischen wütete der Dschinn.

Der grüne Schein hatte sich wie ein gewaltiger Schleier über das sinkende Schiff gelegt. Auch der Wind schaffte es nicht, ihn zu vertreiben.

Der Dschinn trotzte selbst den Gewalten der Natur. Er war der Stärkere.

Das Rettungsboot trieb weiter ab. Schon bald konnten die Männer das Schiff nicht mehr sehen, denn der Vorhang aus Regen und Schnee nahm ihnen die Sicht. Jetzt kamen sich die Männer so mutterseelenallein vor. Aber sie wussten genau, was sie zu tun hatten. Trotz ihrer Angst saßen die Handgriffe.

Da wurde das Funkgerät hervorgeholt. Falls es noch eine Chance gab, Hilfe zu erhalten, dann nur über dieses Gerät. Vielleicht befand sich ein Schiff in der Nähe, das die Signale auffangen konnte. Die Männer drückten sich selbst die Daumen.

Die Sender waren mit leistungsstarken Batterien bestückt, sodass sie lange durchhalten konnten. Vielleicht war es doch möglich, dass ihr Peilton gehört wurde.

Sie versuchten es immer wieder.

Gerd Hansen, der Erste, achtete auf den Kurs. Sie mussten nach Norden. Wenn sie diese Richtung beibehielten, dann gelangten sie in den Inselwirrwarr, der Feuerland vorgelagert ist.

Der Kampf begann.

Es war wirklich ein Kampf, denn keiner der Männer wusste, ob das Boot es schaffen würde. Zudem gab es vor der Küste gefährliche Klippen und Riffs, die dicht unter der Wasseroberfläche lagen und die Schiffsrümpfe wie mit Messern zerschnitten.

Hinzu kam die Angst vor dem grünen Dschinn. Würde dieses Monster ihnen folgen, wenn es bemerkt hatte, dass noch Menschen am Leben waren?

Nicht nur das Meer machte den Männern zu schaffen, auch die Kälte. Sie alle waren nass, die Uniformen klebten an ihren Körpern, salziges Wasser hatte auf den Gesichtern eine Kruste hinterlassen, rau und aufgesprungen waren die Lippen, doch an Aufgabe dachten sie nicht.

Der grüne Schein hatte sich abgeschwächt, ein Zeichen, dass sie sich dem sinkenden Schiff immer weiter entfernten, und so etwas wie Hoffnung keimte in ihnen auf.

Kurs Nord!

Immer wieder schrie Hansen diese beiden Worte. Sie durften auf keinen Fall zu weit abtreiben, denn dann würde sie der Sturm überrollen.

Die Männer wussten nicht, wie viel Zeit vergangen war. Sie hofften, beteten und schöpften.

Der Sturm spielte mit ihrem Boot, wie er wollte. Manchmal schleuderte er es wie eine kleine Nussschale über die Wellenberge.

Verbissen kämpften die Männer gegen die Gewalten der Natur, und sie schafften es, den Kurs zu halten. Bei klarem Wetter hätten sie sicherlich schon einige Inseln sehen können, doch hier raubte ihnen der Regenvorhang die Sicht.

Das Boot blieb auf dem Wasser.

Den Schiffbrüchigen erschien es schon wie ein kleines Wunder, dass sie noch nicht gekentert waren, und plötzlich geschah etwas, das sie als richtiges Wunder betrachteten.

Das Wetter klarte auf.

Es geschah nicht Schlag auf Schlag, aber der Regen ließ nach, und auch der Wind trieb die Wellen nicht mehr so hoch. Zwar blieb das Meer weiterhin unruhig, im Vergleich zu den vorherigen Stunden war es jedoch fast eine Erholung für die Männer.

Sie atmeten zum ersten Mal nach langer Zeit auf.

Und sie sahen Land!

Inseln!

Zahlreiche Flecken schauten aus dem Wasser. Sie waren von unterschiedlicher Größe. Vegetation konnten sie auf keiner der Inseln erkennen, nur den dunklen, grünbraun schimmernden Boden.

Vor den Inseln lauerten Untiefen und Riffe.

Hansen warnte seine Kameraden. Sie gaben noch mehr acht, denn sie wollten nicht noch dicht vor dem Ziel kentern.

Strudel entstanden. So manches Mal gurgelte und schmatzte vor ihnen das Wasser. Sie kamen wegen der Strömung nur noch langsam voran.

Hin und wieder schoben die Wellen das kleine Boot auch vorwärts. Dann schlingerte es regelrecht, und der Mann im Heck, der gleichzeitig als Steuermann fungierte, hatte seine liebe Müh und Not, mit dem Boot fertig zu werden.

Aber sie schafften es.

Es gelang ihnen sogar, die größte der Inseln anzufahren. Sie hatte zum Glück keine Steilküste, sondern an ihren Rändern einen langen, grauen Strand, der mit Felsbrocken übersät war und auf dem die Wellen ausliefen.

»Wir packen es!«, schrie Hansen. »Verdammt, wir packen es!« Sein Gesicht verzerrte sich dabei, die Augen leuchteten, und er sollte mit seiner Prognose recht behalten.

Sie schafften es in der Tat.

Irgendwann schrammte der Kiel des Bootes über den rauen Sand. Kleinere Steine rutschten und schabten über die Außenwand und zogen Streifen in das feuchte Holz.

Die Männer sprangen aus dem Boot. Das auslaufende

Wasser umspielte ihre Knie. Mit vereinten Kräften schafften es die Schiffbrüchigen, ihr Rettungsboot auf den Strand zu schieben. Und zwar so weit, dass die Wellen es nicht mehr erreichen und zurückholen konnten.

Als dies erledigt war, schauten sich die drei an. Sie nickten sich zu, und dann fielen sie wie auf Kommando um. Die Erschöpfung war einfach zu groß. Im feuchten Sand lagen sie auf dem Rücken und atmeten tief durch. Ihre Brustkörbe hoben und senkten sich.

Der blondhaarige Gerd Hansen war völlig erledigt. Er dankte dem Himmel, dass er es überstanden hatte.

Gil Meier, ein Mann aus dem Elsass, klein, drahtig, schwarzhaarig und mit einem Gesicht wie ein Pirat, murmelte Worte, die niemand verstand.

Harry Cumberland, er stammte aus Southampton, war verheiratet und hatte zwei Kinder zuhause, dachte an seine Familie. Er war der stärkste von ihnen und hatte die kräftigen Hände zum Gebet gefaltet.

Das Leben hatte sie wieder. Die drei Männer waren gerettet. So dachten sie …

Hansen erhob sich als Erster. Er streckte den Arm aus und fasste nach dem Bootsrand. An ihm zog er sich langsam in die Höhe, bis er auf seinen wackligen Beinen stand.

»Kommt, Freunde, hoch, sonst holen wir uns hier noch den Tod. Wir müssen uns bewegen!«

Das taten sie auch. Sie standen da, schauten sich an und fielen sich lachend und weinend zugleich in die Arme. Wie die Kinder benahmen sie sich, bis Cumberland von den Kollegen sprach.

Da wurden ihre Gesichter ernst.

»Ich glaube, dass wir die Einzigen sind, die es geschafft haben«, sagte Gerd Hansen.

»Ja«, fügte Gil Meier hinzu. »Es sieht so aus.« Eine Gänsehaut rann ihm bei dieser Antwort über den Körper.

»Und was unternehmen wir nun?«, fragte Cumberland.

»Wir erkunden die Insel.«

Gil Meier sah den Zweiten an. Er hatte die Antwort gegeben. »Wie Robinson Crusoe, nicht?«

»Genau.«

»Dann mal los!«

Cumberland rieb sich tatendurstig die Hände. Er hatte sich halb umgedreht und schaute zur Insel hin, wo sich das Gelände vor ihnen zu einem breiten Hügelrücken erhob.

Auch die andern folgten seinem Blick.

Plötzlich zuckten sie zusammen. Von ihnen unbemerkt war dort eine Gestalt erschienen.

Eine Gestalt, wie sie sie noch nie gesehen hatten.

Xorron!

Bill Conolly hatte seiner Frau Sheila versprochen, sich in diesem Jahr um den Christbaum zu kümmern. Das hieß, er musste ihn nicht nur kaufen, sondern auch schmücken.

Kugeln, Lametta, Kerzen und kleine Süßigkeiten lagen bereit, damit der Baum sein festliches Kleid erhielt. Natürlich hatte Johnny zusehen wollen, doch Bill hatte das Zimmer abgeschlossen und noch ein Handtuch vor das Schlüsselloch gehängt, sodass der Kleine nicht hindurchschauen konnte.

Zusätzlich waren die Rollos nach unten gelassen worden. So war Bill sicher, dass man ihn nicht störte.

Draußen dämmerte es. Auch dem Reporter war weihnachtlich zumute. Er freute sich auf diesen Abend, denn sie wollten das Weihnachtsfest nicht allein feiern, sondern mit den besten Freunden. Dazu gehörten John Sinclair, Suko und Shao.

Sie würden zum Dinner eintreffen, das Sheila bereits vorbereitete. Dies geschah in der Küche. Sheila war nicht allein, denn Bill vernahm hin und wieder die helle, aufgeregte Stimme seines Sohnes.

Er hatte eine Kassette in den Recorder der HiFi-Anlage geschoben und hörte Weihnachtsmusik, deren Melodien er leise mitsummte.

Zuerst nahm Bill die bunten Kugeln. Einmal schritt er um den Baum herum und suchte sich die besten Stellen aus, wo er die Kugeln aufhängen konnte.

Bill tat dies mit einer Akribie, die schon fast wissenschaftlich zu nennen war. Auf seinen Lippen lag ein Lächeln, und man merkte es dem Reporter an, welchen Spaß er hatte.

Nach den Kugeln folgte das Lametta. Zuerst jedoch hatte sich Bill einen Schluck verdient, das gehörte gewissermaßen zur Tradition. Er ging zum Barschrank, holte eine Flasche Whisky hervor und schenkte sich einen Doppelten ein.

Genießerisch verdrehte der Reporter die Augen, als er den ersten Schluck nahm und daran dachte, dass er auf einem Bein nicht stehen konnte. Deshalb gönnte er sich auch noch einen zweiten.

Dann nahm er die ersten Lammettafäden auf und wunderte sich, als er plötzlich eine Frauenstimme weihnachtliche Lieder singen hörte. Bill blieb stehen und runzelte die Stirn.

Aus den Lautsprechern drang der Gesang nicht, bis ihm einfiel, dass es Sheila war, die zusammen mit Johnny die Lieder sang. Der Reporter lächelte.

Das sah Sheila ähnlich. Sie bereitete den Kleinen auf jedes Fest gründlich vor.

Doch etwas passte nicht zu diesem Gesang.

Das Heulen!

Zuerst glaubte der Reporter, sich getäuscht zu haben. Er blieb leicht geduckt stehen und lauschte. Ein paar Lammettafäden hingen noch über seinen Fingern.

Wieder das Heulen …

Nein, eine Täuschung war es nicht. Und das Geräusch war auch nicht im Haus aufgeklungen, sondern draußen.

Genauer gesagt, im Garten.

Plötzlich war Bills Weihnachtsstimmung wie fortgewischt. Dieses Heulen oder Jaulen passte nicht zu den übrigen Geräuschen des Tages. Das war etwas Fremdes – und Bedrohliches.

Sollte Gefahr im Anmarsch sein?

Ein Wunder wäre es nicht gewesen, aber Bill Conolly passte es momentan wirklich nicht. Er hatte sich auf den Weihnachtsabend gefreut und wollte sich nicht durch irgendetwas ablenken lassen. Nur nahmen Dämonen auf menschliche Pläne oder Gefühle leider keinerlei Rücksicht. Da waren sie eiskalt.

Bill dachte nach. Sheila befand sich mit dem Jungen in der Küche. Sie hatten wohl nichts vernommen, denn momentan stimmten sie ein neues Lied an.

Bill ging auf das Fenster zu und ließ das Rollo ein Stück hochfahren.

Lichter schimmerten im Garten. Es war der Tannenbaum mit den elektrischen Kerzen. Zudem lag noch Schnee auf dem Boden. Nicht mehr ganz so frisch und weiß, sondern schon leicht angegraut.

Der Reporter duckte sich, denn er hatte das Rollo bis nur etwa in Hüfthöhe hochfahren lassen. So konnte er einen Blick in den Garten werfen.

Das Heulen oder Klagen hatte sich angehört, als wäre es von einem Tier ausgestoßen worden. Vielleicht von einem großen Hund, aber Bill entdeckte keinen.

Er kniete sich vor die Scheibe, schaute nach rechts, links und auch weiter in den Garten hinein, wie es ihm das spärliche Licht des Tannenbaums erlaubte.

Kein Fremder zu sehen.

Bill schluckte. Das durfte es nicht geben. Er hatte sich doch nicht getäuscht. Vielleicht hatte sich das Tier irgendwo versteckt. Büsche und Sträucher gab es genug auf dem Gartengelände.

Sosehr der Reporter auch schaute, er entdeckte nichts, was ihn störte.

Tief holte er Luft. Was sollte er jetzt noch tun? Sich eine Taschenlampe nehmen und nach draußen laufen, um den Garten zu durchsuchen? Nein, das wollte er nicht, es war ihm einfach zu dumm. Zudem konnte es möglich sein, dass ihm seine Nerven einen Streich gespielt hatten.

Bill richtete sich wieder auf. Er befand sich noch in der Bewegung, als er den Schatten sah. Von seinem Standpunkt aus gesehen links huschte er weg. Raus aus dem Lichtschein.

Also doch!

Und es war ein großes Tier gewesen, dies hatte der Reporter deutlich erkannt.

Er ließ das Rollo wieder nach unten fahren, stand für einen Moment unentschlossen vor dem Fenster und drehte sich dann abrupt um. Bill hatte einen Entschluss gefasst. Er wollte draußen im Garten nachsehen, dabei aber nicht unbewaffnet sein.

Leise schloss der Reporter die Tür auf. Er hatte vor, sich aus dem Wohnzimmer zu stehlen. Genau in diesem Augenblick verließ Sheila die Küche.

Hastig schloss Bill die Tür hinter sich.

Erstaunen lag auf Sheilas Gesicht.

»Du bist schon mit allem fertig, Bill?«

»So gut wie.«

»Was heißt das?«

Bill grinste verzerrt und hob die Schultern. »Ich muss nur noch einmal raus.«

»Was willst du denn?«

»Ich habe was vergessen. Der Stamm des Tannenbaums ist zu breit, und in der Garage habe ich ein kleines Beil liegen, damit hacke ich den Stamm schmaler.«

Sheila runzelte die Stirn. »Seltsam«, sagte sie. »Als wir ihn aufstellten, war er noch normal.«

»Und jetzt wäre er mir fast umgefallen«, erwiderte der Reporter ziemlich heftig.

»Bill, da stimmt doch was nicht. Du bist so nervös.«

»Ich will eben fertig werden.«

»Okay, ich lass dich in Ruhe.« Sheila lächelte.

Bill war wirklich froh, dass seine Frau nicht noch weiter nachbohrte. Er atmete erst einmal tief durch und schlug nicht den Weg zur Garage ein, die er auch vom Haus aus erreichen konnte, sondern ging zuerst ins Schlafzimmer.

Dort bewahrte er seine Waffe auf. Sie lag in einer kleinen Schublade. Es war eine Beretta. Im Magazin steckten geweihte Silberkugeln.

Bill Conolly nahm die Pistole an sich. Er wusste zwar nicht genau, ob er sie gebrauchen würde, aber Sicherheit ging in diesem Falle wirklich vor.

Bill trug kein Holster. Er steckte die Waffe in den Gürtel und achtete darauf, dass sein Jackett darüber hing, wenn er ging. Dann verließ er den Schlafraum.

Auch diesmal bewegte sich Bill sehr vorsichtig. Er wollte nicht, dass Sheila ihn hörte. Sie befand sich weiterhin mit dem Jungen in der Küche.

Bill nickte zufrieden, zog behutsam die Haustür auf, und als er sich nach rechts wandte, wäre er fast über Johnnys gelbe Stiefel gestolpert, die neben der Tür lagen. Über einen schmalen Weg und an der Garage vorbei gelangte er in den Garten, wo er den Schatten entdeckt hatte. Bill sah zu, dass er immer dicht an der Hauswand blieb. Eine innerliche Spannung hielt ihn umklammert. Von den Zweigen der Bäume tropfte Wasser und klatschte auf seine Schultern.

Etwa zwei Minuten nach Verlassen des Hauses stand Bill Conolly vor der Terrassentür. Von hier hatte er den besten Überblick. Der Garten lag wirklich dunkel vor ihm. Allein der Tannenbaum brach eine dreieckige Lichtinsel aus der Finsternis. Der Schnee war längst von seinen Zweigen gerutscht. Das Tauwetter und die Wärme der elektrischen Kerzen sorgten dafür.

Sosehr sich der Reporter auch anstrengte, er konnte kein Tier entdecken. Aufgeben wollte er jedoch nicht. Bill hatte vor, den Garten einmal zu umrunden.

Er nahm den kleinen Weg von der Terrasse und bewegte sich vorsichtig auf den Mittelpunkt des Gartens zu. Dort saßen sie im Sommer oft und grillten. Jetzt war der Platz verwaist.

Büsche und Sträucher wirkten irgendwie gespenstisch. Der alte Trog, der immer mit Wasser gefüllt war, damit die

Vögel trinken und baden konnten, zeigte auf seinen Rändern noch Schneereste.

Neben dem Trog blieb der Reporter stehen. Sein Blickwinkel war nicht schlecht, von hier aus hatte er eine gute Übersicht. Bill war kein heuriger Hase mehr. Er hatte es gelernt, sich zu konzentrieren, wobei er sich sehr auf seine Umgebung einstellte und auf jedes fremde Geräusch achtete.

Das tat er jetzt auch.

Der Reporter verschmolz quasi mit seinem Garten, er lauschte, horchte, wollte wissen, ob sich etwas Fremdes in seiner unmittelbaren Umgebung befand. Dabei gelang es ihm sogar, die Geräusche der fallenden Wassertropfen auszuklammern.

Wo lauerte das Unbekannte?

Da, plötzlich sah er die helleren Punkte. Sie lagen dicht nebeneinander, wie ein Augenpaar, doch es gehörte keinem Menschen, sondern einem Tier, denn es befand sich nur wenig mehr als kniehoch über dem Boden.

Bill streckte seine Hand ein wenig vom Körper ab. Er merkte, dass sie zitterte. Die Nervenanspannung war doch ziemlich groß gewesen, und sie hielt weiterhin an.

Würde das Tier ihn angreifen?

Bill überlegte, wer in der Nachbarschaft eigentlich einen Hund hatte und wie dieser sich verlaufen konnte, denn die Zäune um die einzelnen Grundstücke waren doch relativ hoch. Allerdings konnte sie ein kraftvoll gebauter Schäferhund auch überspringen.

Bill blieb in Lauerstellung. Er hob seine rechte Hand an, um sofort schießen zu können.

Das Tier bewegte sich.

Bill sah es daran, dass die Augen wanderten. Von ihm aus gesehen nach links, und in der Höhe blieben sie vorerst. Der Körper des Tieres verschmolz dabei mit der Dunkelheit, die inzwischen die Dämmerung abgelöst hatte.

Die Gefahr wuchs.

Bill Conolly sah nämlich nicht nur die Augen des Tieres,

sondern auch dessen Körper, und er musste seine Meinung sofort revidieren.

Das war kein Schäferhund. Niemals wurde ein Hund so groß. In seinem Garten hatte sich ein großer Wolf verirrt.

Genau!

Augenblicklich dachte der Reporter an einen Werwolf. Der Gedanke lag nahe, mit diesen Geschöpfen hatte er schon des Öfteren zu tun gehabt. Jetzt war er nur froh, eine Silberkugel bei sich zu haben, damit konnte er das Tier erledigen.

Bill senkte den rechten Arm ein wenig und zielte genau zwischen die Augen des Tieres. Dorthin wollte er die Kugel setzen.

Da waren die Punkte verschwunden.

Bill unterdrückte nur mühsam einen Fluch. Jetzt hatte er sich so konzentriert, und da hatte das Tier die Augen geschlossen. So ein Pech auch.

Der Reporter rechnete mit einem Angriff aus der Dunkelheit, er erwartete den Schatten, der auf ihn zuwuchten würde, und sah stattdessen die Augen wieder.

Jetzt dicht vor sich.

Und auch den Körper.

Hatte er sich nicht zusammengeduckt? War er nicht schon sprungbereit?

Diese Entfernung war günstig. Der Reporter konnte nicht vorbeischießen.

Er krümmte den Finger …

»Bill!«

Im letzten Augenblick zuckte der Reporter zurück. Er drückte nicht ab, denn Sheila hatte gerufen.

Aus den Augenwinkeln nahm er einen tanzenden Lichtstrahl wahr, der sicherlich von der Taschenlampe stammte, die Sheila bei sich trug.

»Weg mit dir!«, schrie Bill. »Um Himmels willen, verschwinde!«

»Aber was ist los?«

»Ein Wolf, Sheila! Ein Wolf in unserem Garten! Zurück ins Haus, ich habe eine Waffe!«

Der Wolf hatte sich bisher nicht gerührt. Er starrte Bill nur an. Dann aber zuckte er zur Seite und rannte los. Sein Ziel war Sheila, das sah Bill sehr deutlich, als das Tier den Lichtstrahl der Taschenlampe durchbrach.

Conolly drehte sich mit. Sein Gesicht hatte sich verzerrt. Er wusste Sheila, seine Frau, in Gefahr, und er zögerte keine Sekunde länger – er schoss.

Kurz nur leuchtete die Feuerblume vor der Pistolenmündung auf. Bill rechnete fest damit, einen Treffer erzielt zu haben, doch das Geschoss fuhr in den Rasen.

Bill Conolly hätte sich vor Wut irgendwohin beißen können. Es hatte jedoch keinen Zweck, sich zu ärgern, denn das Tier erfasste seine Chance sofort und verschwand in der Dunkelheit.

Der Reporter jagte auf seine Frau zu. Sheila hatte noch nicht begriffen, welch eine Gefahr hinter ihr lag. Sie stand da und starrte zu Boden.

Bill fasste sie an der Schulter und schleuderte sie herum. »Lauf ins Haus!«, schrie er. »Rein mit dir. Du darfst nicht hier bleiben, um Himmels willen …«

Dabei beging der Reporter einen Fehler. Er wandte dem dunklen Garten den Rücken zu.

Auf so eine Chance hatte der Wolf nur gelauert. Mit drei lautlosen, kräftigen Sätzen hatte er die Distanz überbrückt, stieß sich ab und sprang genau in den Rücken des Reporters.

Es war ein ungemein wuchtiger Aufprall, mit dem Bill wirklich nicht gerechnet hatte, denn sonst hätte er sich sicherlich abgestemmt. So aber wurde er nach vorn katapultiert, verlor das Gleichgewicht, konnte sich nicht mehr fangen und stürzte zu Boden. Augenblicklich war der Wolf über ihm.

Er hockte auf seinem Rücken und ließ Bill vorerst keine

Chance, sich herumzudrehen. Dann spürte der Reporter die Zähne an seinem rechten Handgelenk.

Als wäre die Beretta heiß, so schnell ließ er sie fallen. Gleichzeitig knickte der Wolf mit seinen Vorderläufen ein, riss das Maul auf und setzte die Zähne genau auf die Haut an Bill Conollys Hals. So blieb er hocken.

Sheila war entgegen den Anordnungen ihres Mannes nicht ins Haus gelaufen. Sie war an der Hausecke stehen geblieben, hatte die Kämpfenden nur als Schatten erkannt, sah allerdings trotzdem, dass ihr Mann Bill der Unterlegene war.

Der Wolf hockte plötzlich auf ihm, und Bill besaß seine Waffe nicht mehr.

Sheila schrie wie von Sinnen …

Ich hatte kaum meinen Daumen auf den Klingelknopf gelegt, als die Tür schon geöffnet wurde.

Suko stand vor mir.

Richtig chic sah er aus in seinem grauen Anzug, einem weißen Hemd und der Krawatte. So chic, dass ich mir ein hämisches Grinsen nicht verkneifen konnte.

Der Chinese verstand sofort. »Denkst du eigentlich, du würdest besser aussehen?«

»Dunkelblau mit Nadelstreifen macht sich immer gut«, erwiderte ich.

»Vor allen Dingen, wenn du die Plastiktüten eines Kaufhauses in der Hand hältst.«

»Das macht nichts, denn hier kommt es nur auf den Inhalt an, alter Junge. Soll ich warten, oder ist Shao schon fertig?«

»Keine Ahnung, ich sitze schon seit einer halben Stunde geschniegelt und gespornt.«

»Dann komme ich rein.«

Suko gab die Tür frei. Ich schnupperte. Es roch nach Parfüm und Haarspray.

»Bist du das?«, fragte ich.

»Was?«

»Der da so stinkt wie ein männliches Freudenhaus.«

»Scheinst dich gut auszukennen, wie?«

Ich stellte die Tüten ab. »Als Polizeibeamter muss man in allen Sätteln gerecht sein.«

»Vor allen Dingen Sätteln.«

Im Wohnzimmer roch es weihnachtlich. Shao und Suko hatten sich den europäischen Gepflogenheiten angepasst. Sogar ein kleiner Tannenbaum stand auf dem Tisch.

Ich hatte keinen. Meine Wohnung war eine richtige Junggesellenbude, und als ich das alles so sah, da war ich wieder einmal froh, nicht nach Gran Canaria gefahren zu sein.

Ich pflanzte mich in den Sessel.

»Willst du was trinken?«, fragte Suko.

»Höchstens ein Sodawasser.«

Das erhielt ich auch. Als Suko es mir brachte, betrat Shao das Zimmer. Überrascht pfiff ich durch die Zähne. »Mann, du hast dich ja in Schale geworfen.«

Die dunkelhaarige Chinesin lachte. »Wenn du das sagst, John, glaube ich das nicht.«

»Doch, das schwarze Kleid steht dir gut. Ehrlich. Nur die Schlitze vermisse ich.«

»Die Chinamode habe ich abgelegt.«

Ich trank und schaute Shao an. Das Kleid lag wie eine zweite Haut auf ihrem Körper. Es bewies deutlich, wie gut die junge Chinesin gewachsen war. Der Ausschnitt befand sich am Rücken und war ein schmales, aber langes Dreieck, das erst dicht über dem letzten Wirbel aufhörte.

Suko war wirklich zu beneiden.

»Sollen wir dann?«, fragte Shao.

Ich trank mein Glas leer und stand auf. »Okay, ich habe nichts dagegen.«

Shao erinnerte Suko noch an die Geschenke. Jetzt sah ich, dass auch er Tüten trug, und konnte mir natürlich eine entsprechende Bemerkung nicht verkneifen, sodass Suko das Gesicht verzog.

Gemeinsam fuhren wir mit dem Lift nach unten. Der Bentley wartete in der Tiefgarage. Ich hatte ihn sogar waschen und polieren lassen. Eigentlich Unsinn im Winter, aber manchmal flippt man auch als Beamter aus.

Shao, Suko und ich fuhren durch ein weihnachtliches London. Wir hatten ja auch die hektische Vorweihnachtszeit miterlebt und waren überrascht, was die Leute noch so alles einkauften, obwohl es ihnen ziemlich schlecht ging und die Arbeitslosenquote die Zahl drei Millionen erreicht hatte.

Es war ruhig.

Herrlich, einmal so durch die Stadt zu fahren. Und das am frühen Abend, wo normalerweise die Hölle los war. Wir aber merkten nichts davon und genossen die Fahrt regelrecht. Noch einmal erstrahlten die festlichen Lichtkaskaden an den Geschäften, da gab es Tannenbäume und Weihnachtsmänner aus Glühbirnen, und jeder wünschte dem anderen ein frohes Fest.

In ein paar Tagen wurde der ganze Kram eingemottet, um im nächsten Jahr wieder hervorgeholt zu werden.

So war es immer.

Nachdem wir die unmittelbare City hinter uns gelassen hatten, kamen wir noch besser voran. Die Straßen waren vom Schnee geräumt. Es hatte allerdings auch getaut. Nur noch an den Rändern lag grauschwarzer Matsch.

Auch mich überkam eine – sagen wir ruhig – weihnachtliche Ruhe. Ich dachte in diesen Momenten nicht mehr an Dämonen oder finstere Mächte, sondern nur noch an den vor uns liegenden Abend.

Wie es in England Tradition ist, hatte Sheila sicherlich einen Truthahn gebraten. Wir würden dazu Wein trinken, in Kerzenlicht schauen und vielleicht das abgelaufene Jahr noch einmal Revue passieren lassen.

Als Nachtisch gab es sicherlich Plumpudding. Darauf freute ich mich auch.

Bill wohnt bekanntlich im Londoner Süden, wo die Straßen schmaler sind und die Umwelt noch einigermaßen in Ordnung ist. In den Vorgärten der Häuser standen Weihnachtsbäume, deren elektrische Kerzen ihren hellen Schein verbreiteten.

Wir unterhielten uns kaum. Irgendwie befand sich jeder von uns in einer anderen Stimmung als sonst. Die sollte nicht durch Gespräche gestört werden.

Im Innenspiegel sah ich, dass Suko und Shao ihre Hände aufeinandergelegt hatten. Ich musste lächeln. Die beiden waren wirklich verliebt wie am ersten Tag.

Wir befanden uns bereits in der Nähe des Conollyschen Hauses, und Suko begann damit, die Pakete aus den Kaufhaustüten zu holen. Mit denen wollte er nicht bei Sheila, Bill und dem kleinen Johnny aufkreuzen.

»Soll ich deine auch herausnehmen?«, fragte er.

»Ich bitte darum.«

»Oh, wie förmlich.«

Noch eine Kurve. Dann rollten wir durch die Straße, an der das Haus liegt. Mein Magen meldete sich bereits. Wenn ich an den Truthahn dachte, verspürte ich Hunger.

Das Tor zum Grundstück stand offen. Ich blinkte und ließ den Bentley hindurchrollen.

Ein gewundener Weg führte zum Haus hoch, das auf einem kleinen Hügel lag, den Bill hatte anschütten lassen. Wir sahen Schneereste, kahle Sträucher und Bäume.

Typisch für den Winter.

Über dem Eingang brannte eine Lampe. Auch entdeckten wir einen leuchtenden Baum.

Die letzten Yards.

Ich zog den Wagen noch einmal nach links, um ihn vor der großen Doppelgarage abzustellen.

Motor aus, Türen auf, aussteigen …

Da hörten wir die Schreie!

Gil Meier, der Seemann aus dem Elsass, boxte Harry Cumberland in die Seite. »Träume ich, oder ist das wirklich ein Kerl, der da steht?«, fragte er leise.

»Du träumst nicht, Gil.«

Auch Gerd Hansen starrte mit offenem Mund auf die Gestalt. So etwas hatte er noch nie in seinem Leben gesehen, und er war verdammt weit herumgekommen.

Das Wesen, das dort auf der Hügelkuppe stand, konnte man schwerlich mit dem Begriff Mensch umschreiben. Es war wesentlich größer als ein Mensch, hatte zwar die Formen, aber der Körper schimmerte hell, als hätte man ihn in eine silbrige Haut gezwängt. Auch der Schädel war glatt. Kein Haar konnten die Männer sehen. Völlig kahl präsentierte er sich, wie geschoren.

Ein Gesicht hatte dieses Wesen ebenfalls nicht aufzuweisen, sondern nur eine glatte Fläche. Das erkannten die drei Männer genau. Sie entdeckten an ihm weder Augen, Mund noch Nase. Und doch hatte Xorron diese Organe. Die Männer konnten sie aus dieser Entfernung nur nicht erkennen, weil es sich bei ihnen nur um Schlitze handelte.

Etwas sahen sie doch. Die Haut erschien ihnen durchsichtig. So ähnlich sah Milch aus, die man mit Wasser vermischte, ziemlich trübe, und unter der Haut, da befanden sich die Umrisse eines Skeletts.

»Was ist das?«, flüsterte Gil.

»Ich weiß es nicht«, erwiderte der Zweite.

»Ob von dem das Licht stammt?«

»Nein, das war ein Geist. Der hier ist doch fest und eine richtige Gestalt, wie ich meine.«

Harry Cumberland flüsterte. »Der sieht aus wie einer von einem anderen Stern.«

Seine Kameraden nickten. Niemand lachte Harry aus, denn der Fremde hatte tatsächlich etwas Utopisches an sich. So etwas war ihnen noch nie begegnet, und sie hatten sich wirklich in der Welt herumgetrieben.

Die Männer vergaßen ihre Umwelt. Sie spürten nicht den scharfen Wind, der wie mit Messern durch ihre feuchte Kleidung blies und die Haut malträtierte, sie hatten nur Augen für dieses unheimliche Wesen. Und sie fürchteten sich davor, denn dieser seltsame Mensch strahlte eine regelrechte Bedrohung aus. Er konnte einem Angst einjagen, und die Männer schüttelten sich, als kalte Schauer über ihre Rücken rannen.

»Was machen wir?«, fragte Gil.

Jetzt war Gerd Hansen auch überfragt. Er konnte nur die Schultern heben. Er selbst traute sich nicht, auf die Gestalt zuzugehen, weil seine Furcht zu groß war. Lieber blieb er zurück und überließ dem anderen die Initiative.

Und dann öffnete die Gestalt den Mund.

Jetzt sahen die drei Geretteten, dass das Wesen sehr wohl ein Maul hatte, und sie sahen noch mehr. Grässliche, lange Zähne, wie Stifte angeordnet und darauf spezialisiert, alles zu zerreißen, was sich ihnen als Beute bot.

»Das ist ein Kannibale!«

Harry Cumberland sagte dies. Abermals widersprach ihm niemand. Die Männer nickten nur.

»Habt ihr Waffen?«, erkundigte sich Hansen.

»Kaum«, meinte Meier.

»Wieso?«

»Nur unsere Messer.«

»Damit können wir gegen ihn nichts ausrichten«, gab Gerd Hansen zurück.

»Dann weiß ich auch nicht, was wir tun sollen.«

Die drei waren ratlos. Hansen warf einen Blick über die Schulter zurück und fixierte das Boot. Sie hatten es auf den Strand geschoben. So weit, dass die Wellen es nicht wegtreiben konnten. Das war natürlich vom seemännischen Standpunkt her vernünftig gewesen, nur wenn sie jetzt fliehen wollten, mussten sie eine zu weite Strecke zurücklegen. Das kostete Zeit, die das fremdartige Wesen nutzen konnte, um sie zu verfolgen und zu töten.

So sahen die Realitäten aus, und die drei Seeleute machten sich da nichts vor. Sie waren vom Regen buchstäblich in die Traufe geraten. Ein verdammt ungutes Gefühl.

»Zurück können wir nicht«, sagte auch Meier.

»Willst du hier stehen bleiben?«, fragte Cumberland.

»Nein.«

»Was dann?«

»Können wir nicht still und heimlich verschwinden? Ich meine, wir setzen uns ab und ...«

»Unsinn, das schaffen wir nicht.«

»Dann weiß ich auch nichts.«

»Vielleicht sollten wir auf den Knaben zugehen«, schlug der Erste vor. »Unter Umständen will er nichts von uns ...«

»Bei dem Gebiss?«, bibberte Meier. Er zog aus dem Gürtel sein Messer. Es war eine wirklich ausgezeichnete Klinge, mit der er auch das dicke Fleisch der gefangenen Walfische aufschnitt. Dieses Spezialmesser war beidseitig geschliffen, wobei die obere Seite etwas dicker war als die untere.

Auch Harry Cumberland nahm seine Waffe in die Hand. Jetzt fühlten sich die beiden Männer etwas besser. Nur Gerd Hansen trug weder ein Messer noch eine Pistole bei sich.

Der Erste nickte. »Seid ihr bereit, Freunde?«

»Klar.«

»Okay, dann wollen wir.«

Die drei gingen los. Keiner von ihnen fühlte sich wohl. Jeder verspürte nicht nur Unbehagen, sondern auch so etwas wie Angst. Und sie merkten, dass etwas nicht stimmte. Hier war einiges anders. Sie befanden sich nicht nur in der letzten und windigsten Ecke der Welt, sondern auch die Luft erschien ihnen sehr seltsam. Es war ihnen, als enthielte sie geheimnisvolle, gefährliche Schwingungen.

Gil Meier umklammerte sein Messer, so fest er konnte. Die Waffe war seine einzige und letzte Hoffnung. Wenn sie versagte, konnte er von dieser Erde Abschied nehmen.

Harry Cumberland erging es nicht anders. Er betete und dachte an seine Familie, die in der Heimat England das Weihnachtsfest ohne den Vater feiern musste. Unter Umständen würde er das nächste Fest nicht mehr erleben und seine Kinder nie wiedersehen.

Gerd Hansen war nicht verheiratet. Er wusste seine alte Mutter in Hamburg. Sie würde an ihn denken, und er dachte an sie. Hart presste er die Lippen zusammen, so hart, dass sie nur noch einen Strich bildeten.

Der Hügel, den sie hinaufschritten, war kaum bewachsen. Hier hielt sich nur zähes braungelbes Wintergras, das sich regelrecht in dem harten Boden festklammerte und auch vom ewig wehenden Wind nicht herausgerissen wurde.

Kalt war es.

Kalt und auch grausam.

Ja, die Männer spürten die Grausamkeit, die die Gestalt vor ihnen ausströmte. Sie schlug ihnen entgegen wie eine Lohe, und sie wussten, dass sie verdammt hart kämpfen mussten, wenn sie noch etwas gewinnen wollten.

Schritt für Schritt näherten sie sich der Gestalt. Sie gingen vornübergebeugt, ihre Blicke waren starr auf Xorron fixiert, den sie für ein Wesen aus einer anderen Welt hielten.

Doch Xorron war kein Wesen aus der anderen Welt. Er stammte von der Erde, allerdings aus einer Zeit, die die menschliche Rechnung gar nicht mehr erfasste.

Jetzt war er zurückgekehrt, denn er war ein Meister seines Fachs. Er war der Herr der Untoten und Zombies. Die lebenden Toten und auch die Ghouls, die Leichenfresser, hörten auf sein Kommando. Wenn Xorron sie rief, dann stiegen sie aus ihren Gräbern und Grüften, um mit ihrem grausamen Werk zu beginnen.

Xorron bewegte sich nicht von der Stelle. Starr hatte er sein flaches Gesicht auf die sich nähernden Männer gerichtet, die für ihn nur Beute waren.

Das ahnten die Männer zwar, aber sie wollten es nicht wahrhaben.

Xorron ließ sie herankommen. Er wartete eiskalt ab, und dann, als ihn nur noch eine Distanz von etwa fünf Schritten von den Männern trennte, da wandte er sich ab und verschwand.

»Er haut ab«, sagte Harry Cumberland und lachte schief.

»Der hat vielleicht Angst.« Gil Meier stellte dies mit zitternder Stimme fest.

»Das glaube nur nicht«, sagte Hansen.

Die Männer waren stehen geblieben. Sie bauten sich schräg auf, damit sie den Abhang nicht hinabrutschten.

»Sollen wir weitergehen?«, fragte Meier.

Hansen nickte. »Sicher, die zwei Schritte schaffen wir auch noch.«

Seine Worte fielen auf fruchtbaren Boden. Die drei Männer setzten sich wieder in Bewegung.

Der scharfe Wind umtoste sie nach wie vor. Ihnen war kalt, die Kleidung feucht, sie klebte am Körper.

Sie überwanden auch die letzte Entfernung. Auf der Hügelkuppe blieben sie stehen.

Sie hatten erwartet, einen Blick über die Insel werfen zu können, das war auch in der Tat der Fall.

Sie schauten über die Insel, sogar fast bis zur anderen Seite. Aber sie sahen noch etwas.

Nicht nur Xorron, das weiße, große Monster, sondern auch die anderen. Es waren etwa zwanzig Gestalten. Im Halbkreis standen sie um den Herrn der Zombies herum und starrten zu den drei Männern hoch.

Menschen waren es nicht, sondern Untote, lebende Leichen.

Xorrons Armee!

Auf den Falkland-Inseln, östlich von Argentinien gelegen, befand sich unter anderem eine große Funkstation. Die Männer hier arbeiteten rund um die Uhr. Sie wussten um die Gefährlichkeit dieser windigen Ecke am Kap Hoorn, deshalb waren sie immer in Bereitschaft, die SOS-Rufe aufzunehmen.

Um Weihnachten herum war es hier ziemlich ruhig. Die meisten Kapitäne sahen zu, dass sie die Häfen anliefen, um dort das Fest zu verbringen.

Man hörte auf der Station auch den Funkverkehr ab. Es handelte sich fast ausschließlich um Weihnachtsgrüße, die durch den Äther geschickt wurden. Dienst schoben nur

Junggesellen oder Geschiedene, denen das Weihnachtsfest ziemlich egal war.

An diesem Tag war die Horchbude, wie sie immer genannt wurde, nur von zwei Leuten besetzt. Und einer davon war noch unterwegs, um etwas zu trinken zu besorgen. In der Ecke stand ein kleiner Tannenbaum, an dem bunte Kugeln hingen. Auf Kerzen hatte man verzichtet.

Der Mann am Gerät hieß George. Er war dreißig, ein guter Funker und auch bekannt wegen seiner Witze. Denn er gehörte zu den Leuten, die Freunde in aller Welt hatten. Über Funk wurden die neuesten Witze weitererzählt, sodass sie ziemlich schnell auf die Falkland-Inseln gelangten.

Der Heilige Abend war ein schlechter Tag für Witze. Zu sentimental. George konzentrierte sich auf den Funkverkehr und auf einen Horror-Roman, in dem er schmökerte.

Dann kehrte sein Kollege zurück. Er war ein wenig jünger als George. In der rechten Hand trug er eine große Tasche aus Kunstleder.

»Hast du alles?«, fragte George.

Der Mann nickte. Er hieß Snyder. Sein Haar war rot, und sein Gesicht zeigte unzählige Sommersprossen. Snyders Vorfahren stammten aus Schottland.

Snyder stellte die Tasche auf den Tisch. Er hatte nicht nur zu trinken besorgt, sondern auch etwas zu essen. Gelassen packte er die Sachen aus, während George über den Taschenrand ins Innere schielte.

»Und wo sind die Flaschen?«

»Unten.«

Coladosen und Bacardi, das hatte Snyder besorgt. George leckte über seine Lippen. »Wenn die anderen feiern, wollen wir nicht nachstehen.«

»Sag ich doch«, brummte Snyder. Zuvor allerdings packte er erst die Pfannkuchen aus. Sie waren gerollt und mit Fleischstücken sowie einer scharfen Soße gefüllt.

Plastikbestecke gab es auch, und George öffnete schon die ersten Coladosen.

Gläser hatten sie ebenfalls.

»Wie willst du deine Mischung?«, fragte George.

»Eins zu fünf.«

»Bist du bescheiden.«

»Wir sind im Dienst.«

»Einmal nur ist Weihnachten. Außerdem habe ich schon so viele Weihnachtsgrüße gehört, dass ich nur noch einen harten Schluck gebrauchen kann. Ist immer das Gleiche.«

»Du hast eben kein Gefühl.«

»Nee, für Weihnachten nicht. Aber für einen guten Schluck immer. Die Mischung muss bei mir eins zu eins sein.«

»Lass dich nicht vom lieben Gott erwischen.«

»Der drückt heute ein Auge zu.« George hatte seine Mixerei beendet und schob Snyder ein Glas hin.

Georges Getränk sah wesentlich klarer aus als das seines Kollegen. »Na denn«, sagte er und hob sein Glas. Er setzte es an die Lippen und wollte endlich trinken, als er zusammenzuckte.

»Was ist?«

George wurde blass. Er stellte sein Glas so hart ab, dass ein Teil der Flüssigkeit überspritzte. »Mayday!«, keuchte er. »Da hat einer Mayday gemeldet. Und zwar die ›Lucky Bay‹.«

»Und? Hörst du noch was?«

»Ja, verdammt. Der Mann spricht von einem grünen Geist mit einer Sense und – nichts mehr. Tot – wie abgeschnitten. Verflucht, die Kameraden haben wohl einen im Kasten.«

»Aber wir haben doch keinen Sturm …«

»Vielleicht Feuer oder so.« Trotz der unglaublichen Sachen, die George gehört hatte, gab er die Meldung sofort weiter. Die Männer auf der Station waren ein eingespieltes Team. George und Snyder wussten, dass nun eine gut geölte Maschinerie in Bewegung gesetzt wurde. Nicht nur in der Nähe befindliche Schiffe wurden alarmiert, sondern von den Falkland-Inseln starteten zur selben Zeit zwei Suchflugzeuge …

Die Weihnachtsstimmung war wie weggeflogen.

Schreie!

Der brutale Alltag hatte uns wieder.

Da ich vorn gesessen hatte, war ich auch als Erster aus dem Bentley und jagte sofort los.

Die Schreie waren nicht im Haus aufgeklungen, sondern aus dem Garten und wahrscheinlich neben dem Haus. Um dorthin zu gelangen, musste ich den Garagenkomplex umlaufen. Von ihm aus führte ein schmaler Weg in den Garten.

Das alles wusste ich. Ich kannte mich hier aus, als wäre ich zuhause, und dies erwies sich nun als ein Vorteil für mich.

Über dem Eingang hatte die Lampe gebrannt und mir eine gute Sicht ermöglicht. Im Garten war es dunkel. Dafür sah ich einen leuchtenden Tannenbaum weiter hinten, und schräg vor mir schnitt eine auf dem Boden liegende Taschenlampe einen hellen Tunnel in die Finsternis.

Sein Licht endete ungefähr dort, wo eine Gestalt auf dem Boden lag. Neben der Lampe stand Sheila Conolly und schrie.

Die Gestalt auf dem Boden war Bill. Er lag still und wagte nicht, sich zu rühren, denn über ihm hockte ein Wolf, der seine Schnauze weit aufgerissen hatte und dessen Zähne sich dicht über dem Hals meines Freundes befanden.

Ich hatte den gleichen Gedanken wie Bill zuvor.

Ein Werwolf!

In unserem Job ist es natürlich, dass man so denkt, und meine rechte Hand flitzte sofort zur Beretta. Ich hatte es mir angewöhnt, die Waffe immer mitzunehmen. Auch wenn ich privat unterwegs war oder irgendwelche Festlichkeiten besuchte.

Sheila hatte mich gesehen. »John, gib acht!«, schrie sie. »Um Himmels willen, beweg dich nicht! Die Bestie wird Bill töten!«

Ich blieb stehen, aber mit der schussbereiten Beretta.

Es war verflixt schwer für mich, eine Entscheidung zu fällen. Wenn ich schoss, musste ich den Kopf des Tieres treffen, was bei diesem Büchsenlicht wirklich nicht leicht war. Das gab mir allerdings noch nicht die Garantie, dass der Wolf nicht zubeißen würde. Er konnte im letzten Moment zuschnappen, dann war es um meinen Freund Bill Conolly geschehen.

So und nicht anders sah die Sache aus.

Einen Schritt ging ich noch näher.

»John!«, hörte ich Sheilas bebende Stimme. Die Frau war zu einem Denkmal erstarrt, und ich war nur froh, dass sich der kleine Johnny nicht auch noch hier herumtrieb.

Da drehte der Wolf den Kopf, und er bewegte sich dabei auf Bills Körper noch ein wenig nach hinten, sodass er besser in den Schein der Lampe geriet.

Für einen Moment sah ich die Augen.

Ich stutzte!

Siedendheiß rann es durch meinen Körper. Himmel, diese Augen, die hatte ich schon gesehen!

Und nicht nur einmal.

Sie schillerten grün. Es war ein helles klares Grün, wie bei einer gläsernen Murmel.

Und wer schaute so?

Nadine Berger!

Die Frau, die ich hatte sterben sehen und deren Seele sich jetzt im Körper eines Wolfes befand.

Nun war sie hier!

Bei mir sogar, in meiner unmittelbaren Nähe. Sie hatte tatsächlich den Weg gefunden.

Ich war wie vor den Kopf geschlagen. Das durfte doch nicht wahr sein! Hoffnung, Bestürzung, in meinem Inneren war ein völliges Durcheinander. Ich vergaß meine Umwelt, sah Bill Conolly nicht und auch nicht mehr Sheila. Im Unterbewusstsein hörte ich wohl Schritte, als sich Suko und Shao näherten, meine Blicke jedoch waren nur auf das Augenpaar in dem Wolfskopf fixiert.

Nadine Berger!

Ich war so von meiner Sache überzeugt, dass ich die Beretta wegsteckte, als ich auf den Wolf zuging. Nadine sollte wissen, dass ich nicht auf sie schießen würde, und ich vernahm hinter mir Sheilas erschreckten Aufschrei sowie Sukos beruhigende Stimme. Er ahnte sicherlich die Zusammenhänge, und er wusste auch, dass ich genau das Richtige tun würde.

Noch zögerte das Tier.

Dann jedoch drehte es seinen Körper zur Seite, verließ Bill und kam auf mich zu.

Ich ging in die Knie.

Wir schauten uns an. In meiner Kehle stieg es heiß hoch. Ich streckte den Arm aus und hielt ihr meine Hand entgegen. »Nadine?«, flüsterte ich.

Sie näherte sich mir.

Eine Wölfin mit rötlich braunem Fell, und sie hockte sich vor meiner Hand zu Boden, wobei sie ihre Schnauze auf meine ausgestreckten Finger legte.

Eine warme Zunge fuhr zwischen den Zähnen hervor und leckte auf meiner Hand den salzigen Schweiß weg.

»Nadine!«, sagte ich.

Da hob die Wölfin den Kopf und schaute mich an. Unendliche Trauer stand in ihrem Blick zu lesen. Mir fuhr es durch und durch, auch meine Augen wurden feucht. Dann legte ich meinen Arm um den Kopf der Wölfin und blieb so sitzen. Ich spürte ihr warmes Fell und merkte gleichzeitig, wie sehr ich zitterte.

Minuten vergingen. Wir saßen auf dem Boden und hingen beide unseren Gedanken nach.

Sheila, Shao und Suko umstanden uns. Auch Bill hatte sich erhoben, klopfte, so gut es ging, den Schmutz von der Kleidung und hob seine Waffe auf.

Verwundert schaute er auf uns nieder.

Er durchbrach auch das Schweigen. »John, was ist geschehen? Was machst du mit diesem Werwolf?«

»Es ist kein Werwolf.«

»Nicht?«

»Nein, Bill, im Körper dieses Tieres steckt die Seele eines Menschen, die Seele von Nadine Berger!«

»Nein!«, keuchte Bill und wankte einen Schritt zurück. »Das darf nicht wahr sein.«

»Es stimmt aber.«

»Wie ist es möglich?«

»Ich weiß es nicht genau. Wir sollten ins Haus gehen. Ich muss auch erst damit fertig werden.«

»Und der Wolf?«

»Nadine kommt mit.«

Bill zuckte zusammen, nickte dann und meinte: »Okay, John, wenn du willst.«

Sehr überzeugt klang seine Stimme nicht. Ich konnte es ihm nicht verdenken, denn Bill hatte sicherlich Todesängste ausgestanden, als ihn die Wölfin bedrohte.

Wir drehten uns um und gingen.

Nadine hielt sich an meiner rechten Seite. Sie drängte sich gegen mich, und ich spürte die Wärme ihres Körpers durch den Stoff meiner Hose.

Suko hielt mich auf. Sein Gesicht zeigte einen sehr ernsten Ausdruck. Ich wusste, was in seinem Kopf vorging. Sicherlich machte er sich über das Tier Gedanken. Es war jetzt bei uns, und zwangsläufig stellte sich die Frage: wohin damit?

»Wir reden später«, sagte ich.

Der Chinese war einverstanden.

Sheila hatte sich bei Bill untergehakt. Beide bedachten das Tier mit scheuen Blicken, das immer wieder seinen Kopf gegen meine Beine drückte und mit der Schnauze meine Knie-kehlen rieb. Die Wölfin war sehr anhänglich, dies zeigte sie mir deutlich.

Im Haus war es warm, und es roch nach Weihnachten. Aus der Küche drang ebenfalls ein verlockender Duft. Shei-las Truthahn befand sich in der Röhre.

Dann sahen wir Johnny. Er stand da, schaute uns an und sah auch den Wolf.

»Wer ist das, Onkel John?«, fragte er mich.

Ich ging in die Knie und streichelte das Tier. »Das ist eine Wölfin«, erklärte ich.

»Wie heißt sie denn?«

»Nadine.«

»Gehört sie zu dir?«

»Ja.«

»Darf ich sie streicheln?«

»Wenn du möchtest.« Ich warf einen Blick auf Sheila und sah, wie sie zusammenzuckte, doch die Wölfin machte keinerlei Anstalten, unruhig zu werden. Sie ließ den Kleinen an sich heran, und sofort sprang zwischen dem Tier und dem Jungen ein Sympathiefunke über. Die beiden verstanden sich auf Anhieb. Johnny legte seinen kleinen Arm um den Hals und drückte das Tier an sich.

Plötzlich war ich vergessen. Nadine, so würde ich das Tier weiterhin nennen, spielte nur noch mit dem Kleinen. Sie legte Johnny sogar die Läufe auf die Schultern und stieß ein Geräusch aus, das mich an das Schnurren einer Katze erinnerte.

Johnny und Nadine waren ein Herz und eine Seele.

Ich erhob mich. Sheila und Bill standen ebenso beieinander wie Shao und Suko.

»Was sagt ihr?«, fragte ich.

Sheila antwortete. »Ehrlich gesagt, John, mir fehlen die Worte. Was geht hier eigentlich vor?«

»Das werde ich später erklären.«

»Gut, ich muss mich nämlich um das Essen kümmern.«

Bill, Shao und ich gingen ins Wohnzimmer. Suko holte inzwischen die Geschenke herein. Er verteilte die Päckchen unter dem Tannenbaum, wo schon einige lagen.

Bill hatte einen eisgekühlten norwegischen Aquavit zur Hand. Wir nahmen ein Glas.

Dann kam Johnny. Nadine, die Wölfin, wich nicht von seiner Seite. Das Kind strahlte. »Onkel John, schenkst du mir den Wolf zu Weihnachten? Bitte …«

Er sah mich so flehentlich an, dass ich die Schultern hob und Bill anschaute.

»Was soll ich machen?«, fragte der Reporter.

»Wie es den Anschein hat, will sie hier bleiben«, erklärte ich. »Zumindest in unserer Nähe bleiben. Du kennst die groben Zusammenhänge und weißt, wer in dem Körper steckt.«

»Ja.« Bill schenkte sich noch einen Schluck ein und schaute auf das Tier. »Wir hätten Platz«, murmelte er, »nur weiß ich nicht, wie ich das Sheila beibringen soll.«

»Ich werde das für dich übernehmen.«

»Und ich muss endlich den Baum schmücken«, grinste Bill. Er schlug mir auf die Schultern. »John, verdammt, ich freue mich, dass ihr da seid.« Er begrüßte Suko auf die gleiche Weise. Shao hatte sich zu Sheila in die Küche begeben. »Ist nur schade, dass du Jane nicht mitgebracht hast«, meinte er.

Ich nickte. »Richtig, aber sie wollte in die Sonne. Die Geschenke haben wir schon am gestrigen Abend ausgetauscht.«

Während Suko, Bill und ich den Baum schmückten und auch das Rollo wieder nach oben glitt, sodass wir in den Garten schauen konnten, lagen Nadine und der kleine Johnny am Boden. Die beiden waren in den letzten Minuten die dicksten Freunde geworden.

Ich war natürlich mit meinen Gedanken bei Nadine, und ich fand es mehr als großzügig von Bill, dass er sich um die Wölfin kümmern wollte. Er würde sie bei sich behalten. Bei den Conollys wusste ich Nadine gut aufgehoben.

Shao deckte den Tisch. Sie kam mit dem Geschirr aus der Küche, sah uns und lächelte.

»Was ist?«, fragte Suko.

»Geisterjäger, die einen Tannenbaum schmücken. So etwas sieht man nicht alle Tage.«

»Alle Tage ist ja auch nicht Weihnachten«, erwiderte Bill und band noch eine rote Schleife an einen grünen Tannenzweig.

Dann bauten wir uns vor dem Baum auf und nickten anerkennend. »Ja«, sagte ich, »der ist genau richtig.«

Der eigentliche Ablauf des Abends war zwar ein wenig durcheinander geraten, aber die Bescherung wurde trotzdem richtig weihnachtlich. Wir schenkten uns gegenseitig Kleinigkeiten und wünschten uns alles Gute.

Johnny war natürlich der Star. Er hatte einiges, was er auspacken konnte und tat dies unter großen Jubelschreien, je nach dem, was er so alles aus den Paketen holte.

Natürlich behielt ich die Wölfin im Auge. Sie hockte neben der Tür, hatte sich gestreckt, den Kopf auf die Pfoten gelegt und schaute uns zu.

Diese Augen …

Wieder wurde ich davon fasziniert. Ja, das waren genau die Augen der Nadine Berger. So hatte sie mich immer angesehen, wenn wir zusammen waren. Und wir hatten wirklich sehr schöne Stunden miteinander verlebt, das möchte ich vorausschicken.

Ich merkte auch, dass die anderen mich heimlich beobachteten. Sie wussten genau, wie ich zu Nadine stand, und irgendwie fühlte jeder meiner Freunde mit.

Einmal kam Sheila. Sie trug jetzt ein erdbeerrotes Kleid mit aufgebauschten Ärmeln und einem runden Ausschnitt. Sachte legte sie mir ihre Hand auf den Arm.

»John«, sagte sie leise. »Du musst lernen, dich mit den Tatsachen abzufinden.«

»Das versuche ich.«

»Wirklich, es ist besser.«

Ich nickte. »Klar, aber kannst du dir vorstellen, wie es in mir aussieht?«

»Natürlich.« Sie schaute auf Nadine, lächelte und meinte dann. »Bill erzählte mir, dass er sich entschlossen hat, Nadine bei uns zu behalten.«

»Und? Was sagst du dazu?«

»Ich habe nichts dagegen, John. Sie wollte ja wohl hier sein. Schließlich war es ein weiter Weg.«

»Das kannst du wohl annehmen.« Ich fasste nach Sheilas Hand. »Zudem finde ich es großartig von euch, dass ihr Nadine bei euch aufnehmen wollt.«

»Das ist doch Ehrensache.«

»Du sagst das so einfach.«

»Sind wir nun Freunde oder nicht?«

»Schon. Doch wenn Nadine hier bleibt, ist das auch ein Einschnitt in euer Leben.«

»Denk nur daran, was wir durchgemacht haben. Ich meine, gemeinsam durchgemacht. Das ist schon allerhand. Es muss sich ja einer auf den anderen verlassen können. Zudem versteht sie sich ausgezeichnet mit Johnny. Ich glaube, sie wird ihn immer beschützen.«

»Das hoffe ich auch.«

»Vielleicht will sie uns auch alle beschützen.«

Ich schaute Sheila von der Seite her an, denn ich hatte den etwas seltsamen Unterton in ihrer Stimme vernommen. »Wie meinst du das denn, Sheila?«

»Ob sie nur aus dem Grunde hier aufgetaucht ist, weil sie eine Heimat suchte, wo sie bleiben konnte?«

»Ja, das frage ich mich auch.«

»Was denkst du, John?«

»Vielleicht ist irgendetwas im Busch. Wir stehen – und das Gefühl habe ich – dicht vor einer großen Entscheidung. Der Kampf zwischen Asmodina und Doktor Tod sowie seiner Mordliga geht in die letzte Phase. Das ist keine Annahme von mir, sondern eine logische Folge, die ich aufgrund der letzten Vorkommnisse getroffen habe. Es wird einen entscheidenden Kampf geben, davon bin ich überzeugt.«

Sheila hakte sich bei mir unter und lachte. »Bei uns wird es auch einen großen Kampf geben.«

»Wie meinst du?«

Sie deutete auf den Tisch. »Ob wir den Truthahn wohl schaffen?«

Meine Augen wurden groß. Ich hatte gar nicht bemerkt, wie Shao den Flattermann aus der Küche geholt hatte. Das war wirklich ein Supergeier. Ich war fest davon überzeugt, dass wir mit ihm zu kämpfen hatten.

»Darf ich bitten, Platz zu nehmen?«, rief Sheila und klatschte in die Hände.

Nichts, was wir lieber getan hätten. Als wir saßen und mit der Vorspeise, einer Wildsuppe, begannen, regte sich auch die Wölfin. Sie kam langsam näher.

Zwischen Johnny und mir nahm sie Platz.

Der Kleine schaute erst auf den Wolf und sah dann mich an. »Onkel John, bleibt Nadine jetzt bei uns?«

»Ja, mein Schatz.«

Die Augen des Kleinen leuchteten. »Toll!«, rief er. »Dann kann sie ja bei mir im Zimmer schlafen.«

»Wenn deine Mutter das erlaubt«, erwiderte ich und warf Sheila einen Blick zu.

Sie lächelte.

Dann ließen wir es uns schmecken. Sheila und Shao hatten es wirklich verstanden, ein ausgezeichnetes Weihnachtsmenü auf den Tisch zu bringen.

Wir dachten sogar an die Wölfin. Sie erhielt auch einen Teil des Truthahns und aß ihn mit sichtlichem Wohlbehagen. Ich schaute mehr auf Nadine als auf meinen Teller. Manchmal rutschte mein rechter Arm nach unten. Die Finger fanden den Weg in das dichte Fell und streichelten das Tier.

Das gefiel ihr natürlich. Die Wölfin schloss die Augen und streckte sich behaglich aus.

Plumpudding!

Alle Augen glänzten, obwohl wir eigentlich schon satt waren, als Sheila den Pudding aus der Küche holte. Er wurde mit Alkohol übergossen und angezündet.

Schwach bläulich schimmerte die Flamme, mit der der Alkohol brannte. Wir ließen sie ausbrennen und schlugen dann noch einmal zu. Himmel, es schmeckte. Ich hatte schon meinen Gürtel geöffnet. Bill und Suko erging es nicht anders. Ich hatte wirklich lange nicht mehr so viel gegessen.

Nach dem Pudding gab es noch einen Mokka. Sheila hatte ihn sehr stark gekocht. Ich kippte mir sogar noch einen Whisky hinein und hatte das Gefühl, Feuer zu trinken, so heiß rann der Kaffee durch meine Kehle.

Bill und ich rauchten unsere Verdauungszigaretten. Suko

hatte sich zufrieden zurückgelegt und grinste von Ohr zu Ohr. Er fühlte sich ebenso wohl wie wir anderen.

Automatisch kamen wir ins Plaudern. Wir erzählten von früher, nur klammerten wir unsere Fälle aus, sondern lachten über Dinge, die mit unseren Berufen nichts zu tun hatten.

Bis die Wölfin plötzlich knurrte.

Bisher hatte sich Nadine ziemlich ruhig verhalten. Johnny hatte mit ihr gespielt. Der Kleine erschrak auch, als Nadine hochsprang, die Ohren aufstellte und horchte. Dabei drang ein drohendes Knurren aus ihrem Maul.

Wir warfen uns Blicke zu.

Sofort war die Stimmung vorbei. Kein Gespräch wollte mehr aufkommen, jeder wusste, dass sich irgendetwas anbahnte.

»Was hat sie?« Shao sprach das aus, was wir alle dachten.

Schulterzucken.

Nadine blieb nicht auf ihrem Platz. Sie lief zur geschlossenen Tür, blieb davor stehen und drehte den Kopf in unsere Richtung. Irgendwie hatten wir das Gefühl, dass sie uns auffordernd anschaute, so als sollten wir aufstehen und die Tür öffnen.

Ich entschloss mich. Kaum hatte ich die Tür einen Spaltbreit geöffnet, wand sich die Wölfin hindurch. Sie lief in den Flur und strebte sofort der Haustür zu.

Ich folgte ihr. An der Haustür kratzte sie mit der Pfote, sodass ich verstand, was sie wollte.

Ich öffnete.

Das Tier lief nach draußen. Allerdings nicht in den Garten hinein, sondern nur bis dicht vor die Tür, wo sie dann hocken blieb und schnuppernd den Kopf bewegte.

Sie schaute nach oben.

War da was am Himmel?

Nadine drehte sich, presste ihren Kopf gegen mein Bein und stieß mich ein paar Mal an.

Was wollte sie nur?

Ich kannte mich mit Tieren nicht besonders gut aus, weil

ich selbst kein Tier hatte, aber ich konnte mir gut vorstellen, dass sie mich auf irgendetwas aufmerksam machen wollte.

Nur auf was?

Jetzt setzte sie sich unter die Außenleuchte, damit ich sie sehen konnte, und schaute wieder in den Nachthimmel.

Auch ich hob meinen Blick.

Da sah ich den Grund.

Er schwebte dicht unter dem dunklen Himmel und wollte überhaupt nicht dazu passen. Mir kam er vor wie ein Fremdkörper.

Es war ein grüner Schein …

Sekundenlang blieb ich stehen und schaute nur in die Höhe. In meinem Kopf wirbelten die Gedanken, sie fuhren regelrecht Karussell, aber etwas kristallisierte sich sofort aus all dem Durcheinander.

Der grüne Schein war nicht normal. Er hatte etwas mit einem Dämon zu tun, der mir damals entwischt war. Sein Name: der grüne Dschinn!

Ja, ich brauchte nicht lange, um die Verbindung zwischen dem Schein und ihm herzustellen. Der grüne Dschinn war ein mächtiger Dämon, den ich unfreiwillig aus seinem steinernen Gefängnis befreit hatte. Seine Diener hatten wir vernichten können, ihn selbst nicht. Er war entkommen und nun zurückgekehrt.

Nach London.

In der Weihnachtsnacht.

Ich konnte mir den Grund seiner Rückkehr denken. Der grüne Dschinn hatte nicht vergessen, wer für seine Niederlage verantwortlich war. Und er war jetzt hier, um es denen heimzuzahlen, die er so hasste.

Dabei stand ich an erster Stelle.

Jetzt war mir auch klar, aus welchem Grunde Nadine so geknurrt hatte. Sie war übersensitiv, denn sie hatte bemerkt, dass sich etwas anbahnte. Als Tier witterte sie die Gefahr viel früher als wir Menschen. Und sie hatte ihren Möglichkeiten entsprechend gehandelt.

Ich hörte Schritte, drehte mich um und sah die Schatten zweier Personen.

Bill und Suko.

»Was ist?«, fragte der Reporter, als er sich an mir vorbeidrückte und stehen blieb.

Ich deutete nach oben und gleichzeitig nach vorn. »Siehst du den Schein am Himmel?«

»Ja, der ist grün.« Bill runzelte die Stirn. »Verdammt, der passt überhaupt nicht hierher.«

»Der grüne Dschinn!«, sagte der Chinese wie aus der Pistole geschossen.

»Genau!«, pflichtete ich ihm bei.

»War das nicht der, den du befreit hast?«, erkundigte sich Bill.

»Ja.«

»Verdammt, da können wir uns ja auf etwas gefasst machen.«

Suko und ich gaben keine Antwort. Wir wussten jedoch beide, dass Bill recht hatte. Es würde eine Nacht geben, die wir wohl nie im Leben vergaßen.

Wir starrten alle gebannt auf den Himmel. Mir schien es, als würde sich der grüne Schein auf uns zu bewegen. Langsam schwebte er herbei, nahm eine dunklere Färbung an, und wir sahen ihn über den Himmel zittern.

»Gibt es Abwehrwaffen gegen ihn?«, erkundigte sich Bill.

Ich gab ihm keine Antwort, sondern war bereits unterwegs zum Wagen. Die Wölfin war ebenfalls unruhig geworden. Sie lief immer im Kreis, hatte ihren Kopf dabei erhoben und ließ den Nachthimmel keine Sekunde aus den Augen.

Ich schloss die Haube auf. Sie schwang nach oben. Der Einsatzkoffer lag bereit. Auch das Schwert, das einmal Destero gehört hatte, fand ich im Kofferraum. Zuletzt hatte ich es noch in Asmodinas Labyrinth bei mir gehabt und damit die grünen Mauern aus Würmern zerschlagen.

Koffer und Schwert nahm ich heraus und schloss die Haube wieder. Suko nahm mir das Schwert aus der Hand.

»Damit kämpfe ich«, sagte er.

»Gib es lieber Bill. Du hast die Dämonenpeitsche.«

»Ist auch wahr«, sagte der Reporter und nahm Suko die Waffe ab. Dann fragte er: »Könnt ihr diesen grünen Dschinn damit überhaupt besiegen?«

Es war wirklich eine gute Frage, auf die ich leider keine Antwort wusste und deshalb die Schultern hob.

»Womit denn?«

Ich gab die Antwort, holte jedoch weiter aus. »Der grüne Dschinn ist uralt. Es gab ihn schon in Atlantis. Kara hat es mir erzählt. Soviel ich weiß, ist nur Karas Schwert mit der goldenen Klinge in der Lage, den grünen Dschinn zu töten. Ferner stand er auf der Seite des Schwarzen Tods. Zudem ist er nicht nur ein Geist, sondern auch ein Riese, das heißt, er kann eine feste Gestalt annehmen. Ich habe mich in seiner Hand befunden. Es war ein Gefühl, wie ich es selten erlebt hatte, so klein fühlte ich mich dabei. Ich war ja nicht größer als ein Finger, stellt euch das mal vor. Das ist Wahnsinn.«

Die anderen nickten.

Bill Conolly meinte: »Dann stehen unsere Chancen also ziemlich schlecht!«

»Möglich.«

»Er kommt näher!«, sagte Suko gepresst, und diesmal gab es keinen Zweifel.

Als wir wieder zum Himmel schauten, da bemerkten wir, dass sich der Schein intensiviert hatte. Das Grün war kräftiger geworden. Hatte er vorhin noch wie ein schwaches Abziehbild über dem Himmel gelegen, so war er jetzt zu einem regelrechten dichten Teppich geworden, der sich mehr und mehr näherte.

Alle hatten wir das Gefühl, Mittelpunkt zu werden. Denn der grüne Dschinn kannte nur ein Ziel.

Bills Haus!

Ich dachte an Sheila, Shao und natürlich an den kleinen

Johnny. Die Freunde wollte ich nicht in Gefahr bringen, sie sollten auf keinen Fall in meinen Kampf mit hineingezogen werden, denn der grüne Dschinn bedeutete wirklich eine Gefahr für Leib und Leben. Er nahm keine Rücksicht, kannte weder Gnade noch Pardon.

Das sagte ich den Freunden.

»Und deshalb werden Suko und ich verschwinden«, erklärte ich zum Schluss.

Bill wusste natürlich, wie es gemeint war. Er schüttelte sofort den Kopf. »Nein, John, das kommt nicht infrage. Wir werden uns dem Dschinn gemeinsam stellen.«

»Bill«, warnte ich, »du weißt wirklich nicht, auf was du dich da einlässt. Glaub mir …«

»Trotzdem.« Der Reporter schüttelte den Kopf. »Ich bleibe dabei. Die Frauen und der Junge sollen sich in den Keller begeben, wir erwarten den Dschinn.«

Ich wusste wirklich nicht, was ich dazu sagen sollte, und so warf ich Suko einen Blick zu.

Der schwieg.

Da meldete sich Nadine. Ihr Knurren wurde lauter, drohender. Aufgeregt lief sie umher. Für uns ein Zeichen, dass sich der grüne Dschinn nicht mehr weit entfernt befand.

»Was ist denn los?« Sheilas Frage unterbrach mich. Sie stand auf der Türschwelle, hatte die Schultern angezogen und schüttelte sich, weil sie in ihrem Kleid fror. Die Nacht war doch ziemlich kalt geworden.

Sofort war Bill bei ihr. »Geh ins Haus, Sheila. Es droht Gefahr.«

Ihre Augen wurden groß. »In – in dieser Nacht?«

»Ja, Darling in dieser Nacht. Schwarzblüter kennen kein Weihnachtsfest.«

»Und wer ist es?«

»Der grüne Dschinn.« Bills Stimme klang aufgeregt. »Bitte, Sheila, tu uns den Gefallen und geh mit Johnny und Shao in den Keller. Wir erledigen das schon.«

Sheila kannte sich aus. Oft genug hatte sie am eigenen Leibe gespürt, wie hart es war, gegen Schwarzblüter zu kämpfen. Sie nickte und kehrte ins Haus zurück.

Wir hörten sie im Haus mit Shao sprechen.

Dann sagte Suko: »Er ist da!«

Automatisch richteten wir unsere Blicke in die Höhe. Der Chinese hatte nicht gelogen.

Jetzt lag über dem gesamten Haus und auch dem Grundstück dieser intensive Schein. Er leuchtete sogar in unsere Gesichter und gab ihnen einen fahlen Schimmer.

Er war da.

Und wir sahen sein Gesicht.

Es sah noch genau so aus, wie ich es in Erinnerung hatte.

Gewaltig, riesig, grün leuchtend. Mit großen Furchen durchzogen, die hart in seine Haut schnitten. Innerhalb dieser Furchen schimmerte es rot, als wären sie mit Blut ausgefüllt. Zudem hatte das Gesicht etwas Affenartiges, es wirkte wie die Fratze eines Gorillas.

Kein Anblick, der einen Menschen beruhigen konnte.

Sekundenlang standen wir auf dem Fleck und schauten hoch in die hässliche Fratze. Wir sahen die Augen des Dschinns. Sie wirkten wie zwei Steine, ohne jedes Gefühl.

Die Wölfin war nicht stehen geblieben. Sie huschte aufgeregt vor unseren Füßen herum, warf hin und wieder den Kopf zurück und blickte ebenfalls hoch zu dieser schlimmen und grässlichen Gestalt.

Nadines Körper war zusammengezogen. Sie hockte auf den Hinterläufen, bewegte sich nicht mehr, aber sie beobachtete genau und ließ das Gesicht keine Sekunde aus den Augen.

Der grüne Dschinn würde uns angreifen, das war so sicher wie das Amen in der Kirche.

Wir hatten uns inzwischen bewaffnet. Suko trug seine Dämonenpeitsche, ich hatte die Beretta und das Kreuz, Bill das Schwert.

Da bewegte sich der grüne Dschinn. Im ersten Moment dachten wir, er würde weiterwandern, das allerdings geschah nicht. Er wollte uns nur etwas zeigen.

Plötzlich sahen wir seine gewaltigen Arme, dann die Hände, und sie hielten etwas fest.

Einen dicken und langen Stiel, an dessen Ende etwas befestigt war, das uns einen Schauer über den Rücken jagte.

Ein gewaltiges blutiges Sensenblatt schimmerte uns entgegen.

Ich kannte die Sense. Ich hatte sie erlebt, als der Schwarze Tod sie damals am Südpol schwang.

Nun besaß sie der grüne Dschinn.

Er also hatte das Erbe des Schwarzen Tods angetreten!

Harry Cumberland stieß seinen Kameraden in die Seite. »Gil, verdammt«, flüsterte er. »Gil, sag mir, dass ich träume. Das kann doch nicht wahr sein, Gil, das gibt es nicht!«

»Doch, das gibt es.«

Mehr konnte Gil nicht sagen, und auch Gerd Hansen brachte kein einziges Wort hervor. Er war ebenso geschockt wie seine beiden Kameraden. Vielleicht einen halben Schritt vor ihnen stand er auf der Hügelkuppe, wurde ebenso wie Gil und Harry vom scharfen Wind umweht und starrte stumm auf die Wesen, die Xorron umstanden.

Es waren schreckliche Gestalten, Ausgeburten der Hölle. Lebende Leichen, Untote, Zombies.

Sie zu beschreiben, fehlten ihnen die Worte, aber ihr Anblick war so grausam und schlimm, dass die Männer ihn wohl nie vergessen würden. Unauslöschlich prägte er sich in ihre Köpfe.

Bei einigen war noch zu sehen, dass sie mal den gleichen Beruf ausgeübt hatten wie die drei Geretteten. Harry, Gerd und Gil erkannten es an den Fetzen ihrer Kleidung. Sie trugen Lumpen, ausgebleicht, vom Seewasser und vom Wind zerfressen, aber es waren unzweifelhaft Reste von Uniformen.

Die Gesichter der Wesen waren aufgedunsen. So sahen Tote aus, die lange im Wasser gelegen hatten. Die Haut schimmerte grünlich, sie war zudem bleich und an einigen Stellen aufgerissen, so als stammten die Wunden von scharfen Gegenständen wie Messern oder Lanzen. Blut war nicht aus den Wunden getreten. Wo die Haut zerstört war, da klaffte sie auf.

Sogar zwei Frauen befanden sich darunter. Ihr Haar war dunkler und auch länger als das der Männer. Es hing bis auf den Rücken. Zwischen den einzelnen Strähnen schimmerten Algen- und Pflanzenreste.

Die Frauen gehörten nicht zur weißen Rasse. Sie schienen irgendwo aus den Weiten der Pampas zu stammen. Ruhig stehen bleiben konnten sie nicht. Sie waren immer in Bewegung, traten von einem Bein auf das andere, als hätten sie Mühe, sich gegen den scharfen Wind zu behaupten.

Ein Anblick des Schreckens, der den drei Seeleuten verdammt tief unter die Haut ging.

Es dauerte etwas, bis sie sich gefangen hatten. Alle drei hatten schon von Wesen gehört, die zwar tot waren, aber dennoch lebten. Zombies hießen sie. Man erzählte sich in Mittelamerika von ihnen, und Gerd Hansen hatte sogar auf einer einsamen Insel schon die gefährlichen Voodoo-Trommeln vernommen.

An all das mussten die Männer denken. Nur Gerd Hansen sprach es aus. »Das sind Zombies«, flüsterte er. »Verdammt, wir sind auf Zombies gestoßen.«

»Und was machen wir?«, fragte Gil Meier.

»Fliehen.«

»Wohin?«

Scharf wandte Hansen sich um. »Verliert jetzt nur nicht die Nerven, Freunde, wir haben es bis hierher geschafft und werden es auch noch weiter schaffen. Es gibt für uns nur eine Chance.« Jetzt nahm seine Stimme einen beschwörenden Klang an. »Wir müssen zu unserem Boot zurück, und wieder aufs Meer.«

»Aber sie werden uns verfolgen«, sagte Cumberland.

»Wenn wir erst im Boot hocken, sind wir im Vorteil.«

»Glaubst du denn nicht, dass sie im Wasser beweglicher sind als wir?«

»Darüber zu diskutieren haben wir jetzt nicht die Zeit.« Hansen schaute in die grauen Gesichter seiner Männer. Jeder hatte Angst. Auch er. »Weg jetzt!«

Das war der Befehl, den alle verstanden und den sie auch sofort befolgten. Auf dem Absatz warfen sich die drei Männer herum. Sie hielt nichts mehr.

Waren sie auf den Hügel zuvor langsam hinaufgegangen, so jagten sie ihn jetzt hinunter.

Nach wenigen Schritten bereits verlor Harry Cumberland das Gleichgewicht, konnte sich nicht mehr fangen, fiel hin, streckte zwar noch Arme und Beine aus, doch die Rutschpartie konnte er nicht mehr verhindern. Er überschlug sich mehrere Male und rollte so den Weg zurück, den sie zuvor so mühsam hochgestiegen waren.

Den anderen erging es nicht besser. Als Nächster fiel Gerd Hansen. Gil Meier hielt sich noch etwas besser, bis er einen Stein übersah, stolperte und hart auf die linke Schulter prallte. Er spürte einen stechenden Schmerz und schrie.

Es war, als hätte ihn ein Blitzschlag getroffen. Als er sich überkugelnd den Hang hinunterrutschte und jedes Mal aufschrie, wenn die verletzte Schulter über den rauen Boden schrammte, dachte er daran, dass er sich nur mit einem Arm verteidigen konnte, wenn die Gegner sie einholten.

Es würde hart werden.

Dann endlich hatten sie den Hang hinter sich.

Gerd Hansen war als Erster auf den Beinen. Seine Kleidung war ebenso mit Dreck verschmiert wie die der anderen beiden. Sein Gesicht zeigte einen angespannten und verzerrten Ausdruck, er atmete durch den offenen Mund und schaute Harry Cumberland zu, wie er sich auf die Füße quälte.

Gil Meier blieb liegen.

»Verdammt, Gil, was ist?«

Meier drehte sich auf die rechte Seite und schaute dem Ersten entgegen, der auf ihn zulief.

»Mein Arm, ich habe ihn mir ausgekugelt, als ich gefallen bin. Das ist vielleicht eine Scheiße.«

»Welcher ist es?«

»Der linke.«

»Los, komm hoch.« Hansen streckte ihm die Hand entgegen, die Gil ergriff und sich auf die Beine ziehen ließ. Sein Messer hatte er weggesteckt.

Auf einmal schrie Harry Cumberland. »Da, verdammt, sie kommen. Die Bastarde verfolgen uns!«

Die Männer schauten den Weg zurück.

Cumberland hatte nicht gelogen.

Die Zombies dachten gar nicht daran, sich die Beute entgehen zu lassen. Sie hatten von der anderen Seite aus den Hügelrücken erklommen, standen dort wie aufgereiht. Als wären hinter ihnen unsichtbare Hände, die ihnen Schwung gegeben hätten, so kippten sie plötzlich nach vorn. Ihnen machte es nichts aus, den Hang hinunterzurollen, sie konnten sich nicht mehr verletzen, sie verspürten auch keine Schmerzen. Sie kannten nur noch eins und hatten auch nur einen Gedanken.

Töten!

Wie Puppen sahen die untoten Geschöpfe aus, als sie sich am Hang überschlugen. Die Arme und Beine wurden von den Körpern weggeschleudert wie tote Glieder, sie fanden nirgendwo Halt und wollten es auch nicht. Ihr Ziel war es, so rasch wie möglich in die Nähe ihrer Opfer zu gelangen.

»Sollen wir kämpfen?«, schrie Harry.

Hansen lachte wild. »Womit denn? Mit unserem komischen Küchenmesser, Mann?«

»Zum Boot!«, kreischte Gil Meier. Er schwang seinen gesunden Arm und taumelte bereits in die entsprechende Richtung.

Cumberland blieb noch stehen und schaute zu, wie die ersten Zombies den Fuß des Hanges erreichten und aufstehen wollten.

Hansen dachte an die Leuchtpistolen, die sich im Rettungsboot befanden. Vielleicht konnten sie die Zombies damit erschrecken.

Cumberland war der Schnellste. Da brauchte keiner einen Befehl zu geben, jeder kannte das Ziel, und ein jeder trachtete danach, es so schnell wie möglich zu erreichen.

Es erwies sich als Nachteil, dass sie das Boot so weit auf den Strand gezogen hatten, aber sie hatten ja nicht mit dieser höllischen Überraschung rechnen können.

Cumberland stemmte sich gegen den Bug des Bootes. Sein Gesicht war verzerrt. Vor Anstrengung traten die Adern hervor. Bläulich schimmerten sie in seinem roten Gesicht. Das Boot war schwer, Cumberland konnte es kaum bewegen, zudem rutschte er auf dem glatten Untergrund aus, und sein Fluchen schallte über den einsamen Strand.

»Verdammt!«, schrie Hansen. »Behalte die Nerven. Wir müssen es zusammen ins Wasser schieben!«

Cumberland warf dem Ersten einen wilden Blick zu. »Dann komm doch!«, keuchte er.

Auch Gil Meier half mit. Der linke Arm hing an seinem Körper herab, als würde er überhaupt nicht zu ihm gehören. Das Messer hatte Meier in den Gürtel gesteckt, mit einer Hand und der Hälfte seiner Kraft wollte er die beiden Kameraden unterstützen.

Die Gegner befanden sich in ihrem Rücken. Auch die Zombies hatten allesamt den Hang hinter sich gelassen. Einige hatten sich schon erhoben.

Dies geschah ungelenk, torkelnd. Manche fielen wieder hin, gaben jedoch nicht auf, und schließlich standen sie breitbeinig, bevor sie sich langsam in Bewegung setzten und durch den groben Sand des Strandes schlurften.

Die drei Männer hingegen kämpften verbissen. Sie wussten, ohne es ausgesprochen zu haben, welches Schicksal ihnen bevorstand. Sie hatten die erste Panik überwunden und sich nun auf gemeinsame Aktionen geeinigt.

»Zu – gleich!«, schrie Gerd Hansen. Automatisch hatte er das Kommando übernommen.

Sie stemmten sich mit aller Kraft gegen das Boot. Gil Meiers Gesicht zeigte den verbissensten Ausdruck. Er strengte sich ungemein an, denn er wollte seinen Kameraden kein Hindernis sein.

Die Zombies kamen.

Staksig, marionettenhaft.

Sie bewegten sich nicht in einer Front voran, sondern hatten einen Halbkreis gebildet. Manche waren weiter vorgeschoben, andere blieben zurück, und bei einigen sah es so aus, als würde sie der Wind umblasen.

Xorron, das Monstrum mit der weißen Haut und dem darunter schimmernden Skelett, war auf dem Hügel stehen geblieben. Wie ein Feldherr sah er aus, der seine Armeen ausgeschickt hatte, um Tod und Verderben zu säen.

Für die Männer war es schwer, das Boot in Bewegung zu setzen. Sie mussten eine sehr träge Masse überwinden, zudem hemmte der Boden. Steine kratzten über die Außenhaut, und als sie es endlich geschafft hatten, da waren die Zombies schon verflucht nahe, denn sie hatten bereits die Hälfte der Distanz hinter sich gebracht.

Gerd Hansen stellte dies fest, als er einen Blick über die Schulter warf. Er erschrak bis ins Mark. Für einen Moment schien es so, als wolle er anfangen zu schreien, dann beherrschte er sich und sagte vor allen Dingen seinen Kameraden nicht, was er gesehen hatte.

Um so verbissener schuftete er weiter. Auch seine Freunde gaben nicht auf.

Gil Meier hatte Pech. Da er sich nicht mit zwei Händen abstützen konnte, rutschte er aus und fiel hin. Dabei schlug er noch mit dem Gesicht gegen die äußere Bordwand. Seine Nase begann zu bluten. Er heulte vor Wut und Schmerz.

»Mach weiter!«, brüllte Harry Cumberland und strengte sich selbst noch mehr an.

Es war wirklich ein verbissenes Ringen. Jede Sekunde, die verrann, brachte die Männer dem Tod näher. Sie keuchten, sie setzten alles ein, und sie schafften es.

Nachdem das Boot seinen Trägheitspunkt überwunden hatte, glitt es besser voran.

Das Wasser rückte näher.

»Weiter, weiter! Wir schaffen es, Freunde!« Gerd Hansens Stimme überschlug sich. Er achtete nicht auf die Splitter, die sich in seine Handballen gebohrt hatten, sodass Blut aus kleinen Wunden quoll, er wollte nur weg.

Hansen schaute an der Bootswand vorbei. Er blickte auf das Meer und sah die Wellen, die schaumgekrönt gegen den Strand leckten.

Das Wasser war ihre große Hoffnung. Wenn sie es erreichten, konnte nichts mehr schiefgehen.

Und sie kämpften.

Gegen die Zeit und gegen den sich nähernden Tod. Sekunden dehnten sich und wurden zu kleinen Ewigkeiten. Nie hätten sie gedacht, dass ein Boot so schwer sein konnte.

Die Angst verlieh ihnen bald übermenschliche Kräfte, und als die ersten Wellen über den Kiel leckten, da fanden sie nicht einmal die Kraft, freudig aufzuschreien.

Es bestand auch für die Männer kein Grund zur Freude, denn die Zombies befanden sich wenige Schritte hinter ihnen. Ein paar Yards noch, dann brauchten sie nur die Hand auszustrecken, um die Männer zu erreichen.

»Noch einmal!«, schrie Hansen. Er selbst legte sich übermenschlich ins Zeug.

Sie schafften es. Die Hälfte des Rumpfes wurde von den auslaufenden Wellen umspült. Das Wasser erreichte schon fast ihre Füße, noch einen Schritt, und es würde über die Knöchel schäumen.

Aber auch die Zombies waren da.

Und sie packten zu.

Gil Meier hatten sie sich ausgerechnet als Ersten ausgesucht. Gleich zwei von ihnen schlugen ihre Pranken rechts und links auf seine Schultern.

Gil merkte die Berührung, seine Augen wurden noch größer, und jäh begriff er, wer hinter ihm stand.

Er begann zu schreien.

Hansen und Cumberland wurden durch seine Schreie von ihrer Aufgabe abgelenkt. Sie schoben nicht weiter, drehten sich um und sahen, wie die Zombies Gil Meier zurückzogen. Gil hatte so viel Angst, dass er vergaß, sich zu wehren.

»Das Messer, Gil!«, brüllte Cumberland und schüttelte dabei den Kopf. »Herrgott, nimm doch das Messer!«

Erst jetzt begriff Meier. Es gelang ihm, sich aus einem Griff zu drehen, hatte plötzlich den rechten Arm frei und riss das Messer aus dem Gürtel.

Seinen verletzten Arm hielt einer der Zombies noch fest. Gil Meier spürte die Schmerzen kaum noch, er war an einem Punkt angelangt, wo er nur noch rot sah, und dann fuhr er herum. Das Messer hatte er frei, und seine Bewegung war ein wildes, verzweifeltes Aufbäumen gegen das drohende Verhängnis.

Die Klinge beschrieb einen Halbkreis.

Ein Mensch hätte sich vielleicht geduckt oder hätte versucht, auszuweichen, der Zombie blieb stehen. Das Walmesser blitzte noch einmal auf, dann traf es sein Ziel.

Fast wurde der Untote geteilt.

Es war ein schreckliches Bild, doch die Männer nahmen es bewusst überhaupt nicht auf. Sie wollten nur so rasch wie möglich weg.

Und Gil Meier konnte sich befreien.

Er taumelte zur Seite, seine Augen waren blutunterlaufen. Mit wilden Bewegungen schwang er sein schweres Walmesser, während er schrie: »Los, kümmert ihr euch um das Boot! Ich halte die anderen auf. Verdammt, ich mach sie fertig!«

Er stand halb geduckt und breitbeinig im Ufersand. Der erste Erfolg hatte ihm Mut gegeben, die rechte Hand umklammerte den Griff der schweren Klinge, sein Mund war aufgerissen, über die Unterlippe tropfte Speichel. Er befand sich in einem Zustand, wo er mehr einem Tier glich, das sein Leben verteidigt.

Dies sah auch Gerd Hansen. Auf einem alten Bananendampfer hatte er mal einen Amokläufer erlebt, und der Kerl hatte damals ähnlich ausgesehen wie Gil Meier.

Es hatte keinen Zweck, ihn stoppen zu wollen. Gil machte sowieso, was er wollte.

Und vielleicht verschaffte er ihnen eine Galgenfrist. Dass er endgültig mit den Zombies fertig werden würde, daran glaubte auch Gerd Hansen nicht.

»Harry!«, schrie er. »Ran!«

Und Cumberland kämpfte. Wie der Erste stemmte auch er sich gegen das drohende Verhängnis. Es war jetzt leichter, das Rettungsboot dem Wasser entgegen zu schieben. Die Wellen rollten bereits so weit heran, dass sie den Bug regelrecht anhoben und die Männer gar nicht mehr viel Kraft einzusetzen brauchten, um den Kahn endlich flott zu machen.

»Wir schaffen es, wir schaffen es!« Die Männer feuerten sich gegenseitig an. Sie kämpften auch für ihren Kameraden, der versuchte, ihnen den Rücken freizuhalten.

»Nicht aufgeben, nicht aufgeben!« Beschwörend stieß Hansen die Worte aus.

Gil Meier warf sein Leben in die Waagschale. Nur mit einer Hand konnte er sich wehren. Er wurde zu einem regelrechten Teufel. Nicht die Zombies griffen an, sondern er. Meier warf sich in den Pulk, sein Messer zuckte vor und zurück, traf die seelenlosen Hüllen, brachte ihnen schwere Wunden bei, doch Zombies waren auf diese Art und Weise nicht zu töten.

Sie standen immer wieder auf und warfen sich in die Messerhiebe hinein.

Vielleicht hätte Meier es dennoch geschafft, aber er konnte leider nur einen Arm gebrauchen. Das wurde ihm schließlich zum Verhängnis. Wieder warf sich einer der Untoten auf ihn. Es war ein riesenhafter Kerl, ein Mulatte mit eingeschlagenem Schädel, dessen Augen so verdreht waren, dass man nur noch das Weiße sehen konnte.

Er fiel genau in den Stich.

Das Messer traf ihn oberhalb der Gürtellinie, doch der Mulatte war dadurch nicht aufzuhalten. Im Gegenteil. Mit einer tapsig anmutenden Bewegung gelang es ihm, beide Arme um den Körper des Seemanns zu schlingen, zudem hatte er noch genügend Kraft und eigenen Schwung, um Meier von den Beinen zu reißen.

Gil fiel.

Hart schlug er auf den Rücken. Der Zombie lag plötzlich auf ihm, das Messer steckte noch immer in seinem Körper, aber er nagelte mit seinem Gewicht den verzweifelt kämpfenden Gil Meier am Boden fest. Zudem war Gil noch auf seinen verletzten Arm gefallen, er konnte sich nicht rühren, die Schmerzen brachten ihn fast um den Verstand.

Meier wollte schreien, als ihn ein waagerecht liegender Unterarm die Lippen verschloss.

Keine Chance mehr.

Und sofort waren andere da. Im Nu hatte sich ein dichtes Knäuel gebildet, einer stürzte sich auf den anderen. Jeder Zombie wollte etwas von dem Opfer haben.

Gerd Hansen und Harry Cumberland hatten es fast geschafft. Das Rettungsboot lag bereits im Wasser. Eigentlich die richtige Lage, um dem Boot den letzten Stoß geben und aufspringen zu können.

»Los, rein!«, schrie Hansen. Er selbst stemmte eine Hand auf den Bootsrand, schwang sich mit einer Flanke hinüber und landete im Boot.

Cumberland folgte ihm noch nicht. »Gil!«, brüllte er, blieb neben dem Boot stehen, wobei seine Beine vom heranlaufenden Wasser umspült wurden, und schaute sich um.

Da sah er seinen Kameraden.

Vielmehr, er sah ihn nicht, denn zahlreiche Zombies hatten sich auf ihn gestürzt, während sich andere dem Boot zuwandten.

»Giiilll!«, brüllte Harry, schüttelte den Kopf wie ein Stier beim Anblick des roten Tuchs und rannte los. »Gil, verdammt, ich komme. Halte aus!«

Auch Hansen hatte die Schreie vernommen. Er drehte sich

um, sein Herz übersprang einen Schlag, und er sah mit Entsetzen, dass Gil nicht mehr zu helfen war.

Cumberlands Einsatz brachte nichts. Im Gegenteil, der Mann lief Gefahr, selbst getötet zu werden.

»Harry, verdammt!«, brüllte Hansen. »Komm zurück, Harry, es hat keinen Zweck!«

Cumberland hörte nicht. Er rannte weiter. Gil Meier hatte sein Leben riskiert, um sie zu retten, jetzt wollte er dem Kameraden helfen.

Cumberland war unbewaffnet. Er hatte nur seine Fäuste, regelrechte Schmiedehämmer.

Damit räumte er drei Untote aus dem Weg. Sie purzelten wie Gliederpuppen durcheinander. Auf dem Boden überschlugen sie sich noch, Sand wirbelte auf, dann krochen sie weiter, um sich jedoch wenige Yards weiter wieder auf die Füße zu stemmen.

Harry Cumberland musste einsehen, dass es ein Kampf war, den er nicht gewinnen konnte. Aber er wollte Gil retten und warf sich auf die Zombies.

Seine Fäuste wirbelten. Ein paar Mal versuchten die lebenden Leichen ihn festzuhalten, doch Harry schüttelte ihre Hände ab, als wäre es nichts.

Auch seine Füße setzte er ein. In zahlreichen Wirtshausschlachten hatte er seine Erfahrungen gesammelt, und die kamen ihm jetzt zugute. Harry Cumberland schlug sich tatsächlich den Weg zu seinem Kameraden frei.

Schließlich hatte er nur noch den Mulatten vor sich.

Ihm trat er gegen den Kopf.

Einen Menschen hätte dieser Tritt ins Jenseits geschickt. Der Mulatte wurde herumgewirbelt, überrollte sich und machte den Platz frei für Harry Cumberland.

»Giiilll!«, brüllte er, bückte sich, krallte seine starken Hände in die zerfetzte Kleidung seines Freundes und hievte ihn hoch. Er schleuderte ihn herum, wollte ihn unterfassen, damit er ihn zum rettenden Boot schleifen konnte.

Da stieß Gil Meier ein Knurren aus.

Trotz der Panik und Aufregung hörte Harry das Geräusch. Der Mund seines Freundes hatte sich dicht an seinem linken Ohr befunden. Er drehte den Kopf, sah jetzt die klaffende Wunde in der Stirn des Matrosen und all das Blut, das aus der Wunde und damit über Gils Gesicht gelaufen war.

Nein, so etwas konnte kein Mensch überleben.

Aber Gil lebte.

Dafür gab es nur eine Erklärung. Harry Cumberland hielt eine lebende Leiche in seinen Armen …

»Das ist sie!«, flüsterte ich, als ich den ersten Schock überwunden hatte. »Die Sense, die Sense des Schwarzen Tods. Genau, ich erkenne sie. Der Dschinn hat sie sich geholt.«

Bill schaute mich an. Dann sagte er: »John, du bist verrückt!«

»Nein, Bill, ich bin klar wie selten, glaub mir. Die erkenne ich unter Tausenden wieder.«

»Und jetzt?«

Ich hob die Schultern. »Myxin und Kara sind nicht bei uns. Ich weiß nicht, wie ich gegen den Dschinn bestehen soll.« Dabei warf ich Suko einen fragenden Blick zu.

Der Chinese schüttelte den Kopf. Auch er wusste in diesen Momenten keinen Rat.

Diese Sense war absolut tödlich. Wer von ihr getroffen wurde, der hatte keine Chance zu überleben. Das kannte ich, denn nicht erst einmal hatte ich sie in Aktion erlebt. Nur hatte ich damit gerechnet, dass sie für alle Zeiten irgendwo liegen bleiben und verrotten würde. Doch das war ein Irrtum.

Noch tat sich nichts. Der grüne Dschinn stand wie eine gewaltige Drohung über uns, den Sensenstiel hielt er mit beiden Händen umklammert. Sein grünes, affenartiges Gesicht war zu einer Grimasse verzogen. Er schaute auf uns nieder, und jeder sah das Grinsen, das den Mund wie einen breiten Schlund aussehen ließ.

Es hatte keinen Zweck, auf ihn zu schießen, denn noch war

der grüne Dschinn ein reiner Geist. Die Kugel würde hindurchfauchen oder ...

Auf einmal war er weg.

Ich stand da, hatte den Kopf noch erhoben und wischte mir über die Augen.

Keine Spur mehr vom grünen Dschinn. Hatte ich mir das denn alles nur eingebildet? Spielten mir meine überreizten Nerven vielleicht einen Streich?

Ich schaute meine Freunde an.

Sie waren ebenso ratlos wie ich. Auf ihren Gesichtern stand zu lesen, dass ich nicht geträumt hatte.

»Er ist verschwunden!«, kommentierte Bill Conolly. »Verdammt, gibt es das?«

»Scheint so«, meinte Suko.

»Dann können wir ja ins Haus gehen«, schlug Bill Conolly vor und schaute mich dabei an.

Ich nickte. Dagegen hatte ich nichts einzuwenden. Hier draußen tat sich nichts mehr, der grüne Dschinn war verschwunden, und keiner von uns wusste, wann er zurückkehren würde.

Was tat Nadine?

Sie hatte sich bis an die Hauswand zurückgezogen und stand so, dass sie von meinem Bentley gedeckt wurde. Momentan wandte sie den Kopf. Ich sah in ihren grünen Augen einen sehr nachdenklichen Ausdruck, und mir schien es, als sei ihr Blick auf mein Kreuz gerichtet. Sollte es damit eine besondere Bewandtnis haben, die auch den grünen Dschinn oder dessen Vernichtung betraf?

Da wurde die Tür aufgerissen.

»Telefon, John!«, hörten wir Sheilas Stimme. »Schnell, Sir James ist am Apparat.«

Ich drehte mich um und lief ins Haus.

Shao saß bleich im Sessel. Sie hatte nur auf der Kante Platz genommen, auf ihrem Gesicht sah ich einen dünnen Schweißfilm. Kein Zweifel, sie hatte Angst.

Ich meldete mich.

Sir James Powell wünschte gar nicht erst frohe Weihnachten. Er entschuldigte sich auch nicht, sondern ging davon aus, dass ich mich im Dienst befand.

»Wir haben soeben eine Meldung von den Falkland-Inseln erhalten«, sagte er. »Dort ist ein Mayday-Ruf eingegangen von einem Schiff vor Kap Hoorn. Es war wieder von einem grünen Geist mit einer riesigen Sense die Rede. Deshalb müssen wir davon ausgehen, dass es sich bei dieser Erscheinung wirklich um den grünen Dschinn handelt.«

»Das stimmt, Sir.«

»Sie sagen das so sicher?«

»Sir, ich muss Ihnen mitteilen, dass der grüne Dschinn sein Ziel bereits gefunden hat. Er befindet sich in London!«

»Was?« Sir James hatte ich selten so fassungslos gehört oder erlebt. Hier traf das Wort zu.

»Ja, Sir, er hat vor wenigen Minuten unsere Weihnachtsfeier gestört. Und es stimmt, er ist mit einer Sense bewaffnet. Offenbar hat er sich die Sense geholt, die einmal dem Schwarzen Tod gehört hat.«

»Großer Gott«, flüsterte der Superintendent.

Ich konnte mir vorstellen, was er dachte. Dieses Monstrum in London. Es würde wüten, unzählige Menschen in Gefahr bringen und somit wirklich das Erbe des Schwarzen Tods antreten.

»Was können wir tun?«, fragte Sir James mit belegter Stimme.

»Ich kann Ihnen keine genaue Auskunft geben und hoffe nur, dass sich der grüne Dschinn auf mich konzentriert.«

»Eine schwache Hoffnung.«

»Sicher, aber was soll ich machen?«

»Existieren noch einige seiner Anhänger?«

»Möglich. Wobei derjenige, der alles in die Wege geleitet hat, tot ist. Kelim lebt nicht mehr.«

»Das stimmt allerdings. Gibt es denn keine Chance, dieses Monstrum zu bannen?«

»Nein, Sir, nicht mit unseren Mitteln. Wenn uns Kara und

Myxin zur Seite stehen würden, könnte es klappen, aber so ist das unmöglich, wie es mir scheint.«

»Und wo befinden sich die beiden?«

»Ich habe keine Ahnung, Sir.«

Den Alten hörte ich schnaufen, so wütend war er. »Verdammt, die waren doch noch vor kurzem bei Ihnen. Haben sie denn nicht gesagt, wo sie hinwollten?«

»Nein, Sir.«

»Dann suchen Sie sie eben.«

»Dazu werden wir wohl kaum Zeit haben. Wir müssen uns etwas einfallen lassen.«

»All right, John. Nur halten Sie mich auf dem Laufenden. Es fehlte noch, dass sich London in einen Ort des Schreckens verwandelt.«

»Wir werden tun, was wir können, Sir.«

»Das hoffe ich, John. Falls irgendetwas sein sollte, finden Sie mich in meinem Büro.«

»Natürlich, Sir.« Ich legte auf und drehte mich um.

Alle standen sie im Zimmer. Sheila, Shao, Suko, Bill, der kleine Johnny und auch die Wölfin.

Auf den Gesichtern der Männer stand Ratlosigkeit, in den Augen der Frauen las ich Furcht.

»Was hat er gewollt?«, fragte Bill.

»Uns vor dem grünen Dschinn warnen.«

Bill lachte. »Das hätte er sich schenken können.«

»Und was können wir tun?«, fragte Sheila.

»Verstecken, mehr nicht. Ich habe euch doch gesagt, dass ihr im Keller bleiben sollt.«

»Wenn ihr mit dem Monster fertig werdet …«

»Wir versuchen es.«

Bill redete auf seine Frau ein. »Kommt, tut, was John gesagt hat. Es ist besser so.«

Sheila nickte. »Entschuldige, John.«

»Vergiss es.«

Bill brachte die Frauen und den kleinen Johnny in den Keller. Suko und ich blieben allein zurück. Das Gesicht des Chinesen zeigte Sorgenfalten. Sein Mund bildete einen Halbmond. Bei ihm ein Zeichen, dass er ebenfalls vor einem Rätsel stand.

Nadine kauerte neben uns. Ihr Blick war starr auf die Tür gerichtet, uns sah sie nicht an.

»Was tun?«, fragte der Chinese.

Ich hob die Schultern und senkte meinen Blick. Gedankenlos schaute ich auf mein Kreuz. Noch immer hielt ich es in der Hand. »Ob das Kreuz gegen den grünen Dschinn hilft?«, murmelte ich. »Verdammt, ich weiß es nicht. Ich weiß überhaupt nichts mehr. Mittlerweile habe ich das Gefühl, dass uns die Dinge über den Kopf wachsen. Wir kommen überhaupt nicht voran.«

»Du bist pessimistisch geworden, John.«

»Ist das ein Wunder?« Ich lachte bitter. »Denk nur an den letzten Fall. Wie leicht hat Asmodina mich reingelegt, schob mir eine nachgemachte Glenda Perkins unter, und ich falle auch noch darauf rein. Suko, das war nicht gut.«

»Aber sie hat dich nicht töten können. Schließlich ist es dir gelungen, dem Labyrinth zu entfliehen.«

»Das allerdings.«

»Was willst du also mehr?«

Ich grinste schief. »Meinen Nagel zurück. Den habe ich für meinen Freund Solo Morasso aufbewahrt. Jetzt hat ihn Asmodina.«

»John, Deckung!«

Es war ein gellender Ruf, den Suko ausstieß. Und er erfolgte gerade noch rechtzeitig, denn durch den Garten fegte mit einer wahren Urgewalt ein mörderischer Sturm.

Der grüne Dschinn war wieder da. Es kam aus der Dunkelheit, hüllte den Garten in seinen fahlen Schein, und wir sahen dicht vor der Scheibe das riesige, hässliche, affenartige grüne Gesicht.

Aber wir sahen noch mehr.

Die gewaltige, blutbefleckte Sense, die seitlich geschlagen wurde und die große Wohnzimmerscheibe in Stücke hiebte.

Der grüne Dschinn ging zum Angriff über. Er wollte endlich die Entscheidung ...

Im ersten Augenblick glaubte sich Harry Cumberland in einen Albtraum versetzt. Er starrte in das blutbeschmierte Gesicht seines ehemaligen Freundes. Gil Meier lebte nicht mehr. Er bewegte sich zwar noch wie ein Lebender, aber er hatte keine Seele mehr. Er war ein Untoter, ein Zombie, der nur eins kannte: Leben zu vernichten!

Beide Arme fuhren in die Höhe.

Jetzt machte ihm auch die Verletzung nichts mehr aus, als Untoter spürte er so etwas nicht, er wollte nur töten, wobei es keinerlei Rolle spielte, ob das Opfer zu seinen Freunden gehört hatte oder nicht.

Gil hatte die zehn Finger gespreizt, er wollte die Pranken um Harry Cumberlands Hals legen und den Mann erwürgen.

Harry rammte seine Fäuste vor.

Das geschah im letzten Augenblick, denn er spürte bereits die Finger auf seiner Haut. Und er traf gut. Die lebende Leiche flog zurück und prallte in den Sand.

Cumberland kam nicht mehr dazu, über seinen Kameraden nachzudenken, er musste sich auch gegen die anderen wehren. Der untote, hünenhafte Mulatte hatte sich erhoben und hielt mit der rechten Hand einen Stein umklammert.

Im ersten Augenblick dachte Harry, er würde damit zuschlagen, doch dann warf er den Stein.

Cumberland zuckte zur Seite. Er wurde nicht voll getroffen, sondern nur an der Schläfe gestreift. Sofort platzte die Haut. Ein fingerlanger, blutroter Streifen entstand. Harry spürte den Schmerz, der sich explosionsartig in seinem Kopf ausbreitete. Er taumelte mit weichen Knien zur Seite.

Eine leichte Beute für die Zombies!

Schon hatte der Mulatte seinen rechten Arm umklammert. Zwei andere griffen ihn von vorn an. Ihre Gesichter waren entstellt, zum Teil eingeschlagen, sie mussten Schreckliches hinter sich haben, aber sie waren gierig auf Menschen.

Cumberland drehte durch.

Ein fürchterlicher linker Hammer platzte in das Gesicht des untoten Mulatten.

Der flog zurück, riss Cumberland mit sich, und Harry konnte sich erst durch einen heftigen Fußtritt aus der Klammer befreien.

»Harry!«, brüllte Gerd Hansen. »Verdammt, komm endlich! Wir müssen weg!«

Gerd hatte die Zeit über im Boot gesessen und den verzweifelten Kampf seines Freundes gegen die lebenden Leichen mit angesehen. Er wurde hin und her gerissen. Sollte er das Boot verlassen und eingreifen, oder sollte er es bleiben lassen?

Gerd wusste es nicht. Ihm konnte niemand sagen, was richtig war, auf jeden Fall brauchte er Waffen. Und er dachte an die Leuchtpistolen. Sie waren mit Patronen geladen, die in der Luft ihre Leuchtkraft entfalteten, sodass das rote Signal weithin zu sehen war.

Die Waffen lagen eingeschnürt in wasserdichten Planen. Gerd musste die Verschnürung erst lösen, das kostete natürlich Zeit. Während er im Boot hockte und sich an die Arbeit machte, warf er hin und wieder einen Blick zum Strand, wo Harry Cumberland alles versuchte.

Das Schicksal seines Kameraden hatte er noch deutlich vor Augen. Er wollte auf keinen Fall so enden wie Gil Meier. Er hatte sich auch wieder ein wenig gefangen. Mit dem Handrücken wischte er das Blut aus seiner Stirn, damit es nicht in seine Augen rinnen konnte, dann schlug er zwei weitere Untote zu Boden.

Wenn man erst einmal seine Panik überwunden hatte, war es nicht allzu schwer, sich diese Wesen vom Hals zu halten. Sie konnten nicht denken, sie kämpften nicht wie normale Menschen, sondern sahen immer nur ihren Gegner, gingen nach vorn und attackierten ihn. Das Dumme war nur, dass man sie nicht erledigen konnte. Wenigstens nicht mit normalen Waffen, es sei denn, man schlug ihnen den Kopf ab.

Mit einem Tritt schaffte sich Harry Cumberland eine Frau vom Hals, die ihn anfallen wollte und ihre Arme schon ausgestreckt hatte. Als sie fiel, sah Cumberland eine Lücke, durch die er schlüpfen konnte. Es war der direkte Weg zum Wasser hin und damit auch in Sicherheit.

Harry startete.

Inzwischen hatte Gerd Hansen die Verschnürung gelöst. Er wühlte die Plane zur Seite, fand Proviant, einen Kocher, Tabletten für die Entsalzung von Meerwasser, Decken und die beiden Leuchtpistolen. Sie lagen ganz unten.

Die klobig wirkenden Waffen waren mit den Patronen geladen. Er brauchte nur noch abzudrücken.

Gerd nahm die erste Pistole in die Hand, die zweite legte er neben sich, dann drehte er sich um, und zwar so, dass er auf den Strand schauen konnte, wo sich das Drama abspielte.

Dort wollte Harry fliehen.

Und er musste es schaffen, er benötigte auch einen Vorsprung, denn das Boot war noch nicht ganz frei, es musste noch eine Idee weiter geschoben werden.

Harry rannte.

Er glaubte fest daran, dass er es schaffte, sein Blick war nach vorn gerichtet, und er schaute leider nicht zu Boden, wo eine lebende Leiche herankroch. Die streckte ihren teigigen Arm aus und schnappte nach dem linken Knöchel des Fliehenden.

Harry merkte die Berührung, er wollte noch stoppen, doch es war zu spät.

Die Untote hielt eisern fest.

Harry warf beide Arme hoch, das Standbein wurde ihm weggerissen, dann fiel er zu Boden.

Wenn er die Arme nicht ausgestreckt hätte, wäre er voll aufgeschlagen, so aber konnte er sich im letzten Augenblick abstützen und auf die Seite rollen, doch der weibliche Zombie dachte nicht im Traum daran, ihn loszulassen.

Er kroch näher, hielt das Bein dabei fest und stieß schaurig klingende Laute aus, die seine Artgenossen herbeilocken sollten, damit sie sich die Beute teilten.

Das sah auch Gerd Hansen.

Die anderen Zombies hatten eine Distanz von nur etwa drei Schritten zu überwinden, dann befanden sie sich bei dem Opfer. Wenn Hansen jetzt nicht handelte, war Harry verloren.

Die Untote hatte sich aufgerichtet, ohne Harry loszulassen. Sie hockte zwar nur auf den Knien, aber sie warf sich vor, um Harry mit ihrem Gewicht zu Boden zu drücken.

Der trat sie von sich, doch da war schon der schreckliche Mulatte bei ihm. Er bückte sich und wollte Harry Cumberland mit seinen beiden Händen packen.

Gerd Hansen kniete im Boot, hielt die Waffe mit beiden Händen fest und wurde plötzlich ruhig.

Eiskalt zielte er.

Er hatte schon des Öfteren mit Leuchtpistolen geschossen, allerdings nur zu Übungszwecken, und er wusste nicht, ob man damit genau treffen konnte.

Doch er musste es wagen. Es gab keine andere Möglichkeit, und er hoffte, dass er nicht seinen eigenen Kameraden traf.

Hansen krümmte den Finger. Den Mulatten mit dem eingeschlagenen Schädel sah er wie in Großaufnahme, als würde er auf einer Leinwand erscheinen.

Aber das hier war kein Film. Es war echt. Verdammt echt und brutal sogar.

Gerd Hansen schoss!

Fauchend löste sich die Leuchtkugel aus dem Rohr. Sie zischte nicht ganz gerade auf ihr Ziel zu, sondern bewegte sich ein wenig in Schlangenlinien.

Über den am Boden liegenden Harry Cumberland jagte sie hinweg und hieb genau ins Ziel.

Sie traf die Brust des Mulatten.

Der Zombie wurde regelrecht durchgeschüttelt. Er flog zurück, riss seine Arme hoch, und in einer Reflexbewegung verkrallten sich seine Hände um die in seiner Brust stecken-de Leuchtkugel. Herausreißen konnte er sie nicht, im Ge-genteil, die Kugel bohrte sich weiter durch. Und sie platzte auseinander, wobei noch eine Rauchfahne aus der Wunde sprühte, und es fauchte und zischte.

Der untote Mulatte verbrannte.

Er schrie sogar, dann wälzte er sich am Boden und ver-ging. Teilnahmslos schauten seine Artgenossen zu, wie er zerstört wurde.

Anders Gerd Hansen.

»Los!«, brüllte er. »Harry, komm!«

Cumberland hörte die sich überschlagende Stimme seines Freundes, und er sah auch die in der Nähe lauernden Zom-bies. Wenn er sich jetzt nicht beeilte, schaffte er es nie mehr.

Mit einem gewaltigen Sprung war er auf den Beinen. Er jagte auf das Boot zu, das von Gerd Hansen verlassen wor-den war. Bevor die Untoten richtig begriffen, schoben sie es mit gemeinsamer Kraft hinaus aufs offene Wasser.

Obwohl beide ziemlich ausgelaugt waren, schafften sie es dennoch. Plötzlich schwamm das Boot. Eine zurücklaufen-de Welle trug es sogar ein Stück ins Meer hinaus, und die beiden Männer patschten durch die Wellen, um diese letzte Rettungsinsel zu erreichen. Am Rand klammerten sie sich fest, zogen sich hoch, fielen in das Innere des Kahns, und Gerd Hansen startete schon den Motor.

Das Wasser schäumte auf, als es vom Propeller hochge-wirbelt wurde. Die beiden kämpften jetzt gegen die Wellen an, wollten weg aus dem Uferbereich und das offene Meer gewinnen.

Die Untoten standen im Wasser.

Auslaufende Wellen schäumten bis zu ihren Knien hoch. Manche Zombies hatten ihre Arme ausgestreckt und die Fin-ger gekrümmt, als wollten sie nach irgendetwas greifen, was letztendlich doch nicht zu fassen war, denn die beiden See-leute befanden sich bereits zu weit auf dem offenen Meer. Sie konnten von den lebenden Leichen nicht mehr eingeholt werden.

Auf dem Hügel jedoch stand Xorron. Er hatte alles beob-achtet. Mit einem heftigen Ruck drehte er sich um und ver-schwand, während sich im Boot zwei Männer überglücklich in die Arme fielen.

Einer allerdings stand am Strand und schaute ihnen aus blicklosen Augen nach.

Es war Gil Meier. Er gehörte jetzt zum Heer der lebenden Leichen …

Der ins Zimmer prasselnde Splitterregen wurde von dem gewaltigen Knall begleitet, der entstand, als die Scheibe zer-platzte. Das Klirren und Bersten malträtierte unsere Ohren. Der Windzug brachte das feine Glas mit und streute es über uns aus.

Ich hatte hinter einem Sessel Deckung gefunden, während Suko dicht an der Tür lag, wo ihm ein Schrank einigerma-ßen Schutz bot. Die mörderische Sense war zum Glück nicht durch die gesamte Breite des Wohnzimmers gefahren, aber was sie an Zerstörung angerichtet hatte, das reichte auch so.

Der Dschinn blieb draußen. Dies erkannte ich, als ich vor-sichtig um die Sesselkante peilte. Im Garten schimmerte sein riesiges grünes Gesicht.

Er zog die Sense zurück, sodass wir für Sekunden Atem holen konnten.

Ich schaute auf Suko. Er hatte die gleiche Idee gehabt und den Kopf gehoben. Sein Grinsen war nicht echt, allerdings bewies es mir, dass er noch okay war.

Auch ich fühlte mich in Ordnung. Der Sessel hatte mich gut beschützt. Doch etwas vermisste ich, was ich noch bis zum Bersten der Scheibe in der Hand gehalten hatte.

Mein Kreuz!

Verdammt, es war verschwunden. Dabei wusste ich genau, dass ich es nicht aus der Hand gegeben hatte. Es musste mir herausgerutscht sein und demnach in meiner Nähe liegen.

Das war eine Täuschung. So intensiv ich auch suchte, das Kreuz fand ich nicht.

Die Tür wurde aufgerissen. Bill Conolly erschien. Der Reporter blieb auf der Schwelle stehen. Sein Gesicht veränderte sich, als er das Chaos sah, das der grüne Dschinn hinterlassen hatte.

»Bill, verschwinde!«, schrie ich. »Bleib bei den Frauen!«

Für einen Moment sah es so aus, als wollte Bill protestieren. Dann nickte er, drehte sich um und ging. Ich wusste, dass jetzt in seinem Innern eine Hölle tobte, weil er nicht bei uns war, aber es ging nicht anders.

Der grüne Dschinn blieb im Garten. Diesmal würde er nicht verschwinden, dessen war ich mir sicher.

Ich blickte zu Suko und sah, dass er seinen von Buddha vererbten Stab in der Hand hielt. Wenn er das Wort Topar rief, blieb die Zeit für fünf Sekunden stehen. Alle Lebewesen um ihn herum erstarrten, nur er selbst konnte sich in dieser Spanne bewegen und seine Gegner kampfunfähig machen, aber nicht töten. Würde er das tun, dann hätte er die magische Wirkung des Stabes aufgehoben.

»Lass ihn!«, zischte ich aus gutem Grund. Noch bestand keine unmittelbare Gefahr, und ich wollte endlich wissen, was der grüne Dschinn bezweckte.

Lange brauchte ich nicht zu warten. Eine Stimme wie ein Sturmwind hallte durch das Zimmer. »John Sinclair, endlich sehen wir uns wieder. Ich weiß, dass du mir jetzt nicht mehr entkommen kannst, und ich werde das vollenden, was der Schwarze Tod nicht geschafft hat. Sein Erbe, die Sense, wird dir den Tod bringen, das bin ich mir und dem Schwarzen Tod schuldig!«

Ich war nicht einmal überrascht. Es hätte mich nur gewundert, wenn er etwas anderes gesagt hätte.

Ich bemerkte, wie sich Suko voranbewegte. Er kroch

schlangengleich über den Boden, um hinter der Couch eine bessere Deckung zu finden. Er schaffte es auch, bevor der grüne Dschinn seine nächste Forderung stellte.

»Du hast meine Diener getötet, John Sinclair. Du und die Frau mit dem goldenen Schwert. Ich hole euch beide, doch zuvor bist du an der Reihe. Danach werde ich mir sie vornehmen. Hast du verstanden?«

»Laut genug hast du gesprochen.«

»Dann komm her!«

»Bleib hier, John!«, flüsterte Suko. »Ich halte die Zeit an und versuche es!«

»Wie denn?«

»Mit der Dämonenpeitsche oder …«

»Nein, nein, ich werde gehen.«

»Verdammt, und wie willst du ihn besiegen?«

»Habe ich den Schwarzen Tod nicht auch geschafft?«

Suko wollte eine Antwort geben, doch in diesem Augenblick vernahmen wir wieder die Stimme des grünen Dschinns.

»Ich warte nicht länger. Wenn du nicht sofort erscheinst, dann zerschlage ich das Haus!«

Das war deutlich genug. Zudem bluffte der grüne Dschinn nicht. Dämonen bluffen nie.

»John …«

Ich hörte nicht auf meinen Freund, sondern erhob mich hinter meiner Deckung und schaute dem grünen Dschinn entgegen.

Viel sah ich nicht, nur sein Gesicht und einen Teil des Sensenstiels.

Das Loch in der Scheibe war so groß, dass ich bequem hindurchschreiten konnte. Ich ging langsam. Die Hände hatte ich zu Fäusten geballt, meine Lippen bildeten einen Strich, und ich atmete nur durch die Nase.

Den Weg durchs Wohnzimmer ging ich wie ein Schlafwandler. Schritt für Schritt näherte ich mich meinem Verhängnis.

Es war still geworden. Nur Sukos Atem hörte ich.

Dann hatte ich das Fenster erreicht. Dort zögerte ich einen Moment, bevor ich den nächsten Schritt tat.

Der grüne Dschinn befand sich genau vor mir und auch das Sensenblatt, das mit seiner oberen Kante auf dem Boden lag und dessen Spitze mir wie ein Halbmond entgegenstach.

Letztere war vom Blut der Opfer rot gefärbt …

Sie trieben im Meer.

Die Insel war längst ihren Blicken entschwunden, die vergangenen Stunden nur noch ein böser Albtraum. Zum Glück hatte es nicht wieder aufgebrist, die See war relativ ruhig, wenn man in dieser Kante der Welt überhaupt von einer ruhigen See sprechen konnte.

Sie hatten wenig miteinander gesprochen. Jeder hing seinen eigenen Gedanken nach, aber sie hatten das batteriebetriebene Funkgerät eingeschaltet, das seine Signale in Sekundenintervallen in den Äther sandte.

Noch war nichts zu sehen. Kein Schiff, das zur Bergung ausgelaufen war, kein Flugzeug, nur das grüngraue Meer, die langen Wellen und die hohe Dünung.

Sie hatten den Motor auch ausgestellt, um Treibstoff zu sparen.

»Verdammt, verdammt!«, flüsterte Harry Cumberland irgendwann. »Sie müssten uns doch sehen.«

Gerd Hansen grinste mit aufgesprungenen Lippen. »Die feiern alle Weihnachten.«

»Nein, die Rettungsstationen sind besetzt!«

Hansen hob die Schultern.

Die Männer legten sich wieder ins Boot. Sie hatten schon Wasser zu sich genommen, trinkbar gemacht durch die Spezialtabletten. Cumberland starrte in den Himmel.

»Mein Gott«, flüsterte er, »lebende Leichen. Hast du so etwas schon gesehen?«

»Nur im Kino.«

»Aber die gibt es wirklich.«

Hansen nickte. »Und Gil Meier ist dabei.«

»Verdammt, erinnere mich nicht daran. Er hat sich für uns geopfert. Und was haben wir getan?«

»Wir konnten nichts tun.«

»Ich weiß nicht so recht. Ich …« Plötzlich sprang Harry Cumberland hoch. Er hielt sich auf dem schwankenden Boot, streckte den Arm aus und deutete in den grauen Dezemberhimmel.

»Da, sieh doch, Gerd. Der Punkt. Verdammt, das ist ein Flugzeug. Wirklich!«

Hansen reagierte sofort. Aus seinem Gürtel riss er die Leuchtpistole. Sie war noch geladen. Eine Patrone steckte im Lauf. Gerd hob den rechten Arm und drückte ab.

Wieder fauchte es, als die Kugel den Lauf verließ. Sie stieß fast senkrecht in den Himmel und platzte wie ein Schirm auseinander, als sie ihren höchsten Punkt erreicht hatte. Ein glühender Regen ergoss sich dem Meer entgegen. Wenn der Pilot achtgab, dann musste er das Zeichen sehen.

Er hatte aufgepasst. Der Punkt flog einen Bogen, wurde größer und größer, und plötzlich dröhnten die Motoren der Propellermaschine dicht über den beiden Seeleuten.

Jetzt konnte nichts mehr schiefgehen. Und die beiden Geretteten hatten eine Menge zu berichten …

Er war riesig.

Ein regelrechter Gigant. Ein Wesen wie aus einem Albtraum. Schaurig anzusehen und prall gefüllt mit Rachegedanken. Er wollte sich an dem rächen, der ihm eine Niederlage bereitet hatte.

Und das war ich.

Ich schaute zu ihm hoch. Sein Gesicht hatte sich verzogen. Wahrscheinlich sollte es ein Grinsen darstellen. Schon einmal hatte ich ihm gegenübergestanden und Todesangst verspürt.

Jetzt war es wieder so weit.

Ich hatte gegen zahlreiche Dämonen gekämpft. Bisher war es gut gegangen, aber ob es auch diesmal klappte, war fraglich. Er hatte das Erbe des Schwarzen Tods, die Sense, und er würde mich mit ihr zerteilen, dessen war ich mir sicher.

»Auf diese Minute habe ich gewartet«, hallte es mir entgegen. »Lange gewartet, denn du musst vernichtet werden. Das bin ich dem Schwarzen Tod schuldig. Du kannst nicht gewinnen. Niemals, John Sinclair!« Es waren seine letzten Worte, denn in diesem Augenblick hob er die Sense. Er tat dies langsam, fast genussvoll, während sich meine rechte Hand dem Dolch und der Beretta näherte.

Fast lächerliche Waffen gegen das Erbe des Schwarzen Tods.

Plötzlich huschte ein Schatten an mir vorbei. Lautlos, blitzschnell. Es war ein vierbeiniger Schatten.

Nadine Berger!

Ich hatte in den letzten Minuten wirklich nicht mehr an die Wölfin gedacht, jetzt war sie auf einmal da, und in ihrem Maul sah ich etwas blinken.

Mein Kreuz!

Himmel, sie hatte sich mein Kreuz besorgt! Sie konnte es berühren, ein Zeichen, dass ich es bei ihr nicht mit einem Schwarzblüter zu tun hatte.

Sie sprang nicht auf den grünen Dschinn zu, sondern hatte sich ein anderes Ziel ausgesucht.

Die Sense!

»Nadine!«, schrie ich, weil ich Angst hatte, dass sie ihren Körper in die scharfe Schneide hineinwuchten würde, doch es kam anders. Sie war sehr geschickt, wich aus, schleuderte nur ihren Kopf hoch und warf dabei das Kreuz aus ihrem Maul.

Dies geschah so gekonnt und raffiniert, dass ich nur noch staunen konnte und für zwei, drei Sekunden die Gefahr vergaß, in der ich schwebte.

Das Kreuz drehte sich in der Luft um die eigene Achse.

Gleichzeitig drehte sich auch die Kette mit, und sie schlang sich um die Spitze der hochkant gestellten Sense.

Damit hatte der grüne Dschinn nicht gerechnet und auch nicht mit den Folgen.

Die Kette und damit das Kreuz rutschten nach unten. Sie hatten längst Kontakt mit der Sense, und die ungeahnten Kräfte des geheimnisvollen Kreuzes spielten ihre Trümpfe voll aus.

Schon einmal hatte es zusammen mit dem Bumerang einen unheimlichen Gegner vernichtet. Beides zusammen hatte dem Schwarzen Tod seinen Schädel von den Schultern gesenst.

Jetzt kämpfte es gegen das Erbe dieses Superdämons an.

Auch die Sense war schwarzmagisch geladen. Aber sie war nicht so stark wie damals, als sie mit dem Schwarzen Tod eine Verbindung eingegangen war.

Diesmal brauchte ich den Bumerang nicht. Mein Kreuz reichte völlig aus.

Plötzlich schien die Sense in silberfarbenen Flammen zu stehen. Ein gewaltiger Lichtschein hüllte das Blatt ein, breitete sich gedankenschnell aus und erfasste den Stiel, an dem er blitzartig hochkletterte.

Der grüne Dschinn hielt die Sense fest. Er löste auch seine Hände nicht schnell genug, der Silberschein erreichte ihn und erfasste die gewaltigen Klauen.

Sein Schreien werde ich nie vergessen.

Ich hatte mich, weil mich der Schein blendete, zurück in das Zimmer geworfen, und das Schreien schien einem Vulkanausbruch zu gleichen. So grauenvoll, markerschütternd und hallend war es.

Dazwischen vernahm ich regelrechte Explosionen.

Pfeifend wie Silvesterraketen fegten glühende, brennende Teile in den nachtdunklen Himmel. Die Weiße Magie zerstörte nicht nur den Dschinn, sondern auch seine Einzelteile. Sie wurden noch in der Luft auseinander gerissen und zu heller Asche, die langsam zu Boden regnete.

Immer wieder blitzte und krachte es. Sturm fegte in den Raum. Gläser klirrten, fielen um, Scherben lagen auf dem Boden, und im Garten tobte die Hölle.

Die Erde wurde aufgewühlt, die Sense zerstrahlte regelrecht, beißender, stinkender, grünlicher Rauch quoll in die Höhe und zog träge über das Dach.

Das Erbe des Schwarzen Tods war für den grünen Dschinn zu einem tödlichen Bumerang geworden.

Es hatte ihn restlos zerstört.

Allmählich nur fielen die Lichtblitze ineinander. Dabei wurden sie auch schwächer, und zuletzt legte sich die Dunkelheit über den Garten der Conollys.

Den grünen Dschinn gab es nicht mehr.

Und Nadine?

Sie trottete herbei. In ihrer Schnauze hielt sie wieder das Kreuz. Vor mir blieb sie stehen, während ich in die Knie ging und ihr das Kruzifix aus den Zähnen nahm.

Dann streichelte ich ihr Fell und sprach leise auf sie ein. So fanden uns später die anderen …

Diese Weihnachtsnacht würde keiner von uns vergessen. Noch in der Nacht verschlossen Suko und Bill das Fenster notdürftig mit Pappe. Ich half ihnen und war doch mit meinen Gedanken völlig woanders.

Irgendwie hatte ich ein gutes Gefühl wie lange nicht mehr. Wir hatten mal wieder einen Sieg errungen. Dazu über einen Dämon, der mehr als brandgefährlich war.

Und mein Kreuz hatte ihn besiegt. Es waren Kräfte aktiviert worden, von denen ich keine Ahnung gehabt hatte. Oder hatte es nur mit dem Erbe des Schwarzen Tods zusammengehangen?

Möglich war es. Vielleicht hätte mir mein Kreuz gar nichts genutzt, wenn sich der grüne Dschinn nicht die Sense geholt hätte. Spekulieren, mehr konnte ich nicht. Unter Umständen hätte mir sogar die Wölfin mehr sagen können, doch sie konnte leider nicht reden. Es wäre auch zu viel verlangt gewesen.

Im Garten sah es aus, als hätte ein Sturm gewütet. Es waren Schäden, die sich leicht reparieren ließen. Auch die Scheibe wurde ersetzt. Ebenfalls kein Problem. Eins nur zählte. Wir hatten den Fall überstanden und waren mit dem Leben davongekommen.

ENDE

Werden Sie Teil
der Bastei Lübbe Familie

Lernen Sie Autoren, Verlagsmitarbeiter und andere Leser/innen kennen

Lesen, hören und rezensieren Sie unter www.lesejury.de Bücher und Hörbücher noch vor Erscheinen

Nehmen Sie an exklusiven Verlosungen teil und gewinnen Sie Buchpakete, signierte Exemplare oder ein Meet & Greet mit unseren Autoren

Willkommen in unserer Welt:
www.lesejury.de